NF文庫
ノンフィクション

# 空母「瑞鶴」の生涯

不滅の名艦 栄光の航跡

豊田 穣

潮書房光人社

昭和16年９月25日、竣工引き渡し当日の空母「瑞鶴」。本艦は「翔鶴」型の２番艦として13年５月25日起工、14年11月27日進水、３年４ヵ月の工期であった。舷側の多数の高角砲、機銃スポンソン、そして後部の起倒式無線檣、起倒式デリックなどが本艦の特色をよく示している。

昭和16年秋、発着艦訓練中の「瑞鶴」。艦上を復航する九七艦攻が見える。本艦の完成で、「翔鶴」とともに第５航空戦隊が編成された。排煙が白く見えるのは海水を噴霧状に吹きつけて温度を下げているため。

ハワイに向けて航行中の「瑞鶴」。艦橋前部のプラットフォームから前甲板右舷側を見た光景で、ループ・アンテナ、高角砲が見える。前方を行く空母は第1航空戦隊の「加賀」で、その先に「赤城」が航行する。

昭和16年11月26日、単冠湾を出撃する「瑞鶴」。飛行甲板後部にはエンジンカバーをつけた零戦が並んでいる。左後方は錨を上げる「翔鶴」。

昭和17年1月20日、ラバウル攻撃のため発進する「瑞鶴」の零戦。本作戦はラバウル攻略支援のため、ハワイ作戦を終えた機動部隊が再び出撃した。トラック泊地はラバウルの攻撃圏にあり、占領予定であった。

ラバウル攻略時の「瑞鶴」。6機の九九艦爆が待機しており、舷側の無線檣も倒されている。九九艦爆の向こうに後続する「翔鶴」が見える。

昭和17年３月、インド洋上を進む機動部隊。「瑞鶴」の左舷前部高角砲より見た光景で、左先頭から「赤城」「蒼龍」「飛龍」「比叡」「霧島」「榛名」「金剛」と続き、「瑞鶴」の後方には「翔鶴」が続航しているはずである。

昭和17年４月５日、コロンボ空襲に発進する零戦隊と艦爆隊。ハワイ作戦以後、向かうところ敵なしの南雲機動部隊の最盛期の姿であった。

昭和17年５月、サンゴ海海戦時、「瑞鶴」より発進する九九艦爆。同機の尾翼のＥは第５航空戦隊を示し、次のⅡと胴体の縦の２本の白線は「瑞鶴」機であることを示している。数字下の横線は長機記号である。

昭和17年７月14日、呉の「瑞鶴」艦上で行なわれた５航戦司令官原忠一少将の退艦挨拶。５航戦は解隊され、第３艦隊第１航戦に編入された。

昭和19年10月25日、エンガノ岬沖で米艦上機の第3次の攻撃をうけ、左に大きく傾斜した「瑞鶴」。軍艦旗が降ろされ、乗員の万歳三唱が行なわれた。これより16分後の午後2時14分、「瑞鶴」はその姿を没した。

米艦上機が直下に見た「瑞鶴」。第1次攻撃時らしく、飛行甲板の被害は小さい。「瑞鶴」は誕生以来、わずか3年の短い生涯の最期を迎えた。

# 空母「瑞鶴」の生涯——目次

# 空母「瑞鶴」の生涯

# 「瑞鶴」と私

空母「瑞鶴」をはじめて私が見たのは、昭和十七年七月中旬のことであった。
「軍艦『瑞鶴』行動表」を見ると、「瑞鶴」は同年五月の珊瑚海海戦の後、呉に帰り、六月中旬、第二機動部隊第二空襲部隊として北太平洋の作戦に従軍し、一旦、大湊に帰った後、再び北太平洋に出動、七月十二日、大分沖に帰着、同十三日から十九日まで柱島に碇泊している。この後、呉に移り、入渠（にゅうきょ）しているから、私が「瑞鶴」で着艦訓練を行なったのは、この十三日から十九日までの間であったと思われる。

当時の艦長は二代目の野元為輝大佐（海兵44期）、飛行長は源田実中佐（52期）で、源田中佐は、六月五日のミッドウェー海戦で「赤城」が沈んだので、内地帰投後、「瑞鶴」飛行長を命じられたものであった。

私は六月二十八日、宇佐海軍航空隊（大分県）で、第三十六期飛行学生実用機教程を修了し、第一航空基地隊付を命じられて、宮崎県の富高（現在の日向市）基地に着任した。

当時、中尉であった同期生では、鳥田陽三（十七年十月二十六日、南太平洋海戦で戦死）、吉村博（十九年六月、マリアナ沖海戦で戦死）、藤巻久明（十八年七月、ソロモン方面で戦死）、山下博（二十年四月、沖縄特攻で戦死）らがいた。

私たちの富高基地における任務は、第一線空母部隊に配属されるための着艦訓練である。といっても、いきなり空母に着艦することはできないので、定着訓練といって地上に幅三十メートル、長さ二百メートルの地域を白布で造り、この中に着陸できるよう訓練を繰り返した後、空母に着艦するのである。

私の記憶では、「瑞鶴」着艦は、七月十日頃であったかと考えていたが、その頃「瑞鶴」は外洋を航行中であるから、七月十四日が最初の着艦であったろうと思われる。

午前九時、私は偵察員の山下博中尉を九九式艦上爆撃機の後席に乗せて、富高基地を離陸して高度五百メートルで東方に十分ほど飛んだ。夏の朝のまばゆい光線のなかを、「瑞鶴」は北北東に走っていた。日向灘は五メートルくらいの微風で、「瑞鶴」はかなりの速力で走っていた。空母に着艦するには、秒速十五メートルの向かい風を必要とする。空母が三十ノットを出せば、対気速力は秒速十五メートルとなる。全速三十四・二ノットの「瑞鶴」ならば、無風状態でも着艦は難しくないが、後に私が乗り組んだ商船改造の「飛鷹」のように全速で二十五・五ノットしか出ないと、風の吹いている海面を探してさまようということもあり得る。

この日は、日向灘の海面にちりめん皺が立っており、五メートルの向かい風があったとすれば、「瑞鶴」は二十ノットくらいの戦闘速力で走っていたものと思われる。艦首にはかなりの白波が立っていた。五百メートルの上空から見ると細長いワラジのように見えた。

私は教わったとおりに高度を二百に落とし、ひとまず、「瑞鶴」の艦尾から艦首に向かって直上を通過してみた。「瑞鶴」は基準排水量二万五千六百七十五トン（満載時三万二千百五トン）、全長二百五十七・五メートルである。ミッドウェー海戦で「赤城」「加賀」を失った日本海軍では、「翔鶴」と並んで日本最大の空母であった。

二百五十七メートルという艦長は東京駅（二百十五メートル）をしのぐものであり、その巨体が翼の下を通りすぎたとき、私は緊張とともに一種のときめきを感じた。これでいよいよ一人前の飛行機乗りになれるという喜びと、果たして定着訓練のようにうまくゆくだろうかという不安である。

飛行機の世界では初級者の着艦を初度着艦というが、それをもじって処女着艦と呼ぶ人もいた。私はまさに処女着艦を試みようとしているのであった。

「おい、豊田、うまくやれよ」

後席から山下が太い声でそう言う。相撲が強く、柔道でも私の好敵手であった。伝声管を伝わって来る山下の声は激励が八分と心配が二分である。無理もない、艦尾にぶっつけたら前席、後席とも一蓮托生である。山下は体操もうまく運動神経のよい男であったが、どういうわけか偵察に回された。彼は私があまり操縦がうまくないのを知っている。一緒に艦尾の渦に巻きこまれてはかなわない、と考えているのであろう。

半ばあきらめ気味に度胸を据えた私は、上空から、「瑞鶴」を観察した。

私は少尉候補生のとき、「赤城」「加賀」「飛龍」「蒼龍」を見たことがある。昭和十六年一月、連合艦隊は戦闘訓練のため高知県の宿毛湾に集合した。そこに、「赤城」などの四空母が勢ぞろいしていたのである。私は戦艦「伊勢」の乗り組みであったが内火艇のチャージ（艇指揮）などでときどき空母の近くを通り、ときには乗艦することもあった。

私の記憶では、四艦のうちで一番吃水線から飛行甲板までの高さが高いのは「加賀」のようであった。それに較べると「瑞鶴」はかなり低いようである。『瑞鶴史』に出ている要目表によると、その高さは「加賀」十九・七メートル、「赤城」十九・四六、「瑞鶴」十四・一五、「飛龍」十二・五七となっている。「瑞鶴」は「加賀」よりも五メートル以上飛行甲板が低い。これは着艦する飛行士に一種の安心感を与える。飛行甲板が高いと艦の前進によって艦尾に生じる後流（空気の渦流）が激しいように思われるのである。

アイランドと呼ばれる艦橋は、「瑞鶴」では右舷艦首の方から三分の一くらいのところにあるように思われた。艦尾の甲板には五番から九番まで五本の着艦索が張られている。一番艦尾に近い九番索の位置に丸が描いてある。教わったとおり、艦尾でエンジンを絞って引き起こせばこの位置に着くというわけであろう。

その左舷側には赤と青の着艦信号灯の横列が見える。赤は手前で高く、青は艦首寄りで低く、両者の間隔は二メートルほどである。着艦する機が艦尾後方からパス（着艦コース）にのったとき、この二つの灯光を見通して、赤が高く見えれば機の位置は低いし、青が高く見えればパスが高いのである。

後にわかったことであるが、アメリカの空母では、艦尾に指導員がいて、手旗でパスの高下を知らせるが、日本海軍の方が科学的であったといえる。

「おい、『瑞鶴』のマストに白玉が出ているぞ」

山下にいわれるまでもなく、私はその白玉を認めていた。白は〝着艦よろしい〟、黒玉は〝着艦待て〟である。

「ようし、着艦許可だ」

いよいよやるぞ、と考えながら、私は、機を左に捻った。さらに左に直角に変針すると、機は「瑞鶴」の左方上空を反航することになる。

「着艦許可の了解をとる」

山下がオルジス発光信号灯を「瑞鶴」の艦橋に向けて、チカチカと信号を送った。

「瑞鶴」から、

「・――・(了解)」

と簡潔に応答があった。

私は艦首の穴から噴き出ている水蒸気を見た。この水蒸気は、艦首が真っ直ぐ風上側に立っているかどうかを試すものである、白い水蒸気が甲板の首尾線上を流れておれば、艦は正確に風に立っているわけである。

「ようし、着艦コースに入る」

私はさらに機首を左に捻った。機の位置は「瑞鶴」の艦尾正横に近い。

「おっ、豊田、着艦フックを出せと言っているぞ」

山下が少しあわて気味に伝声管に息をふきこんだ。

「わかった、フック（鉤）を降ろす」

私は左手で、艦尾フックを巻き上げ用のハンドルを制止しているケッチをはずした。がくんと衝撃があってフックが降りた。

フックは機の尾輪の近くに尻尾のように下がった鉤である。このフックで着艦索を引っかけるのであるから、フックを忘れると、機は着艦してもごろごろと艦首までころがってゆき、じゃぼんと海に落ちることになる。

私はトンボ釣りの上空で四回目の左旋回を行なった。トンボ釣りとは空母の後方百五十メートルほどを続航する駆逐艦で、着艦に失敗した機が海上に落ちたとき、これを救助する任務を持っている。初度着艦のパイロットにとっては無気味な存在である。

トンボ釣りの上空で第四旋回を行なえば、機は適正なパスにのるとされていた。

「第四旋回高度八十」

山下がそう呼称する。

徐々に高度を下げて来ているのであるが、左舷側の着艦灯を見ると、青が少し高い。機首を上げ、左手でスロットルレバーをかすかに絞る。機が沈んで赤灯が顔を出す。またエンジンをふかす。こうして機の適正な降下コースを探ってゆく。ある一点で青と赤の灯火が一線に並ぶときがある。私は幸いにそれを探りあてた。地上の定着訓練を百回以上も繰り返したおかげであろう。

ただし、機首は失速寸前に近いくらい上がっており、胴体を真っ直ぐに伸ばすので短い脚がフットバー（足踏桿）にやっと届く程度である。

背伸びして操縦をやっているうちに、艦尾が近づいて来た。海水が白い泡を嚙んでいる。後流のせいか機が沈むような気がする。私はエンジンを少しふかした。青灯が少し高目に出た。

「艦尾かわった！」

後席の山下がそう怒鳴った。

何本もの白線を引いてある艦尾が、思ったよりもゆっくり機の後方に去ってゆく。私はスロットルを一杯絞ると、右手でスティック（操縦桿）を手前に引いて機首を起こした。初めはゆっくりで、しまいの三分の一ほどをぐっと引きつけた。目の下を飛行甲板の板目が縞のように筋を曳いて流れ、ごとりと機は甲板の上に落ちた。機は九番索の位置に降りたが少しバウンドした。

ふいに、ぐぐっと体が前にのめった。フックが引っかかったのである。私は思わず両脚を伸ばしてフットバーを一杯に踏み、体を後ろにそらしていた。着艦のとき、前方の遮風板で額を打って、こぶを作ったという話を聞いていたからである。

「おい、七番索だぞ。まあまあだ」

山下の声に下を見ると、前方には五番索と六番索しかない。もう少しパスを高めにもって来て、大きくジャンプすると、五番索をとびこすところであった。

私は、ほっとして艦橋の方を見た。艦橋のすぐ後ろの発着艦指揮所で、頰のこけた士官が鋭い目つきでこちらを見ている。飛行長の源田中佐らしい。飛行長の右手に白い旗が握られている。若い士官の初度着艦とあって飛行長直々の審査である。

飛行長は白旗を前に出した。

「着艦ヨシ、発艦」

の合図である。

整備員が着艦索からフックをはずし、私は左手でハンドルを回してフックを巻き上げた。色の黒い中尉が出て来て、白旗を前に振った。発艦よろしの合図だ。

——何だ、鳥田じゃないか……。

同期の鳥田である。彼は富高の第一基地に着任して間もなく「瑞鶴」乗り組みを命じられ、「瑞鶴」が日本へ帰ると早々に転勤してゆき、同期生たちを羨しがらせていた。機上から飛行眼鏡をはずしてみると、向こうも気づいて微笑した。

——豊田の奴来やがったか……。

というわけである。(鳥田はこの年十月の南太平洋海戦で戦死した。これが彼との別れであった)

「発艦する」

私は山下にそう告げると、エンジンをブースト計(シリンダー内の圧力を示す計器)の赤一杯までふかした。飛行甲板は二百四十二メートルで、七番索から前は二百メートルに足りないから全速を出さなければならない。機は急激に増速し機首の二十メートルほど手前でふわりと浮いた。腹の下を水蒸気の流れが後方に去った。

——やはり大きな空母はやりやすいな。それに十分速力を出しているので、発艦も容易だ……。

これが私の初度着艦の感想である。

この日、私は三回着艦した。二回目は一回目の教訓を生かしたので九番索、三回目は八番索であった。この日の午後、江田島で一号生徒(四年生)であった「瑞鶴」艦爆分隊長の山田昌平大尉が富高飛行場飛行指揮所の上空を飛び通信筒を落とした。中には着艦成績が入っていた。私は七十五点、百点、八十五点で平均八十六点であった。

このようにして私は四日間で十二回の着艦訓練を行ない、平均九十二点で合格点をもらい、空母搭乗員の資格を獲得した。

「瑞鶴」はすでに真珠湾、インド洋、珊瑚海と歴戦の空母であったので、私や山下はこの着艦訓練を「瑞鶴」臨時乗り組みだといって喜んだ。

この年十一月、山下は本物の「瑞鶴」乗り組みとなり、十八年四月のい号作戦、年末のブーゲンビル沖海戦などに参加した。私は「飛鷹」乗り組みで、い号作戦に山下と一緒に出撃してガダルカナル島上空で乗機を撃墜されて捕虜となり、山下は十九年春、宇佐航空隊の教官兼飛行隊長となり、二十年四月六日、戦艦「大和」出撃の当日、神風特別攻撃隊第一・八幡護皇隊総指揮官として沖縄に突入、戦死して二階級特進して大尉から中佐になった。

十八年四月のい号作戦には「瑞鶴」隊も一緒であったので、私たちはラバウル基地で顔を合わせた。四月七日の攻撃隊総指揮官は「瑞鶴」艦爆隊長の高橋定大尉で、その部下の小隊長（偵察員）は同期生の米田信雄中尉である。二人は南太平洋海戦参加者として本編にも登場する。

# 昭和十九年秋

マッカーサーの率いる米軍がレイテ湾口のスルアン島に上陸して来たのは、昭和十九年十月十七日午前八時のことである。兵力は戦艦二、空母一、駆逐艦六である。同島にあった日本海軍の見張所は、午前八時「敵ハ上陸ヲ開始セリ、天皇陛下万歳」と打電して消息を絶った。玉砕である。

この報を聞いた大本営は驚いた。十月十二日以降の台湾沖航空戦で、米軍は空母十一隻と搭乗員多数を失い、当分の間、フィリピン方面に進攻する余裕はないものと推定されていたのである。ハルゼーの機動部隊は全滅したというので、軍艦マーチが鳴り響いた。

しかし、これは経験不足の日本側搭乗員の戦果過大報告によるもので、戦後の連合軍発表では重巡キャンベラ、ヒューストンの二隻が大破しただけであった。

この台湾沖航空戦は、日本軍に多数の飛行機の損失を強いたが、このため大きな打撃をこうむったのは、小沢治三郎中将（37期）の率いる第一機動艦隊の根幹をなす第三航空戦隊

(瑞鶴、瑞鳳、千歳、千代田)と第四航空戦隊(日向、伊勢)であった。

というのは、この年六月のマリアナ沖海戦で搭乗員を損耗した機動艦隊は、これら空母の飛行隊(六〇一空、六五三空、六三四空)を十月中旬から十二月一杯までに実戦可能のように訓練を仕上げる予定であった。ところが、米軍がペリリュー、モロタイ、アンガウルと北上して来たので、日吉台にあったGF(連合艦隊)司令長官豊田副武大将は、十月十日、三、四航空戦隊に対して、基地作戦に協力して米空母部隊を迎撃すべしという命令を発した。

このため、「瑞鶴」「瑞鳳」などの母艦はカラになり、飛行隊は台湾沖航空戦に参加して大打撃を受けた。

もともと小沢中将は囮(おとり)作戦をやるほど弱気の提督ではなかった。十分な練度をもった飛行隊をのせて、ハルゼーの機動部隊と最後の航空決戦を行なうのが彼の夢であった。

しかし、台湾沖航空戦後、四隻の空母と二隻の航空戦艦に残されたのは百八機に過ぎず、搭乗員も教官教員級の熟練者少数を除くと、発着艦もできないような未熟なものばかりであった。このため、着艦のできない搭乗員の機は大分沖で輸送舟艇に機を分解して積み、母艦に運ぶという始末であった。

米軍はレイテ島に上陸し、十月十八日、大本営は捷一号作戦を発動した。捷号作戦は本土の最終防衛線死守のため、連合軍と決戦し、これを撃滅せんとするもので、次のように分類されていた。

捷一号　比島方面
捷二号　九州南部、南西諸島、及び台湾方面
捷三号　本州、四国、九州方面、及び情況により小笠原諸島方面
捷四号　北海道方面

捷一号作戦発動は、敵を比島方面において撃滅せよ、を意味している。

ところで有名な囮作戦はいつ頃起案されたものなのか。意外に早く、八月四日の連合艦隊命令第八十五号では、

「敵比島上陸の際は、第一遊撃部隊（栗田艦隊）は上陸開始後二日以内に上陸地点に突入し、機動部隊本隊（小沢艦隊）と第二遊撃部隊（志摩艦隊＝第五艦隊）は敵を北方に牽制誘致し、第一遊撃部隊の突入を援護する」

という意味のことが指示されている。

そして、捷一号作戦が発動される前日の十月十七日、大分沖にあった小沢艦隊司令部宛に、GF司令部から次の電報が発信された。

「今朝〇八〇〇敵がスルアン島に上陸を開始せる状況に鑑み、敵は本格的に中南比に上陸の算あり、この場合、第一遊撃部隊の突入に策応、機動部隊は敵機動部隊を北方に牽制する要ありと判断せらるるにつき、全力出撃準備を進めおかれたし」

この牽制作戦準備の電報を聞いて、小沢司令部は憤慨した。前述のとおり、台湾沖航空戦

に際して、GF司令部が、空母飛行隊の陸上基地転用の命令を発信したとき、小沢艦隊司令部では、「このように飛行隊を骨抜きにされたのでは、当分の間、空母部隊は機動作戦ができない」とクレームをつけた。

これに対して台湾の高雄にあった豊田大将のGF前進基地司令部（残部は日吉にあり）は、「当分の間、空母は作戦に使用しない」と言明していた。それから数日後、GFは前言を翻して空母を捷一号作戦に使用すると言って来たのである。

「GFには飛行機生えぬきで、真珠湾、ミッドウェーと機動部隊の参謀長を勤めた草鹿龍之介中将（十九年五月一日、中将）もいる。それなのに、使える飛行機が殆どないのに、ハルゼーの艦隊を北へ牽制せよ、などと言って来る」

「これではまるで栗田艦隊突入のための囮になれというようなものだ」

参謀長大林末雄少将（43期）、主席参謀大前敏一大佐（50期）をはじめ、司令部は怒りを面に現わし、副官麓多禎少佐（60期）も同感であった。

麓少佐は「瑞鶴」出撃の直前、大分沖で海軍省が報道班員四名を小沢艦隊司令部に回して来たときも驚きかつ怒った。この囮作戦が生還を期さない作戦であることを海軍省の報道部は知らないのか、未だに台湾沖航空戦〝大捷〟の夢に酔って日本機動部隊圧勝の記事でも書かせようというのか。

麓少佐は四人の班員に、危険だから東京に帰るように忠告した。

「副官、我々は兵隊さんと同じ、決死の覚悟です。ここまで来て、危ないからといっておめおめ東京へは帰れませんよ」

記者たちが意気軒昂とそういうのを聞くと麓少佐は、それ以上追い返すこともできず、四人の配属を決めた。幸運なカメラマンは、エンガノ沖海戦のフィルムを撮り、麓少佐はそのニュース映画を東京へ帰ってから見ることができた。しかし、沈みゆく軍艦と運命を共にした班員もいたのである。

また、第五艦隊をもぎとられたことも小沢艦隊司令部に不満を抱かせていた。捷一号作戦が起案されたとき、志摩清英中将（39期）の第五艦隊（第二十一戦隊、重巡「那智」「足柄」。一水戦、軽巡「阿武隈」、駆逐艦四）は、小沢艦隊と協力して北方牽制作戦に従事することになっていた。

しかし、台湾沖航空戦の〝戦果〟に幻惑されたGF司令部は、ハルゼーの機動部隊がかなりのダメージを受けたものと想定し、味方空母の護衛に第五艦隊はいらぬだろうと、同艦隊を西村部隊（戦艦「山城」「扶桑」、重巡「最上」、駆逐艦四）と同じくスリガオ海峡からの突入部隊に繰り込んでしまったのである。

――こんなことなら、北方牽制などやらないで、栗田艦隊を指揮してレイテ湾に突入した方がましだ……。

大前参謀はそうも考えた。

大体、十月一日の連合艦隊戦時編制では、小沢中将の率いる第一機動艦隊には、栗田健男中将（38期）の第二艦隊（第一戦隊、「大和」「武蔵」「長門」ほか）も含まれていたのである。

それをＧＦの作戦命令で、第一遊撃部隊――栗田艦隊、第二遊撃部隊――志摩艦隊、第三夜戦部隊――西村部隊、そして機動部隊本隊の四つに区分され、小沢中将はもともと自分の部下であった一期下の栗田中将の戦艦、巡洋艦の水上部隊のために、最後の虎の子の航空部隊を囮として祭壇に捧げることになったのである。

太っ腹な小沢中将は、

「いいじゃないか。栗田がレイテ湾に突入してマッカーサーを捕虜にできるのなら、それでよいではないか」

と笑っていたが、参謀たちの胸は穏やかではなかった。

戦後に大前大佐は回想する。

「スリガオ海峡で殆ど役に立たなかった第五艦隊が、小沢艦隊の下に入って空からの敵に対して援護をしてくれたら、四隻の空母の被害ももっと異なったものになったのではなかろうか。そして、小沢中将が全艦隊を直率でサマール島沖に出かけたならば、きっとレイテ湾に突入して、一か八かの大勝負を挑んでいたに違いなかろう」と。

さて、事情はともあれ、捷一号作戦発動とあって、小沢艦隊は出港しなければならない。

十月十九日、三航戦、四航戦は飛行機の収容を開始し、二十日収容終了後、大分沖を出撃した。敢えて死地に赴く小沢艦隊（機動部隊本隊）の編制は次のとおりである。

三航戦「瑞鶴」「瑞鳳」「千歳」「千代田」

四航戦（指揮官松田千秋少将）　「日向」「伊勢」

巡洋艦戦隊（指揮官「多摩」艦長山本岩多大佐）　「多摩」「五十鈴」

第一駆逐連隊（指揮官第三十一戦隊司令官江戸兵太郎少将）軽巡「大淀」、駆逐艦「桑」「槇」「杉」「桐」

第二駆逐連隊（指揮官第六十一駆逐隊司令天野重隆大佐）第六十一駆逐隊「初月」「秋月」「若月」。第四十一駆逐隊「霜月」（このほかに補給部隊）

そして、小沢艦隊が収容した飛行機数は次のとおりであった。零戦「瑞鶴」二十八、「瑞鳳」「千歳」「千代田」各八。天山艦攻「瑞鶴」十四、「瑞鳳」五、「千歳」六。爆装零戦「瑞鶴」十六、ほか各四。彗星艦爆「瑞鶴」七。九七艦攻「千代田」四。計百十六機。

出撃前日の十九日、小沢長官は各級指揮官を「瑞鶴」に集合させて、出撃前の訓示を行なった。訓示の要旨は次のとおりである。

「友軍の協力のもとに、極力敵情を明らかにしつつ、自隊の存亡を賭し、旺盛なる犠牲者的精神の発揮により、敵機動部隊を比島、南西諸島（沖縄、宮古、石垣）東方海面から北方ないし北東方に牽制誘出して、わが遊撃部隊の敵上陸点に対する突入作戦の必成を期すると共に、好機に乗じ敵主力を撃滅する。（傍点筆者）

このため警戒を厳にしつつ南西諸島東方海面を南下し、ルソン島ないし台湾東方海面において、有力な敵機動部隊に近迫、これを捕捉し、まず昼間航空戦により有効な第一撃を加え、敵機動部隊に大打撃を加えると共に、自己の被害を顧ることなく極力これを北東方に誘出する如く努める。

各員はその任務を熟知し、レイテ湾突入という連合艦隊の本務を全うするが如く奮励努力すべし」

このとき「瑞鶴」に乗り込んで来た飛行隊は、松山で訓練していた六〇一航空隊で、飛行長相生高秀少佐（59期）、艦攻隊長小林実大尉（64期）、戦闘機隊長小林保平大尉（67期）、艦攻分隊長遠藤徹夫大尉（同）という人々が士官室に入った。

二月中旬の空地分離によってマリアナ沖海戦以降は、飛行隊は空母専属ではなく、陸上基地で訓練した飛行隊を出撃前、適宜空母にのせるという方式をとっていた。

相生少佐は生え抜きの戦闘機乗りで、この後、松山の三四三空副長として新型機紫電改を駆使して戦闘機による殲滅戦と米軍のB29迎撃戦を展開する人である。

小林（保）大尉は筆者より一期先輩であるが、霞ヶ浦の飛行学生時代は同じ三十六期でいっしょに操縦訓練を受けた、ファイト満々の青年将校であった。

相生少佐のみたところでは、士官と下士官兵とを問わず、六〇一空の搭乗員は、「瑞鶴」乗り組みと決まって間もなく、囮作戦のことを聞かされており、小沢長官の訓示が下達されてもとくに部下に注意をするまでもなく、みな淡々としていた。

総勢十七隻の小沢艦隊（他に油槽船、海防艦を伴う）は、潜水艦を警戒しながら九州東方海面を一路南下し、二十日午後五時半、第一警戒航行序列に整形した。

最前方に「大淀」、その後方に右から左へ「瑞鶴」「瑞鳳」、その後方に「千歳」「千代田」、そして、「瑞鶴」の右側面に「多摩」「初月」「若月」。「瑞鳳」の左側面に「秋月」「桑」。二隻の空母の中央後方に「伊勢」「五十鈴」。「千歳」の右側面は「杉」「槇」。「千代田」の左側面に「霜月」「桐」。二艦の中央後方に「日向」というのが基本的な隊形であった。

そして、二十四日午前六時、索敵発進予定地点（ルソン島エンガノ岬の東北東二百五十マイル＝海の一マイルは一・八五二キロ）に達し、天山艦攻、彗星艦爆など十機の索敵機を発進せしめた。小沢司令部の予想では、会敵するのは、この日二十四日とみられていた。

この頃、ハルゼー大将の率いる米機動部隊第三艦隊は、四百マイル南方のサマール島北東海面にいてシブヤン海を東に向かう栗田艦隊の動静を探っていた。「武蔵」が沈んだのはこの日のことである。

# エンガノ沖のZ旗

十月二十四日朝……。

小沢司令部の参謀たちは艦橋でじりじりしていた。

囮作戦を成功させるには、ハルゼーの機動部隊に日本空母部隊ここにありということを、知らせなければならぬ。それに有効な攻撃をして、われにかなりの兵力ありと誇示することが必要である。そしてそのためには敵よりも早く発見して先制攻撃をしかけ、できれば一隻でも二隻でも空母を仕止めることが望まれる。

――長官はどう考えているのか……。

参謀たちは、猿の腰掛けと呼ばれる艦橋前面の小さな腰掛けにかけて前方の海をみつめている長官の横顔をぬすみ見た。

小沢は冷静であった。

すでに栗田艦隊はシブヤン海に入っている。ハルゼーの第三艦隊がこれを見のがすはずはない。おそらく敵はルソン島南部に接近して牙を磨いている。いずれ基地索敵機のアンテナにかかって来るであろう。

猛将といわれた小沢は、一方、物に拘泥しない提督であった。空母の精鋭部隊を台湾沖航空戦のために福留繁中将（40期）の第一航空艦隊にとられたことも、予定に入っていた第五艦隊を栗田艦隊の支援にスリガオ海峡に向けられたことも、彼には、さほど大きな痛手とはなっていなかった。

小沢は昭和十七年十月二十六日の南太平洋海戦の勝利を機として、南雲忠一中将（36期）、草鹿龍之介少将（41期、参謀長）のコンビが機動部隊司令部を退いた後、第三艦隊という名前になっていた機動部隊の指揮官となった。折柄、ソロモンの戦況は逼迫し、十八年四月初旬の、い号作戦では、空母部隊をもってガダルカナル島の米軍を叩こうというGFの案が出て来た。

小沢は初めこれを拒否した。空母の飛行機を陸上基地用に転用すべからず、というのが彼の信念であった。空母搭乗員は発着艦もできるし、洋上に敵空母を発見して攻撃後帰って来る洋上航法もできる。これを養成するには半年や一年では無理なのである。

しかし、ガダルカナルを痛撃しておいて、講和に持ちこみたいという山本五十六の切実な悲願を知った小沢は、欣然としてこれを承諾した。

山本はその決意を示すため、宇垣纒参謀長に尻押しされてラバウルに将旗を進め、そして米戦闘機の待ち伏せに遭ってあえなくブーゲンビル島に散った。

さらにこの年十一月上旬、敵がブーゲンビル島に迫ったとき、古賀峯一大将のＧＦ司令部は、ろ号作戦を発動した。これも空母の飛行機をラバウルにあげて米空軍を迎撃しようというものである。

小沢は、このときも渋った。いずれ優秀な米機動部隊と雌雄を決しなければならぬ。空母機はその決戦のときに備えて温存し練度をあげなければならぬ。

しかし、このときも彼はＧＦ司令部の苦衷を知って譲歩した。彼が虞（おそ）れたとおり、「翔鶴」「瑞鶴」などの搭乗員は消耗を強いられ、翌年六月、マリアナ沖の決戦においては、スプルーアンスの第五艦隊に痛撃を与えるには至らなかったのである。

小沢は傲岸不屈の風貌を具えていたが、その胸中には禅僧に似た諦観を秘めていた。

――ＧＦ司令部の苛酷な指令に堪え忍んで来たが、いよいよ今日明日が勝負だ。ただ、若い搭乗員を失うのは惜しいが……。

彼はそう考えながら前方の断雲を眺めていた。

彼の後方には艦長の貝塚武男少将（46期、十九年十月十五日、進級）が立っていた。千葉県佐倉中学校出身。息子の匡弘君にいわせると、「父は謹厳実直といわれていたようだが、家では明るい朗らかなところもあった」という。

貝塚は十八年十二月、「瑞鶴」艦長となったが、若い士官からは「艦長はいつもおれたちのことを考えていてくれる」と暖い上官として評判がよかった。また彼は南下の途中で米潜の魚雷を巧妙に回避し、操艦のうまい艦長だという感じを乗員に与えていた。

「瑞鶴」の小沢司令部は、十機の索敵機からの敵発見電を待ちわびていたが、午前十時四十八分、セブ島のマイタン基地を発進した索敵機から、「敵空母二、ソノ他十数隻見ユ、地点マニラノ七〇度百八十マイル」という電報が入った。

すわ、敵空母発見！　と大前参謀たちは色めき立った。

小沢長官は自隊の発見電を待っていたが、とりあえず、この基地索敵機電によって総攻撃をかけることを決心した。

飛行長相生少佐が、

「搭乗員整列！」

を下令し、艦内は騒然として来た。

そして、攻撃隊発進の直前、十一時十五分、「瑞鶴」発進の九番索敵機から敵発見電が入った。

「敵部隊見ユ、空母ノ在否不明十数隻、地点マニラノ七〇度百九十マイル」

敵は北上しているようである。おそらく敵は潜水艦の見張りによって小沢部隊を発見し、決戦を挑むため北上しつつあるのであろう。

小沢長官は、この自艦機から発信された最新の情報に基づき、この敵中に空母ありとして攻撃目標をこれに定め、午前十一時三十八分、

「機動部隊本隊ハ、攻撃隊全力、艦戦四十、艦爆二十八、艦攻六、艦偵二ヲ以テ、フシニカ（マニラの七〇度百九十マイルの地点）ノ敵機動部隊ヲ攻撃ス」

という電文を全軍（軍令部総長、GF長官、栗田艦隊司令部を含む）に打電した。

この電報は、一時間後の午後十二時四十一分に栗田艦隊の旗艦「大和」の電信室で受信しているが、栗田長官のもとには届いていない。早くも無電が消失するというレイテ沖のミステリーが始まっていた。

栗田艦隊の元来の旗艦「愛宕」は、二十三日、米潜の雷撃によって沈み、司令部用の通信科要員の大部分が、「朝霜」に拾われ、「大和」には少数しか乗っていなかったので、受信した電文は、電信室―通信長―「大和」艦長―第一戦隊司令部（元来、「大和」に乗っていた宇垣中将を司令官とする）というルートで届けられ、栗田司令部は除外されたという説もある。

また、この日シブヤン海の栗田艦隊は、午前十時半から米軍の大空襲を受け、「武蔵」が被弾し、「大和」が小沢長官の攻撃隊発進の電報を受信した十二時四十分頃は、第二次空襲で「武蔵」が落伍し始めた直後で、「大和」の艦橋は大多忙であった。このため受信した電報の整理が順調にゆかなかったことも考えられる。

十一時四十五分、小沢長官は攻撃隊の発進を命じ、Z旗一旒（りゅう）の掲揚を命じた。

「Z旗一旒！」

艦橋にいた航海科の信号員は、張り切って艦橋後部の信号マストにZ旗を掲げた。いうまでもなく、日本海海戦のとき、東郷艦隊の旗艦「三笠」の檣頭（しょうとう）に掲げられた「皇国ノ興廃コノ一戦ニアリ各員一層奮励努力セヨ」という歴史のある決戦の信号旗である。

艦橋にいた第五分隊長（航海科）の高井太郎大尉（70期）は、近くにいた航海長の矢野房雄中佐（55期）と顔を見合わせた。

——いよいよ最後の攻撃隊が出る。そして「瑞鶴」の最期も旦夕に迫っている……。

——お互いに最期を飾りたいものだ……。

二人の眼はそう言い交わしていた。

四隻の母艦は発艦に備えて艦首を風に立てた。Z旗が風にはためくのを確かめると高井大尉は艦橋上部の防空指揮所に登った。見張り指揮官である彼の戦闘配置であり、死に場所である。

吹きさらしの防空指揮所では、第二分隊長の金丸光中尉（71期）が双眼鏡を首からぶらさげて頑張っていた。彼は左舷の高射指揮官である。

「瑞鶴」は昭和十六年九月、竣工のときは、高角砲八基十六門、二十五ミリ機銃三連装十二基三十六梃を装備していたが、その後の改装増備で十九年六月のあ号作戦当時には、二十五ミリ三連装二十基六十梃、同単装十基に増備され、総計七十梃となった。

さらにマリアナ海戦後、十二センチ二十八連装の噴進砲（いわゆるポンポン砲）も右舷前部と左舷後部に四基ずつ計八基（二百二十四門）が搭載され、エンガノ沖では威力を発揮することが期待された。

また、比島沖出撃前に、二十五ミリ単装砲二十六基が積みこまれ、総計九十六梃の威力を誇ることになった。

この高角砲十六門、二十五ミリ機銃九十六梃、噴進砲二百二十四門を艦橋上部の射撃指揮所にあって指揮するのが砲術長郡山三良中佐（57期）で、戦闘部署としては、右舷を砲術長が指揮し、残り半分の左舷を弱冠二十二歳の金丸光中尉が指揮することになっていた。

——張り切っているな……。

一期下の金丸中尉と眼で会釈を交わすと、高井大尉は見張り指揮官の位置についた。

防空指揮所は中央に一・五メートル測距儀があり、その前に艦長が対空戦闘を指揮する楯をめぐらせた場所があり、後方には九四式高射装置を内蔵した射撃指揮所がある。これらを囲んで十台あまりの十八センチ双眼鏡が装備されている。前方左側には方位測定器用アンテナが立っており、その近くの手摺に沿って何ヵ所か電話と伝声管が装置されており、そのうちの一つが高井大尉と伝令が立つ位置であった。

見張り指揮官としての高井大尉の役割は、十数名のベテランの見張員を駆使して敵機と敵潜を早期に発見して、これを艦長、航海長と、高射指揮官に連絡することである。

左舷高射指揮官としての金丸中尉の役割は、右の報告に自分の見張りを加味して射撃目標を決定、攻撃することにある。

二人はここを死に所として空を睨んだが、どうもここで死ぬんだという悲壮感はまだ湧いて来なかった。

「五分隊長、ハルゼーの奴、今日は来よりますかな」

金丸は少しおどけた調子でそう訊いた。

「来るだろう」

高井はぶすっと答えた。

――味方が発見した以上、敵もこちらの位置を知っている。今日の午後には米空母の雷撃機や爆撃機が殺到して来る。しかし、栗田艦隊のレイテ湾突入予定時刻は明朝である。とすれば、小沢艦隊は一撃を与えて空母部隊の存在を知らせ、一応避退して、敵を北方に吊り上げる必要があろう。何にしても、この防空指揮所を死に場所と考えておればよいのだ……。

そう考えると彼は気分が落ち着いて来た。

見張りの下士官兵たちは、今から発艦してゆく搭乗員のことを話し合っていた。

「何しろ、発艦ができても着艦のできん若年のパイロットが大部分やさかいな」

「昨日、整備分隊の下士官のところへ若い搭乗員が二人謝りに来たちゅうぞ」

「謝りに……」

「そや、私たちは発艦はできても着艦はでけんさかいに、飛び立ったら体当たりをして二度と戻っては来まへん。せっかく整備して下さった飛行機やのに申し訳おまへん、いうてな」

「そうか、悲壮な決意やなあ……」

「まったく台湾沖航空戦に飛行機とられなんだら、あんなジャク（若年兵）出すことあらへんのになあ……」

「瑞鶴」は呉所属の艦なので乗り組みの下士官兵は関西、中国の出身者が多かった。自分も岐阜出身の高井は、そのアクセントを懐かしく感じながら、ふと無念を覚えた。

彼が「瑞鶴」に着任したのは、十八年十一月中旬、「瑞鶴」がトラック島在泊中で、折柄、飛行科の搭乗員はラバウルに進出してブーゲンビル沖海戦で奮戦しているところであった。その後、「瑞鶴」はマリアナ沖海戦に参加したが、小沢長官考案といわれるアウトレインジ作戦も、索敵のミスや敵のＶＴ信管という新兵器のために所期の戦果をあげることができなかった。そして僚艦「翔鶴」は「瑞鶴」の見ている目の前で、敵潜の雷撃によって海底への客となってしまった。

今度こそはと期待した比島の捷一号作戦も、結局は囮作戦で、今明日中には沈められる運命にある。早くいえばなぶり殺しなのである。小沢長官も無念なことであろう。彼はそう三十三期先輩の胸中を思いやった。

金丸が飛行甲板を見下ろすと、攻撃隊が発進するところであった。「瑞鶴」最後の攻撃隊は零戦十、爆装零戦十一、天山艦攻六、彗星艦爆二、計二十九機で、四隻の空母全部を併せて五十八機であった。先に小沢長官が全軍にあてた攻撃隊発進電では七十六機であったが、十八機が整備不十分ではずされたのである。

小沢長官は艦橋下の台の上に立つと、

「これが正しく本機動部隊最後の攻撃隊である。敵撃滅の大目的のために奮励努力せんことを望む」

と簡潔な訓示を行なった。搭乗員たちは眼でこの訓示に応えつつ敬礼をすると、いっせいにプロペラを回している乗機の方に走った。

遠藤徹夫大尉を総指揮官とする「瑞鶴」の零戦隊、零戦爆装隊が先ず発艦してゆく。続いて他の三空母から零戦爆装隊、天山艦攻隊が発進した。こちらの指揮官は「千歳」の林親博大尉（65期）である。

四隻の空母から発進した攻撃隊は、「瑞鶴」隊と、「瑞鳳」「千歳」「千代田」の隊の二隊に分かれて南下した。

「瑞鳳」らの隊は艦攻隊を林大尉、零戦隊を遠藤と同期の中川健二大尉が指揮して、マニラ東方のハルゼー艦隊めがけて高度四千二百で飛行を続けた。

この頃、ルソン島方面の天候は、同島東岸を南北の縦に引いた線で東と西に分かれ、西は晴天で、東は曇天であった。

断雲が点在し、ところどころがスコールで灰色に彩られている地域を二隊の攻撃隊は前進した。

午後一時五分、中川隊は断雲を背にして待ちかまえていたグラマン・ヘルキャット戦闘機二十機と遭遇した。敵空母はその雲の向こうを北上しているものと思われた。たちまち空戦の火ぶたが切られ、「千歳」の零戦隊はたちまち一機を撃墜、中川大尉も一機を墜した。

中川大尉は「瑞鶴」の小林大尉と同じく、私と霞ヶ浦でいっしょに操縦を習った三十六期飛行学生で、極めて精悍な将校で、その気の強さでは小林大尉と双璧であったといってよい。学生になった頃、片岡千恵蔵主演の映画『織田信長』が封切られ、宮城千賀子の濃姫の美しさが話題になっていた。しかし、中川中尉（当時）には濃姫よりも信長の死生観の方が気に入っていたとみえて、学生舎の一隅にある撞球場で玉を撞きながら、

「死のうは一定」

「下天の内を較ぶれば、夢幻の如くなり」

などと呟き続けていた。

中川の指揮する零戦隊は合計八機を撃墜したが、この間、敵空母を求めて前進した爆戦（爆装零戦）隊はついに敵空母を発見することができずルソン島の基地に向かった。中川大尉はこのときは生還し、翌月十一月三日、基地から発進して米機動部隊を攻撃し、戦死している。

大藤三男大尉はただ一機「千歳」に帰投したが、上空直衛に飛び立って再び帰還せず、戦死となった。

一方、「瑞鶴」隊も同じ頃、雲の上方から敵グラマン隊が降下して来るのを発見した。午後一時、中島玳大尉（69期）の指揮する零戦隊は直ちに空戦に入り、遠藤大尉の爆装隊、林大尉の天山隊は、そのまま敵空母を求めて前進し、午後一時十分、天山隊の一機は、

「空母ヲ含ム敵部隊見ユ、空母数不明、地点『ツオニイ』（マニラの七〇度百二十マイル付近）」

と「瑞鶴」宛に打電した。待望の敵発見電である。

「いよいよ、やりますな」

大前参謀が小沢長官に電報を渡しながらそう言った。

小沢の顔にうすい笑みがのぼった。いよいよハルゼーの空母を攻撃する。これでハルゼー

がさらに北上してくれれば囮の役目は果たせる。しかし、任務を完了するときが、歴戦の空母「瑞鶴」の最期のときなのだ。そう考えると、小沢の顔に浮かぶ笑みにも、虚無の色が漂って来そうであった。

このとき「瑞鶴」隊が捕捉した敵は、正規空母二、特設空母二、その他巡洋艦、駆逐艦数隻より成っていた。これはハルゼー麾下のシャーマン少将の率いる輪型陣の一群であった。

午後一時五十分、「瑞鶴」隊は断雲の切れ間から突撃し、急降下爆撃によって正規空母一に二百五十キロ爆弾二発、他の空母一に一発を命中させた。戦果確認を兼ねていた天山は、

「空母一轟沈、空母一撃沈」

を報じたが、「瑞鶴」の無電室ではキャッチできなかった模様である。

米軍の発表によると攻撃された空母は、レキシントン、エセックス、ラングレーという主力であったが、有効弾はなかった、となっている。

しかし、この日夕刻、マニラのクラーク基地を発進した六五三空の偵察機天山（機長木村聡大尉、筆者の同期）は、マニラの八〇度百七十五マイル付近で夕闇の中で漂泊している二隻の空母を発見している。一隻は猛火に包まれ大傾斜しており、他の一隻は大量の油を流出していた。福留中将の第一航空艦隊では、これを昼間同艦隊が発進せしめた攻撃隊の戦果であると考え、小沢司令部では戦闘海面からみて、「瑞鶴」の戦果であると主張している。

ここで、この日のハルゼー艦隊の様子を眺めておこう。

ブルという仇名のある、強気の提督ハルゼー（戦艦ニュージャージー座乗）の率いる第三艦

隊は、ミッチャー中将（空母レキシントンに座乗）の率いる第三十八機動部隊（タスク・フォース）を根幹としていた。
同部隊は次の四群に分かれていた。

第一群（指揮官マッケーン中将）
正規空母ワスプ、ホーネット、軽空母モンテレー、カウペンス、重巡三、駆逐艦十五
第二群（指揮官ボーガン少将）
正規空母イントレピッド、軽空母インデペンデンス、キャボット、戦艦アイオワ、ニュージャージー、軽巡五、駆逐艦十七
第三群（指揮官シャーマン少将）
正規空母エセックス、レキシントン、軽空母プリンストン、ラングレー、戦艦マサチューセッツ、サウスダコタ、軽巡四、駆逐艦十四
第四群（指揮官デーヴィソン少将）
正規空母フランクリン、エンタープライズ、軽空母サンハシント、ベローウッド、戦艦ワシントン、アラバマ、重巡一、軽巡一、駆逐艦十二

以上の総計は、高速空母十五（正規七、軽八）、戦艦六、重巡四、軽巡十、駆逐艦五十八で計九十三隻、艦載機は千機に近い大機動部隊で、これは史上最大といわれた真珠湾攻撃当

時の南雲部隊の空母六、艦載機三百五十三のほぼ三倍にあたる大兵力である。

　そして、四群の配備はシャーマン隊はルソン島東岸に、ボーガン隊はサマール島北方のサンベルナルジノ海峡付近、デーヴィソン隊はレイテ湾付近を南西に向かい、マッケーン隊は補給のためウルシー環礁基地に向かっていた。

　午後十二時二十分、「瑞鶴」は任務を終わって続々戻って来た索敵機を収容した。

　小沢長官や貝塚艦長のいる艦橋と、高井、金丸らの頑張っている防空指揮所では、いつ敵の空襲があるかと緊張していたが、午後二時になっても敵襲がないので、少々拍子抜けの態であった。

「五分隊長、テキさんは来ませんね」

「うむ、来るならもう来そうなものだがな」

　金丸の声に、高井も空を仰いだ。敵がこちらを発見していないということはあり得ない。

「ほら、零戦も降りて来ますよ」

　上空直衛に上がっていた小林保平大尉らの直衛戦闘機は、燃料補給の意味もあって、続々着艦コースに入りつつあった。

　同じ頃、飛行甲板最前端から見下ろされる位置にある上甲板最前部の第七番機銃群では、縦動照準器（三連装三基の二十五ミリ機銃と連動する）の伝令である今在家（いまざいけ）靖和上等水兵が、同僚たちがのんきな会話を交わしているのを微笑しながら聞いていた。

「なんや、テキさん、今来やへんのか」

「こら、困ったな。今日で最後や思うさかい、ストッパー（越中褌）新品をつけて来たが、明日いうことになると、洗わな新しいのあれへんわ」

　午後一時すぎ、「瑞鶴」艦橋には、

「我レ敵戦闘機ト交戦中」

　という入電があったが、その後は突入電がなかなか入らず、小沢以下焦燥を顔の皺に現わしていた。

「瑞鶴」隊の飛行機は、一機も母艦に帰らなかったので、「瑞鶴」の戦果を小沢司令部が知るのは遅くなってからであった。（註、ルソン島のアパリ、ツゲガラオの基地に帰投した小沢艦隊の飛行機は零戦十八、爆装零戦十八、彗星一、天山二、計三十九機となっているが、どれが「瑞鶴」隊かはわからない。また、遠藤、中島大尉らは未帰還で、中島大尉は二十六日、戦死認定となっている。遠藤大尉は翌二十年一月十六日、戦死）

　この少し前、第三艦隊の旗艦ニュージャージーの艦橋でハルゼーは参謀たちと額をよせて会議していた。問題は、北方に出現し、シャーマン隊を攻撃して来た日本の空母部隊をいつ攻撃するかである。

「この空母はいずれ叩かなければいかんが、索敵機によって位置を確かめなければならぬ。今日はサンベルナルジノ水道へ向かうジャンボ（大和、武蔵）を叩くのが先決だ。あいつらをレイテにゆかせると、マッカーサーの奴は、機動部隊が能なしだと大きな声で宣伝するだろうからな」

ハルゼーの発言で、さしあたっては栗田艦隊の主力を叩くことに一決した。

午後になると、シブヤン海で「武蔵」が攻撃されている様子が次々に無電で「瑞鶴」の司令部に入って来た。

「いかんな、敵の機動部隊はこちらに来ないで『武蔵』の方に行っている。これでは、何のための囮艦隊かわからない」

大前参謀はそう呻いた。

参謀の中には、憂慮のあまり、「瑞鶴」に残存する索敵機をまとめて攻撃隊を作り、今一度、米機動部隊を攻撃してはどうかと提案する者もいた。

「それはなりません」

艦橋に呼ばれた相生飛行長は言下にそう断わった。時刻は午後四時を回っていた。

「今から攻撃隊を出すと、母艦に帰って来るのは日没後になります。発艦もあやしい若年搭乗員に夜間着艦がやれるはずがない。陸上基地にゆくといっても暗くてどこへ行ってよいかわからない。これ以上、若い搭乗員に無理な戦闘を強いることはできません」

相生少佐は頑として拒否した。彼は怒っていた。

——搭乗員を何と思っているのだ。司令部の思いどおりに、自由自在に飛ばせた時代は、とっくに過ぎているのだ……。

もっとも、彼が怒っているのは「瑞鶴」の小沢司令部に対してよりも、さらに多くこのような囮作戦を強いる軍令部やGF司令部に対してであった。これというのも台湾沖航空戦で、空母の飛行機を基地に転用したりするからだ。タブーになっていることを強行するから、後になって空母の方が飛行機がなくなって苦労するのだ。生え抜きの戦闘機乗りである相生飛行長は、若い部下が可哀相でならなかったのである。

結局、小沢長官の裁決で、薄暮時の偵察のため天山艦攻二機を発進せしめることになった。しかし、うち一機は発進後三十分してエンジン故障のため引き返し、後の一機は杳として消息を絶ち、午後五時半になっても敵情報告をもたらしはしなかった。

時計を少し戻して、艦橋に気まずい空気が流れるうちに、午後四時四十一分、

「敵機右後方、一五〇（いちごうまる）（一万五千メートル）！」

防空指揮所の後部見張りの声に、見張り指揮官の高井はあわてて十八センチ双眼鏡にとびついた。

「対空戦闘！」

艦橋も騒然として来た。

「敵はカーチス型艦爆一機！」

急降下爆撃機のカーチスSB2Cヘルダイバーである。

ミッドウェーやソロモン群島の戦いでお馴染みのダグラスSBDドーントレスは、ブーゲンビル沖海戦の頃から徐々に新型のSB2Cに座を譲り始めていた。

「すわ、急降下の洗礼か！」

高射指揮官の金丸も緊張したが、敵一機で高度もそれほど高くはなく、こちらに接近して

来る様子もない。

「撃ち方始め！」

郡山砲術長の命令で右舷の高角砲が火を吐いたが、距離が遠くて当たりそうにもない。

そのうちに「瑞鶴」の無電室は、先刻のカーチス機が小沢艦隊の位置を打電、ハルゼー艦隊の旗艦らしい相手が了解符を返電したのを傍受した。

「さては触接機だったのか」

「一機だけだったんだな」

航海長と艦長がそんな会話を交わし、艦橋には、ほっとした空気が流れたが、すぐにそれは消えた。

小沢長官は右の敵側発見電によって、薄暮頃、ハルゼー空母部隊よりの大空襲を予期して、小林大尉の指揮する全戦闘機に即時待機を命じた。

一方、ハルゼーの方はシャーマン隊の空母プリンストンが、日本のカミカゼ機のために炎上して熔鉱炉のようになっているのに気をとられていた。

シブヤン海で傷ついた「武蔵」は大傾斜して徐々に沈みつつあった。次の空襲で止めを刺されるな……「武蔵」の猪口艦長もいよいよ最期かと覚悟を決めた。

しかし、米機の空襲はそれきり途絶えた。午後四時五十分、日本機動部隊に触接中のカーチス機から「エンガノ岬東方百九十マイルニ日本ノ空母四隻見ユ」という発見電が入ったからだ。

「よし、今度はこちらだ。沈みかけのジャンボ戦艦はほうっておけ。明朝、ルソン島北東方の日本のタスク・フォースを捉えてこれを叩きのめす。敵の戦艦群はそれからだ。それでないと明日の朝はこちらがやられてしまう。それからマッカーサーの御機嫌をとろうと思っても手遅れだ」

ハルゼーは、機動部隊（タスク・フォース）の鬼といわれた本領をとり戻して、三群の空母部隊全部に北上を命じた。後世の戦史に〝ブル・ス・ラン〟と呼び名の残る大北上であった。

予期したハルゼーの空襲がないので「瑞鶴」の方は拍子抜けであった。小沢長官は、午後六時すぎ、上空直衛に出してあった零戦十二機を収容した。

南下すべきか北上すべきか小沢は迷っていた。栗田艦隊が予定どおり今夜サンベルナルジノ海峡を通ってサマール島東方海面に出て、明朝レイテ湾に突入するのなら、こちらも南下して囮艦隊の役目を果たさなければならない。しかし、午後八時、栗田司令部の発電によれば、同艦隊は敵空襲による被害が大きいので、一時西方に避退し、明朝味方航空部隊の協力を得て再度東進する意向であることを小沢は知った。このまま南下を続けるならば、機動部隊は孤立してしまう。

そこで、小沢は八時半、艦隊を反転させて北上させることに決した。今夜中北上し、明日二十五日午前零時を期して、反転、南下して再び囮艦隊の任務につくのが上策であると小沢司令部は判断した。

この日の夜食は汁粉であった。

右舷前部中甲板の水中聴音室から上がって来た聴音室の田原徳雄一等兵曹は、航海科の居住区に入ると、汁粉の入った食器を手にした。甘い液体が胃の腑に沁み渡った。

「今日はもう最期かと思うとったがのう」

「生きて汁粉が食えようとは思わなんだのう」

田原は同じ水測員たちとそう語りあった。右舷下部にある聴音室は、右舷に魚雷を喰うと、ちょうど全員戦死となる位置にあった。

聴音室は、通常、潜水艦の推進音や魚雷の進行音を聴き分けるのが仕事であるが、田原が「瑞鶴」に乗ってからは、飛行機から発射された魚雷の推進器の音を聴き分けて、艦橋もしくは防空指揮所にいる艦長に報告するのが大きな仕事となっていた。

整備科の居住区では中野正一等整備兵曹が汁粉をすすっていた。彼は今日忙しかった。早朝、索敵機を出し、また収容する。この後、攻撃隊を〝帽振れ〟で送り出し、さらに索敵機を収容し、直衛の零戦を出し、また収容する。彼は元来艦上爆撃機の整備員なのであるが、切迫した状況ではそうもいってはおられず、零戦でも天山艦攻でも押してリフトに乗せて飛行甲板に上げ、また、リフトで格納甲板に収容し、エンジンの調子をみた。

「今日はみんなよくやってくれたなあ。しかし、忙しいのも今日までだ。明日は全機発艦で本艦には飛行機はもうなくなる。そして、おれたちも明日が最期だ」

准士官室からやって来た整備科分隊士の石川整備兵曹長が激励するように、そして感慨深げにこう言ってあたりを見回した。

この後石川兵曹長は、ひとり格納甲板に入った。明日の索敵用の天山四機、マニラの基地に返される予定の彗星一機、爆装零戦五機、そして、「瑞鶴」直上で最期をとげる運命にある直衛用の零戦が甲板の上に繋止されていた。彼らは砂漠にうずくまる動物のように眠っていた。

――よくやってくれた。明日が最期だ……。

石川は一機一機の翼にさわりながら心の中でそう告げた。

同じ思いの中野兵曹が格納甲板に姿を現わすと、石川兵曹長の姿が見えた。ぶつぶつ何かを呟きながら、兵曹長は零戦のプロペラをなでていた。出陣前夜のわが子に対する父のように。

「分隊士、零戦とお別れですか」

近よった中野は、兵曹長の数メートル先に立っている一人の兵士を見つけた。飛行服をつけ、飛行帽をつけた搭乗員である。腕の階級章は兵長であった。彼は零戦の前にじっと立っていたが、石川や中野の気配に気づくとゆっくりこちらを向いた。

「おい、お前は明日の直衛機に乗るのか？」

石川がそう尋ねると、兵長は、

「いえ、私は爆装で攻撃にゆきます」

と答えた。細い声であった。

「おい、元気を出せ。明日はもう爆装の零戦はない。直衛用の零戦が八機残っているだけじろうと一歩前進した。

「兵曹長は、搭乗員の兵長が何かカン違いをしていると考え、肩でも叩いて激励してや、しっかりせんかい」

すると、兵長は、すーっと後退し、

「いえ、私は今日の爆撃に行って来たのです」

と答えた。

「なに？　今日の爆撃？」

「今日出撃した機は、一機も本艦には帰って来ていないはずだぞ」

兵曹長と中野は口々に言った。

するとと兵長は微笑した。少年らしい笑顔であったが、頬のあたりが蒼ざめていた。兵士は低い声で呟くように言った。

「私は今日爆撃に行きましたが、爆弾を落とす前に撃墜されてしまいました。それでもう一度出撃させてもらおうと思って本艦に戻って来たのです」

それを聞いたとき、中野は背筋に冷たいものが走るのを覚えた。

——もしや……。

と思ったのである。

「いや、その気持はわかるが、本艦に残っている零戦は明日の直衛機ばかりじゃ、明日はもう攻撃はやらない。ほかの機は全部基地へ送ってしまうんじゃ」

そう説明しているうちに、石川兵曹長も少しおかしいと思ったのか
「お前は六〇一空か、何という名前だ？」

と訊いた。

飛行兵は名前を名乗り敬礼をすると、格納庫の奥へ消えて行った。すーっと影が薄れてゆくようであった。

居住区に帰った石川と中野が仲間に話すと、その兵長はこの日出撃した兵士であった。

「それじゃあ、体当たりくらいのつもりで行ったのが、撃墜されたので思いが残って艦に舞い戻って来たというわけか……」

石川はそういうと溜息をついた。

あたりに暗い空気が流れたが、古参の松本兵曹が、

「残った者はしっかりやってくれいという激励のために、霊魂が空を飛んでやって来たのじゃろう」

というと、一同はうなずいた。

# 魚雷命中

明くれば決戦の日、「瑞鶴」最後の戦い、十月二十五日である。北上を続けていた小沢艦隊は、二十五日午前零時、反転して南に向かい、午前六時には、昨日攻撃隊を発進せしめた位置の少し東寄り、マニラの四五度三百六十マイルまで進出した。

小沢長官はこの五分前に「千代田」から九七艦攻二機を対潜直衛に、「瑞鶴」から天山艦攻四機を索敵に発進せしめた。

長官は六時過ぎ、索敵直衛以外の機を全部比島のニコルス基地に送ることを考え、「瑞鶴」の彗星一機、零戦（爆装）五機、を発進せしめた。

午前七時二十九分、「瑞鶴」のレーダーは、

「敵大編隊！　二六〇度（ほぼ右正横）二百四十キロ！」

を報じた。

そして七時四十八分、見張員が叫ぶ。

「左一一〇度、敵の先頭四機こちらに向かう！」

いよいよ敵機襲来である。

「対空戦闘！」

最上部の防空指揮所にいた貝塚艦長が凛とした声でそう号令を下す。

「対空戦闘！」

伝令がけたたましく叫び、ブザーが無気味に鳴り渡る。

続いて八時八分、

「敵機の大群約百三十機こちらにやって来る。一六〇度六〇（六千メートル）！」

いよいよ攻撃隊のご入来である。

「取舵一杯！」

貝塚艦長は転舵して機首を北東の風に立てた。

艦橋後部の発着指揮所にいた相生飛行長は、

「発艦始め！」

を下令した。

飛行甲板でプロペラを回していた小林保平大尉の零戦が、真っ先にエンジンをふかして発艦してゆく。

「ヤッペイ頼んだぞ」

「ヤッペイさん、頑張ってくれよ！」

飛行甲板にいた整備の松本兵曹や中野兵曹、栗本兵曹らはこう叫ぶと帽を振った。続いて八機の零戦が直衛に飛び立ってゆく。

——これが「瑞鶴」搭乗員とのお別れだ。もう零戦や艦爆を整備して飛ばすこともない……。

真珠湾以来一貫して「瑞鶴」の整備員として働いて来た中野兵曹は、ちぎれるほどに帽子を振りながら、深い感慨に胸をしめつけられるような気がした。こうやって帽子を振って送り出すのもこれが最後である。

直衛機の発艦が終わると貝塚艦長は、さらに転舵して針路を零度（直北）とした。できるだけハルゼーの機動部隊を北に誘きよせようというのである。速力二十四ノット。「瑞鶴」のマストにはZ旗と並んで戦闘旗が翻った。

午前八時十五分、小沢長官は栗田艦隊司令部を含む全軍にあてて、

「敵艦上機約八〇機、来襲。我レコレト交戦中、地点『ヘンニ一三』（エンガノ岬の八五度二百四十マイル）〇八一五」

と打電した。

有名な、「われ囮艦隊としての陽動に成功せり」という意味の電報であるが、小沢自身、この苦心の秘策を含んだ電報が、栗田長官の手元に届かないということは予期していなかったであろう。（註、後方にいた「伊勢」は、九時十二分、この無電を受信したことを記録しているが）

さあ、後は敵の来襲を待つばかりだ。貝塚艦長が戦闘帽の顎紐をしめ直したとき、相生飛行長が防空甲板に上がって来た。もう直衛機の発艦も終わったので、後は故障した機が帰って来るか、零戦が弾薬燃料の補給のため着艦するとき以外は、飛行甲板も用がないというわけである。飛行甲板にはすでに十梃以上の単装二十五ミリ機銃が持ち出され、機銃員が据えつけにかかっていた。整備員もこの射撃を手伝うのだ。

「艦長、いよいよ今日が最後の日ですな」

相生飛行長は持ち前の大声を張り上げた。

「瑞鶴」はすでに速力を二十八ノットに上げており、吹きさらしの防空甲板は風が強い。

「やあ、飛行長、御苦労さん」

貝塚は微笑して十三期後輩の精悍な戦闘機乗りを迎えた。

「艦長、実はお詫びを申し上げに来ました」

相生の言葉に、

「何かね？」

貝塚は怪訝そうな表情を示した。

「艦長、今まで飛行作業に関して非礼なことを申し上げて来ました。お許し下さい」

相生は今日が最後とみて、艦長に詫びに来たのであった。貝塚はマリアナ沖海戦も経験しており、空母については素人ではなかったが、生え抜きのパイロットである相生からみると余計な口出しが多かった。発着艦のときでも発着指揮所へやって来て細かい指示を出す。綿密に事を運ぶ性格であるからそうなるのであるが、実戦型の相生からみると、これが事務屋的な細かさと受けとられて煩瑣なときもある。

　ある日、飛行作業について、貝塚が口を挟むので、気の短い相生が、思わず、

「艦長は黙っていて下さい！」

　と怒鳴ったことがあった。

　貝塚は怒りもせず、口をつぐんだまま相生の顔をみつめていたが、相生は後からしまったと思った。

　相生の方も飛行機や搭乗員可愛さでやっているので他意はない。そのようなことが重なったので、一度、艦長に詫びを言っておかなければと考えている間に決戦の日になってしまったのである。

「飛行長、詫びることはない。お互い任務が大切だからやりあうことになる。それもこれも『瑞鶴』可愛さからだよ。いいんだ」

　貝塚は柔和な眼を細くして笑顔で相生をうけとめていた。

「艦長……」

　そう言ったきり、相生は後の言葉が出なかった。この艦長は敵襲を前にして部下をいたわることを知っている。細かいだけの事務屋と考えていたが、本当は最も勇敢な士官だったのだ。相生は胸にこみあげて来るものをこらえながら、敬礼をすると、防空指揮所から艦橋に降りた。

八時三十五分、索敵に出した天山からの入電があった。

「敵機動部隊見ユ、空母在否不明、地点ヤル一カ（マニラの六五度三百二十マイル）〇八三〇」

敵機動部隊は、本隊の南百四十マイルあたりで北上しているらしい。

敵機編隊はすでに攻撃態勢に入っていた。

「来たぞ！」

艦首先端にある第七機銃群の縦動照準器付伝令である、今在家上等水兵は緊張した。敵機は二隊に分かれて先頭をゆく「瑞鶴」を挟み討ちにしようと接近して来た。前衛の「大淀」「多摩」「初月」が、パッ、パッと高角砲、機銃を発射している。ヤッペイ大尉の指揮する直衛機が早くも獲物を狙う隼のように急降下してゆき、グラマン戦闘機と空戦に入っている。しかし、何といっても敵百三十機に対して、味方の直衛機は「千歳」の機を併せて十余機しかいないのだ。あまりにも数に相違がありすぎた。

米軍の攻撃隊は二群に分かれて接近して来た。一群（八十機）は「瑞鶴」「瑞鳳」グループ（第五群）の右斜め前方から、もう一群（五十機）は「千歳」「千代田」グループ（第六群）のほぼ左正横から、それぞれ空母めがけて殺到して来た。

小林大尉の率いる直衛機がグラマンと空中戦を交えている間に、カーチス・ヘルダイバー艦爆は上方から逆落としに、グラマン・アベンジャー雷撃機は海面を這うようにして、同時攻撃をかけて来た。

「右前方の艦爆突っ込んで来る！」

防空指揮所の見張員が声を嗄らす。見張り指揮官の高井も忙しい。何しろ敵は五十機と大群なのだ。こんなに多くの飛行機を相手に見張りの訓練をやったことがない。

「敵一番機、急降下、続いて二番機！」

敵ヘルダイバーは、キラリと陽光を反射しながら翼を翻すと、先頭機から突っ込んで来る。味方の直衛機一機がとりつき、先頭の機に火をふかせたが、二番機、三番機と屈せずに突入して来る。

「敵機高度、三千」

「敵機、二千五百、二千！」

もうエンジンの形もはっきりして来た。投弾は間近い。急降下爆撃のとき日本側の投弾高度は四百五十メートルが通則であったが、実戦のときには二百五十まで下がる。そろそろ転舵しないと、右正横からの爆撃をうけることになる。

「面舵一杯！」

艦長は右に転舵した。

右から突っ込んで来る敵機に対しては、右に転舵して、敵の方に頭を突っ込んでゆくのが回避の常道である。こうすると突入して来る機の方は、腹の下に目標の艦がもぐりこんで来るので降下角度が深くなりすぎて、操縦士の体がふわふわと浮いて照準が定めにくくなる。

全長二百五十七メートルの「瑞鶴」は、身を悶えるように右に頭をひねった。

「敵高度千二百！」

——折り合いやよし、と貝塚は、

「砲撃始め！」

を下令した。十分敵をひきつけて撃ちとろうというのである。

「撃ち方始め！」

射撃指揮所の郡山砲術長の命令で、右舷の高角砲、機銃が火を吐いた。このとき有効であったのはポンポン砲と呼ばれる噴進砲である。

右舷前部の噴進砲四基から、いっせいに十二センチロケット弾百十二発がとび出した。真紅の尾を曳いてロケット弾は群れをなして急降下して来るヘルダイバーに向かってゆく。先頭の一群はロケット弾に包まれ、一機、二機と火だるまになって落ちてゆく。

ロケット弾は極めて有効であったが、欠点もあった。発射時には砲口が一面に火の海となり温度が八十度に昇るので、砲員は飛行服の上に消防服をつけて待機所に避退しなければならない。そのうえ、一度発射したら温度が下がるまでかなりの時間待たなければならない。

右舷前部三番噴進砲員の伊藤勝上水は、

——こいつは有効だが、次の発射まで時間がかかるのが難点だな……。

と考えながら、落ちてゆく敵機と殺到して来る後続のヘルダイバーの群れを見上げていた。

この頃、防空指揮所では、貝塚艦長が、ヘルメットを上空が見やすいようにあみだにかぶり操艦に必死になっていた。

「左正横より雷撃機！」

見張員が声を嗄らして叫ぶ。

雷撃第一群は右前方より攻撃をかけて来たが、貝塚の面舵一杯で、雷撃隊は射点を失った。ところが、「瑞鶴」の艦首が自分たちの方から見て左側にかわったので、その左舷から雷撃することに変えたのである。

「雷撃機、左前方より低空で向かって来る」

高井が見ると、黒に近い紺色塗りのアベンジャー雷撃機が海面をなめるように這って来る。

「左舷の雷撃機、射撃急げ！」

左舷指揮官の金丸が大声をあげる。左舷四基の噴進砲も各百十二発のロケット弾を発射した。

機銃とロケット砲の弾幕をものともせず、雷撃機は一機、二機と火をふきながら執拗に迫って来る。

貝塚艦長は今度は、

「戻せぇー、取舵一杯、急げ！」

を下令した。遅ればせながら雷撃隊の方に艦首を向けようというのである。

この時点の敵機の配分を今少し詳しくいうと、最初右舷から十機が急降下し、続いて左舷から四機が突っ込んで来た。続いて右舷十三、左舷十三機が五～八機単位で両艦交互に対空砲火を冒して急降下、さらに転舵中に右から三機、左から七機の雷撃機が襲って来た。

そして八時三十五分、二百五十キロ爆弾一発が左舷飛行甲板に直撃、格納庫甲板を貫通して第八罐室給気路で炸裂、付近の中、下甲板を大破した。

「瑞鶴」型は、速力を出すため英米の空母に較べて、甲板の装甲が薄いといわれるが、このときもその弱さが出た。爆弾は戦闘詳報では二百五十キロとなっているが、SB2Cヘルダイバーは千ポンド（四百五十キロ）爆弾一個を搭載することができるので、このときは被害の大きさからみて四百五十キロではなかったかと思われる。

このとき来襲したのは、ハルゼー艦隊のうち、ボーガン、シャーマン、デーヴィソン三少将の率いる三隊で、午前八時半の大体の位置はエンガノ岬の東南東二百十マイル、北方にある小沢艦隊までの距離は百二十マイルであった。ハルゼーは肉を斬らせて骨を斬るの意気込みで肉薄して来たのであり、小沢艦隊の囮任務は完全に成功し、後は栗田艦隊のレイテ湾突入を待つばかりとなっていた。

米機動部隊三隊の兵力はエセックス型正規空母の搭載能力、戦闘機四十、艦爆三十五、艦攻（雷撃機）十八、改造空母、戦闘機二十三、艦攻十として、総計六百をこえ、迎え討つ小沢艦隊の直衛機はわずかに零戦十余機、湊川の楠正成を思わせる悲壮な戦いであった。

八時三十五分の第一弾命中の後、たてつづけに六十キロ二発が左舷飛行甲板に命中した。ミッドウェー当時の「赤城」であったなら、この三弾で格納庫内の魚雷や爆弾が誘爆し、格納庫は赤熱する熔鉱炉のようになり、艦の機能は完全に停止するのであるが、このときは格納庫内に残存機がないので局部的な火災にとどまった。

しかし、「瑞鶴」が旗艦としての能力を失うときは意外に早くやって来た。

第一弾命中の二分後、魚雷が命中したのである。

このとき、防空指揮所の第五分隊長高井大尉の近くには第五分隊士で水測士の石川寿雄少尉（73期）が立って、田原兵曹のいる聴音室との連絡にあたっていた。

左右両舷からの雷爆同時攻撃があり、かわし切れずに急降下の三弾を喰らった後、艦長は一応、

「撃ち方やめ！」

を令し、速力を二十四ノット（第二戦速）から二十ノット（第一戦速）に下げた。そのとき、石川の目の前のブザーが、ピーピーとけたたましく鳴った。聴音室からの「魚雷音あり」という通報である。

と同時に、防空指揮所の見張長大内功兵曹長が、

「雷跡左九〇度！」

と叫んだ。

ここで少しフィルムを巻き戻して、聴音室の田原兵曹（水測員長）の記憶を辿ってもらおう。

この日、起床直後、田原は二食分の戦闘配食を受け取った。

「戦闘配食受け取れ」

の拡声器がかかったとき、食卓番の一番若い高畑宗祥一等水兵（特別年少兵）が、「行っ

て来ます！」と勢いよく立ちあがったが、重大な最後の食事に間違いがあってはならぬというので、上水二人を派遣した。間もなく運ばれた食事は、赤飯の缶詰、牛肉の大和煮、練乳、乾麵包となかなかの御馳走だ。

「これが機動部隊最後の晩餐か……」

田原は赤飯の缶詰を手にすると壁にさがっている軍刀を仰いだ。水測士石川少尉の軍刀である。おれはトップの防空指揮所にゆく。この日本刀を守護神として壁にかけてくれというので、石川少尉から預かったものである。

この朝は顔も丁寧に洗った。戦闘航海中は真水は貴重品であるが、この日は少し贅沢させてもらい余分に水を使う。帰って来て、

「おい、若い兵隊は先に飯をすませろ」

というと高畑が、待っていたとばかりに食卓についた。いつもは食卓番は汁をついだり食器に飯をよそったりで忙しいが、今日は加工品ばかりであるからその必要がない。

「おい、高畑、お前、顔を洗ったのか」

と訊くと、

「はあ、まだです」

という。

「お前、本艦に来てから顔を洗ったことはあるのか？」

「一度もありません」

「今日くらいは洗って来い。飯は聴音室へ入ってから食える」

「いえ、今まで洗ったことがありませんので、このまま死のうと思っております」

「強情な奴だ」

高畑は高等小学校卒業後、直ぐに海軍を志願して入って来た十四歳の特別年少兵である。一年もしたら予科生徒になって、二年たったら海軍兵学校に入れるという宣伝に惹かれて志願して来たが、海兵の生徒になる前に靖国神社に行ってしまいそうである。

「おい、高畑、二食とも食ってしまうんじゃあないぞ、戦争は今日一日続くかも知れん」

田原はいたわるように言った。水測員は通信科と同じく水兵の中ではインテリジェンスを要求される。耳が大切だというので、ビンタの制裁も禁じられている。

早々に缶詰を食った田原は、石川少尉の軍刀を手にすると中甲板の聴音室に入った。

「敵雷爆大編隊、こちらに向かう」

レーダー室からの報告が艦内に伝わる。一瞬、聴音室の空気が張りつめたようになる。中甲板の聴音室では近くに魚雷が当たれば全滅である。

このとき、飄然とした声をあげたのは古参の鶴川兵曹である。

「来るもんなら来んさいよ」

いつもの広島弁である。これで一同は少し緊張がほぐれた。

七時三十二分、「戦闘用意」のラッパが拡声器で艦内に流れる。田原は第一聴音器の前に座った。戦闘配置であり死に場所である。第二聴音器には湯地兵曹、艦橋伝令中矢上水、防空指揮所伝令乙社上水。

零式水中聴音器は水中で二万メートル先の音をキャッチできる精密なものであるが、この日の水中の状況は、ザーッという雑音が多い。

八時すぎ、上部では「撃ち方始め」となったらしく、高角砲のドカン、ドカンという発射音、噴進砲のボコンボコンという連続発射音が伝わり、艦上は騒然として来る。肝心の潜水艦の推進器音や魚雷の音が聞きとりにくいので、レシーバーの上から鉢巻をしめた。

それでも機銃連射の金属音がけたたましく去来し、艦上では空との激戦が展開されているらしい。室内温度が異常に高まったのか、それとも緊張のせいか、汗が首から背中からだらだらと流れる。

ガン！　と大きなショックを体に受ける。飛行甲板後部に爆弾が当たったらしい。続いて、また一つ、二つ、体が大きく揺れる。そのときだ、レシーバーに急に疳高い異常音が入って来た。

「魚雷だ！　来たぞ！」

整相器のハンドルを三六〇度回してみると、音の接近して来る方向がわかった。大きな声で防空指揮所の石川水測士に報告する。

「魚雷音、左一二〇度」

「どんどん近づく」

「左一一五度、一一〇度」

——魚雷は左やや後方から左正横に方向を変えて来るようだ。おかしい……。

艦が遅まきに左に転舵しているせいであろうか、普通転舵によって魚雷の射角は後落してゆくものであるが逆に正横に近くなってゆく。危ない！　早く舵を動かしてかわさないと、真横にドカンと一発喰らってしまう。

「魚雷音近づく！」

まったく気違いじみたように音が高まって来る。後から考えてみるとパトカーが十台以上サイレンを鳴らして走って来るみたいだった。魚雷の方角が接近拡大され整相器一杯に拡がり、度数を読むこともできない。命中するぞ、操艦はどうなっているのか。

ガックーン！

耳の鼓膜が破れそうな音響とともに、体が五十センチくらいはね上げられ、どすーんと床に叩きつけられ、エレベーターが急に上下するみたいにガクンガクンと上下にゆすられた。電源が切れてあたりは真っ暗になる。

「魚雷命中！」

叫んでも仕方がないが、何か言わずにはおられないくらい心も体も不安定である。

艦橋、防空指揮所と通信連絡が途絶える。

——被害は大きいらしい。本艦は大丈夫か……。

しかし、真っ先に来たのは、なにくそ、死ぬものか、という反発だった。

——とにかく、まず電源を応急用に切り換えて聴音器を働かさねばならない。戦いはこれからだ……。

田原は第二聴音器の湯地兵曹と協力して、後部休息台の下の五十ボルト・バッテリー二個を手さぐりで直列につなぎ、整相器左側下部の電源筺に連結した。

再びレシーバーをかぶってみると、感度は以前より良好である。懐中電灯で時計を見ると八時三十七分で止まっている。振ってみるとまた動き始めた。聴音器には依然として、グワーン、グワーンという発射音が入っていた。味方はまだ撃っているとほっとした。

防空指揮所でも魚雷命中のショックは大きかった。

艦長以下手摺につかまって、全身がゆすられる衝撃に堪えた。

水測士の石川少尉は命中の瞬間、眼の中で紅い火花が散ったような気がした。

しかし、魚雷の命中箇所の近くにいた機関科員の衝撃はそれどころではなかった。

魚雷は左舷後部機械室の後方、第四発電機室の外側に命中した。このとき近くのディーゼル発電機室にいた高橋英男兵長は大きなショックを受けた。その同じようなショックについて、後部機械室で通信伝令をしていた小山治夫兵曹は、次のように回想している。(『瑞鶴史』より)

「機械室は水面下四~五メートルの船艙甲板にあり地獄の一丁目のように重苦しいところである。戦闘になると換気孔の通風装置が止まるので室内温度は五十度くらいに上昇し耐え難い暑さとなる。

艦底近くにいても、換気孔から敵機の爆音、味方の高角砲、機銃の発射音が耳をつんざくように聞こえて来るので、上部の様子は手にとるようにわかる。

速力二十四ノットから二十ノットに減じ、敵襲も一段落かとほっとしたところ、後方に大音響が生じ、目から火が出るほどプレート（床に敷いてある網目になった鉄の格子）に叩きつけられた。すべての機械類が粉々になったような気がした。電灯は消え、全機械は停止し、機械室のプレートがはずれて歩行は困難となった」

この一本の魚雷は「瑞鶴」の神経系統を麻痺させた。

第四発電機室は満水となり、艦は左に九・五度傾斜し、左舷後部は四十三センチ沈下した。被雷時「瑞鶴」は左に旋回中であったが、舵取機の電源故障のため舵が戻らず、貝塚艦長は直接操舵に切り換えた。

八時四十五分、応急処置によって艦の傾斜は左六度まで復原され、舵も応急電源によって艦橋で操舵できるようになった。

しかし、問題は通信であった。被雷によって第二送信機室は浸水のため使用不能となり、第一送信機室も電源停止のため送信不能となり、「瑞鶴」は八時四十八分、艦隊旗艦として最も重要な通信能力を完全に奪われてしまった。

「通信長、送信機はどうか。まだ復旧はしないか⁉」

貝塚艦長は通信長の高木政一中佐（55期）をしきりに呼ぶが、第一送信機室からはなかなか応答がなかった。

——いかんかなあ。これでは「瑞鶴」は旗艦として、今後の戦闘を続行することはできなくなるではないか……。

防空指揮所の将兵の面には、一様に憂色が流れた。

水測士の石川少尉は、不安のなかにも首をひねっていた。彼はあの魚雷が、どこからやって来たのか見当がつかなかった。なるほど右舷からの艦爆急降下に続いて、左舷から七機ほどの雷撃機がやって来たが、この魚雷は全部回避できたはずである。だからこそ艦長も二十四ノットから二十ノットに減速したのである。

ところが、その直後に聴音室から魚雷音を示すブザーが鳴り出した。そして見張員が雷跡を発見して、ドカンである。これはあの七機が放った魚雷の一本ではない。左方二キロで回避を続けている「瑞鳳」に向かって放たれた魚雷がはずれて「瑞鶴」に向かって来たものではないのか。その証拠に魚雷の速度はばかに遅かった。走り疲れてもうストップする直前のようにも思われた。彼は考える。

――あのとき、速力を二十ノットに減じないで、二十四ノットのままでいたなら、もっと舵の利きがよくて、魚雷に艦首を向けることができ、魚雷は艦尾をかわったのではないか……。

しかし、『公刊戦史』によると、この第一次攻撃では、「瑞鳳」は八時三十五分、急降下爆撃によって二弾を受けたが、雷撃については記憶がない。

「瑞鶴」は謎の魚雷によって神経系統に打撃を受けながら、北方へ走っていた。栗田艦隊のレイテ湾突入のため、なおも敵を北方に誘きよせながら……。

# 生い立ち

エンガノ沖の海戦の終末を見届ける前に、この有名空母の誕生について語っておこう。

周知のように、大正十年（一九二一）十一月十二日から翌十一年二月六日まで開かれたワシントン軍縮会議で、米、英、日の主力艦の比率は五・五・三に抑えられた。航空母艦については よく知られていないが、米、英、日の比率は、十三万五千トン、同、八万一千トン、つまり、主力艦と同じく五・五・三なのである。

ところで主力艦の場合とは逆に、空母に関するこの数字は列強の海軍や造船界にとって絵空事に近い数字であった。というのは、大正十年当時、列強は空母というものを殆ど持っていなかったからである。

もちろん、第一次世界大戦中に英、独、仏の飛行機は第一線で活躍したし、イギリスは巡洋戦艦や商船を空母に改造して使用していたという記録があるが、その飛行甲板の設備や、着艦制動法についてはよく知られていない。

日本海軍でも大正七年議会を通過した八・六艦隊計画案の中で、初めて空母を造ることになった。大正八年、浅野造船所において着工。イギリスから伝わって来るわずかなデータによって、苦心のうちに工事を進め、大正十年十一月十三日、奇しくもワシントン会議開催の翌日進水した。これが「鳳翔」で、時差を考えれば、ワシントンで、米国務長官ヒューズが、軍備縮小の爆弾演説をぶっていたとき、日本では後の機動部隊の草分けとなる「鳳翔」が船台を滑っていたのである。

「鳳翔」は初めから空母として設計された世界最初の艦であるが、大正十一年十二月二十七日の竣工後もなかなか艦隊の仲間入りはできなかった。それは発着艦その他空母に特有の訓練をしなければならなかったし、艦隊編制の場合、一隻の空母をどのポストに据えるかについても研究しなければならなかったからである。

「鳳翔」は水線長百六十五メートル、排水量七千四百七十トンで、二百五十七・五メートル、二万五千六百七十五トンの「瑞鶴」に較べれば長さにおいて二分の一強、トン数において三分の一に足りない小艦である。

初めて着艦した飛行士は、大海に浮かぶわらじのようなこの艦にどうやって降りたらよいのか、とまどいを感じたのではないか。

ところが日本海軍では、「鳳翔」の建造と併行して、早くも艦上機の製作が行なわれていた。艦上戦闘機、同雷撃機、偵察機の三種で、制式は大正十年採用を示す十年式であった。「鳳翔」の飛行甲板は全通甲板といって、艦首から艦尾まで一杯に造られ、右舷前方に艦橋とマストが設けられていた。

　空母の特質を示す最も重要である発着艦テストは、大正十二年二月、東京湾で行なわれた。使用機の十年式艦上戦闘機のメーカーである三菱からは、成功者に対して賞金一万円が賭けられた。これは今の二千万円以上にあたるであろうか。

　これに挑んだのが三菱のテストパイロットとして日本に来ていた英海軍のジョーダン大尉で見事に成功した。次は海軍の飛行士をというので、三月十六日、吉良俊一大尉（40期、山口多聞、大西瀧治郎らと同期）が着艦した。ジョーダンは当然一万円をもらったであろうが、吉良大尉は軍人であるから何も報酬がなかったであろう。処女着艦のときはどのような気持であったのか。

　吉良少将は、昭和十七年春、私たちが艦爆専修の飛行学生として大分県の宇佐航空隊にいたとき、第十二連合航空隊司令官として大分の司令部にいた。大分にいた戦闘機の学生は着艦時の様子などを聞いたらしい。第一回目はジャンプして着艦索をとびこし、第二回目でフックがかかったとかいう話である。

「鳳翔」についで登場した空母は、有名な「赤城」（昭和二年、竣工）、「加賀」（三年、同）である。

　周知のように「赤城」は巡洋戦艦、「加賀」は戦艦として計画されたが、ワシントン会議の結果、廃棄される運命にあったところ、主力艦のうちはみ出した二隻は、空母に転用してよろしいという条項ができたので復活したものである。

この継子のようにして誕生した二艦が真珠湾をはじめ、インド洋（「赤城」のみ）、ミッドウェーと歴戦の空母となろうとは、当時、日本全権の加藤友三郎大将も予想していなかったであろう。

「赤城」「加賀」の後が、小型空母の「龍驤」（昭和八年、竣工）である。八千トン、水線長百七十五メートルと「鳳翔」より少し大きく、飛行機も「鳳翔」の二十一機に対して四十八機と倍以上積めるが、「鳳翔」と組んで一個航空戦隊を編成するために計画されたものである。

「龍驤」は開戦当時、一隻で第四航空戦隊の主力となり南方に派遣され、ミッドウェーのときも「隼鷹」とともにアリューシャン作戦で活躍した。昭和十七年八月の第二次ソロモン海戦で、米機動部隊の主力を一手に引き受けて沈没した。

「龍驤」の後には「蒼龍」（昭和十二年、竣工）、「飛龍」（十四年、同）が登場する。

この二隻が日本で初めての本格的な正規空母であるとは日本海軍の航空対策も遅いが、アメリカの中堅空母となったエンタープライズ、ヨークタウンらの着工もさして早くはない。やはりビスマルクを空母の飛行機で雷撃したイギリスに一日の長があったというべきか。

「蒼龍」は一万五千九百トン、水線長二百二十二メートルと、「赤城」の二万六千九百トン、二百四十九メートルより小さいが、何よりも三十四・五ノットという高速は、無風時の発艦に、敵の追撃、駆逐艦との協同作戦に有効で、ここに日本海軍は機動部隊編制のいとぐちをつかんだのである。

同型艦として設計された「飛龍」は途中改良され、一万七千三百トンと排水量が増えている。

考えてみれば、昭和三年の「加賀」竣工から同十二年の「蒼龍」竣工までは空母における海軍の休日（ネイバル・ホリデー）で、この間、「龍驤」一隻しか造っていない。ワシントン条約における空母の制約は八万一千トンであるが、「赤城」と「加賀」を併せて五万三千八百トンであるから二万七千二百トンの余裕があった。

「鳳翔」を廃艦にする前提で「蒼龍」クラスを昭和八年頃着工で二隻造り、昭和十二年、無条約時代に備えてもう二隻を計画しておれば、ミッドウェーに六隻の空母を出すことも可能であったと思われる。

昭和五年のロンドン条約以降、海軍は軍令部を中心とする艦隊派（拡大派）が、浜口首相らの〝統帥権干犯〟を叫んでテロをひき起こしたが、そのひまに制式空母二隻くらいを造っておいたらどうであったのか。

艦隊派の中心加藤寛治（18期）は大艦巨砲主義で、艦隊派の末次信正（27期）は水雷屋、高橋三吉（29期）はドン亀（潜水艦）とあって、飛行機には目が向いていなかったらしい。

昭和初年の日本海軍の太平洋における戦略は、漸減作戦であったと聞いている。輪型陣を組んで海を渡って来る米艦隊をハワイ西方海面で潜水艦で雷撃し、さらに水雷戦隊で敵戦艦の数を減らし、戦艦の数がほぼ同数となった頃、小笠原諸島の近くでこれを迎え討ち、「長門」「陸奥」の四十センチ砲によって、ウエストバージニア、コロラドを沈め、勝ちを制するものである、というように聞かされていた。

この際、空母は艦隊協力であって補助任務しか与えていなかった。

大体、艦上用の戦闘機、雷撃機は前述のように大正中期には開発されていたが、太平洋戦争中、急降下爆撃によって戦果をあげた艦上爆撃機の開発は昭和六年以降で、本格的に実用となったのは昭和九年採用の九四式艦上軽爆撃機が最初である。

私は昨年、「鳳翔」の艦爆隊長として真珠湾攻撃に参加して、珊瑚海で戦死した高橋赫一少佐（56期、戦死後、大佐に進級）の伝記を書いたが、彼の略歴によると昭和七年十二月、霞ヶ浦航空隊卒業後、七試、八試などを用いていた急降下爆撃隊で、日本最初の急降下爆撃隊長に任じられたのが、彼だということになっている。

かにかくに、日本の空母と艦上機の発達は遅々たるもので、艦隊随伴から脱して、独立で部隊を編成し、敵主力部隊を痛撃するなどという戦術思想は、昭和十年以前には生まれるべくもなかった。

しかし、日本海軍にも具眼の士がいなかったわけではない。

昭和九年十二月二十九日、日本政府は英米に対して、ワシントン条約廃案を通告した。規約によってこの条約は参加国のいずれかが、条約満了期日昭和十一年（一九三六）十二月三十一日の二年前までに廃止の意志を通告すれば効力を失うということになっている。したがって昭和九年末の通告によって列国海軍は、十二年一月一日から無条約時代に入るわけである。

日本海軍の艦隊派は勇躍して新しい造艦を主張し、それは国家の要望でもあった。「瑞鶴」の建造は昭和十二年度の第三次艦船補充計画＝通称㊂計画、による。

この計画には、世界の造船史上に残る有名艦が続々登場する。

第一号艦「大和」、二号艦「武蔵」、三号艦「翔鶴」、四号艦「瑞鶴」、そして五号艦水上機母艦兼特潜母艦「日進」、六号艦敷設艦「津軽」、十七号艦駆逐艦「陽炎」型、三十五号艦甲型潜伊九型など合計七十隻に及ぶ日米決戦用の大計画で、昭和十六年までの継続事業であった。

当時、一、二号艦に続いて三号艦は同型艦の「信濃」であるといわれ、私たちも兵学校生徒の頃からそのような噂を耳にしていたが、正確には「信濃」は一一〇号艦で、三号艦は右に示したように「翔鶴」である。

無条約時代の第一着手であるこの㊂計画の部内発表は、米内光政海相（昭十二年二月〜十四年八月）のときであるが、起案と計画作製は大角岑生海相（昭八年一月〜十一年三月）から永野修身海相（昭十一年三月〜十二年二月）の時代であった。

この大計画のうち、一号艦の「大和」は昭和九年に計画され、十一年七月、基本設計が完成した。十二年十一月、呉海軍工廠の造船ドックで起工されている。

「翔鶴」型の計画はそれより少し遅れ、三号艦「翔鶴」は十二年十二月十二日、横須賀海軍工廠で、四号艦「瑞鶴」は十三年五月、神戸の川崎造船所で起工され、「瑞鶴」は翌十四年十一月二十七日、進水した。

当時、「大和」は呉工廠、「武蔵」は三菱長崎造船所で建造中で、一つは民間の会社を使用するという方式は「翔鶴」型も同様である。

福井静夫氏の「極秘〝決戦空母〟建造の背景」（「丸」エキストラ版、第四十六集）によると、「大和」の機密保持は軍機で、「瑞鶴」は軍極秘であったので、「大和」よりは規制が楽であったということであるが、初めて正規空母の発注を受けた川崎造船所では、大いに当惑した。

それまで空母の建造及び改造は、「赤城」呉工廠、「龍驤」横須賀、「蒼龍」横須賀と、すべて海軍工廠で行なわれており、わずかに「加賀」は進水までは神戸川崎造船所であったが、空母としての改造は横須賀工廠で行なわれている。

このとき、建造計画の一員に加えられた川崎造船所技師長谷川鍵二氏は、昭和九年、東大造船工学科を卒業したばかりの青年エンジニアであったので大いに責任を感じ、昭和十二年に大阪湾で観艦式があった際、海軍に頼んで「蒼龍」型空母に便乗し、飛行甲板、格納庫、艦橋などを見学している。

商船と異なって、軍艦の建造は難しい。構造が複雑である。空母はその特殊性によってさらに複雑になる。鋲打ち一つにしても、防水上の見地から一つ一つの穴をあけた箇所のチェックを行なう。水漏れ、油漏れの防止にもうるさかった。

長谷川技師は艦体に穴をあけることについても気を使った。応急（防火防水）上の見地から、艦体に穴をあけてはならないところがある。長谷川技師は、毎日、艦底にもぐり、自分が図面に印判を押していないところには、穴をあけることを厳禁した。

鋲打ちと穴あけの次に氏が注意したのは、ウエイト・セイビング、つまりいかにして重量を軽くするかであった。無駄なものはできるだけ切り取らねばならない。「瑞鶴」の図面は同じ大きさの商船の十倍以上もあり、区画がはるかに多く仕切られ、複雑を極め、減量も煩雑なデータがからんだ。

また無数ともいえる区画に水を張って水漏れテストも繰り返された。しかし、当時の工員は海軍の大切な艦だというので、職長以下、無理を承知で頑張ってくれた。

少し先輩の「翔鶴」が横須賀で進行中であるので見学に行ったりもした。

当時、横須賀工廠にいた福井氏は竣工時期が大幅に繰り上げられたので、全員が決死の勢いで働いたと回想している。

福井氏の回想によって「瑞鶴」の設計について考えてみよう。

この型の空母の特色は、二層格納庫（「赤城」「加賀」は三層）、平甲板式飛行甲板、横向き彎曲式煙突、新しい発着艦装置、艦体強度を高めるなどであった。竣工時の要目は、二万五千六百七十五トン、三十四・二ノット、搭載機数八十四機である。

一方、川崎造船所の方では作業が進んで来ると、毎日のように難問がもちあがって若い長谷川技師を悩ませた。艦底部で重要な弾火薬庫の上部は、厚い鋼鈑で蔽われているが、この取り付けはアーマーボルトと呼ばれる特殊ボルトで締めつけることになっている。しかし、川崎造船所では初めての経験であるために苦労した。

この頃、長谷川技師は艦内を歩きながら考えた。鉄というものは、一日中動いている。太陽が外鈑にあたると、艦は横に曲がる。甲板にあたると艦首艦尾が下がって来る。艦は動いている。鉄は生きている、という感じである。この動いているものに穴をあけ、いかに要所を合わせて、総合的な有機体に仕上げてゆくかである。とくに舷側の甲鈑は非常に長く、伸び縮みが激しいので、この取り付けは困難であった。

いま一つの難工事は推進軸の中心線を出す作業であった。日本海軍最高の十六万馬力を出すために、罐室八室、機械室四室があり、プロペラシャフトは四本で、しかも非常に長い。このシャフトのラインをいかに真っ直ぐに通すかが最初の問題であった。

商船なら五万トンのタンカーでも、エンジンは最後部にあるので、シャフトは短くてすむが、「瑞鶴」ではシャフトは艦体の三分の一以上も前の位置から始まっており、その長さは百メートルを越える。

ところが、日中は艦体は絶えず伸縮しているので、夜、鉄板が冷えてからシャフトの位置を決めるのである。エンジンルームの前端に灯をつけ、中間に何ヵ所かスリットを設け、このスリットの小さな孔に光を通して、真っ直ぐにシャフトが通るよう位置を決めるのである。

さて、船台上の工事が完了していよいよ進水ということになるのであるが、さすがに若さに満ちた長谷川技師も、十四年十一月二十七日の進水式の前日、寝こんでしまった。

連日連夜、作業服の腰に七つ道具をつけ、各部の点検で艦底を這いずり回っていたので、目は充血、頬はこけてついに倒れてしまったのである。七つ道具というのは、鉄板の肌具合を見る「スキ見ヘラ」、鋲を調べるハンマー、長さを計る物差しなどである。

進水式当日、先輩の森本技師が来て、

「お前に本当に見せてやりたかった」

と言いながら、進水の感激的なシーンを物語ってくれた。

この進水式には一つのエピソードがある。それは、軍艦進水のとき恒例として配られる記念の絵葉書のことである。艦名を「瑞鶴」とした絵葉書を配ると、鶴は空を飛ぶから航空母艦だということが一般世間に知られてしまうというので、まず、戦艦の絵を刷ったのを少し配布したが、結局、配布は中止されてしまった。軍極秘というので、このくらい秘密は堅く守られていたのである。

私は当時、海軍兵学校の四年生で、呉の造船ドックで第一号艦「大和」が造られているらしい、ということはちらりと耳にし、航空実習のときは、練習機でその上空を飛んだこともあるが、空母「瑞鶴」のことは知らなかった。

新空母「瑞鶴」には、十五年十一月十五日、艤装委員長として横川市平海軍大佐（43期）が着任した。初代艦長となる人である。

一方、連合艦隊では、十六年四月十日、第一航空艦隊を編成し、司令長官南雲忠一中将、参謀長草鹿龍之介少将、航空参謀源田実中佐らが決まり、ひそかに真珠湾攻撃の準備を進めることになった。

航空参謀源田中佐の頭痛の種は、後に第五航空戦隊を形成するはずの新鋭空母「瑞鶴」「翔鶴」の完成と、その飛行隊の錬成である。「翔鶴」は少し早くこの八月八日竣工の予定であるが、「瑞鶴」はいくら切り上げても九月二十五日であるという。それに、空母乗り組みの搭乗員は着艦訓練（薄暮、夜間、荒天時を含む）に習熟している必要がある。

一航艦司令部は、八月二十五日、源田参謀と同期の淵田美津雄少佐（十月五日、中佐進級）を「赤城」飛行隊長に補し、一航艦幕僚事務補佐兼一航艦全飛行訓練指導官を命じた。後に攻撃隊総指揮官となる淵田が、全飛行機隊の統一訓練を行なうことになり、これは各空母飛行隊の統制指導に大いに有効であった。

淵田の着任に先立って、八月十四日、「瑞鶴」は兵装仕上げのため、神戸から呉に回航することになった。一航艦司令部では、「瑞鶴」の動きに注目していた。「翔鶴」はすでに、八月八日竣工して、海軍に引き渡され、瀬戸内海で試運転を行なっている。真珠湾攻撃を有効ならしめるには、是非とも五航戦二隻の新型空母の参加が望ましいのである。

ところが、この航海が「瑞鶴」には大きな試練となった。台風に遭遇したのである。

当時は台風情報なども行き届いていないので、「瑞鶴」は風浪に翻弄され、川崎造船所が苦心して建造した艦体の強度を試されることになった。

回航の総指揮は艤装委員長の横川大佐がとったが、川崎からは近藤常堅取締役が責任者として乗りこむことになった。万一事故でもあったときは腹を切るつもりで、彼は日本刀を仕込んだ仕込杖を携行して乗艦した。回航のコースであるが、巨艦が航行するので、瀬戸内海の島の間をゆくのは危険であるし、人目にもふれるとあって、徳島沖を通り、室戸岬の南を回って西へ回る頃、台風が来襲した。艦体は二八度傾き、艦内においてあった熔接機などが左から右へザーッと走り出す。浸水がひどくなり、バケツリレーで水を掻い出す始末。土佐湾を西へ流されて行ったが、足摺岬をかわったら北へ変針すべきところが、鹿児島の南まで流されてゆき、川崎造船所はもちろん、艦政本部や海軍省、一航艦司令部をもあわてさせた。

当時、労務係として乗艦していた井上震二氏は語る。

「夜中の三時頃に艦の動揺で目をさましました。三〇度近い傾斜は今にも転覆するかと思うばかりです。先輩が懐中電灯を壁にぶら下げて、今このくらいの傾斜だ、と示してくれました。また、遺書を書くなら鉛筆で書け、インクでは水に濡れた場合ににじんでわからなくなる、と教えてくれる人もあれば、ＳＯＳの無電が打てなくなったとか、重油が洩れているという話も聞きました。台風が去って呉へ入港したのは、午後二時すぎでしたが、舳先（へさき）についていたはずの菊の御紋章がなくなっていたのを覚えています」

また、艤装員として乗艦していた加藤氏のように、

「そのときは、ずーっと眠っていて、朝、空腹で目がさめたら、昨夜は大変だったと聞いて驚きました」

という呑気なものもあれば、久保田氏は、

「ひどい船酔いで寝ていたんですが、どうにも気になるので起きてみたら、塗料庫の窓のひ

とつがあいていて、ひどい浸水でした」

と語っている。

しかし、「瑞鶴」がやっと呉に入港して艦体検査をしたところ、どこも異常はないというので川崎の関係者は大いに面目を施した。

この後、呉で艤装の仕上げを急いだ。

昭和十六年九月二十五日、「瑞鶴」はついに竣工し、二万五千六百七十五トンの巨体は連合艦隊第一航空艦隊第五航空戦隊に配属された。

時あたかも日本政府は対米戦決意を迫られて、苦難の歩みを続けているところであった。七月十六日、日米和平交渉をめぐって松岡外相と衝突した近衛首相は内閣総辞職を決行し、十八日、松岡抜きで第三次近衛内閣を組織した。そして同二十八日の南部仏印進駐決定でアメリカは日本への制裁を強め、八月一日、対日石油全面禁輸に踏み切った。

日米両国民は何も知らされてはいなかったが、これで日米開戦は事実上決まったのである。それまで、日独伊三国同盟（十五年九月二十七日、成立）に反対し、和平を唱えて来た海軍も永野修身軍令部総長以下、蘭印の石油資源獲得のため、南進の必要を主張するようになった。そして、九月六日の御前会議で「対米戦準備ヲ整エル」との決議が行なわれ、十月十八日、東條内閣成立、そして十二月八日の開戦へと歴史の歯車は回ってゆくのである。

九月二十五日、竣工と同時に横川大佐は艦長となり、同日、飛行長下田久夫中佐（50期）らの幹部が発令された。

「翔鶴」の方は一足早く、四月十七日、城島高次大佐（40期、十七年五月一日、少将進級）が艦長に、九月一日、和田鉄二郎中佐（51期）が飛行長に発令されて、飛行隊の訓練を始めていた。

飛行長下田中佐のほか、発令以前から艤装委員になっていた飛行科士官も発令された。艦攻隊長嶋崎重和少佐（57期）、艦爆隊長坂本明大尉（63期）、同、江間保大尉（同）、艦戦隊長佐藤正夫大尉（同）、それに最も若い六十六期生の佐藤善一、村上喜人、葛原丘らの各中尉も次々に発令された。

このほか戦闘機の牧野正敏大尉（65期）、艦攻の石見丈三大尉（62期）、中本道次郎大尉（65期）、坪田義明大尉（62期）、金田数正飛行特務少尉、八重樫春造飛曹長といった、後にも活躍するベテランパイロットが続々乗艦して来た。

九月二十五日、神戸の川崎造船所で「瑞鶴」の海軍への引き渡し式が挙行された。艦尾に軍艦旗が掲揚され、森本技師や吉岡造船所長、そして若い長谷川技師らは感慨深げに仰いでいた。船が出来上がるときは、自分の生んだ子を見るように可愛い、といった老職工の言葉が長谷川の胸に沁みこんだ。

# 真珠湾へ

「瑞鶴」は、翌日呉に回航され、艦隊所属の艦としての準備にかかり、十月七日までに同港に碇泊し、同日大分沖に移動し、搭乗員の着艦訓練を行なうことになる。

一方、一航艦司令部は二航戦司令官山口多聞少将を事実上の航空戦教練総指揮官とし、源田参謀と淵田隊長を補佐官として、九州各地の基地で、十一月五日、錬成目標到達をめざして本格的訓練に入っていた。その目標というのは、既成の一、二航戦は艦船攻撃可能、五航戦は母艦航空部隊として作戦可能となること、という線になっていた。

各地の訓練部隊割当は次のようになっていた。

鹿児島　一航戦艦攻
出水　二航戦艦攻
富高　一航戦艦爆

笠ノ原　二航戦艦爆
佐伯　一、二航戦艦戦
宇佐　五航戦艦攻
大分　同右　艦爆
大村　同右　艦戦

「瑞鶴」の飛行機隊は宇佐、大分、大村を基地として、月月火水木金金の猛訓練に入った。筆者はこの年、四月一日、海軍少尉に任官、五月一日から霞ヶ浦航空隊で操縦訓練に入っており、真珠湾攻撃の話などは、もちろん知る由もなく、鹿児島にいた艦攻隊が、鹿児島湾がパールハーバーの地形に似ているというので低空雷撃の訓練場としている、という話などは聞く術もなかった。

しかし、後に飛行学生を修了して鹿児島、佐伯などで実戦用の訓練に従事した際、真珠湾、珊瑚海などの生き残りの先輩からその訓練ぶりをよく聞かされ、また、戦地並みの訓練を行なうということで、一ヵ月間、上陸（外出）なしの訓練を続けることが多かった。

一ヵ月ぶりに外出して呑む酒はうまかったが、練度が向上するに連れてぽつりぽつりと前線に引き抜かれ、ついに私も十八年三月、佐伯湾を出港した空母「飛鷹」乗り組みとしてトラック島に向かったのであった。

この十六年後半の空母部隊飛行訓練は多くのエピソードを残している。

まず、提督山口多聞とあみやのおやじの話である。訓練総指揮官の山口多聞は、各基地を回ってシゴキをかけ、その激しさのため、パイロットたちから源田参謀とともに、〝人殺し多聞丸〟というニックネームを頂戴した。早朝、日中、薄暮、夜間、と一日中、四、五回も訓練を強行するので、事故が続出した。シゴかれたパイロットたちの慰めは、あみやのおやじの太鼓腹を殴ることであった。

鹿屋市のメーンストリートに今もあみやという牛肉専門店が残っている。大隅半島の和牛を使って、うまいすき焼きを食わせる店である。訓練に疲れたパイロットたちは、ひと月に一度か二度、この店ですき焼きをつつくのを無上の楽しみとしていた。ここのおやじが山口多聞と同じ太鼓腹なのである。

若いパイロットたちは、帳場にいたおやじをひきずり出すと、

「おい、多聞丸、あんまり無茶苦茶に搭乗員をこき使うなよ」

と、その便々たる腹を叩いた。ぼこんぼこんと音がした。

しかし、その翌朝、山口多聞が飛行指揮所に姿を現わすと、搭乗員たちは、眼がかすんで見えなくなるまでの猛訓練で追い回されるのであった。

その山口多聞が戦艦「陸奥」の長官公室で南雲忠一の胸ぐらをつかんで怒鳴りつけたのは、十月中旬のことである。

理由は燃料不足のため、脚の短い二航戦の「蒼龍」「飛龍」をハワイ作戦からはずすということを南雲司令部が言い出したからである。

十二ノットの巡航速力で、「加賀」が一万三千八百マイル、「瑞鶴」が一万五千五百マイルなのに較べて「蒼龍」型は一万二千二百マイルで、ハワイ往復には少し足りない。「赤城」も同様である。

そこで軍令部は「赤城」及び二航戦の飛行機を五航戦と「加賀」に乗せてハワイ作戦を行なう案を考え、参謀にこの案を持たせ、南雲司令部を訪問させた。

当時、GF及び南雲の機動部隊司令部は、徳山沖で「陸奥」を宿泊艦として図上演習を行なっていた。軍令部案を聞いた南雲は山口多聞を長官室に呼んで二人きりで意見を訊いた。

「なに？　二航戦の飛行機を五航戦に移すというのか？」

五航戦ができ上がったときから、脚の短い二航戦を握っていた山口はコンプレックスを感じていた。搭乗員は一騎当千であるが、いかんせん脚が短い。

「では、空になった『蒼龍』『飛龍』は、どうなるんですか？」

山口の問いに、南雲はさりげなく答えた。

「それは、二航戦は内地において、次期訓練の着艦訓練にでも使ってもらうことになるだろうな」

「なに？　南雲、貴様！　おれの二航戦をおいてけぼりにしようというのか」

頭に血が上った山口は、いきなり南雲の胸ぐらを両手でつかんだ。南雲は三十六期、山口は四十期、四期後輩ということは、海軍では絶対の差である。しかし、山口は日頃決戦に備えて猛訓練に堪えて来た「蒼龍」「飛龍」の乗組員をおいてゆくにはしのびなかった。

「おい、早まるな、まだ決定したわけではない」

あわてた南雲は、やっと山口の手を振り払うとそう言った。彼も柔道の猛者であるが、このときは山口の気迫に押されていた。

「山口君、君がそんなに不満ならば、軍令部に相談してこの案はとり下げてもよい。しかし、北太平洋の洋上で油槽船からの曳航給油になるから心得ておいてくれたまえ」

「いやあ、ハワイに向けて飛行機さえ飛ばせるんなら、何でもやりますよ」

山口はやっと頰の表情をゆるめ、南雲も平常の息づかいに戻った。

このような司令官クラスの論争とは別に、隊長クラスは、真珠湾という海の浅い特殊な地域に対する艦攻の雷撃方法について苦心を重ねていた。当時、雷撃の権威はブーツと仇名のある「赤城」の艦攻隊長村田重治少佐（58期）であった。総隊長となる淵田中佐は偵察員で水平爆撃が得手である。「瑞鶴」の艦攻隊長嶋崎少佐も同じである。

そこでブーツの村田が浅沈度魚雷の研究に打ち込むことになった。ブーツという仇名の由来は艦内の士官室でいつも飛行靴（ブーツ）をはいているという説、冗談ばかり言っているが、人がよいので仏のブーツさんことブーツ、あるいは男性としての物（ブツ）が大きいのでブーツという説もあった。要するに「瑞鶴」のオヘンコツさんこと、嶋崎とともに機動部隊の名物男であった。

嶋崎はカードのブリッジで、何回ダウンしても、

「オヘンコツ！」

と叫ぶだけで平然としているので、この名を得た。

村田は長崎県島原中学出身、嶋崎は愛知県岡崎中学出身で、「翔鶴」艦爆隊長で急降下爆撃の草分けである高橋赫一少佐の義弟であった。

さて浅沈度雷撃であるが、十六年七月、海軍航空廠雷撃部の片岡政市中佐が水兵ジャイロ（コマ）と木製の安定舵を連動させる特殊な装置を考案したので、村田ブーツが実験してみることになった。

十月中旬、淵田や嶋崎のアドバイスを受けて、村田は鹿児島県志布志湾の水深十二メートルの浅海でこの魚雷の実験を行ない、ついに成功した。

また宇佐や大分で訓練を受けている「瑞鶴」の搭乗員たちは、風の如く流れて来る噂に悩まされていた。それは、〝マルチン航空兵〟である。当時、人気のあったマンガの主人公がこの名前で、飛行隊のなかでいつもヘマばかりやって部隊の笑いものになっていた。「赤城」や「蒼龍」のベテラン搭乗員は、練度の低い兵士を集めた五航戦の隊員たちを、こう呼んで笑いものにしていたのである。

「よし、いつかはマルチンの仇名を返上してやるぞ。実戦で戦果をあげて一、二航戦の連中を見返してやる」

「瑞鶴」の搭乗員は、雷爆撃、空戦訓練の合間に鹿児島や佐伯の空を睨んでいた。五航戦の中でも「瑞鶴」は竣工が遅かっただけに、十月以降に着任した搭乗員もあり、戦隊司令官原忠一少将（39期）も気をつかっていた。「瑞鶴」の訓練主任である下田飛行長は、嶋崎少佐と相談して、まず発着艦訓練と洋上航法、通信訓練など空母搭乗員に必要な訓練を先に行ない、ついで雷爆撃、空戦、夜間飛行という方に移行することにした。

このため、十一月四日以降行なわれた機動部隊特別訓練にも「瑞鶴」「翔鶴」隊は参加せず、基礎訓練の習熟を急いだ。

この頃、筆者の同期生、丹羽正行少尉は、「翔鶴」の砲術士兼第一（右舷）高角砲群指揮官を勤めていたが、彼の回想によると、「瑞鶴」の完工が遅れたので、十六年夏から秋にかけて、「翔鶴」が瀬戸内に行動して五航戦飛行隊が着艦訓練を行なっていた。したがって十一月四日以降の特別訓練には「翔鶴」「瑞鶴」は参加しなかったということである。

当時、「瑞鶴」艦爆隊で大分にいた堀建二一等兵曹は、五航戦飛行隊は十一月末の出撃まで一度も、一、二航戦と合同訓練を行なったことはないと語っている。

同じく、当時、高角砲分隊にいた山中清治兵曹は、「瑞鶴」は竣工後間もなくで、曳航給油訓練などで忙しく、十一月三日、「翔鶴」とともに志布志湾に集結したが、四日以降の航空教練には一、二航戦とともに参加はしていないと語っている。

「赤城」「加賀」「飛龍」の参加した特別訓練は、十一月四日から六日までで、佐伯湾在泊中のGF主力を敵と見立てて攻撃した。（註、六日は天候不良のため佐伯基地を攻撃）

これに先立って、十一月二日、機動部隊に編入の艦船部隊は志布志湾に集合、三日、明治節当日の午後一時半、南雲司令長官は各級指揮官を旗艦「赤城」に集め、真珠湾奇襲作戦の内容を通知した。このために四日以降の訓練は非常に真剣味を帯びていった。

しかし、「瑞鶴」「翔鶴」はこの訓練にも参加することができず、搭乗員は宇佐、大分、大村の基地で訓練を続けていた。いつの間にか機動部隊が大奇襲攻撃を行なうらしいという噂は、宇佐方面にも流れて来ていた。

——その大作戦のときまでには、役に立つような搭乗員になりたい……。

「瑞鶴」のパイロットたちは、これを合言葉に歯を喰いしばって黎明、薄暮、夜間の困難な訓練に堪えた。

このようにして、五航戦飛行隊がどうにか一、二航戦に近い実力に成長したという自信をもった頃、十一月十七日、GF長官山本五十六大将は、佐伯湾在泊中の「赤城」にやって来て、飛行甲板に機動部隊の各級指揮官、幕僚、飛行科士官を集め、出撃をひかえて激励の辞を述べた。この訓示は列席の士官たちに深い感動を与えた名訓示であるが、その正確な内容は残っていない。GF先任参謀黒島亀人大佐や淵田中佐の回想によると、その概要は、次のとおりである。

一、今次作戦行動は万一対米開戦の止むなきに至った場合、開戦劈頭長駆真珠湾方面にある米太平洋艦隊主力に攻撃を加え、わが軍を一躍優位にたてようというもので、本作戦の成否は爾後のわが作戦の成否を定め、わが国の盛衰にかかわるものである。

二、もとより本作戦は幾多の困難を排除して敵の意表に出る奇襲を本旨とするが、場合によっては敵に察知され、強襲となり得る。

三、したがって強襲を建て前と考え、味方に被害があっても、刺し違えるくらいの覚悟でやってもらいたい。

ＧＦ参謀長宇垣纏少将（40期）は、深い感銘をうけたとみえて、自著『戦藻録』に、「切々主将の言肺腑を衝く。将士の面上一種の凄味あるも一般に落付あり。各々覚悟定まり、忠節の一心に固まれるを見る」と書き誌している。

「赤城」の飛行甲板で、訓示を述べた後、山本はＧＦ旗艦「長門」に南雲ほか機動部隊の幕僚を招いて別盃をあげた。機動部隊（一航艦）参謀長の草鹿少将は、宇垣に向かって、

「どうもおれは生来鈍感なのか、人は非常な大事をやるようにいうが、一向に何も感じないな」

と正直に感想を述べた。

「それでいいんだ。しっかりやって来てくれ」

宇垣はそう言って一期後輩の掌を堅く握った。

「将と幕僚の差は心持に於いて当然なるも余り心配するに当らず。人事を尽くせば必ず神明の加護あらん、斃るるとも亦何をか恨まん」と、宇垣は『戦藻録』に書き残している。

この日、各空母は九州東方海面において飛行隊を収容、翌十一月十八日以降、機動部隊はいよいよ征途に上った。

午前九時、旗艦「赤城」が佐伯湾の泊地を抜錨、南下した。（註、「加賀」は浅沈度魚雷の

改造が遅れたので、十七日、佐世保に寄港し、出撃が少し遅れた）

同正午、山口多聞の率いる「蒼龍」「飛龍」が、やっと願いがかなったという感じで、波を蹴立てて佐伯湾を出て「赤城」を追う。

「瑞鶴」「翔鶴」の五航戦は、十九日午前零時、別府湾を抜錨して一、二航戦の後を追った。

翌朝、「瑞鶴」はすでに北東に向かって走っていた。

——ああ、四国の山なみも、これで見納めかも知れんなあ……。

「瑞鶴」の飛行甲板に上がった佐藤善一中尉（66期）は二十三歳の青年らしくそんな感傷にひたりながら、同期の村上中尉と並んで陸影を眺めていた。彼の郷里は山口県の岩国である。郷里までは見えぬが、両親にいとまごいをする余裕もなく征途に上る彼の胸に一抹の郷愁があった。

「おい、どうだ、分隊士たち。エンゲ（婚約者）のことでも考えているのか……」

近よって来た小ぶとりの士官はオヘンコツこと艦攻隊長の嶋崎少佐であった。

「いやあ、隊長、昨夜も大分オヘンコツだったですなあ」

「ああ、酒を二升寄付させられたよ。この分ではパールハーバーでの祝い酒は全部わしの奢りになってしまうがな」

嶋崎は攻撃総隊長の淵田とどこか似ていた。色が白くチョビ髭を生やしている。人あたりがやわらかく、部下を心服させる。淵田は大阪弁であるが、嶋崎は愛知弁である。源田参謀の評によると、「嶋崎は決して興奮したりとり乱したりしない、東郷元帥のようなタイプの男だった」ということになる。練度の低い「瑞鶴」の若年搭乗員を訓練して、急速に練度向上せしめるには、彼のように統率力に富んでいる人間が適任であった。

「隊長、司令部は怪しからんですな」

村上中尉が口を尖らせて言い出した。

「何だ？」

「ハワイの攻撃目標割当です。『瑞鶴』は飛行場じゃそうではないですか」

「ああ、もう耳に入ったのか」

嶋崎は白い歯を見せて微笑した。「瑞鶴」の搭乗員が聞けば怒るに違いない話であった。

南雲司令部は佐伯湾在泊中に真珠湾攻撃時の目標分担を決めていた。これによると、第一次攻撃隊長は淵田中佐、第二次攻撃隊長は嶋崎少佐、それはよいとして目標の割りふりが若い士官の気に入らなかった。

第一次攻撃隊で湾内の主力艦、空母、重巡を狙うのは、一、二航戦の水平爆撃隊と雷撃隊で、五航戦の目標は艦爆がフォード、ヒッカム、ホイーラーの飛行場の格納庫と地上飛行機となっている。

第二次攻撃でも、主力艦空母をやるのは、一、二航戦の艦爆で、五航戦の艦攻は同じく飛行場の制圧である。

「聞くところによると、五航戦は雷爆撃の練度が低いから動いている艦は無理ということで、動かない飛行場ということになったそうですが……」

「なるほど我々は未熟かも知れませんが、一航戦にも『赤城』に後藤仁一、『加賀』には葛城正彦、坂井知行と我々の同期生がいますよ」

二人が交々訴えていると、同期の艦爆乗り葛原丘と大塚礼次郎の二人がやって来た。

「ああ、その話ですか、我々も憤慨していたところですよ。同期といえば『蒼龍』には山本貞雄、藤田怡与蔵がいますよ」

がっしりした体格で武骨な感じの大塚がそう言った。

「えーと、『飛龍』には柔道の強い近藤正次郎と好敵手のシモデンこと下田一郎、橋本敏男、重松康弘……」

艦爆乗りにしてはスマートな葛原丘も指を折ってつけ加えた。まだこのほかに四人が拾い出してみると、「赤城」の大淵珪三、「加賀」の相川嘉逸が出て来たので、総計十一人が若手飛行分隊士として機動部隊の一、二航戦に乗り組んでいることがわかった。これに「瑞鶴」の四人、「翔鶴」の矢野矩穂、岩村勝夫、三福岩吉、小泉精三を加えると全部で十九人の六十六期生が若年飛行士官として機動部隊に乗りこんでいたことになる。

このうち、真珠湾で戦死したものはいないが、珊瑚海、ソロモンなどで戦死が増え、戦後に生き残ったのは佐藤、三福、大淵、後藤、橋本、藤田の六人であるから、三分の二以上が戦死しており、七割近くの犠牲を出したことになる。

それはそれとして、若年士官の憤懣がなかなか収まらないので、嶋崎も手を焼いた。

「まあ、いいではないか。緒戦は一、二航戦に花をもたしておけよ。飛行場を叩くというのは彼らに手柄をたてさせる縁の下の力持ちだ。誰かがやらなければならんのやがな。――この戦いは長いよ。そのうちに、動き回る敵空母といやというほどやりあうときが来るでよ」

嶋崎はそういって佐藤や村上をなだめた。

このほか、「瑞鶴」には六十三期生が三人乗っていて、いつも士官室や飛行甲板にある艦橋下の搭乗員待機室で談笑していた。その中で艦爆隊長の坂本明大尉は、色白温厚な紳士であったが、分隊長の江間保大尉は房々とした顎鬚を生やし、斗酒なお辞せずの豪の者であった。〝エンマ大王〟という仇名があったが、隊員の面倒見がよく、彼の分隊は〝エンマ一家〟と呼ばれていた。

いま一人は戦闘機隊長の佐藤正夫大尉である。精悍な風貌で〝ゴリさん〟という仇名をもっていた。兵学校生徒時代は万能のスポーツマンで、器械体操、銃剣術、水泳、なんでも特級の腕前であった。

このほか艦攻隊の石見丈三、坪田義明両大尉も六十二期の同期生で、これらの同期生は、基地にいるときでもひと訓練終わると、

「おい、クラス会をやろう」

と集まって酒を酌み交わし、下戸は菓子をかじったりした。彼らはそのようにして〝人殺し多聞丸〟のシゴキに堪え、残り少ない青春の日々の充実感を体に沁みこませていたのであった。

一、二、五航戦が相ついで千島列島のエトロフ島、単冠湾（ヒトカップ）に入港したのは、十一月二十二

日の朝であった。（註、「加賀」は二十三日、入港）

「えらい寂しいとこやなあ」

「瑞鶴」が入港のコースに入ったとき、艦橋後部の発着指揮所に立っていた佐藤は、隣りに立っている村上に話しかけた。村上は県二中出身で、隣りの県なので、生徒時代から親しくしていた。

「一面、真っ白で雪ばかり、どこに人が住んでいるのかいな」

「この地図によると、あの正面が通称エトロフ富士のヒトカップ山一千六百三十九メートルか」

「きれいな形をしとるのう」

「島の北端にあるのが神威岳（カモイ）一千三百十メートル、南端がベリタリビという活火山で火を吐いとるということじゃが、この天気では見えん。北の方は雪じゃろう」

「満目百里雪白く……というところか」

二人は、異郷に来た想いで、荒涼たる千島の雪景を眺めていた。

若い二人は気づいていなかったが、この二日前の十一月二十日、大湊警備府は海防艦「国後」をエトロフ島に派遣し、沙那郵便局の発信事務を抑え、住民にも機密保持の旨を通知した。

この単冠湾に集合した機動部隊の編制は次のとおりで、これが翌年六月のミッドウェー海戦まで太平洋狭しと暴れ回る主力メンバーであった。

一航戦　「赤城」「加賀」
二航戦　「蒼龍」「飛龍」
五航戦　「瑞鶴」「翔鶴」
三戦隊　「比叡」「霧島」
八戦隊　「利根」「筑摩」
一水戦　「阿武隈」
　　第十七駆逐隊「谷風」「浦風」「浜風」「磯風」
　　第十八駆逐隊「不知火」「霞」「霰」「陽炎」「秋雲」
第二潜水隊　伊十九潜、伊二十一潜、伊二十三潜
補給隊　極東丸、健洋丸、国洋丸、神国丸、東邦丸、東栄丸、日本丸

五航戦司令官原忠一少将は、がっしりした精悍な体つきで〝キングコング〟という仇名があった。後に珊瑚海で五航戦を率いてレキシントン、サラトガと雌雄を決することとなる。やせた横川艦長とは好対照であった。

司令官は航海中でも、ときどきぶらりとガンルーム（第一士官次室）に顔を出し、佐藤、村上ら若い士官と話し合うことがあった。三十九期の司令官と六十六期の佐藤たちでは二十七歳くらい年が違う。その年齢差を埋め、意志の疎通を計ろうと司令官は努力しているので

あった。

大切な戦闘であるから、司令官、艦長以下一心同体にならなければ、戦果は期待できない。部下との交流を大切に考えるいま一人の指揮官、南雲中将は、翌二十三日、「赤城」艦上に各級指揮官を集めて出撃前の訓示を行なった。

同日、ハワイ攻撃隊の編制と攻撃目標の区分が司令部から各艦長に手交された。佐藤たちが耳に挟んでいたとおり、その割当は次のようになっていた。

第一次攻撃隊　指揮官淵田中佐
一、二航戦艦攻隊　目標＝主力艦、空母、重巡。兵装＝八十番（八百キロ）五号爆弾あるいは九一式航空魚雷
五航戦艦爆隊　フォード、ヒッカム、ホイーラー、各飛行場、格納庫及び地上飛行機。
二十五番（二百五十キロ）陸用爆弾
五航戦艦戦隊　攻撃隊掩護、制空、地上飛行機攻撃
第二次攻撃隊　指揮官嶋崎少佐
五航戦艦攻隊　フォード、ヒッカム、ホイーラー、カネオヘ飛行場。二十五番、六番（六十キロ）陸用爆弾各一
一、二航戦艦爆隊　主力艦、空母、重巡。二十五番通常爆弾
一、二航戦艦戦隊　目的　第一次攻撃隊と同じ

これを見てもわかるように、第二次の一、二航戦艦爆隊が軍艦用の徹甲弾（通常爆弾）を抱いてゆくのに較べて、第一次の五航戦艦爆隊は、着地するとすぐに爆発する地上破壊用の陸用爆弾を抱いてゆく。第二次の五航戦艦攻隊も同様である。

練度不十分とはいいながら、待望の米主力艦攻撃の機会を与えられず、飛行場の掃除を命じられたとあって、「瑞鶴」搭乗員はいちじるしくお冠であったが、これも戦闘目的達成の区分とあって、止むを得ず、黙々と命令を実行することになったのであった。

出撃を二日後にひかえた二十四日、南雲長官は、全飛行科士官を「赤城」に集めて訓示を行なった。

「暴慢不遜ナル宿敵米国ニ対シ愈々十二月八日ヲ以テ開戦セラレントシ……」

に始まる雄勁な訓示であったが、その中で長官は、次の三点を強調した。

一、戦捷ノ道ハ未ダ闘ワズシテ気魄先ズ敵ヲ圧シ、勇猛果敢ナル攻撃ヲ敢行して速ヤカニ敵ノ戦意ヲ挫折セシメルニアリ

二、如何ナル難局ニ際会スルモ、常ニ必勝ヲ確信シ冷静沈着事ニ処シ不撓不屈ノ意気ヲ益々振起スベシ

三、準備ハアクマデ周到ニシテ事ニアタリ些カノ遺漏ナキヲ期スベシ

吹雪の中で南雲の吐く息は白く、顎鬚には白いものがついていた。

佐藤、村上たち若年飛行科士官が、この訓示を聞いて奮い起ったのは当然のことである。

そして十一月二十六日午前六時、機動部隊は八戦隊、三戦隊、空母部隊の順で単冠湾を出港、東に針路をとりハワイに向かった。

全艦隊が出港を終わって第一警戒航行序列に占位したのを見て、草鹿参謀長が朝食をとりに参謀長室に降りようとすると、南雲に「ちょっと」と呼ばれた。早くも大きく揺れ始めている長官公室で、南雲は草鹿にこう語った。

「参謀長、君はどう思うかね。僕はえらいことを引き受けてしまった。僕がもう少し気を強くもって、きっぱり断わればよかったのだが、とうとう出港してしまった。出るには出たが、うまくゆくか実に心配だ」

南雲は風貌に似合わず細心なところがあった。山本から真珠湾奇襲の計画を打ち明けられたとき、

「それは極めて困難ですからやめた方がよい。緒戦において虎の子の空母を一隻でも二隻でも失ったら大変なことです」

といって反対した。

南雲は水雷屋で飛行機のことはわからないとされているが、それだけに空母の保全については慎重に考えていた。六隻の空母のうち一隻でも失ったら、後の作戦に大きな齟齬（そご）を来すことを彼はおそれていた。

反対に航空の経歴の長い草鹿の方は淡々としていた。

「長官、心配することはありませんよ、うまくゆきます。われに天佑神助ありですよ」

草鹿は肚を決めていた。

そこに二人の違いがあった。南雲が空母を大切に考えるというのは、あくまでも彼が空母を主力艦の補助的艦種と考えているからである。

彼は水雷屋であって大艦巨砲主義ではないが、彼の考えている駆逐艦は補助艦であって、日本がアメリカと戦う場合、駆逐艦、潜水艦、空母によって漸減作戦を行ない、最後に主力艦の主砲によって決戦を行なうという考えから、彼は脱し切っていなかった。駆逐艦は数が多いし消耗品である。味方の犠牲を顧みず敵主力艦に肉薄して一隻でも二隻でもそれを減らせば味方の主力艦が優位に立つ。しかし、空母は数が少ないし建造に時間がかかる。搭乗員も同様である。これを主力決戦以前に消耗してしまうならば、後々への影響が大きいと彼は考えていた。

草鹿の考えは違う。彼は山本五十六の航空決戦思想に賛成であった。わが航空の全力をふるって敵の主力を叩き、開戦と同時に大勢を決するというのは、いかにも航空時代を迎えた二十世紀の海上決戦思想にふさわしい。決戦である以上ある程度の犠牲は止むを得ない。六隻の空母のうち二を失っても敵空母三を叩き、戦艦五を沈め、爾後の決戦を有利に運ぶことができるならば、空母部隊の使命はもって足れりというところである。彼は山本五十六の桶狭間における信長のような決断が気に入っていた。

長官と参謀長の、それぞれの思惑をはらみながら、「赤城」はE点（オアフ島の北二百二十マイル）めざして東に向かった。

「瑞鶴」の飛行甲板では、遠ざかってゆくエトロフ島の山影を眺めながら、艦爆搭乗員たちが話し合っていた。

「分隊長、ハワイをやるまでに十日以上航海だそうですが、若い搭乗員の腕が落ちはしないですかね」

心配そうに訊いたのは、江間大尉の後席に入る偵察員の東藤一飛曹長である。

「大丈夫、皆やってくれるよ」

エンマ大王の江間大尉は、鬚をしごきながらあたりの搭乗員を見回した。

「ところで分隊長、ハワイ攻撃ですが、一、二航戦は戦艦空母が目標で、我々は飛行場爆撃というのでは、どうしても納得がゆきません。無傷の戦艦がいたらタマを当ててもいいんじゃないですか」

若い石塚重男二飛曹がそう訊いた。ここでも問題はこれであった。

「……………」

江間大尉は難しい表情で、石塚とその偵察員の川添正義三飛曹の顔を見た。

「おい、石塚、そうはやるな。おれたちは今回は縁の下の力持ちだ。しかし、第二撃があれば今度は必ず戦艦か空母をやらしてもらえる。そう考えて辛抱せい！」

ベテランの小山茂飛曹長がそう慰めた。

「いいか、勝手な行動は許さんぞ。皆おれについて来い。働く機会はいくらでもある。命がいくつあっても足りない戦いにおれたちは出てゆくんだ」

江間はそういうと、部下たちを見回した。

そして十二月二日午後五時半、待ちに待った「新高山登レ一二〇八」電がGF司令部から発電された。予定どおり、十二月八日午前零時以後、戦闘行動を開始すべし、という命令である。

この頃、ワシントンでは野村大使がハル国務長官と苦心の和平交渉を続けていたが、妥結の見込みなしとみて大本営は対米開戦を決意したのであった。

「長官、いよいよ来ました。後はやるだけです」

草鹿は艦橋にいた南雲に電報を手渡しながらそう言った。

「うむ、暗夜に曙光を見出した感じだな」

電報を受け取った南雲もそう答えた。おれが本当に待っていたのはこの電報だったのだ。南雲はそう考えていた。

そして、十二月八日午前一時、E点に達した機動部隊は、午前一時半、第一次攻撃隊を発進せしめた。東の空がようやく明るみ、アメリカは七日の日曜日でホノルルのジャズが無線のレシーバーに手にとるように入っていた。

「よし、ゆくぞ」

江間は部下を見回すと愛機に向かった。

「瑞鶴」は艦爆三個中隊二十五機が、第一次攻撃隊として参加する。艦爆隊の発進係は、第二次攻撃隊に入っている佐藤中尉が勤めた。

第一中隊長坂本大尉九機、第二中隊長江間保大尉八機、第三中隊長林親博大尉八機という編制で、江間の第二小隊には、大塚礼次郎中尉が偵察員兼小隊長、操縦員堀建二一飛曹という機が一番機で、堀兵曹はこの後、インド洋、珊瑚海、南太平洋と転戦し、江間少佐とともに「瑞鶴」艦爆隊の生き証人として生き残ることになる。

淵田中佐の率いる第一次攻撃隊は、艦攻（水平爆撃）四十九、艦攻（雷撃）四十、艦爆五十一、零戦四十三、計百八十三機である。

午前三時十九分、淵田の率いる水平爆撃隊がオアフ島上空に到達すると、真珠湾の上空だけが、ぽかりと雲が切れていた。

——天佑だ……。

淵田は、まず、「ト連送、・・—・・、・・—・・（全軍突撃せよ）」を打電し、ついで有名な、「トラ、トラ、トラ、・・—・・・・・」を発信した。

ここに真珠湾攻撃の火ぶたは切られたのである。

五航戦艦爆隊は、「翔鶴」の艦爆隊長高橋赫一少佐が先任で、「翔鶴」はホノルルに近いヒッカムと湾内のフォード両飛行場、「瑞鶴」隊は島の中央にあるホイーラー飛行場を叩くことになっていた。ホイーラー基地には米陸軍のP40型戦闘機百十、P36A型戦闘機四十が地上に繋止してあった。

坂本、江間、林の三隊は三方から格納庫と地上の飛行機を襲うことになっていた。

午前三時二十分、トラ、トラ、トラよりも早く、江間機は高度四千メートルから突っ込んだ。

「周囲、後方、敵機ありません」

後席の東飛曹長が見張りをした後、

「三千、二千、千五百……」

と高度を読んでゆく。

ホイーラー飛行場は淡い朝霧の中で眠っていた。

——なんだ、猛烈な対空砲火と戦闘機の反撃を予想していたのに、これじゃあ、赤子の手をひねるようなものだな……。

江間は鬚をひねっていた左手で投下レバーを握った。

「投下用意、撃て！」

高度四百五十で投下レバーを引くと、二百五十キロ爆弾がはなれ、機が浮き上がった。

機を引き起こすと、貧血で少し眼の前が暗くなる。

「分隊長、命中！」

東の声でふり返ると、爆弾は格納庫と列線にあるP40カーチス戦闘機の間に命中し、数機のP40が空中に舞い上がり、格納庫が高速度撮影のようにゆっくりと、そしてぐにゃりと潰れてゆくところであった。

——ほかの隊はどうかな……？

首をめぐらす江間の視野に、東よりの格納庫がもうもうと黒煙を吐いているのが見えた。

——坂本の隊も、ほぼ同時に突っ込んだらしいな……。

江間は真珠湾の方を見た。フォード飛行場の格納庫から白煙が上がった。高橋少佐の「翔鶴」隊が突入したらしい。

——おれの方が早かったようだ。してみると、おれがオアフ島への第一弾を落としたということになるのか……。

その頃、ブーツこと村田重治少佐の率いる雷撃隊が米戦艦カリフォルニアに肉薄して第一弾を投下したのであった。

「バーパース・ポイントに行く」

江間が高度を上げながらそう言ったとき、

「分隊長、戦艦に魚雷命中！」

と東飛曹長が伝声管の中に息をふきこんだ。

「やったか」

ふり返ってみると、カリフォルニア型の胴腹に高さ二十メートルくらいの水柱が上がっていた。村田少佐の雷撃第一弾である。続いて第二弾、三弾、さらに少しはなれたコロラド型も水柱に包まれた。

——やっとるのう……。

「瑞鶴」隊にも戦艦をやらせてやりたかった、と思いながら江間は、地上銃撃のコースに入った。

江間の第一小隊に続いて大塚中尉を機長とする第二小隊も急降下していた。一番機の操縦員堀兵曹は、小隊長の大塚中尉の指示によって高度四百五十で二百五十キロを投弾した。引き起こしてふり返ってみると、二百五十キロは格納庫に命中して屋根の破片が空中に舞い上がっている。引き続き銃撃に移り、油タンクめがけて一航過し、エンジンの中にある七・七ミリ機銃を連射したが、一向に火をふかない。

——やはり七・七ミリでは駄目だ。二十ミリだったらなあ……。

こう考えて引き起こすと、二番機の竹谷兵曹機が銃撃しているのが視野の隅に見えた。ところがその次の三番機谷奥兵曹機の腹の下を見た堀は驚いた。そこにはちゃんと二百五十キロ爆弾が悠然とぶら下がっているではないか。

——何たることだ。投下レバーを引くことを忘れたのか、それとも投下装置が故障したのか……。

堀はさっそく大塚中尉に報告すると、谷奥機に近より手先の合図で爆弾が落ちていないことを知らせた。飛行眼鏡をはずした谷奥兵曹が、にっと白い歯をみせて笑うと、再び爆撃に入るべく高度を上げて行った。堀はひそかに考えた。こんなに一杯飛行機があるのなら、何も急降下して狙うことはない。緩降下で適当に狙えば、大体飛行機の中に弾丸（たま）は落ちるのに……と。

同じ頃、ゴリさんこと佐藤正夫大尉の「瑞鶴」零戦六機は、オアフ島東方のカネオへ飛行場に銃撃を加えていた。佐藤隊は艦攻隊の直掩で来たのであるが、敵の戦闘機が上がって来ないので地上銃撃を行ない、飛行機炎上三十二を数えた。

嶋崎少佐の率いる第二次攻撃隊が発艦したのは、午前二時四十五分である。艦攻五十四、艦爆七十八、零戦三十五、計百六十七機であった。

「瑞鶴」隊二十七機の艦攻のうち、佐藤善一中尉は坪田義明大尉の率いる第三中隊の第二小隊長機に乗っていた。後席の偵察員は多田粂一飛曹、一番後ろの電信員席には西沢十一郎三飛曹が乗っていた。

出撃の前、若い西沢兵曹は心配そうに佐藤にこう言った。

「分隊士、我々は第二次攻撃隊ですが、まだ残っているでしょうな」

「何が？」

「敵の戦艦ですよ。一次の奴がみんな沈めてしまうと、我々のやる奴がのうなってしまうですけん」

「おい、西沢、お前、飛行隊長の話を聞いたか。我々の目標はヒッカム飛行場だ。おれはいくらいわれても戦艦を狙うようなことはしないぞ。おだてても駄目だ」

「………………」

西沢はがっかりしたような表情で佐藤の顔を見た。

第二次攻撃隊は、四時二十五分、オアフ島東端に達し、嶋崎隊長は「全軍突撃せよ」を下令した。

　第一次のときとは異なり、第二次の佐藤たちが戦場上空に到達したときは、米軍も奇襲に気づき、高角砲や機銃を撃ち上げ、Ｐ40戦闘機も若干出て来た。真珠湾上空は砲煙と手負いの戦艦群が吐き出す黒煙に蔽われ、江草隆繁少佐の率いる一、二航戦の艦爆隊は、目標の識別に苦心した。しかし、佐藤中尉の艦攻隊は、ちょうどヒッカム飛行場の上空だけがぽかりとあいていたので、予定より高度を下げて千五百で水平爆撃コースに入った。

　水平爆撃は偵察員がボイコー照準器で目標に照準を定めながら、「チョイ右、チョイ左」と操縦員を誘導する。操縦員は偵察員の言うとおり機を操縦して爆撃コースにのせる。その自負心にもかかわらず、操縦員が〝車曳き〟と呼ばれるのはこのときである。

　やがて、

「投下用意、撃て！」

の多田兵曹の呼称で、佐藤は投下索を引いた。胴体下の二百五十キロ陸用爆弾が格納庫めがけて落ちて行った。

「分隊士、煙が出て来て照準がうまくゆきません。もう一回やります」

　多田兵曹の声に佐藤は、

「おうっ」

と答えて機を反転した。こういうこともあろうかと慮(おも)って彼は二百五十キロのほか六十キロの陸用爆弾六個を用意していた。司令部からの指示は、二百五十キロ一、六十キロ一であ

ったが、

「飛行場に一杯ある飛行機をやるには、二発では足りない。もっと積め」

といって、彼の小隊は一機各計七発を抱いて来たのである。九七式艦攻は八十番（八百キロ）爆弾を抱いて飛べるのであるから、七発で計六百十キロくらいはわけはない。

佐藤中隊が再び反転して爆撃コースに入ると、前方に燃えている籠マストの戦艦群が目に入った。コロラド型かメリーランド型か、旗艦ペンシルバニアはどこだろう？　そう考えている間に、「投下用意、撃て！」で投下索を引くと、六発の六十キロ爆弾が飛行場めがけて落ちて行った。今度は三発が格納庫を炎上させ、残りの三発は地上の飛行機をふきとばした。

この時刻パールハーバーは、舞い上がる白煙、黒煙の中に紅い蛇の舌のような炎がのたうち、戦艦上の米兵の阿鼻叫喚が聞こえて来るようであった。

真珠湾の戦果は撃沈＝戦艦五、大破＝戦艦一、軽巡二、駆逐艦三、中破＝戦艦三、重巡一である。

緒戦の大戦果であるが、これには最後通告以前の攻撃ということで、スネーク・アタック（騙し討ち）の問題が生じ、米国民にリメンバー・パールハーバーの合言葉を与えることになった。

「瑞鶴」艦爆隊が母艦に帰投したのは、午前七時過ぎである。着艦した堀兵曹が、飛行指揮所の前に集合していると、

「あれは何だ？」

整備員たちが騒ぎ始めた。空を仰ぐと一中隊三小隊長の稲垣富士夫兵曹の機が、尾部に電線をからませながら母艦の近くを飛んでいる。オルジス発光灯で、「着艦ヨロシキヤ」を送って来る。発着指揮所にいた下田飛行長は驚いて、双眼鏡を眼にあてたまま、

「おい、電線がからまっている。操縦に異常がないか訊いてみろ」

と信号員に言っている。

しかし、結局、稲垣機は無事に着艦して、飛行長や坂本、江間らをほっとさせた。ところがそれも束の間、坂本と江間は血相を変えた搭乗員にとり囲まれた。

「分隊長、第二撃に行かせて下さい」

第一次攻撃に残された中西兵曹、松本、江種、野田ら四人の操縦員と、松下兵曹、川村兵曹、石川兵曹、福垣内ら四人の偵察員が、それぞれに坂本と江間の袖をつかんで放さないのである。

「分隊長、第一撃の第一次にははずれたが、第二撃には必ず入れて戦艦にタマをうたせてやると約束されたじゃないですか」

熱血漢の江種一飛は、江間の袖をつかんでゆすぶる。これにはエンマ大王も困ってしまった。分隊士の葛原中尉がとりなしても聞きそうにない。艦橋からは第二撃搭乗員整列の声は一向にかかって来ない。

「ちょっと待て。おれが艦橋へ行って訊いて来る」

止むを得ず江間は艦橋へ向かった。艦橋では原司令官と艦長が何ごとかを語り合っている。

下田飛行長に訊くと、

「二航戦の山口司令官が、『我レ第二撃準備完了』と司令部に打電したんだが、司令部はやる気はないんだな。もともと初めから第二撃は望み薄だった。第一撃が成功したので第二撃が有望になって来たんだが、南雲さんは慎重だからやらないんじゃないかな」

「飛行長、そんな呑気なことを言っていては困ります。私の方は行かなかった搭乗員にせがまれて大変ですよ。何とかして下さい」

今度は、江間が飛行長にせがむ番である。とても飛行長では埒があかぬとみた江間は、原少将の前に立った。

「司令官！」

巨体を現わすと、原は、

「おう、御苦労だった」

と微笑しながらうなずいた。五航戦だけでもよいから第二撃をやって下さい、と言おうとすると横から横川艦長が、

「第二撃なら、間もなく司令部から指示があるはずだ」

と江間を制した。

そして、九時二十二分、南雲司令部から、

「当隊、今夜敵出撃部隊ニ対シ警戒ヲ厳ニシツツ北上シ明朝付近ノ敵ヲ索メテ之ヲ撃滅セントス」

という指令が下された。

「すまん、次の出撃のときは、必ずお前たちを第一番に連れてゆく、ここは勘弁してくれい」

飛行甲板に降りた江間大尉は止むを得ず、中西兵曹らの前に頭を下げて謝った。

# インド洋

艦内で戦勝の祝盃をあげた機動部隊主力が、瀬戸内の柱島沖に帰投したのは、十二月二十三日のことであった。

「瑞鶴」は二十四日、呉に入港し、半舷上陸を行なった。十一月十九日、大分沖を抜錨して以来、三十五日ぶりの休養である。「瑞鶴」は呉在籍の艦で、下士官兵の乗組員は関西、中国の出身者が多い。軍港の下宿に妻子を呼びよせる者も多かった。軍港の小料理屋、食堂、カフェーは「瑞鶴」乗組員の兵士で賑わい、サービスの女性たちは口々に海軍の偉業を誉めたたえた。

しかし、海軍は真珠湾攻撃の兵力編制を発表したわけではなく、兵士たちも防諜のため余計な発言は禁じられていたので、「瑞鶴」があの真珠湾攻撃に参加した殊勲の艦ということを知らない女も多かった。また、攻撃の立役者である搭乗員たちは、二十二日、航行中の母艦から発艦して鹿屋、大分、佐伯、岩国などの基地に飛び、現地で休養に入ったので、呉の町には鬚のエンマ大王や若い江種一飛らの姿は見られなかった。

国中が戦勝に湧く十七年の元旦を、「瑞鶴」は呉のドックで迎えた。カキ落としが主な仕事で、ということは年が明けると早々、新しい仕事が待っているということであった。江間、佐藤らの飛行隊は大分空におり、別府の河豚料理で正月を祝ったものもいた。

そして、国民がまだ戦勝の祝酒に酔っている一月上旬、機動部隊は瀬戸内を出港した。出港の直前、佐藤のゴリさんの代りに戦闘機隊長として岡嶋清熊大尉が「瑞鶴」に着任した。坂本、江間と同期の六十三期生である。小柄だが俊敏精悍な戦闘機乗りであった。行く先は内南洋のトラック島泊地である。主力は一航戦と五航戦で、二航戦は真珠湾の帰路、井上成美中将（37期）の第四艦隊のウエーキ島（大鳥島）占領作戦に協力して帰投が遅れたので残った。

一月十四日、「瑞鶴」はトラック島に入港した。南雲忠一は「赤城」の艦橋から双眼鏡で湾内を見回した。第四艦隊の旗艦「鹿島」が、井上中将の将旗を掲げて碇泊していた。南雲は井上が挨拶に来るかと心待ちにしていた。井上の方が一期下であるし、ウエーキ島攻略のとき、南雲は二航戦を割いてやったのである。

しかし、「鹿島」の内火艇は一向に「赤城」の方にやって来る気配はなかった。井上と南雲は大佐時代、海軍省と軍令部の課長をしており、規程の改正をめぐっていがみあったことがあった。

当時のトラックは基地としての設備も十分ではなく、飛行隊を訓練するための飛行場も整備されてはいなかった。ラグーンと呼ばれる環礁だけはやけに広く、珊瑚礁をすかして見せる海水はいやが上にも青かった。ウルトラマリンというのはこれかと若い佐藤は考えた。

トラックに休養もなく二泊して、機動部隊は十七日出港、南へ七百六十マイル下って、二十日から一、五航戦の飛行隊はラバウル港やその中にいた英米豪の軍艦を攻撃した。敵は少なく、あっという間に戦闘は終わった。その次は、ニューギニア東岸のラエという要港の攻撃であり、これも豪州軍の抵抗は殆どなかった。正に向かうところ敵なしである。（註、ラバウル攻略は二十三日であった）

「分隊長、こんなことでいいんですかねえ」

「瑞鶴」に帰着した葛原中尉は、江間をつかまえるとそう言った。

「全く、敵は迎撃する戦闘機も殆どおらず、湾内の軍艦も眠ったように停まったままです。これじゃあまるで据え物斬りですよ」

大塚中尉もそう言って眉をよせる。

「いや、おれももう少しやり甲斐のある動いとる空母をやらしてもらえんかと参謀にも申し上げているのだが、何しろ、軍令部が第二段作戦に熱心なんでな」

江間はそういうと鬚を引っ張った。

「何ですか、その二段作戦というのは？」

かたわらで聞いていた川添兵曹が口を挟んだ。江間は説明を始めた。

「うむ、開戦のときGFの山本長官は皆も知っているとおり、真珠湾の米艦隊を叩いて蘭印の石油を手に入れることを考えた。一方、軍令部はハワイ、蘭印が一段落した後、米豪分断作戦を遂行することを考えたんだ」

「何です？　その〝ベイゴーブンダンサクセン〟というのは？」

若い泉一飛が眼を丸くした。江間は地図を出して見せた。

「うむ、ソロモンからニューへブライズ、ニューカレドニア、ニュージーランドと深く楔（くさび）を打ち込んでアメリカとオーストラリアの連絡を切断してしまう。その上で豪州をまずいためつけて降服させ、ついで、有利な条件でアメリカと講和にもちこもうという算段なのさ」

江間は参謀からの受け売りを話して、こいつは少ししゃべりすぎたかな、と口髭を押さえた。

「へえ……出来るんですかね、そんなことが……」

「こんなところで据え物斬りをやっているより、敵の空母をやった方が、戦争のけりは早くつくんじゃあないんですか」

若い将校たちはそう口々に言った。

確かにこの南方作戦は軍令部の夢想にひきずられた徒労であった。

二月一日、東方のマーシャル群島が艦載機の空襲をうけた。

すわ、敵空母部隊現わる！

一航戦と五航戦はさっそくトラックを出て北へ向かったが、敵空母部隊は早々に消えてしまった。トラックとマーシャルでは千二百マイルあるのだ。米軍はレキシントン、サラトガ、エンタープライズ、ホーネット、ワスプ、ヨークタウンという六隻の制式空母を虎の子のように大切にしていた。

このうちサラトガは、一月中旬、日本潜水艦の雷撃によって傷ついているので、残りは五隻である。レキシントンは「赤城」と同じ巡洋戦艦の改造で、他のエンタープライズ・クラスは、わが「蒼龍」クラスとほぼ同じ力を持っている。してみると「翔鶴」「瑞鶴」をもっているだけ日本側が有利であった。

早目に米空母を叩いて制海権と同時に制空権を確保した方が制勝の早道だと、機動部隊のパイロットたちは考えていたが、軍令部の参謀の意見はもっと遠大であり、その故に米豪分断作戦の途中で、ガダルカナル争奪戦という盲腸の化膿のような厄介な戦いを引き起こして敗戦の原因を作ってしまったのであった。

二月九日、五航戦は、機動部隊からはずされ、GF付属航空部隊となって一旦内地へ帰って補給することになった。これは山本長官が米機動部隊の東京空襲に備えて待機させたものである。

二月十三日、横須賀に入った「瑞鶴」は、十六日、三河湾に向かった。飛行隊を鈴鹿航空隊にあげて訓練するためであった。

一方、南洋に残った一航戦は二航戦と合同し、二月十九日、ポートダーウィンを爆撃した。淵田中佐が艦攻艦爆など百八十八機を率いて発進し、駆逐艦二、輸送船八を沈め、二十六機（敵全機）を撃墜し、港湾施設も潰滅せしめた。楽な戦いであったが、帰って来た「赤城」

の艦攻分隊長山田昌平大尉（筆者の着艦時指導員、ミッドウェーで「赤城」沈没後、「翔鶴」に移る）は、

「また据え物斬りだ。タマのムダづかいですよ」

と渋い顔をしていた。

昭和四十八年三月、ポートダーウィンを訪れた私は、港内に展示してある図表によって、日本軍の爆撃が極めて的確であったことを知った。

この少し前、大本営とGF司令部は、二月十四日、インド洋機動作戦を発令していた。これはビルマ及びその南方にあるアンダマン諸島攻略作戦に対応して、インド洋の英艦隊を掃蕩し、セイロン島（現在のスリランカ）の基地を奇襲するというものである。この実施には一、二、五航戦を中心とする機動部隊があたることになっていたが、五航戦の参加は少し遅れた。

三月五日付で、GF司令部は五航戦を機動部隊に復帰せしめ、インド洋作戦に参加せしめる予定をたてた。

ところが、三月四日、南鳥島に敵艦載機四十機が来襲したので、五航戦は呉を出港、急遽これを追ったが発見できず、六日、横須賀に帰港した。

三月八日、再び機動部隊復帰を命じられスターリング湾に向けて横須賀を出港した。ところが三月十日、ウエーキ島の北方六百マイルの海面に敵機動部隊らしいものがあって電波を発しているという情報があったので、東京空襲に神経質になっていた山本長官は対米艦隊作

戦第三法を発動し、南下中の五航戦はこの警戒部隊に編入され、反転して敵空母を探すことになった。

このあたり、山本長官の采配には多分に迷いがある。東京をうかがう敵空母の動きが気になるのなら、これを誘い出して叩く作戦を考えるべきである。陸軍のビルマ作戦の支援という名目で、貴重な空母を蘭印、インド洋で泳がせ時間（一月から三月まで）を空費させたのは緒戦期のたるみではなかったのか。

敵空母を追った五航戦は発見できず、十四日、横須賀に帰った。一方、四月一日、セイロン島攻撃を予定する機動部隊は五航戦の即時復帰を請求してきた。

三月十五日、再び機動部隊復帰を発令された五航戦は、十七日、横須賀を出港、南に向かい、二十四日、セレベス島のスターリング湾に入港、やっと一、二航戦と合同した。（註、「加賀」はパラオで暗礁にふれたため、三月十五日、スターリング湾を出発して佐世保に向かっていた）

機動部隊は二月八日以降、南方部隊指揮官近藤信竹中将（35期、第二艦隊司令長官）の指揮下に入っていたが、同中将は十七日、セイロン島攻撃予定日を四月五日とすることを発令していた。

機動部隊は三月二十六日、スターリング湾を出撃、四月四日、セイロン島の要衝コロンボ港の南方海面に進出した。

五日午前九時、例によって淵田中佐の率いる攻撃隊が、コロンボ攻撃に発進した。「赤城」「飛龍」「蒼龍」の艦攻各十八、「瑞鶴」「翔鶴」の艦爆各十九、「赤城」「蒼龍」「飛龍」「瑞鶴」の零戦各九、計百二十八機である。

「瑞鶴」隊は、真珠湾のときと同じく、坂本明大尉の第一中隊長、江間大尉の第二中隊長というメンバーで、葛原、大塚各中尉、東飛曹長、堀兵曹というお馴染みのパイロットはもちろん、真珠湾では参加できなくて、無念の涙を呑んだ中西、松下、江種らの搭乗員たちも、勇躍して翔び立った。

攻撃隊がコロンボ上空に到着し、淵田隊長が「ト連送」を打電したのは、午前十時四十五分である。真珠湾のような奇襲ではないので、英軍は最新のスピットファイア、ハリケーンなどの戦闘機数十機を上空に配して待ちうけていたので、わが零戦隊との間に、壮烈な空の格闘戦が展開された。

このとき、各艦の零戦隊の指揮官は「赤城」板谷茂少佐（57期）、「蒼龍」藤田怡与蔵中尉（66期）、「飛龍」能野澄夫大尉（61期）、「瑞鶴」牧野正敏大尉（65期）であったが、力戦して三十分間の戦闘で、スピットファイア十九、ハリケーン二十一、ソォードフィッシュ（雷撃機、魚雷携行中）十、デファイアント一、計五十一機を撃墜、わが方は自爆一機であった。

一、二航戦は二月八日の合同以降、スターリング湾に帰投する度にケンダリー基地で猛訓練を行なっていたので、練度は司令部が驚くほど上がっていた。インド洋作戦は外地で訓練を行なった一、二航戦と本土で訓練をして来た五航戦との腕くらべのようなところがあった。

「瑞鶴」艦爆隊は、真珠湾のときと異なって、この日は艦船攻撃も目的のなかに入っていたが、天候不良の中を爆撃を行ない戦果をあげて引き起こすと、ハリケーン十数機の急襲をうけ、六機を撃墜したが、わが方も五機を失った。真珠湾以来初めての被害である。

爆撃による戦果は大型商船四隻炎上、油槽船一隻爆破、修理工場一棟爆破であったが、江間、坂本の両中隊長は、部下の被害に粛然として引き揚げて来た。（註、私は昭和五十三年九月、コロンボを訪れたが、初老のドライバーは、この空襲で自分が勤めていた会社の近くに爆弾が落ちた、と語っていた）

堀兵曹の回想によると、葛原中尉の小隊が真っ先にハリケーンに狙われ、二番機谷村正治二飛曹、三番機岩本茂二飛曹の二機が火を吐き、氏木平槌飛特少尉、斎藤益一一飛曹の機もやられ、江間大尉の三番機野原忠明三飛曹の機も被弾して自爆した。

「親しかった岩本二飛曹が火に包まれた操縦席の中から手を振りながら、海面めがけて突っ込んでゆくのを見て、悲痛な思いに胸が裂かれるようであった」

と堀兵曹は当時を回想している。

野原以外は真珠湾のホイーラー飛行場爆撃以来歴戦の搭乗員であり、野原は真珠湾のとき取り残され、今度は軍艦を叩けると江間の隊について来ただけにあわれであった。

艦攻隊も在泊中の商船や港湾施設などを破壊したが、淵田中佐は十一時二十八分、

「第二次攻撃ノ要アリ港内ニ輸送船二十隻、地上砲火、敵機アリ」

と南雲司令部あて打電した。

この報告をみて、司令部は敵艦隊出現に備えて雷装で待っていた五航戦の艦攻に、「雷装ヲ爆装ニ換エ」を下令した。これは二ヵ月後のミッドウェー海戦における雷爆転換の先例であり、司令部はこのときの経験を深く教訓として記憶すべきであった。

攻撃隊は午後一時前後に母艦に帰投したが、これを待っていたように、午後一時、索敵中の「利根」の水偵が「利根」（出発時の位置）の西方百五十マイルに「敵巡洋艦ラシキモノ二隻見ユ」と打電して来た。

そこで司令部は艦攻の爆装転換を中止させ、午後二時十八分、「赤城」と二航戦の艦爆隊に発進の命令を下した。「赤城」（十七機）は阿部善次大尉、「蒼龍」（十八機）は名手の聞こえ高い江草隆繁少佐、「飛龍」（十八機）は江間の同期の小林道雄大尉である。

この三隊の爆撃ぶりは長く戦史に残るもので、ほとんどの爆弾がドーセットシャー、コーンウォールの二巡洋艦に命中、わずか二十分で両艦は沈没。五航戦の艦攻、艦爆も午後五時発進する予定であったが、四時五十分、二艦沈没の報が入ったので、発艦を取り止めた。

英重巡二隻を瞬時にして撃沈して意気上がる機動部隊は、さらに出現を予想される英艦隊を求めつつ、九日午前九時、セイロン島の北東岸にあるツリンコマリ港を攻撃した。要領はコロンボのときと同じで、五航戦はツリンコマリ港陸上攻撃に艦攻隊を出し、「瑞鶴」の隊長は嶋崎少佐であった。艦船攻撃のため待機に回ったのは艦爆隊で、「瑞鶴」隊は例によって坂本と江間が中隊長を勤めた。

艦攻隊は午前九時発艦、十時二十分、淵田隊長は何度目かの「ト連送」を打電した。艦攻隊は港湾施設に大損害を与え、五空母から六機ずつ参加した零戦（「瑞鶴」隊は牧野大尉指揮）三十機は敵戦闘機三十九機を墜とした。

攻撃終了の直後、「榛名」の索敵機は、「敵空母ハーミス及ビ駆逐艦三隻見ユ、『榛名』ヨリノ方位二五〇度百五十マイル」を報じた。

司令部は直ちに待機中の艦爆隊に攻撃命令を発した。

十一時四十三分、高橋赫一少佐の率いる艦爆八十五機は発艦、西に向かった。「赤城」十七、「蒼龍」「飛龍」各十八、「瑞鶴」十四、「翔鶴」十八である。午後一時半、艦爆隊はハーミスを発見、敵空母に対して初めての急降下爆撃を行ない二十分で撃沈した。わが艦爆隊の精度は見事なもので、「翔鶴」「瑞鶴」「飛龍」「赤城」の順で投弾することになっていたが、いっせいに殺到する形になってしまった。爆撃の名手、「蒼龍」の江草隆繁はすでに三十七弾を喰らって瀕死の重傷に喘ぐハーミスを俯瞰して、これにて十分と考え目標を駆逐艦に換えこれを撃沈した。

一万八百五十トンの小型空母ハーミスに、艦爆八十五は多すぎたようである。

この日、艦爆隊の全投弾数は四十五、命中弾数三十七、命中率八十二パーセント、「瑞鶴」は十四弾のうち十三弾が命中して、九十三パーセントの高率を得て、練度の向上を示した。「赤城」は、ハーミスが沈みつつあるのを見て投弾を控えて、二弾投弾したのみで、二弾命中の百パーセント、「飛龍」は十一弾中九弾命中の八十二パーセント、「翔鶴」は十八弾中十三弾で七十二パーセントという成績で、五航戦は決して一、二航戦に劣らぬ練度にまで向上していることを示した。

帰投時には敵戦闘機が現われたが、ハーミスは飛行機を積んでいなかったので、急降下のときは何の抵抗もなく、江間大尉はこのときのことを、

「練習と同様、極めて順調な投弾であった。『翔鶴』隊、『飛龍』隊のタマがどんどん当ってハーミスが炎上し、早くも傾いてゆくので、こちらも早くやらないと沈んでしまうからと、そればかりが心配だった」

と語っている。

また江間隊の二番機で参加した堀兵曹は、

「高角砲が撃ち上げて来たが味方に被害はなかった。中隊長の第一弾、私の第二弾と次々に命中して、ハーミスは投弾後五分くらいで沈んでしまったように思う。護衛の駆逐艦は一発の命中弾で二分間で沈んでしまった。あれだけの命中率は訓練のときでもなかったと思う」

と語っている。

爆撃終了後、堀兵曹は半ば引き起こすと低空飛行に移り、海面を這うようにしてハーミスに接近した。四日前、艦爆隊が二隻の英重巡を沈めたときと同じく、インド洋はこの日も凪いでいた。ところどころにちりめん皺のようにさざ波が立っているほかは、油を流したような海面が重苦しくうねっている。

ハーミスはもうもうたる黒煙を天にふき上げながら、左舷から沈みつつあった。すでに飛行甲板は水に洗われている。十発以上の二百五十キロ爆弾の直撃をうけた飛行甲板はそここ

こでめくれあがり、艦橋も傾いているように見える。艦に近づくと、すでに「アバンダン・シップ」（総員退艦せよ）がかかったのか、甲板上を右往左往する兵士の姿が見える。しかし、左舷の舷側に据えつけてある高角砲の砲口から火が放たれたのを見て堀は驚いた。すでに砲座は半ば水没に近いのに、砲員たちは急降下して来る日本機に対して砲弾を送りつつあるのだ。

——なるほど、これがネルソン以来の英国海軍魂か……。

そう考えている間にまた一弾が前部飛行甲板に命中した。

感嘆した堀は、一旦、反転すると、偵察員の上谷睦夫兵曹がカメラを携行しているのを確かめた後、写真撮影を指示した。べた凪ぎのインド洋に半ば海面に没しつつあるハーミスの姿は、巨人の腕に身を委ねつつある落城寸前の姫のようにいたましい。

この写真は、その迫真力の故に海軍部内で話題になり、天覧にも供された。最後まで高角砲を撃ち続けていた砲員の話と思い合わせてこの写真を眺めると、戦いの悲しさと空しさが胸に訴えて来る。そこには虚無の美しささえ漂っているのである。

堀兵曹は十三志といって、昭和十三年志願兵で海軍に入り、横須賀海軍航空隊を振り出しに、太平洋戦争中の殆どを前線で過ごしたベテランであるが、このときハーミスの艦橋後部マストにひるがえっていたユニオンジャックの色は忘れられないと語っている。

またこの日、戦闘機分隊長の牧野大尉を失ったのも「瑞鶴」の大きな損害であった。六機を率いてツリンコマリ上空で敵スピットファイアと空中戦に入ったが、乱戦のうちに列機とはなれ二番機の松本達一飛とともに未帰還となってしまった。牧野は真珠湾以来のベテランで、この時機のスピットファイアに簡単に撃ち落とされるはずはないのであるが、雲の上から奇襲でも喰らったものであろうか。

艦上で牧野を待ちわびていた隊長の岡嶋清熊大尉は、

「牧野は無口で朴訥、静かな武人といった感じのパイロットだった。戦闘機に乗るために生まれて来たような男だったが、奇襲をうけたのだろうか、惜しいことをした」

と語っている。

ハーミスの撃沈をもってインド洋作戦は終了したが、機動部隊司令部は、攻撃隊とくに艦爆隊の向上した練度と戦果について、その理由を次のように戦訓で述べている。

一、天候快晴、風力微弱、気流良好にして天象状況爆撃に好適であったこと。

二、指揮官の指揮極めて適切にして接敵ならびに攻撃運動が巧妙であったこと。

三、心的結合強固な建制的（正規の）強兵であって、出動前の訓練（ケンダリーを指す）により練度が極度に向上していたこと。

四、わが攻撃隊の同時急襲殺到により敵の回避が不如意であったこと。

しかし、自賛するには少々早い。ハーミスに艦爆隊が殺到していたと同じ頃、機動部隊上空に英軍の重爆撃機九機が来襲、「赤城」「利根」付近に爆弾を投下した。幸いに被害はなかったが、「赤城」の見張りは爆弾が海面に水柱を上げるまでこの大型機を発見できなかった。直衛に上がっていた零戦がこの重爆を追いかけ、五機撃墜を報じたが、このとき交戦によって味方零戦一機を失った。

今年一月上旬、瀬戸内を出てから、機動部隊はこれという休養もとっておらず、猛訓練に終始していたとはいえ、戦えば必ず勝つ、落としたタマは必ず当たり、敵艦は沈むという楽勝によるマンネリズムが、ようやく全艦隊を包みつつあった。敵のタマも当たれば、わが艦を沈め得るという逆の場合を考えることを忘れた機動部隊は奢っており、これをいましめるには新しい大きな試練を必要とした。

# 初の空母対決

連合艦隊は四月十日から第二段作戦第一期に入ることになった。
四月十五日付で配付された大本営第二段作戦には、
一、インド洋における英艦隊の撃滅とセイロン島の攻略。
二、米豪分断作戦を強化し豪州の屈伏を計る。
三、敵機動部隊の本土空襲を警戒し、これを捕捉撃滅する。
などの要項が記されている。
連合艦隊ではこれに則って、
一、一部をもってポートモレスビー（ニューギニア東部南岸）及びツラギ（ソロモン群島の南部）を攻略する。

二、主力は東に備えながらミッドウェー及びアリューシャン作戦の準備をすすめる。

この二項を第二段作戦第一期とすることにした。ここで米豪分断作戦とGFのあり方について一言しておくのも無意味ではあるまい。

開戦前大本営が考えたのは、真珠湾攻撃と蘭印（比島）マレー攻略を含む第一段作戦であったが、次の第二段作戦の主眼は米豪分断作戦とミッドウェー作戦であった。このうち米豪分断作戦は軍令部が主唱したもので、ラバウルからソロモン群島、ニューヘブライズ、ニューカレドニア、ニュージーランドというふうに大きな長い楔を打ち込んで米豪の連絡を遮断し、まず豪州を降服させ、ついで有利な条件で米国との講和条約にもちこもうという遠大な計画であった。

山本五十六はこの計画に賛成ではなかった。そのような悠長なことをやっていては、強大な工業力をもっている米国を立ち直らせてしまい、これに強烈な一撃を与えて講和にもちこむことは不可能である。真珠湾を占領し、この際現われ得べき敵空母部隊を叩き伏せ、アメリカ西岸を脅したところで、米国民に動揺を生じさせ、講和にもちこむというのが彼の本旨であった。

それはアメリカを相手とした場合、正論であったが、大本営の米豪分断作戦にからまってMO（モレスビー）作戦のため五航戦を割くことになり、真珠湾方面に使用できる空母が六隻から四隻に減ったことは痛手であった。上部の作戦方針が二つに割れていては、所期の成果を得ることは難しい。

また、真珠湾をとるつもりならば、なぜミッドウェーなどで道草を喰ったのであろうか。すでに機動部隊はソロモン、ポートダーウィン、インド洋と大いなる道草を喰って、小規模な戦勝に酔い奢り、そして戦に倦んでいる。そのうえ、本命の真珠湾に兵を向けずに途中のミッドウェーを攻略しようとしたのは、一種の一時しのぎのように思われるがいかがであろうか。

ミッドウェーをとっても、真珠湾内に米艦隊がある限り直接サンフランシスコやロスアンゼルスの沖へ赴いて、砲撃をすることはできない。同じ大部隊を派遣するならば、一挙に真珠湾占領を計るべきであった。そうすれば残存する米艦隊はサンフランシスコの線まで後退するの止むなきに至るであろう。また日本軍の基地として、真珠湾はミッドウェーとは較べものにならない大きな補給基地を提供してくれる。真珠湾攻略戦こそ乾坤一擲の決戦場にふさわしい場所であったのだ。

さもあらばあれ、南雲中将の率いる機動部隊は、半ば疲れ倦み、そして戦勝の奢りを飛行甲板に乗せて、四月十日、日本に向かった。

四月十八日、一、二航戦と分かれた五航戦は台湾の馬公に入港した。一、二航戦はそのまま日本に向かっている。

五航戦が馬公に入港した日の夕刻、東京が空襲されたという電報が入った。

「インド洋なんかで据え物斬りをやっているからだ」

大本営やGF司令部に批判的な飛行士官たちは、こう言って顔を見合わせた。南方に来る前にも「米機動部隊南鳥島方面に出現」の報に、五航戦は出かけている。

――本土の東側ががら空きなのに陸軍のビルマ、インド、アフガニスタン、イランというアジア大陸打通作戦という空想的なアイデアにおどらされて、インド洋の英艦など追いかけているからこういうことになるのだ……。

葛原たちがそのようなことを話し合っていると、一、二航戦に米空母追跡の命令が出たという情報が入った。

「御苦労さんだが、『赤城』とアメリカさんの空母との間は二千マイルぐらいあるんじゃないのか」

「二十ノット第二戦速で行って四日。とても間に合いはせんな」

士官たちはそんなことを語り合った。

「それよりおれたちが行くポートモレスビーというところには、アメリカさんの空母はいるのかね？」

艦攻の村上中尉の声に通信長の山野井実夫少佐（56期）が、

「米空母はマーシャルに来たかと思うと、ソロモンにも顔を出しているらしい。我々が行けば嗅ぎつけて姿を現わすんじゃないかな」

「やはり来たか」

と答えた。

「よし、今度こそ、本物の空母と決戦だ。やっと据え物斬りから解放されるぞ」

葛原がそう叫んだ。彼は珊瑚海に何が彼を待っているかを知らなかった。

四月二十五日、五航戦はトラック島に入り、補給を行なった。十八日付で五航戦は南洋部隊に編入されていた。

四月二十三日、すでにMO（モレスビー）攻撃作戦が南洋部隊指揮官井上成美中将（第四艦隊司令長官）によって発動されていたことを搭乗員たちは知った。

MO攻略作戦に参加する南洋部隊（第四艦隊基幹）の編制は次のとおりである。

指揮官　井上中将
R方面防備隊　第八根拠地隊
本隊「鹿島」「常磐」「夕凪」、聖川丸
MO機動部隊
第五戦隊（妙高、羽黒）、五航戦（翔鶴、瑞鶴）、二十七駆逐隊、七駆逐隊
MO攻略部隊
MO主隊　六戦隊「青葉」「加古」「衣笠」「古鷹」。空母「祥鳳」。「漣」
ポートモレスビー攻略部隊　六水戦、「津軽」ほか輸送船、掃海艇など
掩護部隊　十八戦隊、神川丸ほか

ツラギ攻略部隊　十九戦隊
ギルバート諸島攻略部隊
潜水部隊　七潜戦

MO主隊は四月三十日、MO機動部隊は五月一日、トラックを出撃して南下し、ソロモン海域に向かった。

五月三日、ツラギ攻略部隊は予定どおりガダルカナル島の対岸にあるツラギ島を占領した。第五戦隊司令官高木武雄中将（39期）を指揮官とするMO機動部隊は、五月五日、珊瑚海に入り、六日正午、ツラギの南西百八十マイルの海面に達していた。

この日未明、ツラギを発進した横浜空の大艇は、午前八時、ツラギの一九二度四百二十マイルの地点に空母を含む敵大部隊が南東に向かっているのを発見したと報告している。「瑞鶴」の航海士が作図してみると、六日正午における敵空母の位置は、「瑞鶴」の南南東二百六十マイルである。すでに敵は攻撃可能範囲内に入りつつある。搭乗員たちは昏をひきしめた。

フレッチャー少将の率いる米第十七機動部隊は、五日午後五時、真珠湾方面から南回りでやって来たレキシントンとソロモン方面でツラギ空襲（四日）を行なっていたヨークタウンが百マイル東方の海面で合同したばかりであった。

総指揮官フレッチャーはヨークタウンに座乗し、レキシントンに乗っているフィッチ少将は空母経験が長いので航空戦術を指導することになっていた。

ＭＯ主隊と攻略部隊は七日夕刻、ニューギニア東端のジョマード水道を通過して珊瑚海に入り、西進してモレスビーに向かうことになっていた。

「明日は決戦だな」

ガンルームで海図を見ながら、五月一日に進級したばかりの佐藤大尉や葛原大尉が口々にいうと、

「いよいよアメちゃんの空母に魚雷をぶちあてるぞ」

襟章の新しい村上大尉がそう応じた。

明日の決戦に備えて、六日夜、いったん北上した機動部隊は夜半反転して南下し、七日午前四時（日出二十分前）、「瑞鶴」にあった原忠一少将は、南方に十二機の索敵機を発進せしめた。

この頃、フレッチャーの機動部隊ははるかに西進し「瑞鶴」の西二百三十マイルにあった。ＭＯ攻略部隊をジョマード水道南方において待ち受けようというのである。フレッチャーは油槽船ネオショーを含む支援隊を、その南東方二百八十マイルに後続せしめていた。

午前五時二十二分、一八〇度方向に出ていた「翔鶴」の索敵機は、

「敵空母見ユ、巡洋艦一、駆逐艦三ヲ伴ウ。『翔鶴』ヨリノ距離百六十三マイル」

と報じた。

午前六時、原司令官は待ちかまえていた攻撃隊を発進せしめた。

総指揮官は真珠湾以来の嶋崎少佐で、艦攻（雷装）「瑞鶴」十一、「翔鶴」十三、艦爆（二百五十キロ）「瑞鶴」十七、「翔鶴」十九、零戦各九、計七十八機である。

「瑞鶴」艦攻隊は、第二小隊長機に村上大尉が乗り、索敵機として出ていた佐藤大尉の機は第二次攻撃用となった。

艦爆隊は江間親分の率いる第一中隊三番機には、真珠湾のとき母艦においてけぼりを喰った江種一飛と松下兵曹のペアが、今日こそはと張り切ってプロペラを回していた。

同じ中隊の第二小隊長機は、いつも「据え物斬りはもう御免だ」と無聊をかこっていた葛原大尉で、後席は真珠湾以来のペアである川瀬兵曹。その二番機にはいつも明るくそして精悍な堀兵曹と上谷睦夫兵曹のペアが控えていた。

第二中隊長は操縦員安藤五郎兵曹の後席に大塚礼次郎大尉。その二小隊長機は福永政登飛曹長、石川重一兵曹で真珠湾以来のパイロットたち、三小隊長機も稲垣富士夫兵曹、小山茂飛曹長で真珠湾以来のペアであった。

岡嶋清熊大尉の指揮する零戦隊を先頭に、江間の艦爆隊、嶋崎の艦攻隊の順で、整備兵の「帽振れ」に送られて次々に発艦してゆく。

しかし、江種一飛の、今度こそは動いているアメリカの制式空母レキシントンかエンタープライズをやっつけようという願いは、今回もはずれた。

午前七時過ぎ、「瑞鶴」隊は索敵機が報告した海面に達したが、いくら探しても敵の空母は発見できなかった。やっと空母らしい水平甲板の大型船を発見して近よったが、双眼鏡で

注視していた後席の東飛曹長が、

「隊長、あれは空母でなくて油船です！」

と叫んだので、近づいてみるとオイルタンカー（一万トンのネオショー号）で、駆逐艦一隻を伴っていた。生意気にも高角砲と機銃を撃ち上げて来る。

——なんだ、油船と駆逐艦か、爆弾がもったいない……。

江間は帰ろうと思って、右の方で旋回している艦攻隊の嶋崎隊長機に近づいて、下界の油船をどうするかを手真似で訊くと、嶋崎は手の先を下方に向けて「やれ、やれ」と命じる。止むを得ず江間は突入することにした。嶋崎の方は魚雷がもったいないと考えたのか、雷撃をやらないで上空を旋回しながら観戦している。

江間機は高度四千から突入して、「四百五十！」という東飛曹長の呼称で投弾した。対空砲火は激しいが、速力が遅いので見事中部甲板に命中する。「やった」と思ったが火をふかない。油船のくせにおかしな奴だな、と上昇しながら横目で見ていると、二番機の畠山機に続いて江種機が突っ込んだ。

やっと空母をやらせてもらえると喜んでついて来たのに、江種は不満な顔をしているだろうと江間はふとおかしかった。続いて二中隊長機大塚大尉の機が突入する頃、やっとネオショーは火焔をふきあげた。装甲鈑が薄いので、徹甲弾が艦底を突きぬけて海中で爆発するのか、重油が炎上するのが遅くなったものらしい。

「翔鶴」隊は随伴の駆逐艦（シムス）を狙っているが、こちらも徹甲弾が甲板から艦底まで突きぬけているようである。

艦上からは相変わらず激しく撃ち上げている。見ていると大塚中隊の二小隊二番機石塚重男二飛曹の機が、ぽっと火をはいた。急降下の途中高度千メートルくらいで、葛原小隊の二番機であった堀兵曹もこれを視認していた。炎に包まれながら石塚は投弾して引き起こしたが、もうそのときは機が火だるまになっていた。エンジンとともに燃料タンクにも被弾したらしい。

「石塚がやられました！」

江間機の後席では東飛曹長が悲痛な声をあげた。

石塚機は旋回しながら降下に移り、あわや海面に衝突という寸前、機首を上げたかと思うと、火焔の長い尾を曳きながらネオショーの四番砲台の近くに体当たりを決行し、偵察員の川添正義三飛曹ともども自爆を遂げた。

——やったなあ……。

眺め下ろしていた江間は、初めて部下の自爆を目撃し、この衝撃と悲痛な感動は長く彼の脳裡に残った。

油槽船ネオショー、駆逐艦シムスを撃沈して、攻撃隊は帰路についたが、その頃、空母の方ではいら立っていた。（註、実際はネオショーは十一日まで燃えながら浮いていた）

嶋崎少佐の攻撃隊を発進せしめた直後、六時二十分、MO主隊の「古鷹」の索敵機から、ジョマード水道に近いデボイネ島の一五二度（南南東）百五十マイルに敵機動部隊を発見したという無電が入った。引き続き「衣笠」の索敵機からも報告があり、米機動部隊主力は五航戦の南ではなく、西方二百五十マイルくらいの位置で行動していることが判明して来た。

やがて、嶋崎の率いる攻撃隊は、目標は空母ではなく油槽船であることを打電してきたので、午前九時、原司令官は攻撃隊全機に引き返すよう命令した。

――やれやれとんだムダ足だった……。

「瑞鶴」隊が石塚機の自爆もあって重い気持で帰路についた頃、西方、ジョマード水道の北方海面では、ＭＯ攻略部隊所属の小型空母「祥鳳」が米機動部隊の一斉攻撃をうけていた。

錯覚は米側にもあった。この朝、レキシントンとヨークタウンから発した索敵機は、ジョマード水道に向かう空母一隻、重巡四隻がある、と報告して来たが、これはＭＯ主隊であって、日本の機動部隊ではなかった。

しかし、これを制式空母と誤認したフレッチャー提督は、午前七時二十六分以降、レキシントン、ヨークタウンの順で攻撃隊を発進せしめた。

午前九時過ぎ、米攻撃隊はジョマード水道東方海面で日本の空母一、重巡四、駆逐艦二から成る日本の輪型陣（ＭＯ攻略部隊）を発見し、九十三機をもって攻撃し、爆弾十三発、魚雷七発を命中せしめた。「祥鳳」の戦闘機隊長納富健次郎大尉（62期）は部下五機とともに敵を迎撃して五機を墜としたが、一万一千トンの「祥鳳」は大火災を生じて、九時三十分、沈没してしまった。

この報は、当然、東方二百五十マイルにいた五航戦に伝えられた。

虎の子の護衛用空母を失った井上長官は、MO主隊、ポートモレスビー攻略部隊にいったん北上を命じ、機動部隊の対策を待つことにした。百機近い飛行機を擁する空母部隊が水道の南側で鰐のように口をあけて待ちうけているとあっては、とても無事に陸軍をモレスビーまで運ぶことは覚束ない。

一般に、日本軍の敗因の第一をミッドウェーとするのが戦史の通説となっているようであるが、この五月七日朝の日本軍の誤認は後の戦局に大きく響いた。

日本軍が早期に二百五十マイル西方にあったレキシントン、ヨークタウンの二空母を発見してこれを撃沈し、わが方が無傷で日本に帰り、六月五日のミッドウェーに五航戦が参加したならば、米側はヨークタウンを欠き、こちらは制式空母二隻が加わるのであるから、あのような完敗にはならなかったであろう。（註、米側はこの日、五航戦を発見していない）

ただし、逆に、米側が先に発見して攻撃隊を送り、「翔鶴」「瑞鶴」を沈めていたならば、南太平洋海戦は生起せず、したがってホーネットを失うようなこともなく、爾後の作戦は、ずっと楽になったと思われる。

両軍にとって惜しい歴史のもしいであったが、神様は翌日、がっぷり四つに組んでケリをつけるチャンスを与えてくれることになっていた。

米二空母の概略位置をつかんだ原司令官は、午後二時十五分、第二次攻撃隊を発進せしめた。航空参謀三重野少佐（53期）と相談して、帰りが遅くなるというので熟練した搭乗員だけを出すことにした。

兵力は「瑞鶴」艦爆六、艦攻九、「翔鶴」艦爆六、艦攻六、計二十七機で、総指揮官は「翔鶴」の高橋赫一少佐。「瑞鶴」の艦爆隊長は江間大尉、艦攻隊長は嶋崎少佐であった。そして、この夜間攻撃は艦攻隊にとって地獄の飛行であった。

この日朝から、珊瑚海は冬らしい雲に蔽われ、夕方になると風が冷たくなった。時差の関係で午後二時はやや黄昏に近い。

「瑞鶴」隊には両隊長をはじめ、ほとんどが午前の攻撃から帰って来た搭乗員たちである。はたして夕闇の中でうまく敵の空母を発見して有効な攻撃ができるであろうか。重苦しい表情の隊員たちのなかに二人明るい表情の男がいた。一人は午前の爆撃でネオショーにタマを当てた江間小隊の三番機江種一飛である。

せっかく空母をやれると思って爆撃行に参加した江種であったが、帰って来ると再度攻撃隊整列がかかったので、今度こそはレキシントンやエンタープライズのような本物の空母がやれると思って笑みを両の頰に浮かべていた。

いま一人は佐藤善一大尉である。早朝の索敵を命じられたときは、今日は雷撃もできないのか、と落胆したが、薄暮攻撃のメンバーに選ばれたので、やっと動いている空母に魚雷をぶちこむことができると考えて彼は心が躍るのを覚えた。

その反面、彼は緊張していた。夕方の攻撃はベテランのみが選ばれている。艦爆隊では偵察の大塚は入っているが、操縦の葛原は入っていない。艦攻隊は村上、佐藤二人とも選ばれているのだ。しかし、「瑞鶴」では真珠湾出撃前には夜間攻撃と夜間航法は殆ど訓練していないのだ。

——階級は大尉でも、実際には若年搭乗員と同じ気持でひきしまってやらにゃあいけんのう……。

佐藤は広島弁で自分に言って聞かせると、唇をひきしめて愛機に乗りこんだのであった。

西へ飛ぶこと二時間近く、午後四時過ぎ、黄昏の淡い光線の中で江間大尉は、果たして索敵機の報じた位置に敵はいるのか、と少々疑問を感じ始めた。

そのとき、艦攻隊の上方からピカリピカリと閃光が降って来るのが見えた。

——グラマン戦闘機だ！

鈍く夕照をうけている灰色の断雲の間から、数機のグラマン戦闘機が急襲して来たのだ。

「隊長、敵戦闘機、艦攻隊にかかります！」

東飛曹長が伝声管に向かって叫ぶ。

「了解、列機に知らせろ」

こういうときは隊内無線電話がないのがもどかしい。江間はバンク（翼の横振り）を振ると、両脇の稲垣機と江種機に敵機襲来を警告した。二番機の稲垣兵曹と三番機の江種一飛が手をあげて了解を示す。

艦攻隊は火焰地獄にさらされていた。このとき嶋崎隊を捉えたのはレキシントンを発艦して直衛にあたっていたラムゼー少佐の率いる四機のグラマンF４Fワイルドキャット戦闘機であった。

奇襲をうけた九七艦攻は概ね一撃で火をふいた。このとき嶋崎隊は嶋崎機を中心に右に坪田大尉の小隊二機、その右に佐藤大尉の小隊二機、左に嶋崎小隊の二機、その左に村上大尉の二機という隊形で前進していた。

最初に犠牲になったのは、右翼隊で佐藤の右にいた二番機の田平幸男一飛曹操縦（偵察大西久男二飛曹、電信兼藤二郎三飛曹）の機で、火焔に包まれ錐揉みになって落ちて行った。

――こいつはいかん……。

口の中でそう叫んだが、すでに自機の両側に赤と青のアイスキャンデーが火箭のように指向されている。彼は機を横すべりさせてグラマンの照準をかわした。しかし、闘魂をもってなる「瑞鶴」艦攻隊員はこれくらいのことではへこまなかった。

ダ、ダ、ダ、ダ……。

と最後尾の電信席で七・七ミリ旋回機銃が腹にこたえるような発射音を響かせる。

「分隊士、グラマン一機撃墜！」

電信員吉田湊兵曹の声にふり返ってみると、グラマン一機が黒と赤の交錯する火をふいて錐揉みに入るところであった。

――畜生、こういうときに艦攻の頭部にも七・七ミリがあったらなあ……。

佐藤は九九式艦爆がエンジンの中に二梃の七・七ミリを内蔵しているのを羨しく思った。

そのとき五百メートルほど離れたところで、

――この攻撃に零戦がせめて三機でも直掩について来てくれたならばなあ……。

と残念がっている男がいた。艦爆江間小隊の三番機、江種一飛である。

この攻撃は途中で暗くなるから、戦闘機では航法が無理だというので岡嶋大尉らの零戦隊は残されてしまったのである。岡嶋大尉や精悍そのものの塚本祐造大尉（66期）らがいてくれたら、こんな赤子の手を捩るような真似はさせなかっただろう……。

江種が夕闇のなかで唇を噛んでいると、また一機、坪田小隊の二番機杉本諭一飛曹の機（偵察小島新八三飛曹、電信長谷川清松一飛）が火をふいて落ちて行った。このような攻撃のとき、戦闘機のセオリーは後方の機から喰ってゆくことである。先頭の中隊長機を撃てば効果は大きいが、射撃のとき腹の下から列機に撃たれるおそれがあるのだ。

列機を失った佐藤大尉は、先任の坪田大尉と編隊を組み、電信員に七・七ミリを乱射させながら黄昏の珊瑚海の海面を這うようにして避退を続けた。こうなると、八百キロの航空魚雷がやけに重たく感じられる。

——敵の空母は一体どこにいるのだろう？

左の方角で艦攻が二機火をふいた。（後からわかったがこれは同期生村上大尉と嶋崎小隊の三番機野沢芳朗二飛曹の機であった。村上機＝偵察馬場常一飛曹長、電信宮田長喜三飛曹、野沢機＝偵察川原信男一飛曹、電信本多信広一飛）

一キロ以上左方の「翔鶴」隊でも、また艦攻が火をふいたようであるが、もうよそのことはかまってはおられない。佐藤は坪田機の右につくとグラマンを避けながら、しかも敵空母と思われる方向に突進した。あたりはもうとっぷりと暮れて来た。その闇をつんざくように火箭が走る。第三次攻撃、新手の敵なのだ。

「分隊士、左旋回！」

偵察員大谷一飛曹の声が伝声管の中ではじける。吉田兵曹は早くも七・七ミリを発射している。大きく左に機をひねると坪田機が遠ざかる。その腹の下から黒いものがはなれ夜目にも白く飛沫をあげる。魚雷を捨てて最後の抵抗を示そうというのだ。前方に灰黒色の塊がぼんやり見える。スコールらしい。すでに日没を過ぎたが、太陽は上空の雲に光線を送り、あたりは薄暮というにふさわしいかも知れない。坪田大尉の機は白い筋を曳いている。燃料タンクにタマが当たったのだ。前方のスコールに逃げこもうという魂胆らしい。

佐藤も機首を立て直すとスコールの方に向かった。そのとき、火箭の束が坪田機（偵察小坂田登飛曹長、電信遠藤多作一飛曹）を包んだかと思うと機はぽっと火をふき、大きく右に旋回すると、翼端を軸にするように回転して海面に大きなスプラッシュを上げた。

――分隊長が、やられた……。

佐藤は再び機首を左にひねった。右翼の近くをアイスキャンデーの束が通りぬけた。ガン、ガン、ガンと機が揺れる。翼に数弾が命中したらしい。

――タンクか？

右翼を見たが火をふく様子はない。

――助かったか……。

一息ついた佐藤の前にスコールが迫っていた。

この黄昏の奇襲で艦攻隊は坪田大尉機ほか五機を失った。嶋崎隊長は辛うじて無事であったが、三番機はグラマンの餌食となって珊瑚海の底に沈んでしまった。

艦攻隊の生き残り四機は、低空でしばらく敵の方に前進した。艦爆隊はその上に蔽いかぶさる形になった。

敵グラマンは、数を増して十機以上になった。「翔鶴」「瑞鶴」あわせて十二機の艦爆は、がっしりスクラムを組んで各機一梃の旋回機銃をふり回して上空から襲って来るグラマンに集中砲火を浴びせた。一機、二機と敵機が火をふく。

そのうち何を思ったのか、グラマンは追撃をあきらめ、上空に去った。江間は考えた。アメリカのグラマンは日本の艦爆の射撃能力を過信しているのではないか。

アメリカでは、艦爆は戦闘兼爆撃機といって空中戦闘にかなりの能力をもつとされている。日本の九九艦爆に相当するダグラスＳＢＤドーントレスは、エンジン内に十三ミリ固定機銃二梃をもち、偵察席には七・七ミリ連装旋回機銃一基を装備しており、戦闘機相手にかなりの空戦能力を発揮するといわれている。グラマン隊の隊長は夜になったことと、日本の艦爆にかなりの空戦能力ありとみて、追撃をあきらめたものらしかった。

正直なところ、江間はほっとしていた。日本の艦爆は射撃や空中戦闘の訓練もやるが、とてもグラマンと太刀打ちするほどの力はない。機銃も前方固定二梃、後席旋回一梃といずれも七・七ミリにすぎない。アメリカの戦闘機隊長が日本の艦爆の空戦能力を自国のグラマン程度と評価してくれたのは、艦爆隊にとって僥倖であった。

それにしても夜は夜である。真っ暗闇ではなく、薄明のような明るさは残っているが、もう空母を発見しても攻撃することはできない。前方を飛んでいる「翔鶴」の高橋隊長機がバンクをふって二百五十キロを投下して反転したので、江間の隊もそれにならった。

運命は皮肉なものである。艦攻隊がグラマンにとりつかれて次々に火をふいたとき、彼らはフレッチャーの第十七機動部隊のほぼ直上にいた。応戦しながらそれを西に通り越し、反転したとき、彼らは東に向かいつつある米機動部隊を追尾している形になっていたのである。五航戦は攻撃隊発進後西に向かい、アメリカの機動部隊は東に向かっていたので、両機動部隊の距離は、意外に縮まっていたといえる。

四十分あまりも東へ飛行したであろうか。江間は前方に東へ進む二隻の空母を発見した。飛行甲板を照明し、飛行機を収容している。

――「瑞鶴」と「翔鶴」だ。やっと辿りついた。今日は長かったなあ……。

江間は、ほっとして着艦のため編隊を解散するタイミングを考えていた。空母の両側に一隻ずつ重巡が見える。

――「妙高」と「羽黒」であろう。出迎え御苦労さん、まったく今日は朝駆けと夜討ちでくたびれたよ……。

江間がそう口の中で呟きながら「瑞鶴」と覚しい空母に接近していたとき、先行する「翔鶴」隊の高橋隊長機は編隊を解散して「翔鶴」（と思われる）空母に、オルジス信号灯で、「着艦ヨロシキヤ」

の発光信号を送った。

ポカポカと空母の艦橋から応答の信号があった。それが・――・（了解）のように見えた。

一方、江間の方も編隊のまま空母に近よったところ、側方に大きな艦が見えた。重巡の向こうに戦艦が走っている。しかも籠（かご）マストである。

――いかん、籠マストはアメリカの、しかも戦艦だ！　日本側には戦艦は来ていないぞ……。

江間の背中を冷たいものが走り、全身が、かーっと熱くなった。

同じ頃、すでに、編隊を解散した高橋赫一少佐は、「翔鶴」のつもりでレキシントンに接近しつつあった。艦橋ではシャーマン艦長が直衛機収容の指揮をとっていた。すでに半数を収容したところへ、グラマン戦闘機より少し大きめで型の違う機が接近しつつあった。

高橋機が発した「着艦ヨロシキヤ」が、なぜ米空母の信号員に怪しまれずに受信され、また、米空母が発信した信号が、どうして・――・のように高橋機に受けとられたかは未だに解けない謎である。

何はともあれ、レキシントンの見張員が、

「あの機は怪しい。翼端に違う灯火をつけている」

と報告したとき、高橋機のミステリーは解けた。日本の艦載機は着艦時に右翼端に緑、左翼端に赤の航空灯をつけることにしている。しかし、アメリカの機はつけないのか、あるいは別の灯火をつけるのかも知れない。

この点、日本側も無知であったが、あれほど情報網が発達していたアメリカも、日本の着艦方式については終戦まで何も知らなかった。

レキシントンのシャーマン艦長は怪しい飛行機に砲撃を命じ、ほぼ同時に、この艦が「翔鶴」でないことに気づいた高橋少佐は機を反転させた。レキシントンは「翔鶴」に較べて異様に艦橋が大きいので、夜ではあっても接近すればその差は歴然として来る。

しかし、高橋が異様に感じたのは着艦灯の問題である。日本の空母は着艦するとき、夜でも昼でも、左舷に出ている着艦灯を目安にして自分のパスを修正する。ところが米空母は着艦灯を装備していない。

ではどうやって機を誘導するのか。ベテラン整備員（兵曹長クラス）が艦尾左舷の台の上に立って、昼は赤と白の手旗、夜は懐中電灯によって機に「高い、高度を下げよ」「低い、高度を上げよ」などの合図を発し、正しいパスにのせるのである。一見、自分で判断する着艦灯よりやさしいように思えるが、整備員のカンが狂っていたらことである。

この点、アメリカの空母では、出港したら帰港するまで艦内ではアルコールを呑ませないから成り立つが、日本のように出撃前に別盃をかわす習慣がある国では危険である。指導の整備員が宿酔（ふつかよい）で頭がふらふらしている状態であったらことである。着艦する機が艦尾に激突するような事故が生じ易い。

そこへゆくと、日本側は着艦灯というメカニズムに頼るのであるから、上手下手はあっても自分の責任において着艦することができる。アメリカはこの着艦灯方式を戦争終了まで知らなかった。

高橋が大あわてで反転すると、部下の機も翼をひるがえした。第二小隊長を勤めていた三福岩吉大尉（66期）も、レキシントンの巨体を横目で睨みながら反転した。

——今、二百五十キロがあればなあ……。

三福はそう考え、「瑞鶴」隊にいるはずの葛原や大塚はどうしているかなと考えた。

同じ頃、ヨークタウンの艦橋では、フレッチャー提督が異様に数の多い飛行機が着艦を求めて接近して来るのに頭をかしげていた。彼はバックマスター艦長に問いかけた。

「本艦の直衛機はあんなに数が多かったかね」

そのとき、見張員が叫んだ。

「接近して来る機はグラマン戦闘機にあらず、二座の艦爆なり！」

——これはいかん……。

双眼鏡をもって怪飛行機を確認した艦長は、直ちに機銃指揮官に射撃を命じた。

そのとき、戦艦の籠マストに気づいた江間は反転して高度をとりつつあったが、「瑞鶴」艦爆隊は敵の輪型陣の真上にあった。

ヨークタウンのみならず、護衛の駆逐艦、戦艦、巡洋艦もいっせいに砲門を開いた。

ほうほうの態で避退しながら、江間は座席の中で大きく舌打ちをした。

——畜生、あの二百五十キロを棄てていなかったら、こちらが蜂の巣のようになっても一発艦橋にお見舞いしてやるのに……。

要するに、この日はついていないのであった。午前は空母の代わりに油船を爆撃して、石塚兵曹のペアを失ってしまう。夜は夜で敵のグラマンに追いかけられて、やっと空母を発見したと思ったらタマがない、こいつはカタなしだ。明日は、このお返しをしなくちゃあな……。

江間は淡い水平線を睨み、集まって来る部下を待って大きく旋回しながら、唇を噛んでいた。

しかし、二番機の稲垣富士夫一飛曹の機（偵察小山茂飛曹長）がついて来ない。

——おかしいな……。

そのとき、左下方で閃光がきらめいた。稲垣兵曹の機は、空母から避退するとき、駆逐艦と巡洋艦の十字砲火につかまり、燃料タンクから火をはいて墜落してゆく。

「稲垣！　しっかりせい」

江間は風防をあけてそう声に出した。

稲垣と小山のペアは、真珠湾攻撃のとき小隊長機を勤めて以来のベテランコンビである。インド洋でもよく戦ったし、午前のネオショー撃沈でも第二中隊の第三小隊長機を勤めて命中弾を与えている。米空母との本格的な対決を明日にひかえている今、この二人を死なせたくはなかった。

しかし、十字砲火はなおも稲垣機を捉えてはなさず、ついにタンクの爆発によって、機は火の塊となり、海面に激突した。

——やられたか、おい稲垣、小山、明日はお前たちの分も戦ってやるぞ……。

江間は、午前の石塚機と思い合わせて眼頭を熱くしながら、海面に火焔と泡を残して消えた二人のために祈った。

江間の艦爆隊が灰色の断雲の間から味方空母を発見したのは、それから一時間ほど後の午後六時過ぎであった。

着艦した江間は長途の飛行の疲れをもぬぐいあえず、艦橋にかけ上ると、下田飛行長と横川艦長に進言した。

「艦長、敵はすぐ近くです。二隻います。この眼で確かめて来ました。今からゆかせて下さい！」

しかし、原司令官と視線を合わせた艦長の表情は暗かった。

かなり以前から、艦攻隊は嶋崎隊長機ほかの機から無電を発していた。

「我レ、敵戦闘機ト交戦中」（嶋崎隊長）

「敵戦闘機ノ追撃ヲ受ケ、攻撃隊全滅」（佐藤機）

「我レ索敵中敵戦闘機ノ攻撃ヲ受ク。天皇陛下万歳」（坪田機）

そして、やっと母艦に接近した嶋崎隊長機は、被弾のため、

「我レ、操縦桿故障、不時着水ス」

と打電して来ていた。

「飛行長、どうかね、搭乗員はそろうかね」

横川艦長は下田飛行長に訊いた。

「はあ、艦爆の方は五機出せます。しかし、艦攻の方は可動三機で指揮官は佐藤大尉一人です」

飛行長は声を落とした。

無理もない、艦攻隊は夜間攻撃で二人の隊長を失い、総隊長は海上に不時着して駆逐艦の救助を待っているのだ。

「瑞鶴」艦攻隊、最悪の日であった。

剛腹な原司令官も黙々として腕を組むのみである。

着艦した佐藤も艦橋に上がって、坪田大尉亡き後、現在、艦攻隊を率い得る士官は若輩の自分一人しかいないことを知って、打ちのめされたようになり肩が重く感じられた。坪田、村上の二大尉のほか、偵察のベテランである馬場、小坂田の両飛曹長も戦死してしまったのである。

原司令官と相談すると艦長は決断を下した。

「飛行長、本日の攻撃を終わる。明朝の索敵計画をたててくれ」

そういうと横川艦長は、全機収容完了と同時に、

「面舵一杯！」

艦を反転せしめた。

敵空母は西方百二十マイルまで接近している。夜の間にあまりにも接近して、未明に奇襲

を喰らうことは避けねばならなかった。原司令官はMO攻略部隊と米機動部隊の中間に立ちはだかるべく針路北を指示した。

思いは米側も同じであった。

フレッチャーは、この夜の日本側攻撃隊の動きからみて、意外に近いところに日本の空母がいるとみて、艦隊を南下せしめ、日本の艦隊と約二百マイルの距離にひらくように行動することを考えていた。

この日、「翔鶴」「瑞鶴」では戦況がわかって来るにつれて、さらに詳しい情報が伝わっていた。

一つは、「翔鶴」艦攻分隊長萩原務大尉（63期、偵察員）の最期である。

敵空母の近くでグラマン戦闘機の急襲を受けたとき、萩原機も被弾した。しかし、エンジンや燃料タンクがやられたのではなく、操縦員の高橋弘一飛曹が即死したのである。機がふらつくのを見て萩原が伝声管で、

「どうした⁉　高橋兵曹！」

と怒鳴ったが、応答がない。

これはいかん、このままでは機は錐揉みに入って海中に突っ込んでしまう。そう考えた萩原は偵察席を出て機の胴体の上を這って操縦席の後ろに出た。高橋兵曹は血を吐いて絶命している。

「許せよ、高橋……」

萩原はそう謝りながら、高橋の体を抱き上げると機外に投げ出した。

操縦桿を握った萩原は電信員に、「攻撃隊敵戦闘機ト交戦中ワガ操縦員戦死、萩原大尉操縦ス」と打電させた。

「翔鶴」の方では飛行長和田鉄二郎中佐が心配そうな表情を示した。

——萩原大尉、うまく操縦して母艦まで帰れるかな……。

兵学校出の飛行科士官は飛行学生のとき、まず七ヵ月前後主として霞ヶ浦航空隊で操縦訓練を受けてから戦闘機、偵察などに分かれる。したがって離着陸はもちろん宙返りなどの特殊飛行、編隊飛行などの訓練も一通りはやっているのである。「赤城」乗り組みの大淵珪三大尉のように、偵察専門になってからも、常時、艦爆を操縦してカンを養い腕を鍛えている士官もいた。

しかし、萩原大尉はもう何年も操縦をやっていないはずである。水平飛行くらいはどうにかできるとしても、敵の襲撃をかわしたり操縦しながら航法をやったり、着艦したりができるであろうか。

しかし、和田飛行長の心配をよそに、萩原大尉は立派に操縦して空母の近く数マイルのところまで帰って来た。

ところが乱戦の中で市原隊長の機や列機ともはぐれてしまい、自分も偵察席を出てしまって操縦をやっているので母艦の位置を出すことができない。電信員を通じて帰投用の電波を出してもらうことはできるが、これをやると付近にいる敵潜水艦にわが方の位置を知らせることになり雷撃を喰うおそれがある。

萩原が困惑しながら暗夜の海面を旋回していると、「翔鶴」艦長の城島高次少将（五月一日、進級）が探照灯を照射せしめた。黒い闇を切り裂くように探照灯の光芒が動く。萩原はこれを認めたらしく、

「我レ探照灯認ム」

「我レ海面ニ着水セントス」

「海面ヲ照射サレタシ」

と続けざまに打電して来た。

そこで城島艦長は付近の海面を照射させてみたが萩原機らしいものは見あたらず、萩原機の消息はそれきり絶えてしまった。燃料が切れたかして暗夜の海面に着水しようとして失敗し、海面に激突したものかも知れない。とにかく萩原大尉の果敢な行為は、やがて全機動部隊に喧伝され、不屈の艦攻魂を示すものとして高く評価された。

その半面「瑞鶴」には不明朗な噂も流れていた。

午前の飛行を終わって艦攻隊が着艦したときのことである。一番機の嶋崎隊長が、

「おい、軍医長を呼んで来い」

と慌ただしく整備員に命じた。

軍医長が偵察席のKをひっぱり出してみると、左の太腿にタマが当たってかなりの出血がある。さっそく医務室につれて行ってタマを抜き出し治療を加えたが、そのタマは米軍が使

う七・七ミリや十三ミリなどの大きいタマではなく、日本の一四式拳銃から発射された六ミリの小さなタマであった。

一方、一番機の機体を検めた整備員は頭をひねった。どこにも被弾の跡がないからである。結局、この事件はKの拳銃暴発事故として処理された。

五月八日の攻撃が終わって駆逐艦から「瑞鶴」に戻った嶋崎少佐は、

「どうもKにも困ったもんだ」

と江間にそのときの実状を話した。

それによると、ネオショー攻撃の直前、偵察席のKが突然、脚にタマが当たって激痛があり、出血が激しいので早急に引き返してくれと訴えて来たというのである。このとき艦攻隊は雷撃を行なわなかったが、江間大尉の艦爆隊が急降下に入っているので総隊長の嶋崎機は現場に踏みとどまっている必要があった。盛んに苦痛を訴えるKをなだめて、嶋崎隊長はやっと帰艦したのであった。

Kはなぜ、敵の上空で拳銃を暴発させたのであろうか。その心事は不可解である。自分の脚を撃てば戦場から引き返すことができると考えたのであろうか。

Kは真珠湾攻撃にも第二次攻撃に参加している。このとき対空砲火が激しかったので怖気づいたのであろうか。その後、彼はインド洋作戦にも参加している。戦場における疲労が重なって戦争神経症というようなパニックの状態になって来たのであろうか。

筆者はこのKと同じ隊に勤務したことがある。

珊瑚海から二ヵ月後の十七年七月、宮崎県富高の第一航空基地で冒頭の如く着艦訓練を行なっていたときのことである。着任して来たKは、珊瑚海における手柄話をした。レキシントンとヨークタウンをいかにして沈めたかという武勲談であった。

しかし、七日午前の攻撃で重傷を負った彼が、八日の攻撃に行けるわけがない。当日の搭乗員名簿にも彼の名前はない。彼はまた八日の空母攻撃で魚雷を命中させて避退する途中、脚に被弾した話をした。

「血がブーツ（飛行靴）にたまりやがってな、どぶどぶと音がするくらいだったよ。しかし、おれは心配する操縦員の兵曹（ここでは兵曹になっていた）に、なあにこれくらい大丈夫だ、着艦までは死にはせんぞ、といって安心させてやったんだ。着艦したときは、出血多量で意識不明になっていたがな」

と彼は身ぶり手ぶりで語った。

若い新前士官であった私は、そのとき、彼の話を信用した。大体、彼はほらふきで、どこの花柳界の芸者も全部自分のインチ（馴染み）であるような話し方をする人であった。だが、実戦の経験談だけは信用してよいと私は考えていた。

しかし、戦後何人かの人の話を聞くと、それが怪しくなって来た。今回、江間氏の証言によって、拳銃暴発事件の真相は明確になった。しかし、私はその故にKを悪くいう気はない。多かれ少なかれ戦場は狂気の場所である。繰り返される殺戮と破壊の中で恐怖を感じ、異常になる人がいても不思議ではない。いや、鉄と血の嵐に歪められてゆく方が、ヒューマニスティックな神経のあり方なのかも知れない。

「瑞鶴」攻撃隊が収容を終わったのは、七日の夜も更けた午後八時過ぎのことであった。翌朝第一次攻撃隊の搭乗割を黒板に書き終わり、使用する愛機の点検を終わった佐藤善一大尉は士官室に入ると用意されている夕食に手をつけた。豚カツ、サンマのひらき、みそ汁、香の物……空腹ではあったが食欲がなかった。隣りに三人分の食事が白布をかぶって用意されている。そのうち二つは、坪田大尉と村上大尉のものである。艦攻隊で二人だけのクラスメートであった村上が早々と逝ってしまった。あまりにもあっけない最期であった。今にも扉をあけて、「なんだ、佐藤、もう帰っていたのか」と色白の顔を現わしそうである。四期上の坪田大尉は自分の見ている前で飛沫をあげて海中に突入してしまった。

——一緒に編隊を組んでグラマンをかわしていたのに、坪田大尉はやられて自分だけが生き残った……。

このような切迫した経験は初めてだけに、佐藤は信じられぬような気がした。

残る一つは駆逐艦に拾われた嶋崎少佐のものである。

「おう、分隊士、明日はしっかり頼むぞ」

とオヘンコツの嶋崎少佐が入って来るような幻覚で、佐藤は救われたように感じた。この人だけはいつも春風駘蕩（たいとう）としている。いったい戦っていてこわいと思ったことはないのであろうか。

佐藤は幻覚の中で嶋崎隊長に訊いてみた。

「隊長、敵の戦闘機に追いかけられてこわいと思ったことはありませんか?」

嶋崎は、

「分隊士はどうや?」

と訊いた。

「こわいです。肩がガクガクします」

するとオヘンコツ隊長は答えた。

「同じやがな。肋骨をつかんでゆすぶられるような気がするよ。そやけどそういう時になあ、肩の力を抜いて肩を下げる。なで肩のようにして下腹に力を入れる。それから尻(けつ)の穴を、ぎゅっと締めるんじゃ。これはな、ある先輩がインドの行者から習ったクンパハカ法という精神統一の方法じゃ。君もこれをやってみい。ただ勇敢に死のうと考えるだけでは恐怖はなくならんのやで」

「へえ、クンパハカ法、そんな、おまじないがあるんですか」

佐藤は初耳であった。

飄々としていながら豪胆な人だと思っていたが、隊長も実はこわくておまじないをやっていたのかと思うと、佐藤はふっと気が楽になった。

「隊長、明日はよろしくお願いします。私もそのクンパハカ法で頑張りますから……」

「うむ頼むよ。明日は君、次席指揮官で中隊長やからな」

第一日が終わったので、オヘンコツ隊長は何となくくつろいで、三河訛りを出して話しかけて来た。そこへ葛原と大塚が入って来たので、佐藤の幻覚は醒めた。クラスの村上が戦死したので眠られぬらしい。

「村上の奴は宇佐でいっしょに呑んだとき、おれは早く死ぬんだから童貞のまま死ぬんだ、と言っていたが、やはりそうだったのかなあ」

と葛原はしきりに考えこんでいた。

# 決戦・珊瑚海

明くれば、五月八日、決戦の日である。

四つに組んだ日米両軍は、この日朝、ほとんど同時刻に索敵機を発進せしめた。

七日夜から北上していた五航戦は、八日午前零時反転、針路二四〇度とした後、さらに北上、八日午前四時、ツラギの西南西二百七十マイルで索敵機を放った。（この一時間半後、南南西に反転）

午前六時二十二分、「翔鶴」の菅野兼蔵飛曹長（偵察員）の艦攻（操縦後藤継男一飛曹、電信岸田清次郎一飛曹）が発見電を打電して来た。

「〇六二二、敵空母見ユ、味方ヨリノ方位二〇五度二百三十五マイル針路一七〇度、速力十六ノット。敵ハ空母二、戦艦二、重巡二、駆逐艦六」

奇しくも同時刻、レキシントンの索敵機が日本空母の発見電を母艦あてに打電している。この発見時の両軍の位置関係は、日本軍、ツラギの西南西二百七十マイル（索敵機発進時とほぼ同じ)、米軍の位置、日本軍の南南西二百三十マイル。

この空母発見を打電して来た「翔鶴」の菅野飛曹長の機は、この後、日本軍の進撃を敵の位置まで誘導し、ついに未帰還となってしまう。

「搭乗員整列!」

戦闘用意のラッパが鳴り響き、「瑞鶴」の飛行甲板は俄然活気を呈して来た。

この日、第一次攻撃隊は「瑞鶴」艦攻八、艦爆十四、零戦九、「翔鶴」艦攻十、艦爆十九、零戦九、計六十九機である。

「瑞鶴」でもっとも張り切っていたのは、直掩戦闘機隊長として攻撃隊に同行する塚本祐造大尉である。血の気の多い彼は、昨夜の攻撃で戦闘機がいなかったため、同期生の村上大尉らをむざむざ犠牲にしたことで凄く怒っていた。

——今日は必ず仇をとってやるぞ……。

彼は燃え上がっていた。

艦攻隊は昨夜五機を失い、今日は可動全機八機をあげての葬い合戦である。隊長嶋崎少佐がまだ駆逐艦に拾われたままなので、第一中隊長佐藤大尉が指揮官で、第二中隊長松永寿夫飛特少尉、昨日の生き残りは佐藤のほかには嶋崎少佐の二番機八重樫飛曹長機(松永の二番機)のみで、二中隊二小隊長金沢卓一飛曹長機のほか、同二番機樋渡隆康二飛曹機、佐藤大尉の二番機山田大一飛曹機、同二小隊長新野多喜男飛曹長機、同二番機福谷知康一飛曹機らの新しいペアが参加した。このうち樋渡、山田両機の操縦員はまだ若い一飛であった。

艦爆隊は今やエンマの親分として機動部隊の名物男となった江間大尉が隊長で、一度は動いている空母にタマを当てたいと念願している江種一飛と松下三飛曹のペアが三番機、第二小隊長機はこれもインド洋作戦はむだな道草だといって米空母との対決を主張していた葛原大尉と川瀬孝治一飛曹のペア、その二番機には真珠湾以来、ますます腕に磨きをかけた堀一飛曹と上谷睦夫一飛曹のペア、第二中隊長は大塚礼次郎大尉で操縦はいつもの安藤五郎一飛曹、その第二小隊長機は福永政登飛曹長と石川重一一飛曹となっていた。

飛行甲板の上でプロペラを回しながら、今日こそは本当の初陣だと、江間は考えていた。

——真珠湾は飛行場の爆撃、インド洋のハーミスは無抵抗の小型空母、今日こそは生きている空母との対面だ。それにしても昨日、ネオショーに体当たりをした石塚機と、ヨークタウンの近くで撃墜された稲垣機は残念なことをした……。

と彼が考えている間に発艦の合図が出て、「瑞鶴」隊は塚本の指揮する戦闘機から次々に発艦して行った。

この日、五航戦の上空は寒冷前線の中にあり、高空は日本の初冬のようにどんより曇り、ところどころに断雲が浮き、その下はスコールになっていた。昨日は米空母がこの曇天の下に入っており、日本側の発見を困難ならしめたが、この日は、米軍の上空は快晴で、五航戦にとっては絶好の爆撃日和であった。

「瑞鶴」隊の発進は午前七時十五分で、発進後南へ三十分ほど進んだ頃、艦爆隊は高度千から二千にかけてかなり広汎に拡がっている積雲の層の上を通過した。母艦は敵の方に肉薄するべく南進している。敵は南からやって来る、に決まっている。

——こいつは、この雲が「瑞鶴」を助けてくれるかも知れないな……。

と江間は考えていた。

米側も五航戦とほぼ同じ時刻に攻撃隊を発進させていた。ヨークタウンの戦闘詳報によると、攻撃発進の時刻は奇しくも「瑞鶴」のそれと同じく七時十五分である。この日は何から何まで四つに組んで立ち上がっていた。

ただし、米側の攻撃隊は無傷でレキシントン爆撃機二十二、雷撃機十二、戦闘機九、計四十三、ヨークタウン爆撃機二十四、雷撃機九、戦闘機六、計三十九、合計八十二機と日本側より十三機多かった。

とくに急降下爆撃機の数が、日本側の三十三機に較べて四十六と格段に多いので同じ条件で殴り合いになれば手数が多い方が有利とみられたが、実際はどのように進行したであろうか。

前述のように、「翔鶴」から出た索敵機菅野飛曹長の機は、帰投の途中、高橋少佐の率いる攻撃隊と会合し、欣然と反転するとこの誘導に任じた。この献身的な行為のおかげで日本の攻撃隊は容易に敵の上空に達し得た。それでも日本側の敵発見は午前九時五分で、米側の日本空母発見は八時三十分とはるかに早い。米の方が飛行隊の速力が速かったのであろうか。

カーテンを開いたような晴天のなかに薄墨で縦に刷(は)いたような驟雨があり、それを抜けると数条の白い航跡があった。二足のわらじのような空母二を含む敵の輪型陣が点在し、東へ進んでいた。

九時十分、総指揮官高橋少佐は、「ト連送（全軍突撃セヨ）」を下令した。雷撃隊、高度千二百、その上方に展開する艦爆隊、高度四千。この日の攻撃は二艦の雷撃隊、艦爆隊による見事な挟み討ちであった。

東進する二空母、先頭がレキシントン、その右前方に戦艦（実は重巡）、やや後方南よりがヨークタウンに対し、東北方約五千メートルの地点から進入した攻撃隊は、「瑞鶴」艦攻隊が右に回って両空母の北方から、「翔鶴」艦攻隊は左へ回って敵の東側から雷撃を行ない、艦爆は両隊ともいったん南下して敵母艦の東側に出、太陽を背にして、かつ風上から急降下する方法をとり、予定どおり成功した。

太陽を背にすることは爆撃の原則であるが、なぜ風上側から突っ込むかというと、風下側から降下すると、途中で向かい風に押されて機の位置が後落する。したがってかなり深い角度で、ということは、目標に接近してから降下しなければならない。しかし、風上側からなら、浅い角度で進入しても、徐々に降角が深くなるので爆撃がやり易いのである。

高度四千から海面の波を俯瞰した江間は、風速十メートル、まず降下には適当、と判定していた。

艦攻は千二百から低空飛行に移る。塚本大尉と帆足工大尉（翔鶴）の指揮する直掩の零戦は全部艦攻隊の掩護に同行した。艦爆隊には掩護の戦闘機はいない（これが高橋隊長らの犠牲を強いることになった）。

——早くタマを落として避退しよう。グラマンにつかまると面倒だ……。

そう考えて江間は回りを見たが、敵戦闘機はまだ上がって来てはいない。

艦爆指揮官の高橋少佐から、「トツレ、トツレ（突撃隊形作レ）」が下令される。艦爆の突撃隊形は中隊長機を右先頭にして左に一列横隊に横陣を作る。中隊長機先頭の単縦陣になって降下するのである。

このとき高橋の「翔鶴」艦爆隊は、レキシントンの東方二キロ、江間の「瑞鶴」隊はそのやや左（南）前方でヨークタウンに向いていた。

キラリ、キラリ、と陽光に翼をひるがえしながら、「翔鶴」隊が突入してゆく。待ちかまえていた敵は早くも高角砲を撃ち上げ、炸裂による茶色の煙がそここに浮かび弾幕を形成する。もう左翼下にヨークタウンが見えている。

——武運長久……。

そう口ずさむと、江間は左へ機をひねって急降下に入った。前衛の巡洋艦と駆逐艦が盛んに機銃を撃ち上げて来る。

「三千、二千五百、二千……」

後席の東飛曹長が高度を読み上げる。右前方にはレキシントンが見える。レキシントンが大きく左に転舵したと思うと、その右前方の戦艦も左に転舵した。「翔鶴」と「瑞鶴」の雷撃隊が空母の北側（左側）から雷撃コースに入ったためであろうか。

一方、ヨークタウンは、江間隊の正面にあって、真っ直ぐこちらに向かって来る。爆撃は相手の側面から突っ込むのが常道である。縦位置で捉えるよりも、横位置で捉えた方が命中率がよいのである。なぜならば、縦位置の場合、左右の修正をするためには機首をひねって機位をずらせなければならない。このときに横すべりを生じる。横位置で捉えるならば、左右は艦の幅だけあるから修正する必要はない。前後は機首の上げ下げだけで修正できるので、横すべりはないし、投下直前でも大きな修正が可能である。また、敵が回避した場合も機首の上下だけで容易に修正が可能である。

「千五百、千……」

この頃から機銃弾が攻撃隊に集中し、弾幕が密になって来た。二小隊二番機についていた堀兵曹はその凄さをザルのようだったと回想している。ザルの目から水が噴出するように赤や青の曳痕弾がこちらに向かって来るのである。

先頭の江間は、いくつも如雨露で七色の水をふりまくようだと感じていた。

この弾幕に吸いこまれてはならない。江間は心の中で神を念じていた。彼の生まれは浜名湖に近い遠州舞阪である。妻の生地は秋葉山の登山口である森町である。彼は少年時代に登ったことのある秋葉神社の祭神である迦具土の神を心に念じた。

――南無、秋葉大権現、この火ぶすまよりわれを守り給え……。

秋葉神社は火除けの神であった。

同じ頃、二番機の畠山兵曹、そして三番機の江種も神に祈りながら操縦桿を握りしめていた。

――今日こそは動いている空母に命中させたまえ……。

そしてその後には、二小隊長の葛原大尉、二番機の堀兵曹の機が続いていた。

東飛曹長の時計は、すでに九時二十五分を回っていた。すでに「翔鶴」隊は投弾を始めたらしく、右方のレキシントンの巨体に、パッ、パッ、パッと火焰が散っていた。ヨークタウンは大きく右に転舵した。舵が利いてきたのだ。このままでは艦爆隊は後落してしまう。しかし、江間は計算ずみであった。彼の機首はこれを考慮して艦首よりかなり前方に指向されていた。したがってヨークタウンが転舵しても容易に修正することができ、投下点が後落することはなかった。

ダン、ダン、ダン、と機体が揺れた。二十五ミリ機銃弾が命中している。しかし、こちらには火除けの神秋葉大権現がついている。

「八百、六百、用意、撃て！」

東飛曹長の声で、江間は投下レバーを引いた。高度四百五十である。照準鏡にはヨークタウンの前部リフトが入っていた。このままゆけば、艦橋のあたりに命中するはずである。ぐいと引き起こすと、江間はヨークタウンの飛行甲板の上を高度五十で通過した。艦橋から顔を出している将官らしい男が、驚いたように叫んでいる姿が眼に入った。

続いて二番機の畠山兵曹が投弾した。

「アタッタ！」

と東飛曹長が叫ぶのが江間の耳に入った。予想どおりだ、と江間は思った。投弾するときに手ごたえがあったのである。

三番機の江種兵曹は、一番機のタマがヨークタウンの前部リフトの近くに命中したのを認めた。

——空母は右変針だ、速力が落ちている……。

江種はそう考えて照準をやや空母の後よりに修正した。後席で高度を読んでいた松下兵曹の、

「六百、用意、撃て！」

を聞いてもかなり下がって江種は投弾した。高度二百五十である。この無鉄砲なヘルダイバーに対して、ヨークタウンのフレッチャー提督と、バックマスター艦長はあきれたようにこの機を見送った。まったく日本のパイロットは体当たりのような攻撃をするもんだ。しかし、彼らは続く衝撃に首をひっこめなければならなかった。

「当たったぞ！　江種！」

後席で松下兵曹が躍り上がった。

「艦橋後部、右舷至近弾だ」

ヨークタウンはすでに一弾の命中をうけて白煙をふいていた。そこへ発着指揮所の後部舷側に二百五十キロが命中したので、フレッチャーたちはとびあがるようなショックを受けた。

しかし、そのとき、艦爆隊では悲劇が進行しつつあった。二小隊長の葛原機が降下の途中、千二百あたりで被弾し、火をふいたのである。

——いかん、分隊士がやられた……。

続く二番機の堀兵曹は眉をよせた。葛原はなおも投弾を狙って降下する。そこへ如雨露のようにアイスキャンデーが集中する。

——あかん、真っ直ぐ突っ込んだらやられてしまう。機をひねってザルから出なあかん……。

後続する堀は口の中でそう叫んだ。葛原機は敵の十字砲火の交点でつかまってしまったのだ。これをかわさないと止めを刺されてしまう。しかし、不屈の葛原はなおも投弾を狙って急降下を続けたが、高度六百あたりで火に包まれ、背面になりながら降下し、ヨークタウンの艦尾近くの舷側にサッと水柱を上げてしまった。

——やられたか、分隊士……。

瀕死の白鳥のようにのたうつ葛原機を避けるように機をひねった堀は、高度四百で投弾するとヨークタウンの反対側に出た。

「アタリ！　後部飛行甲板左舷！」

後席の上谷飛曹がそう叫んだ。

右旋回して横目でヨークタウンを見ると、後部左舷のあたりに白煙が上がっている。煙が少ない。

——至近弾だったかも知れんな……。

堀は唇を噛むと、高度をあげ、集合のため江間隊長の機を追った。

「翔鶴」艦攻隊は米二空母の東方から射点を求めて進入する途中、案の定、十数機のグラマン戦闘隊につかまった。昨日、日本の艦攻隊を悩ませたラムゼー少佐の指揮する戦闘機である。

——来たか！

帆足大尉はこれを迎えて空戦に入った。われは九機、彼はそれに倍する兵力である。「翔鶴」零戦隊は、魚雷を抱いている艦攻を狙って急降下するグラマン隊の後方につくと、一機、二機と火を吐かせた。

市原大尉の率いる「翔鶴」艦攻隊は、十機全機が三万三千トンの巨艦レキシントンに向かった。東進する空母の東方艦首から二隊に分かれて雷撃コースに入る。折柄、上空では高橋少佐の艦爆隊が太陽を背にして東側上空から進入しつつある。理想的な雷爆同時攻撃の挟み討ちであった。

雷撃隊が射点に占位しようとしたとき、レキシントンは大きく左に転舵した。巨体はのたうち艦尾の海水がたぎる。二隊に分かれた市原隊は、素早く射点を変更しつつ両側から次々に魚雷を放った。

巨体のせいもあってかわし切れず、レキシントンは九時二十分、左舷前部、続いて左舷艦橋横に二本の八百キロ魚雷を受けて、巨体を震動させた。これとほぼ同時に高橋隊が突入した。雷撃回避で精一杯であったレキシントンはもろに二百五十キロを受けとめた。飛行甲板前部左舷五インチ砲応急弾薬箱と、近くの煙突に各一発、計二発が直撃。さらに、至近弾数発が次々に爆発した。

――かわし切れなかったか……。

艦橋にあったシャーマン艦長は、フィッチ提督と顔を見合わせて頬の筋肉を痙攣させた。彼はその回想録『Combat Command』にこう書いている。

「それは見事な協同攻撃であった。私はブリッジで日本の爆撃機がありとあらゆる方向から急降下で襲いかかって来るのを見た。そして雷撃機が両舷艦首からほぼ同時にやって来た」

レキシントンは、当時、世界七大空母（ほかは、「赤城」「加賀」、英＝フューリアス、カレジアス、グローリアス、米＝サラトガ）の一隻に入っていた。サラトガと並んで米海軍の一威容といわれていた。巨体故の悲劇であった。

高橋隊が投じた一弾は、艦橋と煙突の間を貫通して艦底近くで爆発するとき、蒸気サイレンの曳き索を切断した。このため、レキシントンは悲鳴に似たサイレンの音を珊瑚海に流しながら徐々に左舷に傾いて行った。

日本の雷撃機一機は魚雷投下寸前に撃墜されたが、目前であったため海面をめざす魚雷に装備されている浅深度雷撃用の木製安定ヒレがシャーマン艦長の双眼鏡に映った。

――これが水深十メートルの真珠湾で、ウエストバージニアなどを沈めた仕掛けか。これがあれば高速力近距離で高いところから発射しても、魚雷が深くもぐって艦底を通過するようなことは避けられるわけだ……。

シャーマンは、日本海軍に学ぶところが多いことを実物で教えられた。

　一方、佐藤大尉の率いる「瑞鶴」艦攻隊八機は、敵の北方三キロから西方に回りこもうとするところで、グラマン戦闘機十数機にとりつかれた。

　——待ってたぞ……。

　塚本大尉は勇躍して、昨日五機の艦攻を喰ったグラマン隊にとびかかり、一機、二機と火を吐かせた。

　この間に艦攻隊は、二隊に分かれてレキシントンとヨークタウンを攻撃した。佐藤の第一中隊四機は、「翔鶴」隊と反対の西方から肉薄した。巨艦レキシントンが左に転舵し、佐藤隊に左舷の脇腹を見せたのは絶好のチャンスであった。実をいうと、「翔鶴」隊がレキシントン、「瑞鶴」隊はヨークタウンと暗黙のうちに了解ができていたのであるが、巨艦が急旋回してこちらに脇腹を見せたとき、佐藤の肚は決まったといえる。距離五百、絶好の好射点が得られる。

「発射用意、撃て！」

　佐藤は自信満々で投下索を引いた。しかし、このとき、敵の戦闘機がまたかかって来て、二番機の坪川巌一飛操縦の機（偵察山田大一飛曹、電信森木常正三飛曹）は炎に包まれて海面に突入してしまった。

　このとき、めざすレキシントンは、「翔鶴」艦爆隊の二百五十キロと艦攻隊の魚雷を受けて白煙に包まれていた。ところどころに紅い火焔もふきあげている。

　魚雷を発射してレキシントンの飛行甲板をなめるように通過した佐藤は、しばらくして、

「魚雷命中、後部」

という偵察員大谷良一一飛曹の声にふり返ってみたが、残念ながらレキシントンは高く立ち上がる白煙に包まれて魚雷命中の水柱は確認できなかった。

金沢飛曹長の率いる四機は、ヨークタウンを狙ったが、こちらは右へ転舵して、雷撃隊に尻を向けたので、射点を失し、命中魚雷は得られなかった。排水量一万九千九百トンのヨークタウンの舵の利きが早かったせいもあったかも知れない。

この攻撃の結果、レキシントンは魚雷が左舷に二本、右舷に七本命中、さらに爆弾数発が命中して炎上し、瀕死の巨鯨のように傾斜を増して行った。ヨークタウンは魚雷命中がなく、爆弾数発が命中して火災を生じたが、中破というに留まった。

一方、日本軍にも被害はあった。

午前七時過ぎ、日本軍の発進とほぼ同時にフレッチャーは攻撃隊を発進させた。五航戦と異なって、アメリカの攻撃隊はこれが初陣で、腕試しには絶好の機会であった。

まず、ヨークタウンから旧式のTBDデバステーター雷撃機九、空中戦もできるSBDドーントレス急降下爆撃機二十四、グラマン戦闘機六が発進、十分遅れてレキシントンから雷撃機十二、爆撃機二十二、戦闘機九、索敵兼爆撃機四、計四十七機が発艦した。二艦合計八十六機である。

ヨークタウンの三十九機は午前八時三十分、南下している五航戦を発見した。

この時点で、「翔鶴」と「瑞鶴」の距離は八マイルほどはなれ、艦隊針路は南南西であった。

米攻撃隊は、高度六千メートルで接敵していた艦爆隊、速力の遅い雷撃隊を待つため、「翔鶴」の五マイルほど手前で雲の中に入って旋回した。上空には後に〝零戦虎徹〟と異名をとるようになるファイト満々な岩本徹三兵曹の指揮する直衛機三機がすでにあがっていた。

「敵機、左上空三五度、三十機！」

八時五十五分、見張りの声を聞くと「瑞鶴」横川艦長は、「直衛機発進」を命じた。岡嶋大尉の率いる零戦七機が軽々と発艦して行った。

八時五十七分、ヨークタウンの三十九機が攻撃を開始した。ドーントレス爆撃機二十四機は五千メートルの上空から、デバステーター雷撃機九機は海面を這うように、そしてグラマン戦闘機六機が雷撃隊の上空に蛇のようについていた。

しかし、このとき「瑞鶴」は前方のスコールの中に入ってしまったので、米攻撃隊の矛先は「翔鶴」に集中した。ただし、岡嶋大尉の「瑞鶴」直衛隊は、「翔鶴」直衛隊とともにヨークタウン隊にとりつき、数機がグラマンと格闘戦を行なっている間に、残りの十機近くが雷撃機にとりつき、次々に海面に飛沫を上げさせた。

アメリカ軍の泣きどころは、この旧式なデバステーター雷撃機であった。〝掠奪者〟という意味の名前を持つ飛行機で、ミッドウェー海戦にも登場するが、この後を継ぐアベンジャーと較べると全速で三百三十二キロで、百キロも遅い。そのため、この戦いではほとんどが零戦の餌食で、一発の命中魚雷を得ることもできなかった。「翔鶴」艦長城島少将も「実に拙劣な雷撃であった」と回想している。

しかし、そのなかに一機だけ、零戦の網をかいくぐって「翔鶴」の左舷から肉薄するデバステーターがあった。その突進ぶりは正に掠奪者の名にふさわしい。このとき、その一番近くにいたのは、「翔鶴」の宮沢武男二飛曹であった。

彼は、ちょうどデバステーター一機を海面にスプラッシュを上げさせ、ふと前方を見ると、先頭の一機が旋回を終わって射点につきつつある。その機首は正しく「翔鶴」の艦首前方五十メートルのあたりに向いている。好射点である。「翔鶴」もやっと舵を戻したところなので、このままではかわし切れまい。宮沢は急いで高度をとりその雷撃機に火箭を送ったが、あわてていたのか、命中しない。敵は横すべりで射線をかわしながら発射を狙っている。そのとき、宮沢は二十ミリ弾が切れたのを悟った。再度上昇して七・七ミリに切り換えて、この雷撃機を撃墜する余裕があるかどうか。

——えい、やってしまえ……。

咄嗟の間に決意した彼は、零戦の倍速を利して、デバステーターに体当たりを敢行した。魚雷を抱いたデバステーターに零戦が激突し、もつれるように海面に大きなしぶきを上げる。そのショックで発射されたのか、魚雷があらぬ方を向いて気泡をあげながら走って行く。

「翔鶴」艦橋からこれを認めていた見張員が、

「零戦、敵艦攻に体当たり！」

と報告した。

城島艦長もそのデバステーターに注目して転舵を命じたところなので、双眼鏡で宮沢兵曹の体当たりを認め、深く感動し、後に乗組員全員にその功績を伝えた。この魚雷一本が「翔鶴」の脇腹に命中していたら、満足な形で珊瑚海を脱出することは不可能であったかも知れない。

このようにして「翔鶴」を襲ったデバステーターの雷撃は全部が失敗に終わったが、その犠牲はむだではなく、上方から突入したドーントレスの爆撃を有効ならしめた。

「敵機右三〇度、突っ込んで来る！」

見張員のけたたましい叫び声に、飛行長和田中佐が上空をふり仰いだときは、すでに二十四機のドーントレスが雲の間から次々に降って来るところであった。

「面舵一杯！」

もう雷撃機は来ないとみて、城島艦長は右に転舵してこの急降下を避けようとしたが、すでに先頭の数機は爆撃コースにセットしていた。もう逃れることはできない。一弾、二弾、三弾とドーントレスは四百五十キロを投下し、キューンと金属的な響きを残して引き起こしてゆく。二十五ミリ機銃が必死になってこれを迎え撃つが、先頭の数機はついにとり逃してしまった。

まず第一弾が、前部飛行甲板に直撃し、甲板はめくれ、エレベーターは陥没し、動かなくなった。一万リットルの航空用ガソリンにも引火し、「翔鶴」はもうもうたる黒煙に包まれた。続いて後甲板に第二弾が命中した。中破であり、航海に差し支えはなかったが、飛行機の収容は不可能になった。

応急指揮官である「翔鶴」運用長の福地周夫少佐は俄然忙しくなった。真珠湾以来、この新鋭空母に初めての被弾である。

応急指揮所にいた福地運用長のところに、

「前部応急班報告、前甲板爆弾命中、火災」

という第一報が入った。しかし、その直前の、どすんという大震動で福地は大事を悟っていた。魚雷でなくてよかったと首筋をなでながら、福地は次の報告を待った。

「爆弾命中箇所は前甲板左舷、両舷主錨切断、投揚錨装置全部破壊」

二つの錨がふきとび、普通の碇泊は不可能となった。福地はとりあえず前甲板に出て防火の指揮をとった。飛行甲板の鉄板が大きくめくれ上がり、前部リフトが陥落して中途でストップしている。アメリカの爆撃機は千ポンド（四百五十キロ）爆弾を積むというから、日本の二百五十キロよりは被害が大きいのであろうか。

「前部中甲板ガソリン庫火災！」

一万リットルのガソリンが燃え出し、前甲板は黒煙に包まれて眼もあけられない。刺激性の臭いが鼻を衝く。

福地が前甲板に出ると間もなく、第二弾が命中した。

「後部甲板爆弾命中！」

今度は後部で、鋼鈑がねじ曲げられ、後甲板に格納してあった短艇が火災を生じ、短艇揚げ下ろし装置全部が破壊され、機銃員、整備員多数が戦死した。

このとき、工作室の壁を突き破った弾片は、柴田好一三等工作兵曹の左脚に喰いこみ、膝から下がぶらぶらになってしまった。気丈な柴田は工作用の斧で、自ら膝から下を切断して、応急手当ての後、防火に努め、この日、戦死した。

ヨークタウンの攻撃隊が終わると間もなく、レキシントンの攻撃隊が戦場に到着した。この間「瑞鶴」戦闘機隊長岡嶋大尉は、ドーントレス爆撃機を追うのに忙しかった。高度三千まで上昇し、急降下するドーントレスを追って後上方から二十ミリ弾を浴びせる。一機、二機と火をふいて落ちてゆくが、敵は二十四機の多数である。高度五百まで追撃したところで、前上方の一機が「翔鶴」に照準を合わせて降下しているのが見えた。

——いかん、こいつは当たるぞ……。

ドーントレスのコースはもうセットしている。彼はなおも機を引き起こして上昇し、その機を追ったが、すでに四百五十キロ爆弾はドーントレスの胴体をはなれていた。見ているとその爆弾は、「翔鶴」の前甲板に直撃して、カッと火花を散らした。

——畜生、やりやがったな……。

彼は勝ち誇ったように引き起こして「翔鶴」の甲板上を通過しつつあるドーントレスを追った。彼にはまだ仕事があった。それはこれから投弾するドーントレスを墜とすことである。しかし、今まで無傷の「翔鶴」にタマを当てたこのドーントレスをこのまま見逃しにするということはできなかった。

「翔鶴」の艦上を飛び越えて距離二百まで接近すると、彼は照準器にめざすドーントレスを捉えた。ドーントレスの後席からは十三ミリでアイスキャンデーを送って来る。距離五十、ここぞと彼は二十ミリの発射ボタンを押した。なかなか命中しない。もう二十ミリ弾がなくなる……そう思ったとき、やっとドーントレスが、ぽっと火を吐いた。

レキシントン隊が遅れたのは、索敵機の報告した位置がずれていたからである。このため、雲の中で半分以上の機が迷い、日本艦隊を発見できずに引き返したので、九時四十分頃、ようやく五航戦の上空に達した頃は四十三機の攻撃隊が、雷撃機十一、爆撃機四、戦闘機六、計二十一機と半数以下に減り、これが日本空母に幸いした。

かつ、「瑞鶴」は相変わらずスコールに隠れ、時折、姿を現わしては機銃弾を撃ち尽くした直衛機を収容する程度であったので、レキシントン隊の攻撃をまぬがれた。しかし、「翔鶴」の前方にはそのような大きな雲はなかった。なるべくスコールの下に入るようにしていたが、すぐに外に出てしまう。そして、これを繰り返しているうちにヨークタウン隊に爆撃され、またレキシントン隊に捉えられ、三つ目の四百五十キロを艦橋後方右舷信号マスト付近に喰らってしまった。

このため、付近にいた者は全員ふきとばされ、艦橋下の機銃指揮所では第二分隊長、機銃群指揮官杉山寿郎特務中尉以下全員が戦死したほか多くの死者を出した。福地運用長は応急指揮所に入るとき、神崎正俊少尉候補生（70期）に会ったばかりだが、同候補生は飛行甲板に出たとたん、爆風でふきとばされ、影も形もなくなってしまった。

この第三弾の命中で、「翔鶴」艦上には白煙と黒煙が渦を巻き、前部、中部、後部で負傷者の呻く声が聞こえた。この戦闘における「翔鶴」の艦上における戦死者は百五名である。

一方、米空母の攻撃を終わった日本の艦爆隊は、追いすがるグラマン戦闘機に悩まされていた。

艦爆隊の集合地点は敵の北方三十マイル高度二千、集合時刻は突撃下令より四十五分後となっていた。

総隊長の高橋少佐は部下の戦果を見届けるため敵に近い上空で旋回していたが、上空から現われたグラマンに奇襲され、火に包まれて落ちて行った。

第二小隊長の三福岩吉大尉は、眼の横を十三ミリがかすめたので、出血のため風防の内側を血で赤く染めており、高橋隊長の最期を見届けることができなかった。塚本大尉や「翔鶴」の戦闘機小隊長山本重久大尉も集合地点に集まって来た。

「瑞鶴」の江間大尉が指揮官となって北に向かった。後席では東飛曹長が帰投針路の計算に眉をよせていた。

高橋少佐は、この日、総隊長として終始着実に戦況を五航戦司令部に報告して来た。攻撃直後の九時二十五分「サラトガ（レキシントンのこと）撃沈」を報じ、その後、様子を見極めて、十時十七分「サラトガ撃沈ハ取リ消シ、マテ」と打電している。レキシントンの火災が、沈没にまでは至らぬとみたものであろう。

彼は不屈の闘魂をかきたてて、投弾後一時間近くも戦場に居残り戦果の確認に努めたのである。彼はシナ事変以来の爆撃のベテランで、急降下爆撃の草分けでもあり、〝親分〟である点では江間の先輩であった。

彼が懸念していたレキシントンは、その後十時四十七分、洩れたガソリンに引火して大爆発を生じ、午後十二時四十五分、致命的な大爆発を起こし、罐室、機械室に損傷を来し、艦長は午後五時七分、総員退去を下令、同六時、味方駆逐艦の魚雷によって処分された。乗員二百十六名、飛行機三十六機が艦とともに珊瑚海に沈んだ。

レキシントンはサラトガとともに世界最大の空母といわれたが、本番ともいうべき海戦で、攻撃隊の半数以上が索敵報告の不備のため戦場に到達できず、艦爆隊が一発の爆弾を「翔鶴」の艦橋後部に命中せしめただけで母艦としての働きを終わってしまった。高橋隊長にとっては、会心の勝利であったであろうが、レキシントン乗組員にとっては、珊瑚海は痛恨の海となったであろう。

高橋少佐は山本長官によってその功績を全軍に布告され、二階級特進した。

ヨークタウンは午後二時頃には被弾箇所の応急修理も終わり、発着艦可能、レキシントンの飛行機を収容して正常な戦闘能力をとり返したが、太平洋方面艦隊司令長官ニミッツが珊瑚海からの避退を命じたので、ハワイへ帰ることになった。

この後、六月五日のミッドウェーで同艦のマックス・レスリー少佐の率いる艦爆隊は「蒼龍」と「飛龍」に爆弾を叩きこんで、珊瑚海の仇討ちをすることになる。

日本側の攻撃隊が帰投し、「瑞鶴」に収容されたのは午前十一時十分から午後十二時半にかけてである。着艦不能になった「翔鶴」の飛行機も収容したので、「瑞鶴」の飛行甲板は満員となった。

上空から見ていた佐藤大尉は、一機二機と着艦した飛行機を整備員が甲板から海面に突き落としているのを見て不審に思った。彼はまだ「翔鶴」が被弾したことを知らなかったのである。着艦すると彼は飛行長に、

「どうなったんですか。飛行機を捨てているではないですか」

と訊いた。こういうことは初めての経験であった。

下田飛行長は、

「被弾して使えない機はどしどし捨てているんだ」

と理由を説明した。

江間大尉は二機の部下とともに「瑞鶴」に接近した。このように次々に飛行機を収容するとき、母艦は「緊急着艦実施中」の信号を掲げる。緊急着艦というのは、一機が着艦する度にリフトで収容して格納庫に降ろすのでなく、飛行甲板の前から三分の一のところにクラッシュ・バリケードという鉄線を編んだ柵を立て、着艦の度にこれを倒して着艦した機をこの前方に次々に収容して着艦の速度を早める方法である。スピードはあがるが、パスがオーバーになるとバリケードに突っ込むおそれがある。

江間が俯瞰していると、帰って来た機は、バリケードに衝突することもなく次々に丸印のあたりに着地している。「瑞鶴」の搭乗員もうまくなったな。そう考えながら編隊を解散し

て着艦しようとすると、先に着艦した機をバリケードの前方に収容しようともせずに、そのまま海へ突き落としている。

——被弾して使用不能の機か……。

と考えて着艦したが、飛行長から「翔鶴」着艦不能と聞いて、今更のように戦闘の激しさをかみしめたのであった。

江間の機も左翼に被弾し、エルロン（補助翼）の接手が折れかかっている。

「隊長、これはもう駄目ですね。レッコ（投棄）ですよ」

整備の下士官がそう判断して、部下とともに舷側に押してゆく。

「おい。何とかならんか、まだ、午後の第二次攻撃があるぞ」

江間はそう叫んだが、

「『翔鶴』の飛行機が余っていますから、そちらを使って下さい」

整備員は非情にそれをはねのけた。ごろごろどぼんと真珠湾以来の愛機が舷側から海中に投下されるのを、

——許せ、よくやってくれたのになあ……。

江間は胸中で掌を合わせながら見送った。「瑞鶴」は高速で北へ向かいつつあった。

「なぜ北へ逃げるんですか。敵はまだ浮いています。追撃をかけて戦果を拡大すべきです」

攻撃から帰って来たある士官が、艦橋へかけ上って横川艦長に意見具申をした。

「第二次攻撃はやる。ただし、いまは補給整備のため、一時、北上しているのだ」

参謀の一人がそう答えた。

江間や佐藤、塚本もそう信じて搭乗員待機室で握り飯を食っていた。午前の攻撃で葛原がやられたことを堀兵曹から聞いた佐藤は、今度は艦爆がやられたか、と眼を伏せた。これで昨日から同期生が三人欠けたのだ。

塚本は、「おれの乗る零戦はあるんかいな」と心配していた。彼の愛機も激しい戦闘の中でたぶん高角砲の破片が当たったのであろう、垂直尾翼に大きな穴があいており、海中にレッコされてしまったのである。

原司令官は午後の第二次攻撃をやるつもりで使用可能の飛行機の数を調べさせた。「瑞鶴」に一応収容した機数は、「瑞鶴」機二十四（零戦八、艦爆十二、艦攻四）、「翔鶴」機二十二（零戦九、艦爆七、艦攻六）計四十六機あったが、このうち修理不能で海中投棄したものが十二機、残りの三十四機は一応使用できるものと考えられた。

しかし、午後一時の段階で実際攻撃に使用できるものは艦爆七機、艦攻九機という報告が来た。これは、「瑞鶴」艦攻隊の偵察員新野多喜男飛曹長のように機上戦死したものや「翔鶴」艦爆隊の三福大尉のように頭部に負傷したものもあり、ペアが機数だけそろわなかったせいもある。

原司令官は帰投した搭乗員の報告を集めた結果、サラトガ型撃沈確認、ヨークタウン型撃沈確実という結果を得て、ＭＯ機動部隊指揮官高木武雄中将に報告、高木中将は第二次攻撃中止を考え、午後一時四十五分、井上南洋部隊指揮官は、攻略部隊の南下を危険と考え、

「攻撃ヲ中止シ北上セヨ」と五航戦に打電し、主隊攻略部隊にも北上の命令を出し、ここにＭＯ作戦は中止された。

あるＧＦ参謀の意見であるが、「瑞鶴」に着艦した機のうち海中投棄を除いた機数が三十四機とすれば二十機以上の攻撃隊を組むことは可能であり、敵は百五十マイルほどの近くにいたのであるから、いま一度ヨークタウンを索敵攻撃をやって止めを刺すべきではなかったろうか。

この半年後の南太平洋海戦では、第六次攻撃までやってホーネットに止めを刺しているのである。珊瑚海が第一次で終わりというのは少し追撃が弱すぎたように思える。ヨークタウンに止めを刺しておけば、ミッドウェー以降の戦況にかなりの変化が出たものと思われる。

珊瑚海でどちらが勝ったかという判定は難しい。日本は空母二撃沈、ということで本土では高らかに軍艦マーチを奏でたが、アメリカも空母二隻（「祥鳳」を含む）撃沈ということで勝利を主張した。戦後、その真相は明らかになり、珊瑚海で沈んだのは小型空母「祥鳳」と大型正規空母レキシントンであることが明確になった。

アメリカの史家は言う。珊瑚海海戦でアメリカはレキシントンを失ったが、日本はモレスビー作戦を中止するに至った。したがって局地戦闘においては日本がやや優勢であるが、戦略的にはアメリカの勝ちであると。

確かにＭＯ作戦は中止され、この二ヵ月後、米軍はガダルカナルに上陸し、このときモレスビーはガダル反攻の航空基地となりニューギニア東端のミルネ湾は艦隊基地として働いた。

アメリカのMO作戦阻止は戦略的に有効であった。もし日本がこのときモレスビーをとっていたら後日にどのようなメリットが数えられたであろうか。ガダルカナルであのような苦戦を強いられたとき、陸軍がスタンレー山脈越えをしてモレスビーをとりに行く必要もなく、珊瑚海西部の制海権を握ることができれば、ルンガ沖への殴りこみ作戦にも多くの支援を期待することができたのではないか。

五航戦の第二次攻撃によってヨークタウンに止めを刺し、四艦隊が奮起してモレスビーをとっておけば、と惜しまれる。敵の二空母が沈めば、「瑞鶴」一隻で制海権を握ることはそれほど難しくはなかったはずである。

五月十七日、「翔鶴」は呉に帰り修理することになった。「翔鶴」は錨を二つとも失っているので、港内のブイ(浮標)に繫留してもらうべく福地運用長は港務部に依頼してあったが、日曜のことでもありなかなかはかどらない。大本営は珊瑚海海戦におけるわが方の被害は軽微と発表しているので、「翔鶴」がこのようにやられているとは誰も知らない。やがてブイとりに近づいた港務部汽艇の乗員は前部中部のぱっくり口をあいた破孔に驚いていた。

ＧＦ旗艦「大和」は五月十三日以降呉にあり、「翔鶴」入港時、山本長官以下「翔鶴」を訪れて被害状況を視察し戦死者百四十三柱の霊を葬った。

「瑞鶴」は、五月二十一日、呉に帰港し、休養と補給を行なった。飛行隊は九州南方海面で発艦すると鹿屋基地で月月火水木金金の猛訓練に入った。「瑞鶴」は珊瑚海海戦で艦爆四、艦攻八を失い、「翔鶴」を併せると、零戦三、艦爆十一、艦攻十六、計三十機を失い、搭乗員はさらに損傷があった。五航戦は新しく搭乗員を編入しつつ月月火水木金金の猛訓練に入った。

五月二十四日、五航戦司令官原忠一少将は柱島に戻ったGF旗艦「大和」を訪れ、GF宇垣纏参謀長を訪れ、珊瑚海の戦闘報告を行なった。

原は宇垣(40期)より一期先輩で、伊藤整一、角田覚治、阿部弘毅、西村祥治、志摩清英らと同期である。

原は珊瑚海海戦についてこう語った。

「いやあ、第一日の七日は天候に恵まれず、頑張って夜間攻撃もやってみたが、艦攻を失うばかりで、まったく海軍をやめようかと思ったよ。しかし、八日はようやく敵空母に大損害を与えたが、わが方も『翔鶴』が傷つき、搭乗員にも大きな損害があった。あの日午後の段階では北上せよといわれれば喜んで北上し、攻撃を続行せよといわれれば行くという状況で戦果拡大のことも頭の中にはあったが、これを断行する自信がなかったんだ」

これを聞いた宇垣は、五月八日午後の「大和」GF司令部の状況を想起した。午後一時過ぎ、第四艦隊井上長官がMO機動部隊に「攻撃中止、北上セヨ」と命じたことにGF司令部は大反対で、宇垣は第四艦隊参謀長宛に進撃の必要なことを打電して攻撃続行を督促した。

しかし、井上はモレスビー攻略を延期してしまった。

GF司令部の憤慨ぶりを、宇垣は『戦藻録』に次のように記している。

「参謀達は憤慨して躍起となり、第四艦隊は『祥鳳』艦の損失により全く敗戦思想に陥れり。

戦果の拡大残敵の殲滅を計らざるべからず、と参謀長宛発電を迫る。今より引き返すも時すでに遅し、それよりもモレスビー攻略の策を練る方有利ならずや。追撃の要は先電により明らかなり。今更追い立てても混乱を来すのみと考え、少々彼らの言に考慮を求めたるが、その精神は尊重すべきこと勿論なるを以て、ついに長官命令として、四、六、十一（航空）艦隊に追撃続行を発令せり。

自隊の損害を過大視して追撃を鈍り、戦果の拡大を期するに遺憾の点往々にして見るは、昔も今もその軌を一にす。本日午後の攻撃は不可能なるにせよ、敵空母の能力は全滅しあれば、ツラギよりの飛行艇又は五戦隊の水偵をもって触接を維持し、機動部隊は六戦隊、六水戦を合して敵に近接し、攻撃の準備なるを待って随時攻撃を加え、又夜戦決行を為さば、よくこれらを全滅し得たりしならん。今後において深く銘記すべきなり。大本営は昨日来の戦果を今夕発表して第五次大詔奉戴日に大いに意義ある贈物を為せり。国民大いに喜ぶところあらんも、余輩をもってせば、不満足のもの胸底に横たわりあるをいかんともし難し」

また、大本営海軍部も南洋部隊指揮官井上中将の攻撃中止には極めて不満で、当時の参謀佐薙毅中佐は日誌に次のように記している。

「かくの如く四艦隊の作戦指導は極めて消極的にして、多大の戦果を収めたるにも拘わらず追撃に移らず、むしろ戦線を縮小し整理するの挙に出でたり。実にその意図する所消極的なり。軍令部総長（永野大将）も『上村提督の例に同じ、中央より連合艦隊を通じ追撃して敵を撃滅する如く言ってはどうか』と話あり。総長色をなして憤慨されたる形なりき」

大本営とGF司令部では、空母の飛行隊が不足ならば、巡洋艦、駆逐艦をもって残敵を掃討すべしというムードが強かった。

この作戦に参加した米第十七機動部隊の空母以外の戦力は次のとおりである。

主隊　ミネアポリスほか重巡五、駆五
支援隊　オーストラリアほか重巡二、軽巡一、駆二
空母群護衛　駆四（日本側が報告したような戦艦は含んでいなかった）
補給隊　ネオショーほか油槽船二、シムスほか駆二

これに対して、日本側の主な兵力は、五戦隊重巡二、駆二、六戦隊重巡四、駆一、六水戦軽巡一、駆五、十八戦隊軽巡二、五航戦駆四、である。

このうち、日本側が追撃に移った場合、水上艦艇の決戦として考えられるのは、五戦隊と米主力重巡五隻の対決である。

八日の午後、南南西百六十マイルのヨークタウンに再度攻撃隊を送って、撃沈もしくは航行不能に陥れた場合、決戦が生起するのは九日朝、前日のレキシントン被爆地点よりかなり南方の地域においてであろうと思われる。

八日午後一時、追撃決定として、五戦隊が十六ノットの速力で南下すれば、午後十一時にはほぼレキシントン被爆地点に到達する。二隻の空母を失った米重巡部隊が決戦をあきらめ

て高速で南方に逃走すれば決戦は起こらないが、単に東方に避退するだけならば九日未明以前に夜戦が起きるか、黎明時、重巡同士の砲戦が予想される。

日本二対アメリカ五であるから明らかに日本が不利である。しかし、六戦隊二小隊の「衣笠」と「古鷹」は主隊をはなれて、八日朝六時頃、五航戦に合同しているから四対五となる。駆逐艦の数もアメリカが少し多いであろう。しかし、日本には生き残り「瑞鶴」がいる。ただし、八日午後、ヨークタウンに止めを刺すために攻撃隊を出したとすれば、九日午前の可動機数は艦爆五艦攻五くらいであろう。敵戦闘機はいないが、対空砲火による損耗がある。それでも重巡一乃至二に一発ずつ当たれば戦闘航海能力を減殺することができよう。

四つに組んで、それぞれ三分の一を失ったところで最終戦闘は終わる。結果として、日本側はヨークタウンをも屠ることができるが、「翔鶴」「瑞鶴」の飛行隊は八割を失い、その再建は極めて困難となろう。しかし、それでも珊瑚海の少なくとも第二次攻撃はあってもよかったのではないか。

宇垣はそのように考えながら、原の話を聞いていた。そのうちに宇垣は、真珠湾攻撃当日、「長門」の艦内で、第二撃強行を叫ぶ参謀たちに、山本五十六が洩らした言葉を想起していた。

「南雲君は閫（こん）外の将だよ。柱島から細（こまか）いことをいうもんじゃないよ」

閫は王城、閫外の将は王城を遠く離れた遠征軍の将で、前線の指揮を一任された将軍という意味である。

この場合、井上中将も原司令官も闖外の将であったのではないか。主隊の海域では「祥鳳」が蜂の巣のようになって沈み、機動部隊の方では「翔鶴」が炎上している。搭乗員は前日から消耗して行く。

——現場の指揮官の苦しみは現場にいなくてはわかるまい……。

そう考えた宇垣は多くを問うことなく、原をいたわって帰した。彼は『戦藻録』に「その言や真なり」と書いている。

五月二十六日、「翔鶴」運用長福地少佐は、珊瑚海の戦訓（とくに防災と応急）についてGF士官に講話をするため「大和」に呼ばれた。近くミッドウェーに出動する各級士官に、今次大戦において初めて大きな被害をうけた大艦の応急について講話をするためである。

後甲板に張られた天幕の下に集まった士官たちは興味をもって聞いていたが、肝心の点で戦訓は生かされなかった。珊瑚海の被弾は攻撃隊発進後であったが、ミッドウェーは攻撃隊発進直前で満を持していたため、魚雷、爆弾の誘爆で予想以上の被害が出たのである。

講話が終わった後、福地少佐はミッドウェー出陣の壮行会に案内された。甲板の上にテーブルが並べられて酒瓶、赤飯、折詰が用意されている。

山本長官が現われ、全員に対し、

「みんなよいか、しっかりやってくれ」

と底力のこもった声で挨拶し、一同、奮闘を誓って乾盃した。

明るくどこか気の抜けた感じの壮行会で、出撃すれば必ず勝つという楽観ムードにあふれていた。「翔鶴」の大火災を目のあたりに見た福地少佐は、ひそかに危険なものを感じていた。

翌五月二十七日、海軍記念日に機動部隊は舳艫(じくろ)相ふくんで瀬戸内を出て行った。これが瀬戸内から豪華な大艦隊が出撃する最後と言ってよいであろうか。

# ソロモンの死闘

六月五日、「瑞鶴」の新艦長野元為輝(ためき)大佐(44期)が着任した。横川前艦長は筑波海軍航空隊司令として去って行った。

野元艦長は鹿児島の家系に生まれ東京府立一中出身、木更津航空隊副長、第十四空司令、「千歳」艦長、「瑞鳳」艦長、筑波空司令という経歴で航空関係にはすでに数年間のキャリアを持っていた。

艦長が呉在泊中の「瑞鶴」に着任した日の夕刻、鹿屋基地にいた岡嶋大尉は、オヘンコツの嶋崎少佐に呼ばれた。

「おい岡嶋君、大きな声では言えないが、無電室で傍受したところによると、ミッドウェーで、機動部隊の空母がやられたらしいぞ。午前中に『赤城』『加賀』『蒼龍』がやられて、午後、残っていた『飛龍』もとうとうやられた。これで一、二航戦は全滅だ」

「へえ、そうすると、今や五航戦はGFの虎の子で、機動部隊の運命は、我々の双肩にかかっているというわけですな」

岡嶋大尉の頬に皮肉な笑みが上った。

かつて一、二航戦の連中は、練度未だしの五航戦を〝若（じゃく）〟とか、マルチン二等兵といってからかったものであるが、今や戦況は五航戦をもっとも必要とする段階にさしかかって来たのである。

「隊長、しっかり訓練して、一、二航戦の仇をとってやりましょうや」

岡嶋がそういうと、オヘンコツさんは、岡嶋の肩をぽんと叩いて笑った。

しかし、次の瞬間、岡嶋は胸の痛みを感じた。一、二航戦には彼の同期である六十三期生も大勢いた。「飛龍」艦爆隊長小林道雄大尉（戦死）もその一人である。小林たちは無事だったかな？　岡嶋はそう考えたのである。

同じ思いは、艦攻の佐藤大尉や、艦爆のエンマ大王の胸にもあった。

——一、二航戦の仇をとるぞ……。

これが鹿屋の五航戦の合言葉であった。

六月二十日、艦爆の高橋定大尉（61期）が着任した。

七月一日、新たに宇佐空を卒業した六十八期生の吉村博（戦闘機）、烏田陽三（艦爆偵察）、米田信雄（艦爆偵察）らが入って来た。

新入隊員を迎えて、江間、佐藤らは、一、二航戦の仇をとれ、をモットーに猛訓練を続けていたが、七月十四日の移動で彼らも次代のパイロットたちにバトンを渡すことになった。

名隊長嶋崎少佐をはじめ、江間、岡嶋、佐藤、塚本らが去り、真珠湾以来の士官は、大塚礼二郎一人が残るのみとなった。

嶋崎は、愛知県挙母町（現在の豊田市）の試験飛行場の指揮官となり、しばらく静養することになった。十七年秋、私は鹿屋空からここへ新しい艦爆二機を受領にゆき、この名隊長に会った。温顔に笑みをたたえ悠然として、決して言挙げせざる武人であった。彼はこの後、横空飛行長、第七五二空飛行長を歴任して第三航艦参謀となり（十九年十月十五日、中佐進級）、二十年一月九日、フィリピンで戦死、二階級特進して少将に進級している。

江間は佐伯空に、岡嶋は岩国空教官に、佐藤は筑波空、塚本は空母「大鷹」に、真珠湾以来のパイロットたちはそれぞれ別れて行った。

江間の後をついで艦爆隊長となった高橋定大尉は、江間に優るとも劣らぬ精悍無比な〝艦爆野郎〟である。愛媛県出身で、江間のような親分肌のところもあり、大いに部下を可愛がり、ファイティングスピリット満々の名隊長であった。

高橋は第十二空、第十四空でシナ事変の戦闘を経験し、筑波空分隊長、第三十一空分隊長を経て「瑞鶴」に着任したもので、すでにフィリピンでも戦闘を経験しており、歴戦の指揮官であった。

このほか、艦攻の今宿滋一郎大尉（64期）、檮原正幸大尉（66期）、伊藤徹中尉（67期）、田中一郎中尉（同）、艦爆の中村五郎中尉（同）、戦闘機の日高盛康大尉（66期）などが続々入って来た。

鹿屋、佐伯で訓練を続ける搭乗員たちの合言葉は、

「ミッドウェーを忘れるな、一、二航戦の仇をとれ！」

であった。

艦爆整備員の中野正兵曹は、十六年六月、艤装員当時から十九年十月、エンガノ沖の最後まで「瑞鶴」乗り組みで終始したベテランであるが、当時、鹿屋での訓練状況について、

「艦爆隊員全員がミッドウェーの仇をとろう。今や日本海軍には第一線空母は五航戦（七月十四日から一航戦）しかないのだという気迫が搭乗員、整備員ともに眉宇にあふれていた」

と語っている。

その覚悟は、すでに柱島に移動して次期作戦に備えて着艦訓練を行なっている「瑞鶴」の艦橋にある野元艦長とて同じことであった。

ミッドウェーの惨敗は駆逐艦に収容された「赤城」「加賀」などの乗組員が帰国するにつれて明らかになって行った。その中で野元大佐の胸を打ったのは、同期生柳本柳作大佐の壮烈な最期であった。

「蒼龍」艦長であった柳本大佐は、被爆後、回復不可能とみるや燃えさかる艦橋後部に最後まで立ちはだかり、艦と運命を共にした（この不動明王のような姿は、後に木像となり、海軍兵学校に安置された）。柳本大佐は平戸中学出身、若いときから剣と禅を修行し、一死奉公の精神に徹していた。

——柳本ならやるだろう、いかにもあいつらしい忠烈無双の最期だ。よしエンタープライ

ズかホーネットかは知らぬが、「蒼龍」を沈めた奴はきっとおれが沈めて、柳本の仇をとってやるぞ……。

野元艦長は、今はミッドウェーに沈んだ級友柳本柳作の霊に堅く誓った。

その想いは新しい艦爆分隊長津田俊夫大尉（63期）や石丸豊大尉（66期）、艦攻分隊長の檮原大尉も同じであった。ヨークタウン攻撃で戦死した小林道雄大尉（63期）や近藤武憲大尉（66期）は彼らの同期生であった。

石丸大尉は養子にゆく前は旧姓岩下といい、十六年夏、私が霞ヶ浦航空隊で操縦訓練をうけたときの教官（当時、中尉）で、近藤大尉は宇佐で急降下爆撃を習ったときの教官であった。福岡出身の近藤大尉は極めて温厚な人柄であった。長野出身の石丸大尉は恩賜の短剣の秀才ではあるが、激しい性格で、操縦ののみこみが遅いと、「バカ、ドンカン」といって後席でぐるぐる操縦桿をふり回すので、私の方は茫然と目の前で円を描く操縦桿を眺めていたことがある。

次期出撃に備えて二空母は新しい兵装を調えた。

珊瑚海で損傷を受けた「翔鶴」は、呉のドック入渠中、艦橋後部九四式高射装置の上に二一式電探（レーダー）を装備した。ついで対空兵装の強化を計り、二十五ミリ三連装機銃十二基（三十六梃）であったものに、艦首尾に二十五ミリ機銃三連装各二基と射撃装置、艦橋前後の飛行甲板に三連装各一基、計六基十八梃を増設する計画で工事にかかったが、八月七日、米軍が空母をバックとしてガダルカナルに上陸して来たので、急遽、出撃することになったので、艦首尾に三連装各一基のみを増備して戦場に向かうことになった。「瑞鶴」も出撃前に同じ程度に機銃を増備したものと思われる。

「翔鶴」は七月十四日付で一航戦旗艦となり、艦長有馬正文大佐（43期、五月二十五日、着任）以下張り切っていた。

有馬大佐は鹿児島県出身で、先の柳本柳作大佐にも比すべき烈々たる攻撃精神の持ち主である。「翔鶴」運用長福地周夫少佐の『空母翔鶴海戦記』によると、有馬艦長は着任早々、福地運用長を艦長室に呼んだ。

「運用長、君は珊瑚海海戦で本艦が被爆して大火災を生じたとき、運用長として防火対策上どのような応急処置をしたのか詳しく話してくれたまえ」

艦長はそういうと、じっと運用長の顔をみた。

そこで運用長は、爆弾命中箇所の状況、応急処置の順序、実状など、その日の惨状を詳しく説明した。

艦長は熱心に聞いていたが、終わると次のように自らの激しい決意を物語った。

「光栄ある本空母に着任した以上、一旦、外洋に出撃したとき、私は生還を期してはいない。すなわち、本艦が珊瑚海当時の如く奮戦して、不幸にして沈没するようなことがあったら、私は必ず艦と運命を共にする。また、その際総員退去のような号令はかけない。全員が艦と運命を共にする覚悟で最後まで戦ってもらいたい。ついては、君は珊瑚海の貴重な経験の持ち主であるから、出撃前に万全の対策を講じて、何とかして本艦が沈まないよう、十分努力してほしい」

有馬大佐は、忠君愛国の精神に徹していたが、福地少佐はそこに一種の特攻精神を感じざるを得なかった。

果たせるかな、この年の十月、南太平洋海戦で再び「翔鶴」が被爆炎上したとき、有馬艦長は、このまま「翔鶴」を敵中に突入させ、囮艦として敵の攻撃を一手に引き受け、その間に「瑞鶴」「隼鷹」の攻撃を可能ならしめるという一種の特攻を主張し、草鹿参謀長の激しい怒りに出会うことになる。そして二年後、十九年十月十五日、第二十六航戦司令官として自ら陸上攻撃機に乗りこみ、特攻を命じて体当たりを敢行して散華した。葉隠精神の権化ともいうべき提督であった。

昭和十七年八月七日、米海兵隊はサラトガ、ワスプ、エンタープライズら空母三隻の援護をうけてガダルカナル島ルンガ河口に上陸して来た。連合軍反攻の第一陣であり、半年余にのぼる激しい消耗戦の始まりであった。

八月七日、第八艦隊司令長官三川軍一中将は、旗艦「鳥海」以下六戦隊「青葉」「加古」「衣笠」「古鷹」、十八戦隊「天龍」及び「夕張」「夕凪」を率いてラバウルを出撃、八日夜、ルンガ沖の連合軍艦隊を急襲、米重巡アストリア、クインシー、ヴィンセンス、豪重巡キャンベラの四隻を撃沈、米重巡シカゴを大破、駆逐艦三隻を大破せしめ凱歌をあげてラバウルに引き揚げた。

しかし、連合軍のガ島上陸はなおも続き、敵の反攻は明らかとなり、空母三隻が支援しているほか、戦艦をも増援する可能性ありとして、空母の増援が必要とみられるに至った。そこで機動部隊は柱島沖を出撃してソロモン方面に急行することになった。
七月十四日編成された第三艦隊は、それまでの第一航空艦隊を改編したもので、次のような編制で、これが機動部隊の根幹となっていた。

第三艦隊　司令長官南雲忠一中将、参謀長草鹿龍之介少将
　第一航空戦隊　「翔鶴」「瑞鶴」「瑞鳳」
　第二航空戦隊　司令官角田覚治少将（39期）、「飛鷹」「隼鷹」「龍驤」（八月十四日、一航戦に入る）
　第十一戦隊　司令官阿部弘毅少将（39期）、「比叡」「霧島」
　第七戦隊　司令官西村祥治少将（39期）、「熊野」「鈴谷」（八月十四日、編成外となる）
　第八戦隊　司令官原忠一少将、「利根」「筑摩」
　第十戦隊　「長良」及び三駆逐隊
　第十駆逐隊　「風雲」以下四隻
　第十六駆逐隊　「時津風」以下四隻
　第十九駆逐隊　「浦波」以下三隻

このうち、南雲長官は、一航戦の「翔鶴」「瑞鶴」と二航戦の「龍驤」、十一戦隊、八戦隊、十戦隊（駆逐隊を含む）を率いて八月十六日、柱島泊地を出撃した。インド洋方面で行動していた七戦隊は二十二日、トラック島方面で本隊に合同するよう命令された。

これに先立って、近藤信竹中将の率いる前進部隊（第二艦隊を基幹とする）は、ソロモン方面作戦参加のため、八月十一日、瀬戸内海を出撃、十七日トラック島に進出していた。その編制は次のとおりである。

前進部隊
　本隊
　　四戦隊「愛宕」「高尾」「摩耶」
　　五戦隊「妙高」「羽黒」
　　二水戦
　　四水戦
　航空部隊　十一航戦
　待機部隊　三戦隊「金剛」「榛名」

一航戦が柱島を出撃した二日後、陸軍は一木支隊先遣隊をガ島タイボ岬に揚陸し、続いて、川口支隊の揚陸を計画しており、本格的なガ島争奪戦とともに、空母を中心とする連合軍水上部隊の増援が予想されていた。

八月二十二日、機動部隊はラバウル南東方のソロモン海域に達し、敵空母を求めて行動を開始した。

この頃、一木支隊はテナル河畔において全滅しており、川口支隊は二十三日、トラック島を後にしてガ島に向かうことになり、海軍の前進部隊に支援を求めて来た。いよいよ南雲部隊の出撃である。

しかし、二十二、二十三日の両日、ソロモン群島東方海面を南下北上してみたが、敵空母の行方がつかめない。

「草鹿君、敵の空母はなかなか出て来よらんな」

「翔鶴」の艦橋で、南雲はそういって爪を噛んだ。

「早くやらせてくれんですかねえ」

草鹿も焦っていた。

山本長官は、ミッドウェーの敗戦の後、南雲の代理として旗艦「大和」に赴いた草鹿が、

「長官、武士の情です。もう一度だけやらせて下さい」

と頼んだのに対して、

「承知した」

と答え、その然諾を重んじて、南雲、草鹿のコンビを第三艦隊のトップに据えてくれた。

艦橋にはこのほか先任参謀に高田利種(としたね)大佐(46期)、作戦参謀に長井純隆中佐(50期)、航

空参謀に内藤雄中佐（52期）が補佐役として緊張した顔をみせていた。

ソロモンで米空母を捉えて一大痛撃を加えなければ、機動部隊の勇名は地に落ちてしまうのだ。

二十三日、ガ島の飛行場に艦載機五十機以上が入った旨の情報が入ったので、「翔鶴」の南雲司令部は二十四日午前二時、「龍驤」を中心とする支隊を機動部隊から分離して、ガ島の攻撃にあたらせることとした。支隊は「利根」「龍驤」「時津風」「天津風」として、「利根」の八戦隊司令官原少将が指揮をとることになっていた。

この頃、米機動部隊は珊瑚海とミッドウェーでヨークタウンの第十七機動部隊を指揮したフレッチャー少将が、サラトガ、エンタープライズ、ワスプの三空母を指揮して、ガ島東方百五十マイル付近を行動して日本軍の海上輸送攻撃を行ないつつあった。

二十四日午前零時、機動部隊本隊はガ島ルンガ河口の北方三百六十マイルで反転、北西に向かっていた。

支隊指揮官の原少将は、二十四日午前中に敵機動部隊発見の報なきときは、ガ島飛行場を攻撃せよという命令を受けていたので、同日午前十時二十分、第一次攻撃隊（艦攻、零戦各六機）を発艦、続いて十時四十八分、遊撃隊（零戦九機）を発艦せしめた。

この二隊は合同して納富健次郎大尉（62期）指揮のもとに、ガ島のヘンダーソン飛行場を爆撃し、敵戦闘機十五機を撃墜、わが方も零戦二、艦攻三を失った。

一方、フレッチャー司令部は、午前七時五分、索敵機より「敵空母発見」の報を受け、さ

らに九時二十八分、

「空母一、重巡一、駆逐艦二、サラトガノ北西二百四十五マイル」

という報を受けた。

これが「龍驤」を含む支隊である。

フレッチャーは迷った。ハワイにあるニミッツの太平洋艦隊司令部は、日本の機動部隊はトラック島の北方で行動中である、という情報を送っていたので、これが果たしてナグモの機動部隊であるかどうか判断に苦しんでいた。コーラル・シー（珊瑚海）における失敗が、彼の胸に重くのしかかっていた。

——あのときは五月七日に日本の小型空母「祥鳳」を発見して、日本軍の主隊であると判断して攻撃し、これを撃沈したが、主隊は全然別の方角にいたのだった。とにかく、索敵をさせてみよう……。

午前十時二十九分、彼はエンタープライズからドーントレス爆撃機など二十三機に四百五十キロ爆弾各一を搭載させて索敵爆撃機として九方向に発進せしめ、十一時四十五分、北西二百四十五マイルにあるという空母に対してサラトガの攻撃隊（ドーントレス三十機、アベンジャー雷撃機八機）を発進せしめた。

フレッチャーは、その懸念にもかかわらず、五月七日と同じミステークを犯しつつあった。

果然、サラトガ隊発進後わずか二十五分の午後十二時十分、エンタープライズの索敵機から、

「敵空母一、巡洋艦一、駆逐艦二、味方からの方向三一七度二百マイル」

という電報が入った。

続いて二十分後、

「空母二、巡洋艦四、軽巡六、駆逐艦八、三四〇度二百三十五マイル」

さらに十分後、

「巡洋艦三、駆逐艦三〜五、ソノ他、三四〇度二百三十五マイル」

と続々入電した。

——これが、ナグモの本隊だ……。

フレッチャーはエンタープライズの艦橋で頬をひきしめ、直ちにサラトガ隊に目標を北方二百三十マイルの空母に変えるよう打電したが、攻撃隊長機との連絡はとれなかった。

——またしてもやったか、この間にナグモの攻撃隊がやって来たらどうなるのか……。

フレッチャーは唇を噛みながら、北の空を睨んでいた。

彼が指揮したヨークタウン隊は、珊瑚海で「翔鶴」に命中弾を与え、ミッドウェーでは、「蒼龍」と「飛龍」に止めを刺している。

そのヨークタウンもミッドウェーの海底に沈み、レキシントンの後を追っている。ここでサラトガ、エンタープライズ、ワスプの三艦に異常が起きたら、アメリカの大反攻はストップしてしまうのである。

しかし、そのような感慨に沈んでいることは許されない。第二次攻撃隊としてエンタープライズ、サラトガからドーントレス十三機、アベンジャー十二機を緊急発進させたフレッチャーは、なお五十余機のグラマン戦闘機を二空母の甲板に残しており、これが米空母の危機を救った（ワスプは百五十マイル南方で行動中であった）。

一方、第一次のサラトガ隊は午後一時五十分、「龍驤」を発見、これに襲いかかった。アベンジャー二機、ドーントレス七機が「利根」に向かったが残りのアベンジャー六機、ドーントレス二十三機が「龍驤」を挟撃した。「龍驤」は五月七日の「祥鳳」のような惨状にさらされた。

「龍驤」は至近弾数発をうけ、左舷中部に魚雷一発が命中し、浸水が始まり、飛行機の収容が不可能になった。攻撃隊指揮官の納富大尉は、炎上している「龍驤」を認めて落胆した。彼は珊瑚海で「祥鳳」が沈んだときも同艦の戦闘機隊長であったのだ。（註、米攻撃隊長は四百五十キロ爆弾四〜十発の命中を報じている）

「利根」は急降下爆撃機三、雷撃機四の攻撃をうけたが、艦長兄部勇次大佐は巧妙に回避して被害はなく、上空直衛機の迎撃と併せて、敵機撃墜九機を数えた。

「龍驤」は傷ついた身を「利根」や「時津風」の援護をうけて北へ避退したが、午後二時過ぎ、機械、及び罐の使用不能となり、午後六時、本隊へ合同の途中沈没した。

さて、本隊はどのような作戦を行なっていたのか。

二十四日午前四時、北上していた本隊は反転して南下をはじめ、四時十五分、艦攻十九機を索敵に発進せしめた。この日こそは決戦と考えていたが、一向に敵発見の報は入らず、午前九時、戦艦、巡洋艦の水偵六機をさらに南東方面索敵のため発進せしめた。

午後十二時五分、一番南の線を担当していた「筑摩」二号機は、

「敵大部隊見ユ、我レ戦闘機ノ追躡（ついじょう）ヲ受ク」

と打電して消息を絶った。

南雲司令部は、この電報から、敵機動部隊の位置を「翔鶴」の一五三度（南南東）二百六十マイルと推定し、午後一時、第一次攻撃隊を発進せしめた。

「翔鶴」艦爆隊長関衛少佐（58期、筆者が宇佐空時代の教官）が艦爆二十七機（「翔鶴」十八、「瑞鶴」九）、零戦十（「翔鶴」四、「瑞鶴」六）を率いて発進した。「翔鶴」隊のなかには爆偵の池田四蔵中尉（68期）が入っていた。

「瑞鶴」隊は、真珠湾以来でいまやベテランとなった大塚礼次郎大尉が中隊長で、二小隊長は中村五郎中尉、三小隊長は佐藤進飛曹長であった。

午後二時二十分、攻撃隊はステュワート諸島（「翔鶴」の南南東二百マイル）の南東十六マイルと二十七マイルに各一群の空母中心の輪型陣を発見した。

関少佐は「翔鶴」隊十八機を率いて、前者の第一群に突入した。

このとき、フレッチャーは、両艦併せて五十三機のグラマン戦闘機を空中にあげて日本機を迎え討たせた。

関隊が突入したのはエンタープライズで、周囲には戦艦ノースカロライナ、巡洋艦二、駆逐艦六がいて、熾烈な対空砲火を送って来た。

エンタープライズのレーダーは八十八マイルの距離で日本の攻撃隊を捕捉していたが、零戦隊が交戦している間に関隊は次々に突入し、エンタープライズに二百五十キロ爆弾六発以上命中を報じた。（註、米軍の資料では三発命中、二発が至近弾で、大火災を生じ、三度傾斜したが、消火に努めた結果、穴のあいた甲板には鉄板を張り、最後の爆弾が命中してから一時間以内に二十四ノットの速力を出し、飛行機の収容作業にあたることができた、というからミッドウェーのヨークタウンといい、アメリカの応急能力には驚くほかはない）

しかし、サラトガを襲った「瑞鶴」艦爆は悲劇の渦中にとびこんだ。

大塚大尉の機を先頭に突入した艦爆は、投弾前後に敵戦闘機にとらえられ、次々に撃墜され海面に飛沫を上げた。

日高盛康大尉（66期）の指揮する零戦は奮戦してグラマン六機以上撃墜を報じたが、大塚隊は、一小隊三番機を除いて全滅の悲運に陥った。辛うじて帰投した三番機も被弾して不時着水する。この偵察員の前野広二飛曹は十月の南太平洋海戦で機上戦死してしまうので、この日の「瑞鶴」艦爆隊の戦いぶりを知っているのは、操縦員の大川豊信一飛のみである。

大塚大尉、中村中尉ともに柔道と相撲が強く、私は江田島でよく練習をしたが、二人ともガ島東方の海に散華してしまった。

（健在であるなら御一報願いたい）

サラトガに対する戦果は二百五十キロ爆弾二発以上命中となっているが、米側の資料では被弾の記録はない。米側はエンタープライズには十二機が急降下したといっているから、

「翔鶴」隊十八機のうち、残りの六機はサラトガを襲ったのかも知れない。

エンタープライズは大破してハワイへ回航し、この後、ワスプが日本潜水艦のため撃沈されて、残る米空母はサラトガ、ホーネット（ヨーロッパより回航中）の二隻になってしまう。

しかし、この第一次攻撃で日本軍は艦爆十七機、零戦三機を失い、被弾不時着機が四機あったので、無事に母艦に帰ったのは十三機にすぎない。

南雲司令部では第一次攻撃隊発進一時間後の午後二時、第二次攻撃隊艦爆二十七機（「翔鶴」九、「瑞鶴」十八）、零戦九（「翔鶴」三、「瑞鶴」六）を発進せしめた。総指揮官は新しく「瑞鶴」艦爆隊長となった高橋定大尉である。

高橋大尉は対空母攻撃は初めてなので、勇躍して、「瑞鶴」の飛行甲板を蹴って南へ向かい、午後三時四十三分、予定地点に達したが、敵を発見することができない。この後、午後四時十二分の日没後まで周辺を索敵したが、ついに発見することができず、無念の涙を呑みながら引き揚げた。

これはアメリカの空母部隊が第一次攻撃隊の攻撃によって意外に南下しており、第一次攻撃隊はその終了後、敵の位置を発信したが、第二次攻撃隊長機でうまく受信できなかったことによるとみられている。

また母艦の方は予定よりも位置が南東にずれたが、これを艦爆隊に通報するのが遅れたため、高橋隊は暗夜の中を探し回り、午後六時十五分から八時二十分もの間に、大部分が帰投したが、四機が機位を失して行方不明となった。高橋隊にとっては不運の一日であった。

モリソンの『ガダルカナル戦記』によれば、この日、米空母群は午後二時五十一分、西方五十マイルに日本機の一群を探知したが、空母は南に変針して攻撃を回避したとなっている。

こうして、米側はその全力をもって「龍驤」を攻撃、撃沈し、日本側は半分の力をもって二空母を襲い、エンタープライズを中破せしめた
では、本隊の空母に被害はなかったかというと小さな被害があった。

午後一時十分ごろ、「翔鶴」が、突如、ドーントレス二機（索敵用）の攻撃を受けた。

福地運用長の記録によると、三十ノットの高速で走っていた「翔鶴」はこれを避けるため右舷に大転舵をした。このため艦は左に大傾斜を生じ、リフトで揚がって来たばかりの零戦が左舷の方にずるずると滑った。

「あ、飛行機が落ちるぞ！」

甲板にいた森武治予備機関少尉や松浦要整備兵曹長ら六人が零戦にとりついて、抑えようとしたが、勢いのついた零戦は滑走をやめず、六人を道連れに海中に転落してしまった。

「あ、人が落ちたぞ！」

艦橋から見ていた福地少佐はそう叫んだが、爆撃回避中の「翔鶴」にはこれを救助しているだけの余裕がなかった。森少尉ほか六名はソロモンの海に呑まれてしまった。

二発の爆弾は右舷十メートルほどの至近弾であったが、「翔鶴」に被害はなかった。

その夜、「瑞鶴」の飛行甲板を腕を組んでうつむき加減になって歩いている飛行服姿の士官があった。艦爆隊長の高橋大尉である。

彼の心は重かった。

第二次攻撃隊で敵を発見できなかったことも悲運であったが、それ以上に、全滅同様になって一機も帰って来なかった第一次攻撃隊のことが胸に重くのしかかっていた。

髭の濃い大塚大尉が、白い歯をみせながら出撃前に言った言葉が彼の脳裡に残っていた。

「隊長、私もこれで真珠湾以来、インド洋、珊瑚海を入れて十度目に近い出撃ですが、今度はやられるような気がします」

「弱気を出すんじゃない」

「いや、弱気ではありません。真珠湾やインド洋はともかく、珊瑚海の敵直衛戦闘機や空母群の対空砲火は実に凄いものでした。よくぞ火をふかないで無事に投弾して戻って来られたものだと思います。とくに戦闘機の銃撃は強烈です。九九式艦爆の七・七ミリ機銃一梃を振り回すだけでは、当たっても効果はありません。せめてアメリカのドーントレスのように十三ミリでもあれば、もっと有効だと思いますが……」

真剣に語る大塚大尉は、いつもの明るさにも似ず沈鬱な表情であった。

何度も出撃していると己の死期を知るようになるのかと、高橋隊長は、激励する言葉もなくうなずいていたが、その言葉が本当になってしまったのだ。

ソロモンの海は、この夜も断雲が点々と浮いていたが、その間をすかして南十字星が南の水平線にかかり、サソリ座の主星アンタレスが赤さを増しつつある。

夜間攻撃をあきらめた空母は北上しつつあった。

一方、米軍の方は、午後十二時半、前述の索敵機からの日本軍発見の入電があると間もなく、第二次攻撃隊としてドーントレス十三機、アベンジャー十二機、計二十五機の攻撃隊を北方に向けて発進せしめていた。

この隊は午後四時五分、日本空母の南方百五十マイルのところで水上部隊（前進部隊）を発見し、「千歳」と五戦隊を攻撃し、「千歳」に二発の至近弾を浴びせたのみで帰投した。フレッチャーはこれでこの日の攻撃をやめ、エンタープライズをハワイに回航させ、サラトガも南方に後退した。

この海空戦は第二次ソロモン海戦と名づけられたが、両軍とも本格的な攻撃に踏み切ることができず、南雲、草鹿のコンビが考えていたミッドウェーの仇をとる機会は、次の南太平洋海戦まで待たなければならなかった。

ここで昭和十七年後半の米軍反攻の指揮をとった猛将ウイリアム・ハルゼー提督（通称、ブル）の動きを手記によって紹介しておこう。

肝心のミッドウェーの決戦のとき、ハルゼーは第十六機動部隊（エンタープライズ、ホーネット）を指揮して戦場に駆けつけることができなかった。重い皮膚病を患って病室でうなっていたのである。

九月上旬、病気は全快し、激戦地となったガダルカナルを偵察したいと考えたハルゼーは、エリス諸島のカントン島に着いたところで、ニューカレドニア島のヌーメアに向かうように命じられた。

十月十八日、ヌーメアに着いたハルゼーは、南太平洋方面司令官ゴムレー中将付の大尉から極秘と書かれた一通の封筒を渡された。開封してみるとキング作戦部長からのもので、「貴官は南太平洋方面の司令官として直ちに指揮をとれ」となっていた。

米軍のガ島上陸以後、南太平洋方面の戦闘は多くの困難に直面し、ヌーメアにある司令部に対する不満が募っていたので、キングはゴムレーを解任し、十月十六日付でハルゼー中将を後任に任命したのである。

ハルゼーは当惑した。

ガ島の戦況は深刻であり、連合軍はすでに重巡四、駆逐艦五を失っている。陸軍や連合軍について多くの知識をもたないハルゼーは珍しく不安を感じながらもこの任務を引き受けた。

十月二十日の夜、ハルゼーはガ島の前線から来た第一海兵師団長バンデグリフト少将、陸軍のパッチ、ハーモン両少将らと戦況について協議をした。

アーチー（バンデグリフト）とハーモンは、交々、頑強な日本軍を相手にして非常に苦戦していることを訴えた。

ようやく持ち前の強気をとり戻したハルゼーは言った。

「君たちはガ島を撤退したいというのか、それとも、あくまでも守備しようというのか」

言下にアーチーは答えた。

「守り抜きます。しかし、今までよりも、もっと陸海軍の支援をお願いしたいのです」

水陸両用部隊指揮官のターナー少将もこの場にいたが、わが軍の輸送船は毎日やられている。護衛艦が不足し、日本の潜水艦が活発に動いているが、わが軍は最善を尽くしていると述べた。

「よろしい、私はできるだけのことはしてやる！」

ハルゼーは断乎としてそう言い切り、将軍たちを帰した。

この頃、ハルゼーの司令部はサンタクルーズ島（ガ島の東三百マイル）に基地を建設することを考えていたが、日本が増援軍（丸山政男中将の第二師団）を揚陸したので、同島へ揚がる予定の陸軍をガ島に向かわせることにした。

この頃、日本軍は少なくとも四隻の空母（翔鶴、瑞鶴、瑞鳳、隼鷹）と四隻の戦艦（比叡、霧島、金剛、榛名）を、ソロモン海域に行動させているという情報をハルゼーは得ていた。

これに対抗する連合軍は貧弱なものであるとハルゼーは考えていた。

一隊はスコット少将が指揮する巡洋艦、駆逐艦で編制される快速部隊に戦艦ワシントンを加えたもの、他の一隊はマーレイ少将の指揮する第十七機動部隊でホーネットを基幹とし、巡洋艦四隻を加えたものであった。

ようやく修理の成ったエンタープライズを基幹とする第十六機動部隊（キンケード少将指揮）は戦艦サウスダコタ、巡洋艦二を伴ってハワイから南下中であったが、情報によって日本軍が行なうとされている十月二十三日のガ島総攻撃には間に合いそうもなく、ハルゼーはいらいらしていたが、二十四日、意外に早くキンケード隊がマーレイ隊と合同したので、これらの空母部隊を北上させて、サンタクルーズ沖で待機のうえ、日本軍と決戦しようと企図するに至った。

一方、八月三十一日、サラトガは伊二十六潜の雷撃で損傷をうけ、十一月末までハワイで修理が必要となり、その後、九月十五日、ワスプが伊十九潜によって撃沈され、また戦艦ノースカロライナも雷撃のため破損していた。

アメリカも日本に劣らず危機を迎えていた。

日本はミッドウェーで虎の子の空母四隻を失ったが、アメリカもすでにレキシントン、ヨークタウン、ワスプを失い、サラトガが傷つき、ハルゼーがヌーメアに着任した十月中旬の段階では、使用可能の空母はわずかにホーネット一隻のみであった。

この機会に、日本海軍が決戦を挑んで来たら米空母部隊は壊滅し、ガ島作戦は中止の止むなきに至るかも知れなかった。

またソロモンへの増援部隊上陸をめぐって、熾烈な海戦が次々に行なわれていた。

十月十一日夜、ガ島飛行場砲撃の命を受けた六戦隊はサボ島の近くで米重巡部隊と遭遇、砲戦の結果、「古鷹」と「吹雪」が沈没、米側は駆逐艦ダンカンが沈没、軽巡ボイス大破、重巡ソルトレークシティー、駆逐艦ファーレンボルト中破で、凱歌はアメリカ側にあがった。

この夜、旗艦「青葉」も大破し、艦橋にとびこんだ不発弾のために、六戦隊司令官五藤存知少将は重傷を負い、十二日午前六時、戦死した。

また、二日後十三日深夜、栗田健男中将（38期）の率いる三戦隊（金剛、榛名）は、ルンガ沖に潜入し、新型の三式弾を含む三十六センチ砲弾九百十一発をヘンダーソン飛行場に撃ちこみ、飛行場を火の海と化し、米軍幹部の心胆を寒からしめ、百武中将の第十七軍司令部に「野砲一千門ニ匹敵ス、我レ欣喜雀躍ス」と叫ばしめて無傷でラバウルに引き揚げた。

そして、十月下旬、ガ島総攻撃が始まるのである。

# 南太平洋の凱歌

ガダルカナル島の西よりコカンボナに司令部をおく第十七軍司令官百武晴吉中将は、丸山中将の第二師団到着を待って総攻撃をもってヘンダーソン飛行場を奪取し、ガ島争奪戦にけりをつけようと考えていた。

最初はその総攻撃を十月二十二日とした。

丸山中将は前進を続けて、二十一日夕刻、一つの丘に到達した。ここは飛行場まで六キロの地点であるが、兵たちは疲れており、翌二十二日の総攻撃は無理と考え、二十三日に延期した。

師団主力の前面には血染めの丘と呼ばれるムカデ高地が横たわっていた。

この攻撃にあたる右翼隊長の川口清健少将は、八月下旬ガ島に上陸し、このムカデ高地で戦った経験があるので、丸山中将は信頼していたが、川口少将は新しい航空写真を見た結果、ムカデ高地は格段に陣地が強化されているので正面攻撃は無理と考え、左側から迂回しなければ前進は不可能と考え、これを強く主張したので、丸山中将は大本営から現地指導に来ていた辻政信参謀と相談の結果、川口少将にやる気がないとみて、敵前で川口少将を解任し、代わりに東海林大佐を任命した。

この間、総攻撃は二十四日に延期され、同日午前五時、全力をあげて飛行場奪取を計ったが、米軍はよくこの猛攻に堪えてしばしば日本軍を撃退した。

丸山師団はなおも攻撃を繰り返し、同日夜九時、飛行場侵入を果たしたとして、その旨十七軍司令部に打電した。しかし、これは単なる草原であって、飛行場占領の報を真にうけて着陸しようとした海軍の零戦が着陸時射撃をうけ、一機は着陸後、搭乗員が捕虜となった。

攻撃は二十五日も続行されたが、米軍の抵抗は強く、左翼部隊指揮官の那須少将、連隊長の広安大佐、古宮大佐も戦死し、丸山師団長は手中に一兵の予備兵もなくなり、百武中将は二十六日午前六時、攻撃中止の命令を発した。

この間、海軍は陸軍の総攻撃に策応して行動を起こしていたが、八月下旬の第二次ソロモン海戦以降の「瑞鶴」の動きをみておこう。

八月二十八日から九月四日まで、一航戦戦闘機隊はブーゲンビル島の北にあるブカ島基地にあがり、ガ島攻撃作戦に協力し、十名近い戦死者を出している。九月五日トラック入港、同十日出港、ソロモン東方海面索敵、二十三日トラック帰港、十月十一日トラック出撃、ソロモン東方海面に向かう。

したがって二十六日の南太平洋海戦の日までに、すでに十五日間海上で行動していることになる。

十月二十三日以降、「翔鶴」の艦橋では論争が続いていた。

もっと南下して米空母と決戦すべきだという意見を出すのは参謀たちである。先任参謀高田利種大佐は海兵首席、海大優等という秀才で、開戦前のＧＦ先任参謀黒島亀人大佐（44期）と並び称された切れ者であった。

航空参謀の内藤雄中佐は、源田中佐と同じ五十二期生を恩賜で卒業した秀才であった。

彼らは第二次ソロモン海戦で米空母を痛打できなかったので焦っていた。

「ＧＦがあれだけ言って来るんだから、思い切って南下したらどうですか」

「索敵をしっかりやっておけば大丈夫でしょう」

彼らは口々に南下をうながす。

事実、この頃ＧＦ司令部は、陸軍の要請もあって強く南下決戦を求めていた。

宇垣纒参謀長の『戦藻録』十月二十四日の項には次の記述がある。

「一八三〇に至り、機動部隊は陸戦の進行と昨日の敵飛行艇に触接されたことに危惧の念を抱き、明日の進出位置を著しく北へ偏らせ、明後日南下すると予定を変更し来る。甚だ心外なり。不都合の独断的処置というべし。全責任はＧＦ司令部に在り。遅疑する勿れ。

機動部隊の命令違反ともすべき北偏に対し、東南方の押え少く、前進部隊予定の行動に対し、『飛鷹』を欠く。時間が経過すれば吉報もあるべし、と上甲板に登りて皎々たる十四夜の月を眺めていれば、陸軍、飛行場占領の報入る。万歳」

既述のように陸軍の飛行場占領は誤報であり、またも宇垣を怒らせることになる。

強気の提督宇垣はトラック島の旗艦「大和」にあって、機動部隊が南下しないのは命令違反だと怒っている。

南雲も、

「参謀長、GFからあれだけいわれて黙っているわけにはゆかぬ。この際思い切って南下しよう。GFの陸軍に対する顔も立つだろう」

と強気である。

ただ一人、草鹿だけは慎重であった。

GFは南下決戦せよ、というが、決戦というのは、敵を発見してこれを倒すことであって、敵の位置もわからないのに前進して敵の奇襲をうけるとミッドウェーの二の舞いである。今回の航空部隊は、一航戦「翔鶴」「瑞鶴」「瑞鳳」に角田覚治少将の率いる二航戦「隼鷹」（十月二十六日、午前八時、前進部隊から機動部隊に編入）計四隻であるが、この非常のときに、不注意によって一隻たりとも失っては相済まぬのである。

二十三日以来、少し南下すると必ず敵哨戒艇の触接をうける。ガ島やツラギの水上基地が近いのであるから当然である。敵の位置はまだわかっていない。このままGF司令部のいうように南下すれば敵の奇襲を喰らう。そこで索敵機を放っておいて北上する。敵空母の位置が判明し次第、直ちに待機していた攻撃隊を発進させる。このやり方で決して間違っていない、と草鹿は自信を持っていた。

ミッドウェー海戦の直前、大本営の通信隊はハワイ方面で電波が輻輳（ふくそう）していることから敵機動部隊行動中のおそれありと打電した。洋上にあった「大和」はこれを受信し、これを「赤城」に転電すべきかどうか迷った。しかし結局、宇垣参謀長は、「大和」の位置を敵に知られることをおそれ、転電しなかった。受信能力の弱い「赤城」はそれをキャッチすることなく、敵はいないだろうという想定のもとに前進し、大敗をこうむったのである。

戦闘が終わってから、宇垣からそのことを聞かされた草鹿は悲憤にくれ、今後はGFをあてにせず、自分が最良と思う判断にもとづいて作戦を遂行することに肚を決めたのであった。

しかし、二十五日になると、南雲もさすがに焦って来た。

「参謀長、陸軍は非常な苦戦らしい。この際、戦局を挽回するには機動部隊が敵空母を捉えて撃破する以外に道はない。ここは一つ危険かも知れぬが、南下してみたらどうかね。GFは機動部隊が決戦を避ける腰抜けのように見ているらしい。敵を発見したらすぐに反転して対策を練ったらどうかね」

しみじみという南雲の言葉を聞くと、それでも駄目だとは草鹿も言えなくなってきた。

二十五日午後六時、南雲部隊はガ島北東五百マイルの地点から二十ノットの速力で南下を開始した。

敵襲を予想して、空母三隻の前方五十マイルに戦艦、巡洋艦、駆逐艦を前衛とし、空母は、「翔鶴」東方八キロに「瑞鶴」、後方八キロに「瑞鳳」というように、ミッドウェー当時の倍の間隔に展開した。

「隼鷹」を基幹とする二航戦は、一航戦の東方百マイルを南下した。

この夜はほぼ満月に近く、ソロモンの海は金色の波を散らしていた。

果然、午後十一時過ぎ、月明かりを利用して触接しているらしい敵機の電波を受信した。

二十六日午前零時五十分に至って、このPBY哨戒艇は「瑞鶴」に接近すると、高度千メートルから爆弾四発を投下した。被害はなかったが、これで触接機は反転して基地へ帰るものとみられる。

「翔鶴」艦橋は俄然忙しくなった。

「長官、敵は触接をやめたようですな」

「よし、艦長、赤々！」

信号灯の赤二個は左一八〇度一斉回頭である。空母部隊は一斉回頭して、速力二十四ノットで北上し始めた。

この頃「瑞鶴」の士官室では、搭乗員の士官たちが話し合っていた。

「隊長、明日は一つ早目に敵を発見して、一発ドカンとお見舞いしたいものですな」

高橋大尉にそう話しかけたのは、ガンルームからやって来た爆偵の米田中尉である。鹿児島出身で色が浅黒く、運動神経がすぐれていた。

「うむ、明日こそは訓練の成果を発揮させてもらいたいものだな」

高橋大尉は微笑しながらそう答えた。

明日、敵空母が発見されれば艦爆は二十一機が殺到する予定であった。

別のソファーでは石丸豊大尉が津田俊夫大尉と、打ち合わせをしていた。津田は石丸より三期先輩で、海兵時代は一号と四号の間であった。

明日の攻撃では、高橋が艦爆隊長兼第一中隊長で、米田はその二小隊長、津田は第二中隊長、石丸は第三中隊長であった。

隣りのソファーでは今宿滋一郎大尉と檮原正幸大尉が語り合っていた。

明日の雷撃隊は九七艦攻十六機であるが、九七艦攻は九九艦爆よりも速力が少し遅いうえに、海面を這ってゆくので、敵戦闘機による被害が大きいとみられていた。今宿も檮原も生還は期していなかった。

米田がガンルームに戻ると、

「おう、米田、夜食の汁粉が残っているぞ」

同期生の鳥田陽三と吉村博が声をかけた。爆偵の鳥田はカラスという仇名をもらっていたが、少々頬骨が張り、顎がとがっていた。広島出身で飄々としたところがあった。

「なんだ、汁粉か」

米田は顔をしかめた。少年時代からイモ焼酎で鍛えた彼は辛党であった。吉村は土佐の生まれなのに色が白く、運動神経のよい戦闘機乗りであった。

八キロ西方の「翔鶴」の士官室では、関少佐と村田重治少佐が語り合っていた。二人は五十八期の同期生で、府立五中出身の関は淡白な人柄で、島原中学出身の村田は、ブーツの仇名で知られる口も八丁手も八丁で、誰からも親しまれる人柄であった。

「明日こそは、このブーツさんも一発撃たせてもらいたいもんだな。インド洋以降はいつも待機ばかりで、魚雷が錆びついてしまうがな」

まったく、彼はついていなかった。ミッドウェーでは雷爆転換の途中で「赤城」に爆弾が命中して火の中を逃げ回る。第二次ソロモン海戦では艦攻隊は待機でおしまいであった。

明日は、村田は第一次攻撃隊長なので、久方ぶりに雷撃ができると考えて、彼は張り切っていた。

「ハルゼーの奴がエンタープライズに乗っていてくれると有難いんだがな。おれの魚雷がエンタープライズのどてっ腹に命中すると、艦橋にいたハルゼーがとび上がる。ふと見るとそこにブーツ（飛行靴）がおいてあって、海軍記念日お芽出度う、日本のブーツより、という札がついていた、というのはどうかね」

村田はいつもの手でジョークをとばした。

関はかたわらで微笑していた。彼は最近、妻から長男が生まれたという便りを受け取ったばかりであった。

士官室にはもう一組の同期生がいた。六十五期の艦攻乗り鷲見五郎と山田昌平である。鷲見は謹厳な人柄である。山田は冒頭に書いたとおり、「瑞鶴」で私たちの着艦を指導してくれた人である。山田は大男で彼の鉄拳は頬骨に喰いこむといって、六十八期の四号生徒に恐れられた。

いま一人、腕っ節の強いことでは人後に落ちない男がいた。六十六期の吉本一男である。

彼は宇佐空で私たちに急降下爆撃を教えた教官である。柔道、相撲が強かった。

ガンルームには六十八期の戦闘機乗り宮内治雄がいた。

十月二十六日午前二時四十五分、機動部隊は十三機の艦攻を発進せしめた。

午前四時五十分、四番索敵線を飛んでいた「翔鶴」の艦攻が敵発見電を打電して来た。

「敵大部隊見ユ、空母一ホカ十五、地点『翔鶴』ノ一二五度二百十マイル。空母ハサラトガ型（実際はエンタープライズ）」

——すわ、敵発見！

搭乗員待機室にいたパイロットたちは色めきたった。

「搭乗員整列！」

拡声器の伝令の声にも力がこもる。

一航戦の第一次攻撃隊は「翔鶴」の艦攻二十、零戦四、「瑞鶴」の艦爆二十一、零戦八、「瑞鳳」の零戦九、計六十二機で指揮官は村田少佐である。

五時二十五分、各艦戦闘機を先頭にして発艦してゆく。

「瑞鶴」艦爆隊の先頭にたっている高橋大尉は、この日、新しく採用されることになった単横陣一斉急降下攻撃法がうまくゆくようにと祈っていた。

従来の単縦陣で先頭の隊長機から順番に急降下してゆくというやり方は、同じところで急降下に移るので敵戦闘機や対空砲火に狙われ易く、また敵艦の回避も比較的容易である。

一列横隊に並んだ艦爆がいっせいに空母めがけて突入すれば、敵は射撃も回避も困難である。

ちょうど扇の要に向かって集中攻撃をするので、扇形同時攻撃と呼ぶ人もいた。この攻撃法は有効であるが、味方の空中衝突の危険もある。（註、私の小隊は大分で、別府湾の浮標に向かってこの集中攻撃を行なった際、二番機の下に三番機が入り、三番機のプロペラが二番機の車輪にあたってとんだためエンジン全部がとび、海中に墜ちたことがある。二番機は車輪を失ったため、胴体着陸をした）

この攻撃法で六千乃至八千の上空から突っ込めば、かなりの効果が期待された。これで第二次ソロモン海戦で全滅した大塚隊の仇をとってやりたいと高橋は考えていた。

高度四千メートルで艦攻隊、その少し後方上空に艦爆隊、その上空に白根斐夫大尉の率いる零戦八機という形で南方へ向かう。断雲がぽかりぽかりと白く浮いており、ところどころに数千メートルの入道雲がそびえている。

このような光景を眺めながら、高橋はこの日の戦策を考えていた。

第一に、敵前二十乃至四十マイルで両軍の戦闘機同士の空戦が始まるであろう。味方の零戦は八機であるから三、四十機と予想されるグラマン戦闘機に対していかに奮戦しても、この半数くらいは艦爆隊に向かって来るであろう。これをかわして単横陣を作ることは難しい。

高橋が部下に説明した方法では、敵前二十マイルで右から一、二、三中隊に並んで突撃準備隊形を作る。ついで十マイルに達してから単横陣の突撃隊形を形成するのである。

敵戦闘機の出現は遅ければ遅いほど攻撃は容易である。敵戦闘機としても、あまりに母艦を遠くはなれていると、虚を衝かれるおそれがあるから距離の決定に苦しむであろう。

第二、戦場の風向風力も問題である。五メートルの向かい風があると、戦闘機との空戦時間が三十秒長くなる。十メートル以上の向かい風があると、風下側からの突入は機体が後落するため攻撃は困難となる。

第三、敵艦の針路速力も問題である。敵艦がわが方に向かって来る反航態勢であれば、接敵は促進され、決戦は早くなる。敵戦闘機との交戦時間も二分間は短縮される。しかし、そう注文どおりにゆくものではあるまい。

高橋は機上でこの三つの問題について、自分なりの答えを出そうと努めた。

第一に、敵戦闘機と三分間戦って、空母上空に到達できれば、有効な攻撃は可能であり、敵前十マイルの「突撃隊形作レ」の直前まで敵戦闘機の襲撃がなければ、我々は空母を沈めることができるであろうし、十五マイル以上手前で戦闘機にとりつかれれば、わが艦爆隊は八割を失い、エンタープライズは小破に終わるであろう。五分以上戦わねばならぬときは、こちらの負けとなろう。

第二の風向風力については、風向不明で風力二十メートル以上もあれば、それは敵も味方も乱戦となる。臨機応変に戦うのみである。まず今のところ、最悪の場合向かい風七メートルと仮定し、有効な攻撃は可能と考えたい。

第三の敵針については、攻撃のしばらく前まで、敵空母がこちらに直進して反航態勢になっているということはまずないであろう。敵も凡将ではなかろうし、直衛戦闘機の揚げ降ろしのため、風に立てる必要も出て来るので、針路は推定し難いであろう。

あれこれと考えているうちに、発艦後一時間が経過した。後席の国分勝美飛曹長が、

「すでに百二十マイル飛行、後三十分で敵空母予定地点に到達」

と報告した。

「よし、高度を上げる……」

高橋は高度を五千に上げ、二十機の列機もこれにならった。

村田少佐の指揮する艦攻隊は徐々に高度を下げてゆく。三千で接敵し、敵空母を発見したら緩降下で突入するのである。

前方に高度八千くらいの入道雲が見えた。

入道雲の東側を迂回して南側を見ると、前方に数条の白い航跡が見えた。輪型陣だ。断雲の間から空母が見える。

米軍の資料によれば、この空母はホーネットで、重巡二、軽巡（防空巡洋艦）一、駆逐艦六を伴っていた。時刻は、午前六時五十五分。

「突撃隊形作レ」

「全軍突撃セヨ」

矢つぎ早に指令が出され、高橋隊は右から一中隊、二中隊、三中隊の順に一列横隊を作り、二十一機がいっせいに突入するかまえを示した。ときに七時五分である。

ホーネットの針路三〇〇度、速力二十四ノット。風は北東、三メートル。

高橋隊は、ほぼホーネットの風上側から突入したことになる。グラマン戦闘機はまだ現われておらず、ここまでは好運な接敵といえた。

突如！

「敵戦闘機約四十機後上方、零戦と空戦開始！」

と国分が伝声管に大声をあげた。

ふり返ると、虻(あぶ)のような黒塗りのグラマンが、白根大尉の率いる八機の零戦と空戦を始めた。

——零戦よ頑張ってくれ。二分間もちこたえてくれれば、後三分間は艦爆隊が自力で空戦を行ないながら突入を果たすから……。

高橋は左翼前方に接近しつつあるホーネットを睨みながら、そう祈った。

「空戦が激しくなった。混戦です」

国分が後方で七・七ミリを乱射しながら、そう叫ぶ。

——十三ミリがあったらなあ……。

高橋は第二次ソロモン海戦で散った大塚の言葉を思い起こしていた。七・七ミリではグラマンの風防に命中してもはねかえされてしまうのだ。

突入開始まで後一分、国分が高橋の「艦爆隊突撃セヨ」を全艦隊にも届くように打電し終わったとき、グラマンの一隊（三十八機）は艦爆隊にとりついた。「瑞鶴」隊二十一機はいっせいにホーネットめがけて、エンジン全開で突入した。

しかし、グラマンもさるもの、高速で後上方からの射撃を浴びせる。まず第一波四機がやって来た。これをかわすには急旋回よりも横滑りが有効である。三番機が滑って逃げる。続いて第二波は六機である。

後席の国分は、後上方から接近して来るグラマンに七・七ミリを浴びせながら、その機軸を確かめようと瞳を凝らした。見上げていても胴体の側面が少しも見えないときは、こちらに軸線が向いており、両翼の十三ミリが命中する可能性が強い。

「隊長、右!」

国分の声に高橋はスティック（操縦桿）を右に倒し、左のフットバー（足踏桿）を蹴った。機は右に滑る。

ダダダダッというこちらの発射音にまじって、シュッ、シュッというグラマンの弾丸の空気を裂く音が聞こえ、すぐにダ、ダ、ダ、という発射音が近づき、左翼端にガン、ガン、ガンという被弾する音が体に響いた。金属的なエンジンの音を残してグラマンは反転、急上昇してゆく。

続いて第三波六機。かなりの上空から木の葉が降るように舞い落ちて来る。

「隊長、左!」

今度は左に滑らせたが、六梃の十三ミリを防ぐ術はなかった。一弾が高橋の右肩の肉を削り操縦席中央のコンパスを砕き、その弾片が左足の膝頭に喰いこんだ。

「痛う……」

眉をしかめている間もなく、第四波がやって来た。

「左！」

再び左に滑らせる。前方のホーネットが右へ滑った。

ガ、ガン……。

十三ミリの一弾が右翼の付け根にとびこみ、外鈑をえぐり、はじけたような破孔からガソリンが白く筋を曳き始めた。

二秒後、ガソリンが引火して、火焔の赤と煙の黒が入り混じって、胴体の右側面に太い筋を曳き始めた。ガソリンタンクに引火すれば爆発を生じて翼はふっとび、機は空中分解する。

いかん！

高橋は機を右に四五度傾けて滑らせた。しかし、スティックは右に倒したが、膝頭に被弾したため、左足が半ばしびれて、フットバーを踏み切れないため、機は大きな震動を生じ機首を上にあげた。火焔と黒煙が操縦席と偵察席に侵入し、視野がぼやけ、むせた。

糞！

高橋はしびれた左足に右足を重ねて力いっぱい踏んだ。そして、右腕をスティックに巻きつけるようにし、上半身を蔽いかぶせるようにして前に倒した。

――このまま横滑りを続けながら火の消えるのを待たなければならない。もし、海面に激突するまで火が消えなければ、爆発か突入かですべては終わる。自爆するくらいならせめてホーネットへ体当たりを……。

と考えるが、その距離は五千メートル近くあり、届きそうにない。

火焔はなおも侵入し、頬が熱かった。むせてせきが出、喉がはりついたようで、ひりひり痛む。

左の膝頭から流れ出る血がふくらはぎを伝い、飛行靴の中にたまってゆくのが感じられる。非常のときなのに人間の感覚は案外冷静なものだ。死が近いから却って落ち着いているのかも知れない。

右肩の傷も案外深いらしく、出血は腋の下から胸部へと伝った。

機はなおも降下中である。高橋は自由な左手でマフラーをはずすと歯でかみ切り、一部で膝頭を巻き、一部は丸めて右肩の上に押しこんだ。鼻の先がジーンと鳴っている。死ぬ前には、きな臭いものが鼻先をかすめ、生まれてから今までの人生が、パノラマのように目の前に展開されるというが、今はそれどころではない。パノラマよりは、冷たい水を一杯呑みたい。「瑞鶴」の搭乗員待機室で呑んだ冷却水が恋しい。

出血のためか、頭が、ぼうっとして来た。

――まだ死にたくはない。まだホーネットにタマを当てていないのだ。第二次ソロモン海戦のときも敵を発見しそこなっている。一発当ててから、それからなら死んでも悔いはない……。

高橋がそう考えて操縦席でもがいている間に、高度は千メートルを割っていた。青い海面が迫っている。

――やはりこれが最後か……。

彼は突然一つの衝動に襲われた。飛行服も、救命胴衣の胸にさしこんである拳銃も、落下傘のバンドも、一切をかなぐり捨てて、座席の上に立ち上がり、双手を天に差し上げて、大声で絶叫したいと彼は願った。ジャングルの肉食獣のように彼は咆哮したかったのだ。

――おれはタカハシだ。まだ空母を沈めていない。なのに、おれは死んでゆく。おれはタカハシだ。無念だ。誰か聞いてくれ……。

彼の絶叫は胸のうちにとどまった。機は左に横滑りを続け、海面はその下五百メートルに迫っていた。

この日、高橋小隊の二番機は偵察員の藤岡寅夫二飛曹がグラマンの十三ミリによって機上戦死したが、操縦員の鈴木敏夫一飛曹はよくグラマンの急襲を切り抜けてホーネットに投弾し、母艦に帰った。三番機（操縦山田隆三三飛曹、偵察重近勇二飛曹）も同様である。

二小隊長機の後席には米田中尉が乗っていた。操縦員は昭和十二年以来、高橋大尉とシナ戦線で転戦して来たベテランの畠山尚一飛曹である。艦爆野郎にしては眼元の涼やかな男で、人柄もソフトである。内地をたつ前に結婚したばかりであった。

米田機は高橋の左方三つ目の位置で突撃態勢に入ろうとしたとき、やはりグラマンにとりつかれた。横滑りで回避していたとき、彼は隊長機が白煙を吐いたのを認めた。

――やられたか、隊長が……。

彼は唇を嚙みながらそう呟いたが、彼の方も余裕はなかった。七・七ミリでグラマンのエンジンを狙って射撃を続けていると、左の方で、また白煙があがった。

「二番機被弾！」

そう畠山に知らせながら横目で見ていると、二番機（西森俊雄二飛曹、三宅保一飛）は火焰に包まれて落ちて行った。

——二番機が、やられたか……。

このとき、彼は左方に一団となって降下してゆく艦爆を認めた。津田大尉の二中隊である。右先頭が津田大尉らしい。背を丸めるようにして突っ込んでゆく。

その左方にあった一機が、突然、急上昇したかと思うと、彼の機に近づいて来た。宙返り気味に反転しながら近づいて来る。

——危ない……。

みると、胴体に白筋一本を巻いている。二中隊二小隊の烏田陽三中尉の機である。前席の高朝太郎一飛曹がぐったりしているところをみると、弾丸は操縦員に当たったらしい。後席の烏田が、こちらを見ていた。じっとみつめていた。こちらを認めているらしい。これが別れだというように……。

烏田の機は反転の途中から翼をひるがえし、錐揉み気味に落ちて行った。

このとき、高橋中隊三小隊長の佐藤茂行飛曹長の機（偵察安田幸次郎一飛曹）も火をふいて自爆、二番機は偵察員前野広二飛曹、操縦員大川豊信一飛と第二次ソロモン九機のうち唯一機の生き残りのペアであったが、このときの空中戦で、前野兵曹が機上戦死をとげ、大川一飛のみが生き残った。

米田の機はうまく前方に断雲をみつけたので、これにとびこんでグラマンをまくことができた。断雲から青空の下に出てみると、前下方に黄色いワラジのようなホーネットが、北西に走っている。高度三千、おあつらえむきの降下地点である。

「おい畠山、見たか、急げ！」

「了解！」

畠山は機首をぐいと下げ、降下六〇度で急降下に入る。右前方に一機が見える。一小隊三番機であろうか。

ホーネットをとり巻く重巡や駆逐艦は、断雲の間から降ってきた艦爆一隊を認めていっせいに砲門を開いた。赤や青の曳痕弾がいっせいにこちらに向かって来る。

操縦の畠山が見ていると、全部がこちらに向かって来るように見えるが、その全部が機首の前方で分かれて翼の後方に去って行く。

「高度、三千、二千……」

後席の米田は高度を読みながら、ときどき後方にグラマンがついて来ないかと見張る。

左正横に白線二本を巻いた機が現われた。津田大尉の機である。

「高度千五百！」

このへんが一番危ない。

各艦の機銃がこのあたりに弾幕を張っている。高角砲もこの高度になると命中率がよくなる。アイスキャンデーのほかに茶色の煙がそこここにぽかりぽかりと浮かび、数を増して来る。水底で鈍魚（どんこ）が姿をくらますときにつくる砂煙に似ているが、この中に入ってはいけない。十二・七センチの高角砲弾が炸裂した煙であるから、近くには弾片が浮いている。どの一つを喰らっても九九式艦爆は大破に間違いない。

早くも機は機銃弾の弾幕の中に突入している。ガン、ガン、ガン……音とともに機が震動する。被弾が激しい。幸いに火はふいていないようだ。

「千、八百、六百……」

津田大尉機の向こうに二機、三機と降下する機が現われた。石丸大尉の第三中隊であろうか。米田の見たところ、一中隊で投弾に参加できたのは一小隊三番機と三小隊三番機だけのようである。高橋隊長機はどうしたのであろうか。

いつの間にか、一、二、三中隊の十機近くが横一文字に並んで扇形同時攻撃を行なう形となった。

「高度四百五十、用意、撃て！」

で、畠山がレバーを引いて投弾、ぐいとスティックを引く。六G（地球上の重力の六倍）がかかって、米田の頭が膝の間にのめりこみそうになる。

「おい、落としたら、南へ行け！」

彼は伝声管でそう畠山に命令した。この様子では北の方へストレートに帰投のコースをとると、グラマンの送り狼が待っていると判断したからだ。

体に力をこめて頭をもたげ、機の左下方を見ると、機は今高度百メートルでホーネットの真上を飛びこえたところである。そのまま海面すれすれの低空飛行に入る。以前は高度三千まで上昇して集合帰投したものであるが、そうすると輪型陣外側の駆逐艦に乱射されるし、又もやグラマンにとりつかれるおそれがある。

米田は左後方のホーネットを凝視していた。すでに一ヵ所からは白煙が上がっている。空母の舷側に水柱が一つ立ち上がる。自分のにしては少し早いようだ。カッと飛行甲板の中部に赤い火花が散る。これも早い。今一つ水柱が上がって、ホーネットの左舷後部リフトの近くにカッと赤い火花が散って白煙が上がった。

――これだ、間違いない……。

米田の知らせを聞くと、

「命中、左舷後部！」

「やった！」

畠山は前席で躍りあがった。

このとき、米田はホーネットの北方から低空でしのびよる数機の雷撃機を認めた。村田少佐の雷撃隊である。こちらもグラマンにとりつかれて、すでに数機は火をふいて脱落している。

先頭の白線二本を巻いた隊長機も白煙を吐いていたが、すでに魚雷は発射したらしく、そのまま直進すると、ホーネットの艦首に激突して、赤い火花と黒煙を上げた。

——隊長が、体当たりしてしまった……。

米田は感動と落胆に包まれながら偵察席で航法板を握りしめていた。

突如、ホーネットの左舷側に高さ三十メートルくらいの水柱が高々と上がった。

——魚雷命中だ、村田隊長のに違いない……。

米田はそう考えた。

村田が激突したあたりからはまだ白煙が上がっていた。それがブーツ隊長を葬う香煙のように米田には思われた。なおも低空で南方に避退する米田は、さらにもう一発の魚雷命中による水柱と、二百五十キロ爆弾が命中した火花を認めた。

この日、「瑞鶴」隊は二百五十キロ六発以上の命中を報告、「翔鶴」隊は魚雷二本以上の命中を報告した。

米側の資料によると、ホーネットは、午前六時四十分、「瑞鳳」零戦隊と交戦したエンタープライズの攻撃隊から日本機の大群が向かっているという情報を受け取り、上空直衛機を三十八機にふやして警戒にあたっていた。

しかし、その配備は味方の外方十マイル、高度二万二千フィート（六千七百メートル）となっていたので、あまりにも近すぎた。艦爆隊を発見したときすでに彼らは突撃隊形を作りつつあった。このため、突撃時の損害は一中隊のほかは割に少なく、二、三中隊の多くは避退時、戦闘機によるものである。上空で艦爆隊を逸したグラマンの多くは、同行して降下し、ホーネットの北方で待ち伏せして襲撃をかけたもので、米田の推測はあたっていた。

このとき、エンタープライズは東方のスコールの中にあって難をまぬがれた。

七時十分、急降下爆撃が始まったとき、ホーネットとその直衛艦は空が暗くなるまで対空砲火を撃ち上げたが、被害を軽減することはできなかった。

一発目の二百五十キロは飛行甲板後部右舷に命中、続いて二発の至近弾が船体に被害を与えた。ホーネットの記録では白線二本を巻いた日本の隊長機が燃えながら煙突に突入、これをかすめて飛行甲板に激突炎上したとき二百五十キロ二発が爆発したと述べている。

しかし、第一次攻撃では三人の隊長のうち誰も体当たりはしていないから、これは小隊長の誰かの機かあるいは第二次攻撃で体当たりを行なった関少佐の機と順序を入れ違ったものではないかと思われる。

この日、「瑞鶴」艦爆は高橋隊長機を入れて十三機が未帰還になっているから、この体当たり機を目認した機も海中に消えたのであろう。（註、関少佐の体当たりは、空母に爆弾を当てた後、直衛の駆逐艦に突入したものといわれている）

また、隊長機が飛行甲板に激突したとき二発が爆発したとなっているが、携行弾数は一発であるから、ほぼ同時に他の一発が炸裂したものであろう。

結局、ホーネットでは一、二中隊の攻撃で命中弾三発、至近弾二発を認め、三中隊の攻撃では一発が飛行甲板で爆発、一発は下甲板まで貫通して爆発、他の一発は甲板四層を貫き前部兵員室で爆発し、計六発の命中を認めている。三中隊は相当の戦果をあげたと思われるが、中隊長石丸大尉の機のほか七機全機が未帰還戦死となっているので、日本側からは戦果の確認が困難である。

艦爆より少し遅れて行なわれた「翔鶴」艦攻隊の雷撃は、まず一本の魚雷が右舷機関室の近くに命中し、このためホーネットは大火災を生じ、右舷に傾斜し、全動力と通信機能を失った。

その直後、火だるまになった艦攻が一機、艦首正面から体当たりして左舷前部砲台に突入、前部エレベーター付近で爆発して被害を大きくした（この機が村田隊長の機ではないかと思われる）。この後、間もなくホーネットの右舷にさらに魚雷一発が命中した。

第一弾命中から十分後には、日本機はすべて上空から去り、救難作業が始まったが、すでに火災は全艦を包み、魚雷命中のため艦は右に八度傾いた、とホーネットの記録は述べている。

日本側の報告では、ホーネットに対し、魚雷四本以上命中、二百五十キロ六発以上命中、撃沈。重巡に対し、魚雷一本命中、大破。駆逐艦一に艦攻一機体当たり、轟沈。駆逐艦一に艦爆一機体当たり、大破。撃墜戦闘機三十機、艦爆（ドーントレス）八機となっている。

このように第一次攻撃隊はホーネットを無力化するという大きな戦果をあげたが、被害も大きかった。

損失は艦爆十二機、艦攻十機、零戦十機で、この中には「瑞鶴」零戦隊の二機も含まれている。

村田隊は二十機が雷撃を行ない半数を失った。

村田隊は、午前六時五十三分、ホーネットを発見し、村田は直ちに「ト連送（全軍突撃セヨ）」を発信し、雷撃に移った。

「翔鶴」雷撃隊の直掩機は、わずかに宮島尚義大尉の率いる零戦四機であった。可動七機のうち発進直前三機を母艦の直衛において来たので、このようなさびしい直掩隊となったのである。

その上まずいことに、直掩の補佐をすべき「瑞鳳」の零戦九機が米攻撃隊と出会い、直掩の任務を捨ててこれの攻撃にあたったので、「翔鶴」はわずか四機に守られて裸に近い状態でホーネットに接敵したのである。

「瑞鳳」隊が米攻撃隊と遭遇したのは、午前六時四十分である。この隊は午前六時エンタープライズを発進したドーントレス三機、アベンジャー八機、グラマン八機で、「瑞鳳」隊はこれを襲ってこの半数を撃墜したが自分の方も四機を失い、機銃全弾を撃ち尽くしたので、母艦へ帰投してしまった。このため「翔鶴」を襲ったエンタープライズの攻撃隊は半減したが、村田隊の被害は増大したのである。

村田隊は第二中隊長鷲見五郎、第三中隊長山田昌平という編制で、グラマンの降って来る中をホーネットに肉薄した。宮島隊四機の零戦の必死の応戦も空しく、グラマンは艦攻隊の後方にとりついた。

高度三千で輪型陣の弾幕を乗り越えると、高度を落として低空で魚雷発射点への占位を急いだ。

「隊長！　グラマン十機、こちらに向かう」

村田の偵察員の斎藤政二飛曹長がそう叫ぶ。

本来ならば、編隊を緊密に組んで電信員が七・七ミリを振り立てて弾幕を張るところであるが、雷撃のため展開中であるのでそうもゆかない。

「後上方の戦闘機に気をつけろ！」

彼は隊内無線電話でそう言ったが、精度はあまりよくなかった。

空母は三十ノットの高速で北西に走っている。

「グラマン一機撃墜！」

斎藤飛曹長の機銃がうまく捉えたのか、グラマンが一機火を吐き、ポッと白いものを空中に吐き出した。パラシュートである。

「隊長、二中隊長機被弾！」

鷲見大尉の機がグラマンの火箭に捉えられ、急旋回すると海面に白い飛沫を上げた。

――鷲見がやられたのか……。

尽忠報国の念に燃えていた好青年鷲見大尉が、早くも海中に突っ込んでしまったので、いつも朗らかな村田も、暗い予感に包まれ始めた。

「二番機、火災！」

すぐ右側を飛んでいた松島正飛曹長の機が翼から火煙をまき上げた。

松島機のペアは村田が「赤城」乗り組み以来で、真珠湾では操縦員の滝沢友一二飛曹もともに水平爆撃隊で第一次攻撃に参加している。ミッドウェーでは村田の二番機として雷撃にゆく予定で待機していて、雷撃転換運命の五分間で無念の涙を呑んだ組であった。

村田が二番機の方を見ると、操縦席の滝沢が熱そうに手をかざしているのが見えた。

「二番機、手を振っています」

偵察席の松島飛曹長が風防をあけて片手をあげていた。馴染みの深い隊長へ別離のあいさつであろう。

「二番機、発射!」

松島機は魚雷を発射した。ホーネットまではまだ千メートル以上ある。射点が遠いが、もう持ちそうにないのであろう。

「二番機、自爆!」

真珠湾以来行をともにした列機は、海面に白い飛沫を上げてしまった。

「川村の機は無事か」

村田は左側を飛んでいる川村善作一飛曹の機を見た。

「川村機、突撃しています」

川村機は操縦員の村上福治三飛曹ともども、真珠湾当時の二番機としてともにペンシルバニアに魚雷を撃ちこんだパートナーであった。

——川村が元気なうちは、おれの雷撃隊も大丈夫だ……。

村田隊はホーネットの左舷に向かって展開しており、もう射点に近かった。グラマンはなおも繰り返し、背後から銃撃を加えて来る。

「おい、香月はどうだ！　岡崎は、中井は⁉」

村田は心にかかる名前を並べたてた。みな古い馴染みである。香月定輔一飛は真珠湾のときの三番機、行友一八三飛曹は二小隊二番機、岡崎行男一飛曹、中井留一飛曹長も「赤城」以来の仲間である。

「みな元気で進撃しています」

斎藤の声に村田は少し安心した。

もうそろそろ射点だな……と思ったとき、

「グラマン来ます、右旋回！」

斎藤がけたたましく伝声管に唾をとばした。

村田は大きく機首を右にひねった。翼端で海面をこするようにして艦攻は右へ体をよじる。左の海面に十三ミリ弾が、サ、サ、サ、サと飛沫をたてる。

キューン！

金属性の音を残してグラマンが頭上を飛び越した。

そのとき、

「敵空母右に変針します！」

斎藤が叫ぶよりも早く、村田の目の前でホーネットは身を悶えるようにして右に変針し始めた。

一群の雷撃機が射点につく頃をみて、面舵一杯をとっていたのが利いて来たのだ。空母は雷撃隊に艦首を向けた。これが雷撃回避への常套手段だ。

——この野郎！

こうなっては左舷からの雷撃は難しい。右舷を狙うより仕方がないが、いったん機を右にひねって新しい射点を探さなければならない。

村田が大きく機首を右にひねったとき、

「グラマン前上方！」

前方から反転して来たグラマンがすれ違いざまに火箭を撃ちこんだ。

「やりやがったな！」

村田は胸を撃ち抜かれ、熱いものが口中にあふれてくるのを感じた。

ホーネットまでは三百メートルほどである。村田は右に変針しつつあるホーネットに向かって魚雷を発射し、自分は遠ざかってゆく意識をかきたてながらそのまま前進すると、空母の艦首に体当たりした。

三番機の川村兵曹の機は正規の射点に達して魚雷を発射した。

二小隊一番機の鈴木武雄中尉が雷撃を終わってふり返ってみると、大きな水柱が舞い上がり、続いてまた一つ水柱が上がった。

二本の航空魚雷は罐室付近の水線下に命中し、下甲板以下に高熱の蒸気を噴射せしめ、ホーネットの機械室を焼いた。ホーネットは火煙に包まれた。

この代償として「翔鶴」艦攻隊は村田、鷲見の二中隊長を含む十機を失った。

第一次攻撃隊が発進した五十五分後、「翔鶴」は第二次攻撃隊を発進せしめた。

関少佐の率いる零戦五、艦爆十九である。

発艦するとき、関は艦橋をちらりと見た。発着艦指揮所に鬚の濃いいかつい男が立っていた。指揮官の南雲中将であった。

関は第一次攻撃隊発進前の南雲の訓辞を想い起こした。索敵機が敵発見の報を送って来たとき、南雲は飛行長に、

「攻撃隊の指揮官を呼んでくれい」

と言った。

第一次の村田と第二次の関が飛行服姿で艦橋に姿を現わした。

「よし、二人ともよく聞いてくれい」

南雲はようやく明るくなった艦橋で、二人の隊長を前にしておもむろに口をひらいた。

「わが機動部隊は本日の攻撃で敵機動部隊に決定的最終的な打撃を与える義務があるのだ。この戦いにおける諸君の働きは祖国の命運にかかわる。是非、敵の空母を撃沈してくれい」

すると、村田が、

「長官、承知しました。誓ってミッドウェーの仇はとってごらんに入れます。今日こそはブーツの全力突撃をみて下さい」

と大きな声で言った。

「村田、しっかり頼んだぞ」

南雲は村田の掌を握った後、

「関、君は子供が生まれたそうだな」

と、関の方を見た。

「はあ、長男への置き土産に、立派な爆撃を、やって来ます」

関はそう言うと、南雲の掌を握り返した。

――村田は、ミッドウェーの仇をとりにゆくといっている。おれも同様だが、要するに立派な爆撃をやれば、死んでも息子は父の子であることを、誇りに思ってくれるだろう……。

と関は考えていた。

六時十分、関隊は発進して南東に向かった。

その三十五分後、艦攻十六機、零戦四機の「瑞鶴」隊が発進した。隊長は今宿滋一郎大尉である。今宿大尉は私が宇佐空当時の偵察の教官であった。埼玉県浦和中学出身、長身で重厚な人柄であった。写真室の主任でもあったので、当時、カメラに凝っていた私たち飛行学生は、今宿大尉の許可を受けては写真室で、芸術写真と称する風景写真などを現像焼き付けしたことを記憶している。

第二次攻撃には「瑞鳳」からも艦攻と零戦の攻撃隊を派遣する予定になっていたが、同空母は、これより先、午前五時四十分、ドーントレス二機から雲の間より奇襲爆撃をうけ、四百五十キロ爆弾一発を飛行甲板に被弾したので、飛行機発着不能となり、またもや「瑞鳳」の零戦は艦攻隊の掩護に同行できないことになった。

関の艦爆隊が発艦すると艦橋にいた南雲は、ほっとした表情をみせて草鹿の方を見た。何としてでも早く飛行機を出してしまいたい、そうすれば敵襲があり、被弾した場合でも被害は局限できる。ミッドウェーで誘爆の苦い経験をなめた二人は、そう考えていた。

有馬艦長は、かねて福地運用長から学んでいたことを実行に移した。艦内の可燃物はすでに除去してあり、飛行甲板は十七本のホースから放水して水びたしにした。不要の爆弾や魚雷は防御甲板以下の弾火薬庫にしまって誘爆を防ぐようにしてある。

「さあ、これでよし」

有馬は艦橋の上部にある防空指揮所にあがると、双眼鏡をかざして南の空を睨んだ。アメリカの攻撃隊が雲の間から姿を現わすのは、この四十分後のことである。

断雲の上を飛ぶこと二時間近く、八時過ぎ、関の艦爆隊はホーネットの上空六千メートルに達した。

「トツレ（突撃隊形作レ）」を打電しようとして関は、待てよ、と少し考えた。この空母は明らかに右に傾斜し、しかも停止しているようである。周囲にいる駆逐艦は水スマシのように白い航跡を曳いているが、この空母にはそれがない。

「隊長、この空母はもうかなりやられていますね」

後席の偵察員中定次郎少尉がそう言った。

——これは村田の隊がやっつけた奴なのか……。

関はそう考えると彼は唇をなめた。喉がかわくのである。

村田隊の攻撃は七時頃で、関の発艦は六時十分であるから、関は出発前には村田隊の戦果を聞いていない。しかし、七時過ぎには村田隊の生き残りが無電で戦果を報告して来たのでこれを傍受し、村田が戦死したことを含めてあらましのことは知っていた。

——村田がやっつけた奴に、またタマを当てても仕方がない……。

関は索敵機の報告を胸に描いた。ホーネットの北西十マイルにもう一隻の空母がいたはずである。大きく右に旋回しようとすると、すぐ前方にエンタープライズの第二群がみつかった。戦艦サウスダコタと重巡二、駆逐艦八が空母を護っている。

この第二群は村田隊の攻撃時には、スコールの下に入っていて攻撃をまぬがれたが、スコールから出たところを帰路にあった村田隊の生き残りに発見されて位置を打電されて、その後南東に避退し、このときはホーネットの一二〇度（東南東）二十マイルにあって、針路二〇〇度、速力二十四ノットでホーネットから遠ざかりつつあった。

一列横隊の突撃隊形に占位した十九機の艦爆隊に「ト連送」を関が発信したのは、八時二十分のことである。このときもグラマン十数機の攻撃をうけたが、例によって直衛機の待機位置は母艦に近すぎたので、二機を失ったのみで十七機が突入した。

関機の後方にもグラマンは迫った。

「隊長、グラマン二機、後方より接近」

新郷大尉の直掩零戦五機がグラマンと格闘に入ったが、これをすり抜けたのがとびかかって来る。中少尉が七・七ミリを振り回して応戦する。こうなったら早く突入した方が勝ちである。

「進入する」

関はバンクを振ると六五度という少し深い角度で急降下に入った。続いて有馬敬一大尉(64期)、山田昌平大尉、吉本一男大尉の隊がエンタープライズめがけて降下に入った。

「五千、四千……」

後席で中が高度を読み始める。ときどきグラマン戦闘機の黒い影が視野の隅をかすめる。三千あたりから対空砲火が激しくなって来た。とくに新型戦艦サウスダコタの連装機銃の速射はザルに豆を入れてまきちらすのに似て凄味があった。あたりは赤や青のアイスキャンデーの瀧のようになる。この戦艦は大砲を主兵力とするよりも飛行機と戦うためにできている感じで、防空戦艦とでも名づけた方がよい新型艦であった。

アイスキャンデーの束を突き抜けながら、関は、

——向こうがそれだけ必死になって空母を護っているのなら、今日はどうしてもエンタープライズにタマを当ててやらねばならぬ。それには通常の投下高度四百五十をもう二百くらい下げねばなるまい……。

と考えていた。

真珠湾以来、村田のよきパートナーとしていつもジョークをとばしていたショッペイこと

山田昌平大尉も、このアイスキャンデーにとり囲まれて戦死してしまった。

関の照準器の中には、すでにエンタープライズが入っており、それがぐんぐん拡がり、照準器からはみ出してしまった。

「高度五百、用意、撃て！」

中少尉は、これで関が四百五十で投弾するものと考えていたが、引き起こしの衝撃がないので、

「隊長、四百！」

とさらに高度を読んだが、そのとき関の呻く声を聞いた。

――絶対当たる。当ててみせる……。

関が歯をかみならして二百五十で投弾しようとしたとき、右燃料タンクが火をふき、彼も喉と胸に衝撃をうけた。エンタープライズの機銃弾が命中したのである。距離が近いのでダメージも大きかった。

「撃て！」

その衝撃と視野のくもりに堪えながら、関は正しく二百五十で投弾して機を引き起こした。機銃弾は風防ガラスを割り、その破片が操縦席で渦を巻いている。出血のために視力が急に低下し、あたりが暗い。

いったん沈んだ機はエンタープライズの飛行甲板の上をすれすれにとび越して、再び高度四百まで上昇した。海面すれすれに逃げるはずであったのに隊長は何を考えているのかと、

中は、

「隊長、隊長！」

と二度ほど叫んだ。答えるかわりに、

「進入する！」

関は輪型陣の駆逐艦に機首を向けた。後方をふり返っていた中は叫んだ。

「命中、前部リフトです」

しかし、関はそれも聞こえぬげにエンジンを全開して駆逐艦に突入した。これが二人目の「翔鶴」隊長の最期で、機動部隊は第一次、第二次とも攻撃隊長を失ったことになる。（註、関少佐の壮烈な最期は、後方の小隊長機に乗っていた吉本大尉によって伝えられ、「一機一艦を屠る」として大きく新聞に報道された）

この爆撃で、「翔鶴」隊は二百五十キロ六発以上の命中を報じた（アメリカ側の発表は三発）。攻撃前二機がグラマンに喰われ、攻撃時一機がエンタープライズの飛行甲板に、一機が駆逐艦に体当たりした。この後の空戦もまじえて、「翔鶴」隊は艦爆十機を失った。

米側資料によると、八時九分、日本軍艦爆一機が停止しているホーネットに急降下爆撃を行ない、防火作業中の駆逐艦に至近弾を与えた。

日本の艦爆隊に対して、サウスダコタとエンタープライズがハワイで修理中に搭載した新型の四十ミリ四連装機銃は有効で、サウスダコタは戦闘機を含めて二十六機を墜としたと報告した。（註、実際には艦爆零戦併せて二十四機しか参加していない）

エンタープライズには二十三発が投弾され（実際には十七機が投弾？）、飛行甲板に三発が命中、一発は至近弾であった。

続いて午前九時、今宿大尉の率いる艦攻隊がエンタープライズ上空に到着した。今宿の「瑞鶴」隊は、射点占位のため展開したとき十四機のグラマンに襲われた。三機が撃墜されたが、その中には高度三千から急降下して過速のため空中分解したものもあるが、制限速力以上で降下して撃墜をまぬがれたものもいる。

雷撃開始は九時で、突撃中、対空砲火によってさらに四機を失い、九機が両側から魚雷を投下してエンタープライズに魚雷二本以上、戦艦に二本以上、重巡に一本の命中を報告した。「瑞鶴」隊は、この爆撃、雷撃によって空母エンタープライズが大破して速力を減じ、戦艦は間もなく沈没、重巡も大破したと報告した。

しかし、この攻撃のとき、十機を失い、今宿隊長機もその中に入っていたので、海上に落ちた高橋大尉を含めて、一航戦は四人の隊長のすべてを失い大きな犠牲を払った。

米側の資料では、エンタープライズは左舷から四機、右舷から五機の雷撃を受けたが、雷爆同時攻撃ではなかったので、いずれも回避した。巡洋艦ポートランドに三本の魚雷が命中したがいずれも不発であった。艦攻一機は駆逐艦に体当たりした、となっている。エンタープライズは前部エレベーターが作動不能となったが、飛行機の発着艦には差し支えなかった。

話はさかのぼるが、第一次攻撃隊が突入した頃、アメリカ側も攻撃し、「翔鶴」と「筑摩」に損害を与えている。

エンタープライズの索敵機が母艦の北西二百マイルに日本の空母群を発見したのは、日本側と同じ四時五十分である。

ホーネットのドーントレス十五、アベンジャー六、グラマン八、計二十九機の第一次攻撃隊が発進したのは五時半である。続いて第二次攻撃隊としてドーントレス三、アベンジャー八、グラマン八、計十九機が六時にエンタープライズを、さらに第三次攻撃隊として六時十五分、ドーントレス、アベンジャー各九、グラマン八の二十六機がホーネットを発進した。合計七十四機であるが、合同することなく三隊に分かれて進撃した。

午前六時四十分、「翔鶴」のレーダーは一三五度百四十五キロに接近する敵機群を探知し、有馬艦長は、

「戦闘用意!」

を下令した。

「瑞鶴」は発艦時の運動によって「翔鶴」の東方二十キロに離れていたので、この日も珊瑚海と同じく被害担任艦は「翔鶴」となった。珊瑚海の後、「翔鶴」の艦橋では、

「次期被害担任艦は『瑞鶴』にお願いしたいものだ」

と話していたが、又もや運命は「瑞鶴」に味方をした。

前衛の駆逐艦からは、

「敵機大群貴方に向かう」

と知らせて来るし、直衛戦闘機からも、

「敵機来襲」

と言って来た。

「対空戦闘！」

有馬艦長の命令で、ラッパがけたたましくあたりの空気を裂く。

このとき、上空警戒にあがっていた直衛機は、「翔鶴」十機、「瑞鶴」五機、計十五機であった。

「翔鶴」は小林保平中尉（エンガノ沖の直衛隊長）を先頭に、キラリ、キラリと翼をひるがえしてドーントレス爆撃機に襲いかかった。この中には乙の予科練一期生（昭和五年、入団）というベテランの安部安次郎少尉も入っていた。

七時十八分、艦橋上部の防空指揮所にいる有馬艦長の双眼鏡に、零戦と空戦を行ないながら接近する多数のドーントレス爆撃機が入って来た。

ホーネットを発進した十五機である。

しばらく断雲の中にとびこんで零戦をかわしたドーントレス隊は七時二十七分、姿を現わして突撃に移った。一機また一機と零戦に喰われながら「翔鶴」に向かって降って来る。

「撃ち方始め！」

有馬艦長の命令一下、十六門の十二・七センチ高角砲と四十二梃の二十五ミリ機銃が砲門を開いた。

艦橋後方の下舷側に張り出した第一機銃群指揮官鳥羽二八大尉は銀色の指揮棒をふるって、

「あの飛行機、撃て！」

と慌ただしく指揮を始めた。

零戦に四機を喰われたホーネットの爆撃隊は、十一機が次々に右上方から投弾を開始した。

「面舵一杯！」

有馬艦長が伝声管に向かって叫ぶ。

このうち「翔鶴」艦橋に機首を指向した一機には、間に合わぬとみた大森高茂一飛曹が体当たりを喰らわせ、火だるまとなって同体に落ちてゆくのを「翔鶴」の防空指揮所では認めている。

舵が利いて、三十四ノットの全速で走っている「翔鶴」の艦首が、ぐぐっと右に回ってゆく。ドーントレスは艦首から投弾する形となり、あわてて左へ機をひねり、あくまでも「翔鶴」の右舷から進入する形を保とうとする。

一弾、二弾と四百五十キロ爆弾が青空に黒い形を描きながら降って来る。

三弾目まではうまく回避できたが、四弾目はついに中部リフト付近に命中した。

ばがーん！

またしてもあの惨劇の再現である。

艦橋にいた福地運用長は、濡れ雑巾で頭から力いっぱい殴りつけられたような衝撃を受けた。瞼の中が真っ赤になる。窓から体を乗り出すようにして上空を仰いでいた南雲は、四ヵ月ほど前、ミッドウェーで「赤城」を襲った第一弾を想い出した。あのときは艦橋近くの海中に至近弾が落ちて、草鹿や源田もろとも火薬まじりの泥水を頭からかぶったものであった。続いて、二弾、三弾が後部左舷よりで炸裂し、第四弾は艦橋後部右舷に命中し、第一機銃群では指揮官の鳥羽大尉ほか全員が負傷した。さらにその近くに落ちた至近弾によって高角砲台とともに被害を受けた。鳥羽大尉は、この後トラック島入港後、戦死した。飛行爆弾は飛行甲板をつき抜けて格納庫で爆発し、甲板は陥没によって大きく波打った。飛行機が発艦ずみであったので誘爆はまぬがれたが、火災によって全艦が白煙におおわれた。格納庫で防火防水のために待機していた掌整備長の及川啓吉特務少尉ほか八十一名の整備員が、三発の爆弾によって海中にふきとばされたり床に倒れたりした。

このとき、防火作業を指揮した運用長を困惑させたのは、高角砲の砲側に積んであった砲弾の誘爆である。過熱のため爆発してあたりに弾片をまきちらす。このとき、応急員佐藤幸三三等水兵が一弾にとびついて海中に投下しようとして走るとき、一瞬遅く、爆発によって即死するのを運用長は認めて感動した。

屋根の上から艦橋に降りて来た有馬艦長は、運用長と力を併せて消火の指揮をとり始めた。格納庫は水びたしとなり、死体が浮いている。もぎとられた人間の首や手足が爆風の物凄さを語っていた。

「翔鶴」の火災が鎮火するのは午後十二時半であるが、それまでに艦橋では母艦の死と生をめぐって過熱したドラマが演じられることになった。

「翔鶴」は発着艦不能に陥ったが、さらに通信室故障のため通信機能を失ったので、南雲司令部は、燃えている「翔鶴」を北方に避退させることを考えた。敵は三群かも知れない。とするともう一撃、二撃を覚悟しなければならない。ミッドウェー当時の「飛龍」は、第一撃のときは東方にあって難をまぬがれたが、追撃によって致命傷を受けてしまったのである。このまま戦場にとどまると敵潜の攻撃を受ける可能性がある。

「おい、『翔鶴』は至急、トラックへ回航する。司令部は『長良』へ移って指揮を続行する。すぐに信号を送ってくれい」

草鹿と相談した南雲がそういうと、作戦参謀の長井中佐が驚いた顔をして言った。

「長官、こんなところで移乗をやるのは危険です。ここで停止して『長良』のカッターなどを呼んでいては、敵の飛行機や潜水艦の餌食になるだけです」

南雲と草鹿が顔を見合わせていると、機関科から、

「三十二ノット可能」

と言って来た。全速に近い速力が出るのである。

「長官、このまま北上しましょう。敵機の攻撃範囲から離脱した後、移乗するのが上策です」

「うむ、どうするかな」

長井の言葉に南雲は思案していた。それが安全策であることはわかるが、戦闘続行中に司令部が北へ逃走してしまうのは士気の点からもいかがなものであろうか。

三すくみの形でいるところへ、防火の指揮をとっていた有馬艦長が艦橋にあがって来た。

軍服は血だらけ、頬は煤にまみれ、凄い形相である。

「長官、『翔鶴』をどうされるのですか？」

「うむ、トラックに帰す」

南雲はやっと決断してそう言った。

どう考えてもこのまま戦場に残してなぶり殺しにさせるにはしのびない。二隻しかない制式空母の一艦をここで失っては、たとえ攻撃隊がエンタープライズやホーネットを沈めようとも、ミッドウェーの仇討ちにはならないのだ。

しかし、精神主義者で古武士の面影を残す有馬艦長は、この時点での後退に納得しなかった。

「長官！　本艦を前進させて下さい。今や空母としての役目は果たせなくなりましたが、このまま前進すれば、敵機は本艦に集中します。その間に『瑞鶴』と『隼鷹』の攻撃隊が敵の空母に止めを刺せば、それで本艦のおとりとしての役目は果たせるのです」

これを聞いた草鹿は、危険なものを感じた。殉忠一途の有馬は死を恐れず突入することだけを考えている。しかし「翔鶴」一艦を失ったならば、艦長の戦死ぐらいでは償うことはできないのだ。

「待て、有馬、貴様何をいうか」

草鹿は南雲と有馬の間に割り込んだ。海軍兵学校時代、草鹿は一号生徒で有馬は三号生徒である。その頃から有馬は真面目一方の一風変わった生徒であった。有馬の分隊の一号が、

「おれの分隊には絶対にズべらぬ（さぼらぬ）三号がいる。鹿児島出身の有馬という男だ」

と首をかしげながら言ったことがある。

——有馬はいつも真剣に至誠報国を考えている。しかし戦争は精神主義だけでは勝てない。近代戦に勝ちぬくには戦闘精神とともに科学的な計算も必要なのだ……。

「有馬、貴様のいうことは、おれにもわかるが、今の『翔鶴』は貴様の思うとおりにはゆかない。日本に二隻しかない制式空母の一艦だ。ここでおとりにして捨てるわけにはゆかないのだ」

南雲もかたわらから言った。

「艦長、君の気持はわかるが、『翔鶴』はこのまま戦場にいても空母としての戦闘はできない。ここは一歩後退して、修理してから出直すことだ」

「しかし、長官、まだ全速近くで走れる艦を戦闘からはずしてしまうのは、戦闘精神の点から言っても積極性を欠くと思いますがいかがなものですか」

そのとき草鹿が、

「黙れ！　貴様」

と大きな声で怒鳴った。二人はもう少将の参謀長と大佐の艦長ではなく、兵学校の一号と三号であった。

「有馬、貴様司令部のいうことが聞けないのか！」

草鹿はわざと声を荒げてそう言った。こういわなければきかないだろうと考えたからである。どうしても聞かなければ、江田島時代に戻って頬に鉄拳の一撃を喰らわせるつもりであった。

「………」

黙って草鹿の顔をみつめていた有馬は、

「消火に行って来ます」

といって飛行甲板に降りて行った。

しばらくの間は駆逐艦「嵐」が手旗や発光信号を受けて旗艦の通信を代行していたが、この間、一航戦の航空戦の指揮は「瑞鶴」の野元艦長がとることになった。帰投した機は続々「瑞鶴」に着艦する。敵の二艦に大きな損害を与えたが、まだ一群がいる様子なので、攻撃を続行しなければならない。野元艦長は参謀も持たず、一人で慌ただしく航空戦の指揮をとり次々に攻撃隊を送り出した。

一航戦の前方では、前衛の「筑摩」が米軍の攻撃をうけて被害をこうむった。

「筑摩」を攻撃したのは、エンタープライズ発進の第二次攻撃隊で、既述のとおり同隊は進撃の途中、「瑞鳳」零戦隊の攻撃をうけ、半数を失った。この残りとホーネット発進の第一次攻撃隊のうちのアベンジャー六機、及び同第三次攻撃隊のドーントレス九機、アベンジャー九機が午前七時から前衛の「利根」「筑摩」「鈴谷」を攻撃した。

「利根」「鈴谷」は回避して被害はなかったが、「筑摩」は七時二十五分以降の急降下爆撃によって、艦橋に一発、魚雷発射管に一発、至近弾一発をうけ、主機械は左舷前部機械のほか使用不能、艦橋、射撃指揮所、発射指揮装置が大破し、艦長古村啓蔵大佐は重傷、副長広瀬貞年中佐以下百九十二名が戦死、ほかに九十四名の負傷者を出して、トラックに後退することになった。

午後一時、南雲司令部は北西に避退中であった「翔鶴」「瑞鳳」をトラックに後退させることとした。

司令部が「嵐」に移乗したのは午後五時半のことである。

一航戦の西方で行動していた二航戦（司令官、角田覚治少将）の戦いぶりに目を移そう。

前進部隊指揮官近藤信竹中将は、GF司令部の指令によってこの日午前八時以降、二航戦（「隼鷹」一隻）を南雲中将の指揮下に入れて航空作戦を行なわしめることとした。

二航戦司令官角田少将は、猛将であった。私が兵学校に入ったときの教頭兼監事長で、名前と異なって顔も体も丸いので、生徒たちは〝丸田丸治〟という仇名をつけていた。新潟県出身で、攻撃精神旺盛な率先垂範型であった。

角田教頭について今でも覚えているのは、源田実少佐との一件である。

昭和十三年、私が海兵の二年のとき、源田少佐（当時）が講演に来た。当時は第二連合航空隊参謀としてシナ戦線で戦った後、横須賀航空隊の教官をしていたが、〝源田サーカス〟の仇名で知られる名パイロットであった。

少佐のテーマは「航空戦の現在と将来」というような内容であった。要するにこれからの海軍は、航空兵力の充実に力を入れるべきで、いかに戦艦に四十センチ砲を積んでいても、空母から発艦した飛行機に遠距離から攻撃をかけられたら必ず沈められてしまう。戦艦を造るのに厖大な予算を使うのなら、すべからく空母と飛行機を増産すべし、という主旨で、かなり強い調子のものであった。

私たち生徒は、これからはそういう時代になるのかと、この青年士官の雄弁に魅せられていた。

しかし、大砲屋で大艦巨砲主義者であった角田大佐（当時）はこの講演に危険なものを感じた。もし、生徒全員が戦艦や巡洋艦を軽んじ、航空一本槍のような方に走ると、海軍の針路が偏ることになる。そう考えた大佐は、源田少佐が壇を降りると、

「ちょっと一言」

といって自分が壇に登った。

「唯今の源田少佐の話は非常に時宜を得たものであったと思うが、生徒諸君に誤解があるといけないので一言申し述べておく。――飛行機はこれからも新しい兵器としてもてはやされてゆくであろうし、諸君の中にもこの方面に進む人も多いことと思う。しかし、飛行機のような新しい兵器に乗ることだけが御奉公だと思ってはいけない。どのような道に進もうとも御奉公に変わりはない。たとえ我に一機の飛行機なくとも、一隻の航空母艦なくとも、手元にある兵器によって我々は御奉公しなければいけないのである。その点、間違いのないように」

角田大佐はそういうと降壇し、源田少佐の方を向くと、失礼したというように会釈をし、少佐も目礼を返した。

このシーンは当時の生徒にとって、非常に印象的であった。そしてその後の二人の進路を考えるとき、さらに深い感慨に打たれざるを得ない。

ドイツの巨大戦艦ビスマルクが北海においてイギリスの巡洋戦艦フッドを沈めた後、空軍によって痛手をこうむったのは、この講演の二年後で、翌年には真珠湾攻撃がある。このとき源田中佐が機動部隊の航空参謀として参加したのは周知のことであるが、角田少将が四航戦司令官として、「龍驤」を指揮して蘭印方面の作戦に参加したことは、あまり知られていない。

「龍驤」はこのとき南方部隊唯一の空母として働いたが、翌年六月、ミッドウェーのときも、四航戦はダッチハーバーを攻撃して戦果をあげた。したがって、ミッドウェーは負けたというが、四航戦は負けてはいない、と角田少将は胸を張っていた。かつては大艦巨砲主義であった少将も、今は航空優先主義に変貌していた。そしてこの南太平洋海戦でも「隼鷹」を指揮して戦果をあげ、意気あたるべからざるものがあった（この後、中将に進級）。

この翌年、い号作戦でも「隼鷹」「飛鷹」の二航戦を指揮するが、その直前、鹿児島基地で訓練中の飛行隊を視察に訪れたとき、私も司令官にお目にかかった。角田提督は柔道が好きで、江田島で柔道の強かった私をよく覚えていてくれた。

「どうかね、大分上手になったと思うが……」

こういうと提督は微笑した。

私はこの作戦で捕虜になってしまうので、これが角田提督とのお別れであるが、この後、角田中将は十八年七月、第一航空艦隊司令長官となり、十九年八月二日、テニアン島で戦死した。

一航艦は米軍が上陸して来たとき、文字どおり一隻の空母も一機の飛行機もなくなっていた。私は中将の軍歴を思うとき、大砲屋の提督と飛行機の奇しき縁を思う。GF参謀長宇垣纏も生えぬきの大砲屋であったが、山本五十六の下で働く間に航空戦術を考えるようになり、最後は第五航空艦隊司令長官として終戦の日に沖縄に突入している。

さて、南太平洋海戦における二航戦の活躍である。この戦いについては、当時航空参謀として「隼鷹」に乗っていた奥宮正武少佐（58期、のち中佐）が淵田美津雄氏と共著で刊行した『機動部隊』に詳しいので、これを参照しながら話を進めてゆきたい。

西よりのコースをやや遅れて進んだ「隼鷹」は、午前四時五十分、敵空母が発見されたとき、敵より二百三十マイル離れていた。

猛将の角田少将は直ちに攻撃しようというので「隼鷹」を二十六ノットに増速させ、波を蹴立てて南東に向かって前進させた。

しばらくすると、接近しつつある敵B17の一群がレーダーに映ったので、奥宮参謀は司令官に飛行甲板上の飛行機を空中避退させた方が安全であることを進言し、艦長岡田為次大佐（45期）は飛行機の発艦を命じた。この被害局限法は奥宮少佐がミッドウェー以降考えていた方法である。

B17は巡洋艦部隊を爆撃して去ったので、岡田艦長は再び全機を収容し、第一次攻撃の準備にかかった。

この際「隼鷹」として有効な方法は、一種のアウトレインジ戦法で、三百マイルくらいの遠距離で攻撃隊を発進せしめて、帰投時は前方に進出している一航戦に収容してもらうという方法であったが、猛将角田少将は、自分の母艦が後方にいて他の母艦に収容を頼むなどということは念頭にないらしく、ひたすら自艦攻撃隊の有効攻撃距離二百五十マイルに近づけるため「隼鷹」を前進せしめていた。

しかし、一航戦第一次攻撃隊が攻撃を開始した様子を無電で知ると、はやる角田司令官は、七時十四分、敵までの距離二百八十マイルで第一次攻撃隊零戦十二機、艦爆十七機を発進せしめた。指揮官は、零戦隊長志賀淑雄大尉（62期）で艦爆隊長は山口正夫大尉（63期）である。

しかし、この攻撃隊は「瑞鶴」の索敵機が打電した「空母一ソノ他十五」という第一発見電のみを承知して発進したため、三百マイルまで前進しても大破した空母（ホーネット）以外には敵を発見することができなかった。

止むを得ず、志賀隊長は、付近を航行中の重巡を攻撃するよう艦爆隊に合図を送った。

するとほぼ同時に、「隼鷹」からほかにも空母の一群がいる旨を知らせて来たので、山口艦爆隊長は付近を偵察したところ、重巡二、軽巡及び駆逐艦に護衛された新しい空母をスコールの合間に発見した。

九時二十分、艦爆隊はこの空母を爆撃、三発の命中弾を報告した。又、スコールのため、空母を見失った一個小隊は、付近の重巡に一発、軽巡に二発を与え、零戦の制空隊は十二機撃墜を報じた。

しかし、敵の対空砲火は例によって熾烈で、「隼鷹」隊は艦爆十一機を失った。この日、第一中隊の第二小隊長機に偵察員として乗って行った加藤舜孝中尉（68期）は、後にそのアイスキャンデーの物凄さを筆者に語ってくれた。

米側の資料によれば、この空母は「瑞鶴」隊の攻撃をうけて間のないエンタープライズであった。

一航戦第二次攻撃が終わってからエンタープライズは、沈没はまぬがれたが、その損害を補修するために忙殺されていた。そこへ又日本機が急降下爆撃をかけて来たので、彼らは全く疲れ切ってしまった。

折柄、彼らの方の日本軍に対する攻撃も終わり、帰って来た艦爆、艦攻が上空にいた。ホーネットは大破しており、帰って来た攻撃隊の飛行機は着艦を求めてエンタープライズの上空でひしめいていた。

九時十分、戦艦サウスダコタは、エンタープライズに接近する飛行機を射撃したが、それは着艦しようとする味方のドーントレスであった。

九時二十分、エンタープライズ艦長は、

「唯今より接近する飛行機は、味方機なり」

という信号を掲げた。

しかし、そのとき、「隼鷹」艦爆隊は断雲のかなたから突入態勢に入っていた。山口隊は雲の間を縫って急降下したが、エンタープライズは雲の下に隠れ、グラマンの攻撃に追われた艦爆隊は、逃げる回るエンタープライズに対して、急降下することができず、緩降下することとなり、防空砲火に捕捉され被害を大きくした。

山口隊は降下中に八機が撃墜され、エンタープライズに対し、一機だけが至近弾を投下し小被害を与えた。（註、加藤は三機が至近弾を与えたと主張している）

しかし、雲のためエンタープライズを見失った「隼鷹」隊の残りは、九時二十七分、輪型陣のサウスダコタ及び防空巡洋艦サンジュアンを攻撃し、各一発の命中弾を与え、サンジュアンは艦橋への命中弾のため、一時、操縦の自由を失い、非常に困窮したことを報告している。

しかし、エンタープライズは、この攻撃による至近弾のため、またしても前部エレベーターが使用不能となり、着艦を求めて殺到する飛行機は、多くが収容不能となり、付近の海面に着水するものも多く、南方のエスピリッサント島に向かうものもいた。

米機動部隊指揮官は、この攻撃によって、エンタープライズの戦場における空母としての戦闘能力をあきらめ、直衛機を発艦せしめ、その護衛によって、南方に避退することを指令した。

この攻撃で「隼鷹」艦爆隊は、隊長の山口大尉と分隊長の三浦尚彦大尉（66期）を失ったので、加藤中尉が先任者となった。

猛将角田少将は第一次攻撃隊を出した後、第二次攻撃隊を準備させていたが、この間に一航戦の飛行機が「瑞鶴」を探しあぐねて、「隼鷹」に着艦を行なっていた。

ここで爆撃を終わった「瑞鶴」隊の米田機の行方を追ってみよう。

米田は、予定どおり南方に避退した後、米空母の輪型陣を大きく迂回して北東に向かった。しかし、航法板に詳しい動きを記すことができず、推測航法に頼った。なかなか「瑞鶴」が見つからない。無電を発しても「瑞鶴」は応答してくれない。

二時間近くも探し回り、太陽がそろそろ西の方に傾きかけた頃、彼は後方からやって来た一機の戦闘機が同行するのを認めた。手を振っている男の顔に見覚えがある。同期の内海秀一中尉である。「瑞鳳」の戦闘機隊に属してホーネットの攻撃に参加したのであるが、やはり帰投の途中、母艦の位置を失したものかと思ったが、内海の方は手真似で盛んに西の方を指さす。こちらに母艦がいるという意味であろう。米田はもっと北の方だと手真似をしてみせたが、困った奴だ、というような表情で内海は離れて行った。

この後、やっと「瑞鶴」と連絡がとれて位置を知らせてくれたので、その方向に飛んだがやはり母艦は見えない。もう燃料がなくなるぞと心配しながら下を見ると、味方の駆逐艦が白波を蹴立てて南方に走っている。低空に降りて発光信号で「ボカンノイチシラセ」と送信すると、

「ボカンハ三一〇ド九十マイルニアリ」

と知らせて来た。予定よりもかなり西に寄っている。

——そうか、内海が言っていたのが、やはり正しかったのか……。

米田は、この後一時間近く飛行を続け、やっと黒ずんでいる海面を南東に走っている「瑞鶴」に着艦した。

他の艦爆も艦位を失したらしく、あまり帰ってはいない。飛行長への報告を終わって搭乗員待機室に入ると津田大尉がラムネを呑んでいた。

「おう、米田中尉、無事だったか。おれもさっき帰ったところだよ。高橋隊長は海面に不時着したらしいな。本艦に連絡があったそうだ」

津田は心配そうにそう言った。

「そうですか。無事に駆逐艦に救われるとよいですがな」

続いて米田が、投弾後の様子を訊くと、津田は丸い顔をほころばせ、

「いやあ、テキさんの北方に避退したところが、わんさとグラ公が待っていやがってね、ガンガン撃たれたよ。おれの中隊も二機喰われたが、石丸君の三中隊は全滅じゃないのかな」

と言った後、暗い表情をみせた。

事実、この日無事に「瑞鶴」に帰ったのは、一中隊が米田機を含めて三機、二中隊が津田以下四機、三中隊は全滅であった。（註、米田と別れた内海は、その後、消息を断ち戦死となっている）

石丸大尉は、重傷を負って操縦不能に陥り、駆逐艦「夕霧」の近くに不時着したが、救出されたとき「ズイカク」の一言を残して絶命した。後席にいたのは、真珠湾から珊瑚海まで、エンマ大王こと江間大尉の偵察員を勤めていた東藤一飛曹長であったが、すでに機上戦死していた。

同じく真珠湾以来のベテランでは、三中隊、操縦員の酒巻秀明二飛曹、角田光威一飛、安藤五郎一飛曹、加藤清武一飛曹、一中隊、偵察員の藤岡寅夫二飛曹、三宅保一飛らが、この日の激戦で南海に沈んで行った。

石丸大尉は旧姓岩下で、出撃の直前に石丸家に養子にいったが、死の近いのを覚悟して、妻の治子さんを処女のまま残して「瑞鶴」に乗った。出撃の前に弟に、

「おれが死んだら治子と結婚してくれ。彼女を無垢のままおいてゆくから」

と言い残した。

この話は、霞ヶ浦で彼の教えを受けた私たち飛行学生の間では、有名であった。戦後、治子さんは弟の一人と結婚しているという。

さて、二航戦の「隼鷹」に話を戻そう。

一航戦の第一次攻撃を終わって「隼鷹」に着艦したのは「翔鶴」の艦攻一、「瑞鶴」零戦三、艦爆五、「瑞鳳」零戦一、計十機である。重傷の者もいたが、真珠湾以来「赤城」に乗っていた戦闘機の白根斐夫大尉が元気で、奥宮参謀らを喜ばせた。

角田少将は第二次攻撃の指揮官に白根大尉を任命した。白根大尉はシナ事変の頃、上海南

東にあって、南郷茂章大尉らとともに戦い実戦経験豊富な戦闘機乗りで、冷静沈着な美男子で「隼鷹」の搭乗員たちに安心感を与えた。

第二次攻撃隊、白根大尉の零戦八機と、入来院良秋大尉（65期）の艦攻七機は、十一時六分、「隼鷹」を発艦して南東に向かった。

このとき、白根大尉の下で小隊長機として発艦した重松康弘大尉は故障のため、いったん引き返して着艦した後、修理完了後、ただ一機で白根隊の後を追った。彼は真珠湾からミッドウェーまで「飛龍」戦闘機隊で活躍した名パイロットで、十九年七月八日、テニアン島で戦死したときは二階級特進で中佐に任じられている。

入来院大尉は「飛鷹」の艦攻隊長としてガ島攻撃に参加していたが、十月中旬、「飛鷹」が機関故障のため内地に帰ったので「隼鷹」に移ったものである。

この攻撃隊は午後一時十分、十ノットの低速で北西に航行中の空母を発見して雷撃を行ない、魚雷三本の命中を報告したが、入来院大尉は戦死し、艦攻五機が「隼鷹」に、零戦三機が「瑞鶴」に着艦した。

米側資料によれば、このとき攻撃を受けたのは重巡ノーザンプトンに曳航されていたホーネットであったが、日本機発見とともにノーザンプトンは曳索を放って避退したので難をまぬがれた。魚雷一本が命中、ホーネットの傾斜は左一四度に達した。

朝から二回目の攻撃でホーネットの直衛戦闘機はエンタープライズに着艦して補給を受けていたので、ホーネットの上空にはグラマンはいなかった。日本軍は対空砲火によって艦攻二機、零戦二機を失ったにとどまった。

「隼鷹」隊の攻撃が終わると間もなく、「瑞鶴」から発進した一航戦の第三次攻撃隊がホーネット上空に到着した。

第三次攻撃隊は「瑞鶴」艦攻分隊長田中一郎中尉が指揮官で、艦攻（爆装）七、艦爆二、零戦五、計十四機で、十一時十五分発進、午後一時二十五分、戦場に到着した。

この艦爆二機は堀建二一飛曹と山下利平一飛曹の機である。

堀兵曹は真珠湾以来の経験者で、この日も高橋隊長の第一次攻撃隊に随行するつもりで張り切っていたが、飛行機の故障で無念の涙で艦内に残っていたものである。第三次攻撃隊編成と聞いて、偵察員のこれも歴戦の根岸正明二飛曹とともに勇躍して参加したものである。

このときホーネットは左に大傾斜して漂流中で、艦爆二機はザルの豆をぶちまけたような（堀兵曹の回想）熾烈なアイスキャンデーの束の中を突撃、空母に一弾、巡洋艦に一弾を命中させた。

この後、田中中尉の艦攻七機が、整然たる水平爆撃を行ない、ホーネットの後甲板に八百キロ爆弾一発を命中させた。

ホーネットは「隼鷹」の第二次攻撃を受けた段階で曳航の望みも消えて総員退去準備中であったが、田中隊の爆撃によっていよいよ最期が近づいて来たものとみられた。

敵に止めを刺すまではやめないという猛将角田少将は、第三次攻撃隊を編成していた。早朝の村田が率いた一航戦第一次攻撃隊から数えて六度目の攻撃隊である。ソロモン群島東方海面には薄茶色の硝煙が随所に漂い、太陽はようやく西に傾きつつあった。

「隼鷹」は第二次攻撃隊発進後、第一次攻撃から帰って来た零戦八機、艦爆八機、及び「瑞鶴」の零戦一を収容しており、この中には戦闘機隊長志賀大尉も入っていた。

飛行長崎長嘉郎少佐（54期）は志賀大尉を総指揮官として第三次攻撃隊の編成を考えたが、艦爆四機の搭乗員を見て首をひねった。隊長、分隊長を失った今、上級指揮官としては若い加藤舜孝中尉しかいない。

午前の第一次攻撃に参加した加藤の機は戦闘機に追い回され、対空砲火の束の中をくぐり抜けてやっと投弾して帰投したのであるが、初めての体験で隊長、分隊長の最期を目のあたりに見たので、着艦後の報告のときも全身が硬直し、急には言葉も出ない緊張ぶりであった。やっと報告を終わって、搭乗員待機室で遅い昼飯を食べていると、奥宮参謀が顔を出して、

「加藤中尉、もう一回行ってもらうから準備してくれ」

と言ったので、加藤は思わず弁当の箸をおいて、

「また行くんですか」

と顔色を変えて立ち上がった。

無理もない、過酷な攻撃から帰ってまだ三十分くらいしかたっていないのに、またあの死の坩堝（るつぼ）に立ち戻れというのである。

こう書くと、加藤はよほど神経の細い男のように思われるかも知れないが、彼は同期生の中でも強心臓で有名であった。三重県の産で愛知中学出身、私とは同じ名古屋市の明倫中学

で海兵を受験した組である。

六十八期の戦死者を追悼する『芳名録』の評を見ると、

「寡黙できりっとした風貌、学業に運動に闘牛のようなファイトと粘り強さを持った男、反面涙もろい純情青年、能筆家で親孝行者、彌山(みせん)登山の勇者であった」

加藤の通称はシュンコウ、太っていたのでトンちゃんとも呼ばれた。太っているのに彌山登山が速いので、私のように肥満型で遅い人間には不思議であった。

万事に積極的で向こう意気の強い好漢として、クラス仲間に人気があった。

その加藤も、米軍のアイスキャンデーには度胆を抜かれていたのである。

そのとき、かたわらで飯を食い終えた志賀大尉が、

「おい、トンちゃん、ここでへこたれちゃ駄目だ。これが戦争だぞ。最後までやるんだ。おれと一緒に行こう」

と声をかけた。

落ち着きをとり戻した加藤は、シャンと背筋を伸ばすと、

「行きます！」

と決然として答えた。

日頃、志賀大尉を尊敬していた彼は、この隊長となら一緒に死ねる、と考えたのであろう。

「よし、頼むよ。間もなく搭乗員整列がかかるからな」

奥宮参謀はほっとして、いたわりの声をかけて艦橋に戻った。

勇将角田少将、歴戦の名隊長、そして挫けようとする自分を奮いたたせて再度の決死行に挑む青年士官……。「隼鷹」艦上で演じられた小さなドラマは、航空参謀を感激させたのであった。

間もなく、「搭乗員整列」が下令されると、加藤は艦橋下方の黒板の前に整列した部下七名に、出撃前の注意を与えた。

「ただ今から第三次攻撃に出発する。みな疲れているだろうが、敵はもっと参っているのだ。戦場に着いたら指揮官機にならって低空必中の爆撃をやれ！」

りんとした声が彼の決意を物語っていた。

午後一時三十三分発進した「隼鷹」の第三次攻撃隊は、南東へ飛ぶこと一時間半、三時十分、漂流中のホーネットを発見、攻撃を行なった。零戦六、艦爆四、計十機という小さな攻撃隊であったが、敵の戦闘機がいなかったので接敵は容易であった。この頃、ホーネットはすでに戦闘航海能力を失っていることが角田司令部でもわかっていたので索敵機が周辺を探したのであるが、ホーネットの五十マイル圏内には新しい空母は発見されていなかった。

朝のようなグラマンはいなかったが、周辺の巡洋艦三、駆逐艦六から撃ち上げるアイスキャンデーは以前と変わらず苛烈であった。

加藤隊はその輪の中をくぐって突入し、全弾の命中を報告した。二機が被弾したが、第三次攻撃隊は全機「隼鷹」に帰投した。

米側資料によれば、ホーネットはこのとき二百五十キロ一弾が格納庫で爆発したが、総員退去後なので、人員に被害はなかったとなっている。停止しているホーネットにはおそらく加藤が報告したように四弾が命中したと思われるが、艦内には人がいないので、正確な命中弾数はつかめなかったのではないか。

　攻撃を終わった加藤隊は揚々として引き揚げたが、この頃、トラック島在泊中の「大和」の作戦室で難しい顔をしている少将がいた。GF参謀長の宇垣纒である。

「参謀長、サラトガ型（ホーネット）が戦闘力を失って漂泊しているようではありませんか」

「こいつを捕獲して日本へ曳航させましょう」

「十一戦隊（比叡、霧島）にやらせれば何とかなるでしょう」

「国民の士気高揚に、よい宣伝になりますぞ」

「ミッドウェーの仇討ちです。アメリカにもよいみせしめになるでしょう」

　先任参謀の黒島亀人大佐、航空参謀佐々木彰中佐、戦務参謀渡辺安次中佐らが交々具申する。

「うむ、しかし、曳航中に敵潜にこちらの戦艦がやられては何にもならない。無事に横須賀までもって来るのは護衛が大変だぞ」

　宇垣は難しい顔をして顎をつまんだ。

　同じ頃、ソロモン東方の海面で難しい表情で海面をみつめている男が二人いた。「瑞鶴」艦爆隊長の高橋定大尉と国分勝美飛曹長である。

　第一次攻撃で燃料タンクを撃たれた高橋機が海面に向かって横滑りをしたのは、午前七時二十分頃のことである。

幸いに海面に激突する前に火災は消えた。

——天の助けか……。

高橋はスティックとフットバーを中正に戻すと、機を水平飛行に保った。

遠くで空母が白煙を上げている。

——畜生、爆弾を捨てなければよかったのに……。

唇を噛んだが、翼に穴のあいた状態では急降下はできそうにない。それに昇降舵も利かなくなっていた。かなりの被弾である。

——残念だが、このところは後退して後日を期するよりほかはない……。

あたりを見回したが敵機の影はないようである。

彼はエンジンを絞ると巡航状態とし、高度百メートルで輪型陣から離れて行った。昇降舵が利かないので、上昇下降はエンジンのパワーを変えることとプロフィックス（上下微動装置）によって調整するほかないが、方向舵とエルロン（補助翼）が動くので、変針は容易であった。

コンパス、速力計、高度計、燃圧計、油圧計が弾片で破壊され、回転計だけが正常であった。燃料タンクは右と胴体が空で左翼タンクに半分残っているので一時間（百二十マイル）くらいは飛べるので、味方までの半分くらいは飛べるはずであった。

——さて、どこまで飛べるのか……。

彼は肩と膝の傷口が痛むのを覚えた。興奮が徐々に去ってゆきつつある。しかし、機も体も無理をすると一巻の終わりである。

どうせ母艦まで行きつけないのなら、このへんで潔く死んだ方がよいかも知れない。という考えと、行けるところまで行こうという考えに板挟みになりながら、彼はとぼとぼと北西方向に飛び続けた。

興奮が去ると喉が無性に乾いた。唾を呑みこもうとすると粘っこいものが喉の奥にへばりついた。

――せめて一杯の水を呑んでから死にたい……。

彼はそう念じた。

睡気が襲って来た。

――戦果はあがったかな？　ホーネットを沈めることができたか……。

――津田、石丸、米田、烏田、畠山、安藤五郎。みな無事で攻撃を成功させただろうか……。

そう考えることで、彼は睡魔を追い払おうとした。

ふいに涙が流れ、鼻の頭がじーんと熱くなった。第二次ソロモンでは敵を発見することができず、今度はホーネットの上空まで来たのに、投弾できず空しく引き返さなければならない。何という武運の拙さか。戦の神に見はなされたのだろうか。

しかし、と、彼は気をとり直して自分を励ました。

——まだ気落ちするのは早い。次の機会がある。天はおれを見はなしてはいないのだ。よし、あくまで飛んでみせるぞ。天に任せるのはそれから後のことだ……。

そう自分に言って聞かせていると、後席で何か叫んでいる様子が伝声管を伝わって来た。伝声管も焼けているのでよくは聞こえない。ふり返ってみると、国分飛曹長も煤けた顔で眼ばかりが光っている。彼も負傷しているらしい。

——元気を出せ……。

というつもりで笑ってみせると、彼も白い歯をみせた。

三十分ほど北西に飛行したとき、ふいに霊感のようなものに打たれて、高橋はスティックを右に倒し、右のフットバーを踏んだ。

——反転してホーネットのいる戦場に戻ろう……。

彼はそう考えたのである。彼は海軍兵学校で統率の時間に習った戦史の一コマ二コマを考えていたのである。

戦いが終わったとき、戦場には勝者の兵力が残るのが常道である。姉川の合戦でも関ヶ原合戦でも、勝った側が残敵掃蕩を行ない、味方生存者の収容を行なっている。しからば本日の戦闘は味方がホーネットを大破もしくは撃沈したのであるから、傷ついたホーネットを護って輪型陣が南へ引き揚げた後には、味方の潜水艦が現われて生存者の救助を行なうであろう。

味方の方へ飛んで、半ばにして海に落ちて鱶の餌になるよりは、潜水艦を待つ方が助かる確率が大きい。彼はそう考えながら、傾いてゆく太陽を右前方に仰ぐように機を操縦した。ホーネットは燃えているはずだ。だったら白か黒の煙が見えるはずだ。そう考えて飛行を続けたが、断雲やスコールが点在するだけで、なかなか煙らしいものは見えない。

すると左後方から、見覚えのある九九艦爆一機が近づいて来た。懐かしそうにこちらを見ている操縦員は三中隊三小隊長の岡本清人飛曹長、偵察員は勝見一一飛曹である。

岡本が後方を指さすので、味方はあちらだと言っているのだと思い、手先信号で、

「ワレネンリョウアト三十プン、サキニユケ」

と送ると、二分ほど後、勝見が、

「ワレモネンリョウナシカエレヌ」

と返信して来た。

燃料タンクに被弾したらしい。

この機は、突撃時、最左翼にいたので、敵襲が激しかったらしい。高橋機は最右翼であるが、突撃隊形の両端は奇襲を受けやすいのである。

この二人は、いずれおれたちと一緒に死ぬことになるだろう。冥途の道連れができたらしいので、高橋は何となくほっとした。

「アトネンリョウナンプンカ」

と信号すると、

「あと三十分」

という。二機の運命は似たようなものである。

九時二十分頃、二番機が接近して来た。プロペラが空転している。燃料がなくなったらしい。二人は手を振り、岡本がスティックを押すと、急降下に入った。隊長に別れを告げると、岡本機は六〇度くらいの角度で海面に激突して、白いスプラッシュを上げた。

——やったか……。

次は自分たちの運命である。

九時二十五分、エンジンがローソクの火が消えるようにすーっとストップし、機速が減って体が前にのめった。いよいよ最期である。岡本たちの後を追おう、と高橋はスティックを押したが、昇降舵が故障しているので急降下は無理である。

そのとき彼は考えた。こうなったら自然に任せよう。このまま機首が下がって海面に突入するのならそれもよし、ゆらりと着水して死をまぬがれるならそれもよし。ここまで来たらもうあわてることはない、半分は死んでいるのだから……。

機速が落ちたため機首が下がるとスピードが出て、再び浮力がつく。これを繰り返しながら、機は水面に接近した。水面がゆっくり近づいて来る。高橋は両足をフットバーから離し計器盤に飛行靴の踵をつけて踏ん張った。両肩の力を入れ、首を胴体の中にのめりこませるようにして、着水時の衝撃に堪えるよう準備した。

高度二十メートルでスティックを左に倒すと、機は左に横滑りし、海面を切った左翼端を軸にして左旋回して入水した。

機速は六十ノット（秒速三十メートル）くらいであったと思われるが、激しい衝撃音とともに高橋の感覚はしばし停止した。左肩に重圧があり、胸の中が冷たくなったとき、彼は、

——今、死ぬんだな……。

と思った。機はいったん水中に潜り背面となった。周囲は海水にひたされ、蒼い洞窟の中のようになった。

——まだ生きている……。

彼は不思議に落ち着いている自分を感じながら、落下傘のバンドをはずし、首からかけている一四式拳銃を飛行服の胸のポケットに入れ、風防にぶらさがり座席の縁を蹴るようにして外へ出た。手足をもがくと体がぽかりと水面に浮いた。

国分飛曹長も近くに浮かび上がって来た。翼に穴のあいた飛行機は泡を吹きながら沈んで行った。第二次ソロモン海戦のときから乗っていた愛機で、激しい空戦に堪えて自分を空中分解から守ってくれたことに高橋は感謝した。尾翼に描かれた三本の白線が海面に没するとき、おれはもう艦爆隊長ではないのだ。侘しい思いが高橋の胸を襲った。

機を失った二人は漂流を始めた。蒼いうねりが大きくなるとスコールがやって来た。寒さで歯が鳴った。負傷の箇所が痛み、高橋はこのスコールで喉を潤すことを忘れていた。

スコールが去ったとき、彼は国分が元気がないのに気づき、その負傷を確かめて驚いた。彼の背後に装備してあった七・七ミリ機銃が着水のショックで彼を叩き、その照星（銃口の上にある突起、照準に用いる）が彼の頸部を数センチにわたって切ったのである。かなりの出

血があり、顔面は蒼白で苦痛のために歪んでいた。

——このままでは死んでしまう……。

高橋は自分のライフジャケット（救命胴衣）をはずすと二つに折って国分の首の下にあてがい、マフラーを割くと縛りつけた。これで国分は胴衣を枕にして水面に浮く形になった。さらに国分の右腕が十三ミリ弾で裂傷を受けていることがわかった。マフラーで包帯がしてあったが、血が海水の中ににじみ出て糸を引いていた。

高橋はマフラーで上膊部を緊縛し止血をした。この作業の途中で、国分はうす眼をあくと、

「隊長、もう駄目です。一発で殺して下さい」

と頼んだ。牧場でお産をするときの牝牛の眼に似ていた。潤んで頼りなげな眼の色であった。

「待て、まだ早い」

高橋は胸ポケットの拳銃を意識しながら言った。死ぬときはもろともでなければならない。

——これでよし……。

国分の傷の処置が一段落すると、彼は再び自分の傷の痛みを意識した。右脇腹の内を幅三センチ、長さ五センチ、深さ二センチほど抉られていた。激しい痛みがあり出血があるようだが、脇腹では縛りようがない。このほか、以前からの左膝と右肩の傷もあったが、脇腹に較べると痛みは軽い。

それよりも辛かったのは喉の火傷であった。火煙を吸ったためのものであるが、粘膜が焼

けたのか喉の奥が焼けるように熱く、膜が剝げかかったものが塊となって呼吸を阻害していた。

まだ正午までは時間がある。高橋が仰向けになって浮き身をすると、天心の近くに太陽が見えた。水泳は中学時代から得意であり、海兵では十三マイル遠泳の経験もあったので、一昼夜くらいは浮いている自信があった。

ただし、無理をして泳いではいけない。消耗を早める。といって周辺には島のかけらも見えず、泳ぎつくあてもなかったが。

このあたりは南緯七度くらいらしい。赤道海流といって南半球では海水は南へ流れる。機動部隊とは逆に敵の方に流れているが、泳ぐ力もない。味方の潜水艦が現われるのを待つよりほかはない。彼は基地にいるとき読んだ吉川英治の『宮本武蔵』の冒頭を思い出した。関ヶ原合戦に出て敗戦を味わった十七歳の宮本武蔵は、戦野に仰向けに寝ながら、

——どうなるものかこの天地が……。

と考える。

——今のおれもそれだ。どうにもなりはせん……。

高橋は空を仰ぎながらそう考えた。人間の営為は小さく自然は雄大である。そう考えている高橋の頰にぽつりと冷たい滴があたった。

周囲に白い水の矢が立ち、再びスコールがあたりを包んだ。今度は彼は口をあけてスコールを受ける余裕があった。水は甘く唇から喉の奥を潤した。何より有難かったのは、喉の奥

につまっていたどろどろの塊を呑み下すことができたことであった。スコールは正しく天与の甘露であった。自然は逆らう人間には厳しいが、あきらめて一切を放下（ほうげ）した人間には優しく恵みを与えてくれる。

高橋は国分のもとに泳ぎよると、

「おい、今のうちに呑んでおけ。元気を出すんだ」

と飛行帽に汲んだ水をたっぷり呑ませた。

スコールが去ると南緯七度の太陽はじりじりと二人を灼きつけた。ふいに空腹を覚えるとともに高橋は絶望を感じた。潜水艦は昼間は浮上しないだろう。このまま出血が続けば夜まではもたないのではないか。そして、もし浮上して来たのが敵の潜水艦であった場合、憔悴した二人は自決の気力が残っているかどうか。余力を残している今のうちに潔く身を処した方が、恥をこうむるおそれを少なくするのではなかろうか。

——今死ぬ方がいい……。

そう考えて顎の下を見ると、拳銃の柄頭がこちらを向いている。この銃口を自分に向けて引き金を引く、五秒ですべては完了する。高橋定の世界はそれで終わるのだ。先刻、死を希（ねが）う国分を叱りつけたはずの高橋自身が、今度は死を考え始めた。漂流は波と太陽と気力との戦いである。

高橋は中尉から大尉にかけて十二空や十四空で華中方面で戦った。戦局が激しく、わが方に不利なときには捕虜になる者も出て来た。

——おれは捕虜にはなるまい……。

と彼は考えていた。そのために搭乗員は、出撃時、拳銃を渡されるのである。

しかし、それと逆の考えも彼の中にはあった。自殺とは生ある人間にとっていかなる行為であるのか。「生」が人間を成立させる根本的な状態であるならば、「今ある目的のために自らを殺すという生き方」は「今生きているという生き方」ほどの論理的な理由を持つべきではなかった。では、捕虜になるか自決するかの瀬戸際になったらどうするのか、自殺を非論理的な行為として却け、あえて生を選ぶべきであるのか。疑問が残った。実際、問題が起こったとき自然に解答が出るであろうと考えていたが、今や生と死とどちらかを選ぶことを迫られつつあった。

——生あるとき死あらず、死あるとき生あらず、しからば死を生の反対の極に対置することは必ずしも正しくはない……。

そう考えてもみたが、それは敵手が迫ったとき生を選ばせる理由にはなりそうになかった。

——要するによくわからない。時が解決してくれるだろう……。

この場合、時が彼にとって神であった。

彼は再び浮き身をして空を仰いだ。浅く呼吸しながら水面に身を任せてしばらくまどろんだ。

水泳は十分訓練を受けており、浮き身をしながら眠ることはそれほど難しいことではなかったが、ときどき息を吐きすぎて顔に水をかぶり、それが眠りを妨げた。死と眠りとどう異なるのか、今やそれは等価に近くなっているのではないか。そう考えながらやはり眠った。

全身の寒さで目をさました。太陽が西の水平線に近づいていたので三時間以上眠ったと思う。このあたりの日没は東京時間の四時頃である。

海上から眺める南海の落日は荘厳であった。あたりの空気が薄紫色に変色し、金波を散らした海面も菫色に変わる。太陽は大きく赤く、ソロモン群島のあたりと思われる西の水平線に接近すると、機械的な正確さで下面を切らせ海面に身を沈ませて行った。

どのように無力な人間にとっても太陽は荘厳であり得る、ということは、どのように孤独で救いのない人間でも、太陽の美しさを讃美できるということだ。そう考えて、

——おれは詩人から哲学者に変貌しつつある……。

柄にもないことだと感じ、高橋が苦笑したとき、近くにいた国分の声が彼の冥想を破った。

「隊長！　鱶です、大群です！」

高橋は驚きはしなかった。ソロモン海域における鱶の出現は必然であって、そこに僥倖は期待できなかった。負傷と海水と寒さと飢えのほかに、死を選ぶ原因が一つ増加したに過ぎない。ただし、銃弾による死に較べて最もおぞましく醜い死であった。

国分に指さされるまでもなく、波のうねりの中に魚の白い腹が見えた。波の間で飛行機の翼のようにキラリと光った。艦爆がダイブに入るとき反転によって示す、あのきらめきである。

鱶の出現を知ったとき、高橋の頭に湧いたものは闘争の精神である。

長びく漂流によって促進される体力と気力の消耗を気づかっていた高橋にとって、鱶の出現は気力をわきたたせる好適な現象であった。あるいは喰われて腹中に溶解してしまうかも知れないが、男ならば戦うべきであった。ましてや自分は戦士である。ホーネットやグラマンが去った後、戦闘の対象として現われたこの動物を丁重に遇すべきである、と高橋は考えた。

しかし、戦いには方則がある。高橋はまず国分が腰に縛りつけていた偵察員用のバッグから航法目標弾（海面に投下してコースを示すもの。銀粉が入っている）をとり出して、自分がはずした褌の端に結びつけこれを水中に垂直に降ろした。袋が破れて銀粉があたりの水を白く濁し始めた。

「隊長、私も褌を解きます！」

国分がそう言って、自分の飛行服の中に手を入れて褌を引っ張り出し始めた。鱶の出現は二人に活力を与え、それはこの場合、決して悪いことではなかった。たとえこのために出血が激しくなって死を招こうとも、無為にして無気力な老人の如く怠惰に死を待つべきではなかった。

鱶に出会ったら自分の姿を相手より大きく見せよ、これが知能程度の低い鱶の襲撃を避ける方法である。西伊予の海岸で生まれた高橋は、子供のときからこのような知恵を培って(つちか)いた。国分の褌を流した上に、彼は長々と浮き身をすると、自分の両踵を国分が伸ばした両掌につかませた。

――蜻蛉がまじわっているようだ……。

彼はふいに心の中で微笑した。それは彼がすでにこの状態に慣れ、これを異常と考えていないことを示していた。

彼は、間もなく鱶が襲撃するものと考え、しびれていない左掌で拳銃を握り、右手で力なく海面を叩き、波を散らした。

予想に反して鱶は襲撃して来ず、夜の闇が早く二人を包んだ。

月はなく星空であった。断雲の間で星がゆらめいていた。鱶は二人をあきらめたわけではなく、ときどき近くで反転しては水を散らした。そのために夜光虫の群れが青白く光った。

――美しい。死が近づいたせいか、余計に美しい……。

高橋は自分がまた詩人に近づきつつあることを知った。死の直前までは哲学者であり、そして詩人としての幻想の中に死んでゆきたい、と彼は念じていた。

南緯七度の熱帯の十月末は、日本の四月の終わりに近い。晩春から初夏への移り目である。ネオンの輝く都会で生を謳歌する恋人たちには、夜は短く、拳銃を手にして浮き身をしながら鱶を待つ二十九歳の青年にとって、夜は長かった。

早くも高橋は夢幻の中にいた。彼はまたしても生と死の問題を自分の中で蒸し返していた。

――このように美しい自然が呼んでいる。もうそろそろこの中に溶けこんでもよいのではないか……。

一つの自分はそう問いかける。しかし、いま一つの自分はこれを激しく否定する。

——いけない、それは悪魔の声だ。今その声に魅入られると、お前は表面上は美しい女を抱いているつもりで実は髑髏を抱くことになるのだ。今そのような悪魔の言いなりになってはいけない。お前には、まだやるべきことが多く残っている。部下がいる、「瑞鶴」がいる、そして日本の海軍は、まだまだお前を必要としているのだ……。

高橋は心の中で美しい悪魔との戦いを続けた。このとき高橋は、自分が中有の世界にさまよっていることを意識した。中有はこの世からあの世にゆく中間の時間をいう。七日といい四十九日といい無限ともいう。人間にあらず霊にあらずという過渡期である。人間としての肉体は滅びつつあるが、想念はまだ残っており、これが霊魂として生き残ってゆくのである。したがって、まだ人間としての感覚もあり、生者との会話も不可能ではない。そしてこの世に生きる精霊と、あの世から呼びかける死霊とが相剋を示すのもこの時期である。

難しいことはわからないが、高橋はこの中有の入り口で昏睡に入っていたようだ。

その夢幻の中に多くの過去がパノラマのように去来した。それはすべて美しかった。

中学時代、サッカーの選手として四国大会で疾走し優勝したときの一コマ、兵学校時代はクラスチームの主将で多くの試合に勝ち抜いた……シュートのときの感覚が彼の足首を痙攣させる。

四、五歳の頃、夏の宵に友だちと鬼ごっこをしていたら東の山の端に月が昇って来た。赤い大きな月であった。

十五夜お月さん御機嫌さん、と子供たちは歌っていた。しかし、彼はまだその歌を全部知らなかったし、そのときの月は満月ではなかった。

中学校の修学旅行のとき、奈良から伊勢へゆく電車の中で一人の女学生が車の酔いで苦しんでいた。高橋少年が船酔いの薬を分けてやると、快方に向かった。松阪の駅で別かれるとき、彼女はじっと高橋の顔を見て笑った。誰かに似ている、妻かも知れない。しかし、妻は出て来ないはずであった。

——出て来てはいけない。お前はここへ出て来てはいけないのだ……。

彼は手を振った。

彼が結婚したのは、昭和十二年一月、シナ事変が始まる半年前であった。事変が始まると、彼は十二空に所属し、上海へ出征して、連日激戦の中に身を投じた。そのとき、彼は死を覚悟して妻にこう告げた。

「おれはいつ死ぬかもわからない。おれが死んだら、立派に子供を育てて欲しい。国が援助してくれるはずだ。それを約束してくれれば、おれは後顧の憂いなく戦うことができる。したがって、おれは戦場ではお前のことは思い出さないことにする。しかし、それは愛情がないからではない。お前のことを全面的に信頼しているからだ」

こうして彼は前線にある間は、妻のことを思い出さぬことに自分を慣らし、それを武士として当然の覚悟だと考えていた。

海面で薄く呼吸していたのにもかかわらず、昏睡の中の夢は美しく楽しかった。死は近く、枕辺の人は臨終の病人の苦しみを推察するが、実は本人は妙なる奏楽に包まれて、美しい幻想の中に陶酔しているのであった。

ふいに夢幻の中に一条の白い光が射した。

彼が長い昏睡から醒めたのは、薄明の頃であった。熱帯の夜が明けるのは速い。東の空が白みかかったと思うと、連雲が淡い金色に染まり、その上に太陽が昨日とは別人のような顔を出し、ぐんぐん上昇して早くも真昼であることを告げた。

この日も、うねりが高かった。その水の山並みの中に、高橋は白く光るものを見た。

「おい、また鱶だ！　水中をよく見張れ」

彼は偵察員にそう告げたが、疲労した国分は拳銃を機内に置いてきているし、戦う術がない。彼は一人で戦うことにした。

航法目標弾の袋をゆすって銀粉を散らし、首にかけてあった拳銃の安全装置をはずして身がまえた。右肩が楽になったので、右手で握った。

鱶は二人の周囲を回っていた。襲撃する前には周囲を回ってその大きさと強さ、食用に適するかどうかを確かめてから襲って来るのだということを漁師から聞いたことがある。鱶は十数回二人の周囲を旋回すると、高橋の方に向かって来た。その丈夫な尾鰭でこちらの胴体を一撃しようとするのか、あるいはいきなり口をあけて嚙みつこうというのか。

鱶は、すーっと高橋の方に近よると大きな口をあけた。赤い口腔に白い歯が鋸のように並んでいた。水中でそれを認めた彼は反射的に拳銃の引き金を引いた。

水中で拳銃を発射すると反動が大きいという話を聞いたことがあるが、想像以上であった。

空中で撃ったときの十倍以上はあろう。右手首が捻挫したかと思うほどの衝撃であった。さらに右の鼓膜が破れたかと思うほどの痛みがあり、下腹部も睾丸を棒で殴られたかと思うほどのショックがあった。

高橋は海軍兵学校の上級生のとき、千発以上実弾射撃訓練を受けたことがあり、その狙いは狂ってはいなかった。

径五ミリの一弾は鱶の上顎に命中したらしく、あたりに出血が見られた。血は拡散し、漂い、鱶の姿をおぼろに包んだ。発射時の水圧も鱶にはショックであったのか、数メートルはなれたところで鱶は白い腹をみせて水面に浮かび上がった。まだ体を痙攣させている。

「でかいですねえ、四メートルはありますね」

「うむ、案外もろいな。もっとタフだと思ったがな」

「タマが口の中から腹に当たったのではありませんか」

二人は、ほっとしてそのような会話を交わしたが、実はこれからが修羅場なのであった。

鱶の共食いということを聞いたことがあるが、実際に見るのはこれが初めてである。あたりの海水が盛り上がったかとみる間に、二匹の鱶が現われ、まだ生きている僚友の腹と尻尾に嚙みつく。白い肉がはじけとび、血があたりの海水を染める。

「凄いもんですねえ、隊長……」

「うむ……」

唇をひきしめてそれを見ていた高橋は、地獄は人間の世界だけではない、と考えた。闘争のあるところ、生存競争のあるところ、至るところに修羅の地獄は存在するのだ。

近くにいたのであるから、この鱶は夫婦、もしくは親子かも知れない。しかし、連れが抵抗力を失ったら直ちに餌とする神経は、やはり進化の遅い動物のそれであった。

しかし、凄惨な光景にみとれている余裕はなかった。

二匹が犠牲者を食い終わったら、あるいは血の臭いをかいで別の鱶が上がって来たら、次はこちらが食糧に供されるのである。なんとか今のうちに追っ払う方法はないか。高橋は少時思案した結果、首を海面から上に出し、右手をせい一杯前方につき出して射撃することにした。再び重々しく鈍い衝撃が下腹に来た。しかし、拳銃の位置が海面に近いので、先刻よりは軽いようである。

発射の爆風はあたりの海水をゆすり、鱶はそのような異変に敏感なのか、あるいは少しは大脳――もしあるとすれば――の神経を傷つけたのか、間もなく姿を消した。大部分が骨だけになった鱶の死体は、間もなく浮力を失って海中に沈んで行った。

――凄い戦いだった。もう少しでこちらが骨だけになるところだった……。

高橋は疲労を感じて、浮き身をして空を仰いだ。灼熱の太陽、青い空、白い雲、これだけではあるが、二日にわたる漂流で馴染みとなったものである。もし、死後の世界に天国があるとすれば、このように変化に乏しく単調で退屈な世界であるかも知れない。しかし、天国でない証拠に、こちらは喉が乾いている。そして胃の腑は空腹を訴えていた。鱶の昼食を目のあたりに見たせいであろうか。

——死ぬ前に腹いっぱい好きなものを食べて、それから死にたい……。

太陽の直射で視力が衰え、またしても夢幻の中に陥りながら、彼はそんなことを考えていた。

郷里のことがしきりに思い出された。彼の生家は松山南方の田舎の町であった。代々続いた造り酒屋であるが祖父も父も学問が好きで、また商売柄、酒も強かった。とくに祖父は体も大きく酒豪で、しかも食べものにもうるさかった。日清戦争のとき、広島の大本営に酒樽を届けたついでに、明治天皇の御検食を行ない、その味と衛生度について意見を申し上げたという剛直な人物であった。

祖父も父も、松山の南を流れる重信川の鮎が好物であった。伊予は水が清く、酒屋であるだけに父は水にうるさかった。大洲の城下町を流れる肱川も清流で、ここの鮎も旅人の舌を楽しませる。

三津浜の沖ではうまい鯛が釣れた。潮の速い釣島水道を抜けて来るせいか身が締まっていた。蛸、烏賊、鮑、栄螺も新鮮でうまい。

しかし、夢幻の中にいた高橋は鮑の刺身のようなぜいたくなものは望まなかった。一杯の雑炊でいい。青い菜を浮かべた一杯の白い雑炊でいい。それがなければ、一掬の水を恵んでもらいたい。それを飲んでから死にたい。一体、おれは生きているのか、死んでいるのか……。

しかし、天は彼にスコールすらも恵んではくれなかった。天は無情であったろうか。

天はスコール以上のものを与えてくれた。試練は終わりに近づいていた。

高橋の耳の近くで叫ぶものがあった。

「隊長、船です、船がこちらへ来ます」

——船か、どうして船が現われたのか、潜水艦ではないのか……。

高橋はまだ夢幻のうちにいたが、ふいに頭を上げた。

——おれは漂流していたのだ。しからば船はおれにとって必要なものに違いない……。

船は二人を右舷に見る角度で近づきつつあった。七、八千トンのタンカーで、距離は五千メートルもないくらいである。

「おい、水を空中にかき上げろ！　まき散らせ、大きな声を出すな」

高橋は国分にそう言った。二人とも大きな声を出す力はなく、無理をすると、塞がった口からまた出血がひどくなりそうであった。高橋は巻き足の立泳ぎで、うねりの頂上に来たとき、上半身を波の上に出し、水をかき上げ右手を振った。

不思議なことに、左手にはまだ拳銃を握っていた。船は国旗を掲げていなかった。

「おい、国分、いいか、あれが敵の船だったらおれとともに自決をするんだぞ」

そう言うと、国分も辛うじて立泳ぎをしながらうなずいた。紫色になった唇が震えていた。

——そのときは隊長、お別れです……。

そう言っているように聞こえた。

船は二人を認めたらしく徐々に近づいて来た。二人は固唾をのんで船の船首と船尾をみつめた。どこにも日章旗は見えない。左側面を見せている船は、前部と後部に十四センチくらいの砲を一門ずつ備えている。潜水艦に備えるためであろう。

三百メートルほどに接近すると、船首外鈑の船名が見えた。よくはわからぬが、漢字である。その下にローマ字が書いてあるが、欧米の船ではないらしい。

船は速力をゆるめた。百メートルほどに近よったとき、前部の錨甲板に立った男が、

「オーイ」

と叫んだ。

色は黒いが日本人のようである。

——助かった……。

すると高橋は、全身の力が抜けてぶくぶくと沈みかけた。あわてて国分のライフジャケットにつかまり、

「日本人だ、日本の船だ！」

と叫んだ。かすれた声が出た。

国分も泣きながら、

「隊長、日本の船です」

を繰り返した。

漂流が始まってから一昼夜あまりしかたっていないが、いかにその二十四時間が長かったかを、高橋はあらためて思い知った。

船はボートを降ろし、オールの音とともにそれが近づいて来た。高橋はゆっくり平泳ぎでそれに近づき、国分に、

「無理しても少し泳げ」

と言った。

体力気力を持続させておかないと、ボートからさし出される爪竿をつかんだ瞬間、握力不足でずるずると海中に沈む例を彼は見ていた。不思議にも、ボートへ向かって泳ぐ高橋が、リズムを整えるために口ずさんだ言葉は、「お母さん」であった。お母さん、お母さん、と口のなかで誦しながら、彼はゆっくり呼吸した。この場合、母は救いのシンボルでなければならなかったのだ。

船の名は玄洋丸で浅野物産株式会社の持ち船であるが、現在は日本郵船の籍に入って海軍の輸送に携わり、ソロモンで行動しているということであった。

高田久作船長はケビンに収容された二人のもとを訪れ、幸運を祝福し、「海軍のお役に立てて光栄です」と言った。

事務長の矢部徹氏は、二人のために傷の手当てをして新しい衣服をくれ、司厨長の越辰二氏は、

「急に食べると体によくない」

と言って、まず熱いスープを一杯、続いて粥を三杯運んでくれた。粥の中には、高橋が夢幻の中にみた大根に似た青い植物の葉が浮いていた。

高橋が玄洋丸によってトラック島に奇跡の生還をするのは十一月七日であるが、その前に、「翔鶴」の後退をめぐってGF司令部と南雲司令部の間で生じた、苦いドラマについてふり返っておこう。

被弾後、南雲司令部は同艦の北上避退を命じ、反対する有馬艦長と草鹿参謀長の間に激論が交わされたことは前にふれた。

北上した「翔鶴」がやっと停止し、駆逐艦「嵐」に司令部が乗り移ったのは、この日の午後五時半のことであった。

「翔鶴」は戦場を去る百二十マイル北方の洋上に停止し、「嵐」から一隻のボートが近よって来た。まず草鹿参謀長、高田利種先任参謀、長井純隆作戦参謀らがボートに移り、最後に従兵を伴った南雲中将がとび移った。従兵が携えたのは小さな鞄と勲章の入った箱だけであった。

舷側まで見送った有馬艦長は複雑な表情を浮かべていたが、艦橋へ戻ると、

「両舷前進原速、針路三一五度、対潜警戒ヲ厳ニセヨ」

を下令し、トラックへの帰航の途についた。

「嵐」に移った南雲司令部は、戦場に戻るべく、直ちに南下を開始し、

「本職『嵐』ニ将旗ヲ移セリ、『嵐』ヲ率イ二航戦オヨビ『瑞鶴』所在ニ急行ス」

と打電し、戦場に急いだ。

これより少し先、支援部隊指揮官近藤信竹中将（南雲中将の上官）は、「瑞鶴」と「隼鷹」の第三次攻撃終了後、敵残存空母を含む主力は南方に避退しつつあることを察知したので、これ以上、この日の航空攻撃は無理であると考え、午後四時四分、

「母艦部隊ハ明早朝、南緯五度三十分東経百六十五度五十分付近ニ達シ、各部指揮官ノ所定ニヨリ、索敵攻撃ニ備エヨ」

という命令を発し、自らは前進部隊（旗艦「愛宕」「高雄」「妙高」「金剛」「榛名」「摩耶」など）と、機動部隊の前衛（「比叡」「霧島」「鈴谷」「利根」「筑摩」「長良」など）を率いて炎上中の空母に止めを刺すべく夜戦のかまえで午後四時以降南下した。前進していた「隼鷹」と「瑞鶴」は北方に変針した。

一方、トラックのGF旗艦「大和」にあったGF司令部は、この日の「翔鶴」の後退を不甲斐なしとしてじりじりしていた。

「翔鶴」の被弾は午前七時半であるが、飛行機の発着艦不能とみてとった南雲中将は前述のとおり、北方に避退を命じた。

この報が「大和」の司令部に入ったのは午前八時半以降である。この時間に「嵐」が「翔鶴」の通信を代行する旨を発信しており、それ以降、夕刻の司令部移乗まで「嵐」が機動部隊指揮の通信代行をすることとなった。

「翔鶴」北上を宇垣参謀長が知ったのは、村田少佐の率いる第一次攻撃隊がサラトガ型（ホーネット）に大火災を生ぜしめた報を聞いた後のことである。強気の宇垣は、南雲司令部

の後退を聞いて憤慨している。

『戦藻録』には次の文句が見える。

「我方『翔鶴』被害、『瑞鳳』火災、いずれも発着不能に陥り、北西方に避退す。（中略）敵空母一に対し我はなお二隻の健在するあり。一時の損傷に眩惑せられて機動部隊本隊及び二航戦いずれも北西に避退するは（註、二航戦の「隼鷹」は南東に向けて進撃中であった）敵との距離三百マイル以上となりこれを逸するのおそれあり。支援部隊に対し厳たる攻撃命令を発す。某参謀曰く、『アウトレインジするに有利なり』と。馬鹿と叫びたきところなり。この精神をもっては必殺不可能なり。心すべき哉」

宇垣参謀長は、真珠湾攻撃において第一撃に甘んじて第二撃を敢行しなかった南雲司令部に批判的であった。（註、出撃前、岩国における長官会議のとき、宇垣は草鹿の手を堅く握って、「決して深入りするな、第一撃が終わったら帰って来い」と言っているが、第一撃が成功したとみると、追撃戦果拡大に意見を変えたのである。ここが前線と後方司令部の状況判断の難しいところであろう）

この後、インド洋の戦果などで、機動部隊が天狗になってきて、GF司令部の命令をないがしろにする傾向が出て来たので、宇垣は快からず思っていた。

しかし、ミッドウェーで四隻の空母を失い、機動部隊が壊滅すると、それみたことか、とも言ってはおれなかった。『ミッドウェー戦記』にも書いたが、ミッドウェーの決戦直前、旗艦「大和」は大本営からの「六月一日以降真珠湾方面において無電輻輳す。空母を含む部隊の行動の算大なり」という意味の無電を受信したが、これを「赤城」に転電せずして握りつぶしてしまった。すでに「大和」は機動部隊に続行して洋上にあったので、発信により敵潜水艦に攻撃されることをおそれたのである。

通信能力の弱い「赤城」にあった南雲司令部は、この大本営電をキャッチせず、敵の空母は出て来ないという想定のもとに、ミッドウェー島の第二次攻撃を続行しようとして雷爆転換を行ない、虚を衝かれて自滅したものである。海戦の翌日、「大和」を訪れた草鹿は、宇垣からひそかに大本営電のことを聞かされ悲憤慷慨している。

そして、南太平洋海戦となったが、海戦早々「翔鶴」が被弾したといって後方に避退したということが、宇垣には気に入らなかった。

――「翔鶴」をトラックに帰すことは致し方ないとしても、司令部が一緒に後退するとは何ごとか。東郷元帥の頃から日本海軍は、指揮官先頭で戦っている。どうも南雲司令部は積極性に欠けているのではないか……。

「翔鶴」の被災状況を実見していない宇垣には、司令部の「嵐」移乗が遅れたことについては同情がなかった。

GF司令部は「翔鶴」の南雲司令部に対し、後退せずに前進して指揮をとれという意味の打電を行ない、「翔鶴」艦橋でも、前述のとおり草鹿参謀長と有馬艦長の間に激しい応酬が行なわれたが、結局、南雲の判断によって、「翔鶴」は後退した。

これが「翔鶴」を救ったので、有馬のいうように燃えながら突入すればなぶり殺しになってしまう。そのために敵の空母を一隻多く沈めても有効であったとは言えまい。「翔鶴」北上のほかにも宇垣にはいらいらの種があった。それは前述のホーネット捕獲問題である。参謀たちの進言をいれて、宇垣は夕刻、曳航の意向を打電したが、時すでに遅く、ホーネットは「瑞鶴」「隼鷹」の各第三次攻撃によって爆弾の命中を受け、洋上に漂う火桶と化していた。

ではホーネットはどのような最期を遂げたのか。

近藤中将の率いる支援部隊の前進部隊と機動部隊の前衛部隊は、夜戦によって残敵を掃蕩するため南東方面に向かって前進した。

午後四時十分、「長良」の索敵機は、

「敵ハ空母ヲ放棄シ、針路九〇度速力二十四ノット」

を報じ、「摩耶」の機は四時五十一分、

「敵駆逐艦二隻、火災中ノ空母ヲ砲撃中」

を報じて来た。

前進部隊は敵前衛と思われる巡洋艦、駆逐艦部隊を追って東進したが、午後八時十四分、炎上中のホーネットを発見した。前衛、第十駆逐隊の「巻雲」「秋雲」が午後十時過ぎ、魚雷二本を発射してホーネットを撃沈した。同艦が沈没するとき、「巻雲」艦長は飛行甲板に8の字が描かれているのを見た。この謎は、翌日、解けることになる。

米側資料によれば、この夜ホーネットに対し、駆逐艦二隻が魚雷八本を発射、三本を命中させてもまだ沈まないので、さらに砲弾三百発を撃ちこんだが、まだ浮いていた。しかし、日本軍が追跡して来たので南方に避退したとなっている。この後、「巻雲」「秋雲」が撃沈したものである。日本の魚雷の方が破壊能力が大きかったのではないか。

この夜は晴れて月が丸かった。栗名月の日は、曇っていたので、宇垣は十六夜にあたるこの夜の月を「大和」艦上から賞でた。『戦藻録』には次の句が残っている。

いけにえの艦影一つ後の月
いけにえの海広々と後の月

二十七日が明けた。

午前二時四十五分、昨日の戦場の北東方に待機していた角田少将指揮の「瑞鶴」「隼鷹」は索敵機を発進させて南東三百マイルを捜索させたが、被弾したエンタープライズははるか南方に避退しており姿を見せなかった。

支援部隊指揮官近藤中将は、機動部隊前衛を自分の指揮下から南雲中将の指揮下に戻し、機動部隊にトラックに帰航するよう命じた。

この頃、トラックの宇垣参謀長のもとには前進部隊が海上から拾い上げたホーネットの中尉一名、エンタープライズの飛行兵曹一名を捕虜とし訊問した結果が届いていた。

これによると米軍の兵力は、空母エンタープライズ、ホーネット、戦艦サウスダコタ、重巡ペンサコラ、ポートランド、インディアナポリス型各一、及び駆逐艦十二隻で、アメリカの空母には次の順に番号がつけてあることがわかった。

ラングレー、レキシントン、サラトガ、レンジャー、ヨークタウン、エンタープライズ、ワスプ、ホーネット、エセックス、ボンノム・リチャード。ホーネットは八番目で「巻雲」艦長が見た8の意味はこれだったわけである。

前日夕刻から反転南下を続けていた、旗艦代行の「嵐」は、この日午前七時、空母部隊と合同北上に移り、南雲司令部は午後一時半、「瑞鶴」に移って将旗を掲げた。

「翔鶴」の被災による止むを得ない処置とはいいながら、前日の午前八時以降、約一昼夜にわたって旗艦からの直接指揮を行なうことができなかったのであるから、事情を知らぬGF司令部が激昂したのも無理はないかも知れない。被災した「翔鶴」と「瑞鳳」が一足先にトラックに帰投したのは、二十八日午後三時のことである。

「翔鶴」艦長有馬正文大佐は、「瑞鳳」艦長大林末雄大佐（43期）とともに「大和」の司令部を訪れて戦況を報告した。

宇垣は二人の顔を見ると、

「やあ、ご苦労だった。まあ、沈まずに引っ張って帰って来たのだから上々だったよ」

と一応、慰労の言葉を発した。本当は両艦ともに積極性が足りなかったことに不満があったが、勝ち戦であるので、事を荒だてたくなかったのである。

有馬は不満であった。

「参謀長、沈みさえしなければ、それでよいというのですか」

語気も荒く顔色を変えて喰い下がった。もっと旗艦先頭で前進せよというGFの指令をうけ、自分もそのつもりでいたのに、南雲司令部の慎重策によって心ならずも後退したのが、決死突入を本領とする有馬には不本意であった。

宇垣は鼻白んだ。「翔鶴」艦橋で草鹿と有馬がやりあった一幕を彼は知らない。

「そうだ。あれだけの損害を受けながら、沈まずに帰って来られたのは重畳だよ」

と彼は慰めた。

有馬は不満ながらも引き下がった。この段階で宇垣は、まだ「翔鶴」の被害を実見してはいなかった。

翌二十九日、宇垣は「翔鶴」を訪れ戦死者の霊に焼香した。宇垣はこのとき初めて四百五十キロ四発の命中弾による「翔鶴」の被害状況を実見し、その凄まじさに驚いた。深く抉られた格納庫は生々しく焦げており、その一隅に棺桶や遺品が積み上げられている。よく機関科に被害が及ばなかったものだと彼は感心した。この後、彼は「翔鶴」の追撃が不十分だなどということは言わなくなった。

宇垣参謀長たちが格納庫甲板に降りて、その被害の凄まじさに立ちすくんでいるかたわらで、有馬は黙然と立っていた。

このときの「翔鶴」の艦上戦死者は鳥羽二八特務大尉以下百四十四名の多きに上り、航空攻撃隊の戦死者は村田少佐以下五十四名であった。それでもなお有馬は突撃を主張した。あるいは、そのために「翔鶴」を失い、これに数倍する戦死者を出したかも知れない。しかし、GF司令部から、なぜ旗艦先頭で突撃しなかったのかと問いただされるような不名誉はまぬがれることができたであろう。有馬の尽忠報国の精神構造はこの後いっそう鞏固(きょうこ)となり、十九年十月十五日、二十六航戦司令官として陸攻に乗り、自ら突入を命じて米艦に体当たりしている。

機動部隊本隊がトラックに入港したのは、三十日午後一時のことである。続いて近藤中将の支援部隊(第二艦隊基幹)が入港し、トラック環礁は活気づいた。ミッドウェーの苦杯を想起して宇垣は、「今回は一隻も欠けたるもののなきを喜ぶ」と書いている。

この海戦で大本営は、「撃沈、空母四、戦艦一。戦艦一、巡洋艦一、駆逐艦一を中破し、敵機二百機以上を撃墜せり」と発表し、国内に軍艦マーチが鳴り響いた。

私は十月二十六日は佐伯航空隊で訓練をしていた。夕食時、ソロモン方面で空母三隻撃沈という無電が入ったので喝采をした。吉村博や烏田、宮内治雄らが活躍しているなと羨ましく思った。吉村は「瑞鶴」の直衛戦闘機隊を指揮したが、襲撃した機は殆どなかったようである。烏田は前述のとおり戦死、「翔鶴」艦爆の偵察員として関隊に同行した宮内も戦死、「瑞鳳」の内海も戦死したので、この海戦で六十八期は三名のパイロットを失い、また関少佐、今宿大尉、石丸大尉ら親しく教えを受けた教官の多くを失った。

十月二十六日はアメリカの海軍記念日であったが、サンフランシスコ放送のスポークスマン、W・ウィンターは、「アメリカ海軍創設以来、この日ほど悲惨な海軍記念日を迎えたことはない」と放送した。

公式発表によるとアメリカの損害は空母ホーネット、駆逐艦ポーター沈没、戦艦サウスダコタ、空母エンタープライズ、軽巡サンジュアン、駆逐艦スミス、ヒューズ各大破となっている。

しかし、アメリカの軍事評論家は日本側が多くの飛行機と搭乗員を失ったので、この海戦（彼らはサンタクルーズ海戦と呼んでいる）は必ずしも日本の勝利ではない、と評している。日本側は九十二機と母艦搭乗員百五十名を失い、後の航空作戦に大きな支障を来すこととなった。アメリカの発表では喪失は七十二機である。

十一月一日、宇垣参謀長と角田二航戦司令官は中将に進級した。

同じ日、午前九時半、「大和」艦上で南太平洋海戦の祝賀会が開かれ、各級指揮官、幕僚、駆逐艦長、潜水艦長、飛行長、飛行隊長らが招宴に列席した。

「この催しは最も時宜に適し、緊張気分の内なごやかなる空気を醞醸し而も士気の振作、今後の作戦実施に役立ちたること多分なるものありと信ず」

と宇垣は書き残しているが、南雲、草鹿らは複雑な表情で席に連なっていた。「翔鶴」の北上についてのGFの厳しい批判は、南雲司令部を怒らせていた。眼の前で部下が死んでゆく前線の指揮官と、これを知らぬ後方司令部との乖離（かいり）はもはや抜き難いものであった。

「翔鶴」の有馬、「瑞鶴」の野元両艦長の表情も重かった。有馬は前記の確執がしこっていたほか、村田、関ら信頼すべき隊長を失っていた。野元も高橋（未帰還）、今宿の両隊長ほか、多くの搭乗員を失っている。会場に列席している隊長は、わずかに戦闘機の新郷英城（翔鶴）、白根斐夫（瑞鶴）、志賀淑雄（隼鷹）の三人で、「隼鷹」の山口、入来院の両隊長もすでに南海に沈んでいた。

機動部隊はこの戦いで戦闘機以外の全隊長を失ったのであり、真珠湾以来のベテランパイロットはミッドウェーを含めてここに大部分が喪失されたと言ってよい。

戦死とみられていた高橋大尉が、玄洋丸に拾われてトラック島に入港したのは十一月七日のことである。

この日、「瑞鶴」では午前十一時から格納庫で戦没者の葬儀が行なわれることになっていた。高橋が「瑞鶴」の舷梯を登ったのは、その一時間前である。

真っ先にとび出して来たのは津田大尉、米田中尉ら艦爆生き残りの面々である。

「隊長、生きていたんですか」

米田が包帯だらけの高橋の船員姿を珍しそうに眺め、その体をなで回す。彼にはこの信頼すべき隊長の生還が何よりも嬉しかった。

「よう、国分、足はあるのか」

偵察の先輩である石井誠助特務少尉がそういって冷やかす。

二人は艦橋に行って艦長に経過を報告すると、自分たちの葬儀が間もなく始まろうとしているのを見て驚いた。玄洋丸は潜水艦対策のために無線封止をしていたので、「瑞鶴」では戦死だと考えていたのである。野元艦長は戦闘機以外で機動部隊唯一人の隊長の生還を喜んでくれた。

高橋が自室に入ると、見覚えのある部屋はきれいに整頓されて艦爆隊の遺品整理室となり、二十六人の遺品が積み上げてあった。石丸大尉、烏田中尉、それに洋上で会いながらついに自爆してしまった岡本飛曹長と勝見一飛曹のものも積んであった。自分の遺品をとりのけて、葬儀場に行ってみると、中央に「故海軍少佐高橋定の英霊」と墨書した位牌が飾られている。

高橋は自分の位牌に手を合わせた。高橋定は一旦は南海の底に沈んだのである。神が与えてくれた新しい命を大切にして、明日からの御奉公に励まなければなるまい、と彼は考えていた。

高橋の遺品のうち一部は形見分けとして、士官室の親しい士官や艦爆の生き残り隊員に分けられていた。彼はそれを返してくれとはいわなかった。明日は彼らの形見を分けてもらうかも知れないのだ。

十一月十一日、第三艦隊司令長官南雲中将は佐世保鎮守府長官に転任、草鹿参謀長は横須賀航空隊司令に移る（十一月二十三日、発令）ことになり、後任は、小沢治三郎中将（37期）、山田定義少将（42期）が着任することになった。

小沢は水雷屋であるが、GF参謀長、一航戦司令官、海軍大学校長などを歴任し、航空作戦に関心の深い提督として大西瀧治郎、山口多聞らとともに嘱望されていた。山田は生えぬきの飛行機乗りで、「蒼龍」艦長、「加賀」艦長、第二十五航戦司令官などを歴任した飛行機屋の提督である。

かにかくに南太平洋海戦は終わり、「翔鶴」は横須賀のドックに向かい、「瑞鶴」は十一月九日、呉帰着、飛行隊は佐伯に基地を設営し、欠員の補充、訓練を行なうことになった。当時、鹿屋航空隊にいた同期生山下博が「瑞鶴」転勤となり、私は羨望を感じながら料亭で送別会をやった記憶がある。その私も、十二月には空母「飛鷹」艦爆隊に転勤が決まり、着艦訓練のため佐伯に赴いて山下に再会した。

# い号ろ号作戦

昭和十八年前半は、日米両軍とも休戦状態に近く、大きな海戦は起こらなかった。

日本軍は兵三万人を上陸させ、二万人を失ったガ島作戦をあきらめ、二月上旬を期して撤退することに決した。

このため海軍は「ケ」号作戦を発動し、第八艦隊を主隊とし、三水戦、十戦隊が陸兵輸送援護の任にあたることとなり、予定どおり二月上旬、百武第十七軍司令官をはじめ一万余名の陸兵（海軍若干も含む）をラバウルに撤退させることができた。

余談であるが、このときガ島にあった陸軍の後方司令部は、最前線にあった部隊に、二月十一日の紀元節には総攻撃を行なうから、それまでは頑張れと陣地の死守を命じておいて、ひそかに撤退したという。前線を死守していた兵士たちは大部分が戦死し、辛うじて後方へさがっても、味方はすでに撤退した後で、数百人が捕虜になった。四月のい号作戦で捕虜になった私は、ニューカレドニアの収容所で彼らと一緒になり、彼らが非常に軍司令部や師団司令部を恨んでいるのを知った。

「瑞鶴」は、十一月九日、呉帰着後、徳山沖、室積沖などを移動し、多難の昭和十七年もおし詰まった十二月三十一日、陸軍機輸送のため横須賀を出港し、再び太平洋を南下して翌十八年一月四日、トラックに入港したが、三日後の七日、出港して内地に向かい、十二日、大分沖着、呉、岩国沖を経て、十八日、自艦の飛行機を搭載して、二十三日、再びトラック入港、五月三日までここにとどまることになった。

飛行隊は十七年末まで鹿屋で訓練に従事していたが、一月二十三日以降はトラック環礁内の竹島及び春島の基地で訓練を行なうことになった。

飛行隊長も交代があり、白根大尉の代わりに海軍飛行機界名物男の一人納富健次郎大尉（62期）が十一月十五日付で着任、戦死した今宿大尉の後任は田中正臣少佐（59期）が艦攻隊長として着任した。

一月二十九日、納富大尉は三十六機の戦闘機隊を率いてラバウル経由ブーゲンビル島ブイン基地に進出、ケ号作戦のためガ島爆撃に赴く五八二空艦爆隊の掩護にあたった。

このケ号作戦の準備攻撃のとき、五八二空艦爆隊にいた私の同期生千頭栄(さかえ)生中尉が、一月五日、戦死している。

二月十七日、納富隊は四十機撃墜の戦果を記録してトラックに引き揚げた。

そしていよいよ山本長官戦死をはらむ、い号作戦へと舞台は移ってゆく。

この作戦は、ガ島戦を連合軍の単なる偵察的上陸とみなしてその本格的反攻に驚いた連合艦隊の巻き返し作戦で、その失策への一つの修正とみることができる。これ以上、米軍の北上を許してラバウルを奪われるようなことがあれば、日本軍は内南洋の線に後退し、シンガポール、フィリピンの防衛線も怪しくなって来る。

山本五十六は早期講和説であったから、この際、一大航空殲滅戦を行なって敵に大打撃を与え、何とか有利な条件で講和にもちこもうと考えていたという説もあるが、それにしてはあまりにもラバウル基地の日本航空部隊は今や弱体であった。そこで、陸攻隊、五八二空など、基地の飛行機百九十機に空母部隊の百六十機を加え、三百五十機でこの作戦を遂行しようとした。

しかし、これは陸攻隊を除けば真珠湾攻撃当時の三百五十一機にはるかに及ばぬ数字であった。い号作戦は四月七日から約一週間にわたって行なわれることになったが、これに参加するのは機動部隊の主力である小沢中将の第三艦隊と草鹿任一中将（37期）の率いる第十一航空艦隊（基地航空部隊）であるが、ここに二つの問題が起きた。

一つは、空母の飛行機を陸上基地攻撃に使用するという件である。いうまでもなく空母の搭乗員は着艦訓練、航法、無線など洋上の空母決戦に応じて訓練されているので、それを陸上の戦闘で消耗することは後の空母決戦に大きな支障を来すおそれがある。ましてや南太平洋海戦で多くのベテラン搭乗員を失った直後であるから、空母側の飛行長、参謀は反対した。しかし、宇垣をはじめGF司令部の強い要請によって小沢司令部はラバウル進出に踏み切った。

第二の問題は、ラバウルにおける指揮統率の件である。第十一航艦と第三艦隊の二つの部隊がばらばらではいけないので、指揮を一本化しなければならない。小沢中将と草鹿中将は、同じく十五年十一月十五日、中将に進級している。このような場合、どちらが先任者として指揮をとるかというとハンモックナンバー（海兵卒業席次）の上の方である。草鹿二十一番、小沢四十五番であるから、草鹿が全部隊の指揮をとることになる。こうなると第三艦隊司令部及び将兵は面白くない。真珠湾以来精鋭をもって知られる機動部隊の指揮を、陸上部隊の長官がとるのは面子の上から受け入れ難いというのである。

そこでGF宇垣参謀長が一計を案じて、山本長官のラバウル進出を演出した。気の強い宇垣は、以前からGF司令部がトラックの〝「大和」ホテル〟に安住して前線の労苦を知らない、という批判に耳の痛い思いをしていたので、この際、長官にラバウルに進出して、全軍の指揮をとってもらい、その序（ついで）に余勢をかってブーゲンビル島南方のバラレ、ブイン基地を視察し、慰労を兼ねて士気を鼓舞しようと試みたのである。

その結果はさておき、「瑞鶴」艦爆艦戦隊は四月二日、ラバウルに進出、六日ブインに移動して、い号作戦に参加することになった。艦攻隊もニューアイルランド島のカビエンに進出した。

この当時、ラバウルには海軍が使用している二つの飛行場があった。湾に面した火山に近い東飛行場（ラクナイ）は古くて小さいが、これがいわゆるラバウル航空隊の基地である。高さ八十メートルほどの崖の上にある長い滑走路をもったのが西飛行場（ブナカナウ）で陸攻隊はいつもここにいた。「瑞鶴」の戦、爆は火山に近い東飛行場に着き、さらに六日、最前線のブインに移動した。ここから先はニュージョージア島の不時着基地ムンダしかないという最前線である。

ブインには「瑞鶴」飛行長松本真実中佐（52期）も同行して指揮をとり、七日夜は高橋、納富らの隊長は五八二空司令山本栄大佐（46期）らと一緒に夕食をとった。

この日、五八二空の苦戦を聞いた松本中佐は、

「高橋君、君とはシナ事変以来七年にも及ぶ長いつきあいだが、ここまで来ると、武運の強い君もいつ戦死するかも知れない。君が戦死した後、私が生きて母堂や夫人にその健在なりしを伝えるよすがとして、一枚写真をとらして欲しい」

といって、持っていたカメラで高橋の写真をとった。この上半身像は非常によくとれており、後に郷里の母堂のところに送ったところ非常に喜ばれ、死ぬまで肌身につけて離さなかったといわれる。

そして、四月七日午前五時、い号作戦は開始された。

この日は第一回目のX攻撃で、続いてY攻撃が三回行なわれることになっていた。

参加兵力は次のとおりである。

艦爆　「瑞鶴」十七、「隼鷹」十七、「飛鷹」十八、五八二空十八

戦闘機　直掩隊　「瑞鶴」二十六、「瑞鳳」十六、「隼鷹」二十三、「飛鷹」二十四、五

八二空二十一

制空隊　二〇四空二十七、一五三空二十

計　艦爆七十、零戦百五十七、総計二百二十七機

前述のように高橋、納富両隊長の率いる「瑞鶴」隊はブイン、「隼鷹」「飛鷹」の二航戦はラバウルの西飛行場を出発してガ島に向かった。目標はガ島周辺の艦船攻撃である。

い号作戦については同期生の米田信雄（当時、中尉）が詳しいので十月中旬（昭和五十六年）、鹿児島に彼を訪れたところ、

「い号、ろ号からマリアナ沖海戦の『瑞鶴』については、当時の先任搭乗員中隊長機の偵察員であった水越良一上飛曹（のち飛曹長）のこの本が詳しいから参考にするとよい」

と一冊の本を貸してくれた。

『海軍急降下爆撃隊』（今日の話題社刊）という本で、そのなかの「空母艦爆隊突撃記」という一章が水越氏の執筆にかかるもので、なるほど非常に詳しく書けている。水越兵曹は班長で先任搭乗員であったので、戦闘記録、戦死者の氏名など細かくメモを取っていたものらしい。

横浜の自宅に帰って、横須賀に住む水越（現姓、高梨）さんに会いたいと思って電話したところ、三年前の十一月二十一日に逝去されたとのことであった。謹んで哀悼の意を表しながら、その緻密周到な性格の現われている手記を参考にしながら話を進めてゆきたいと思う。

出撃の前日四月六日、納富大尉の率いる「瑞鶴」零戦隊は先行してブインに進出した。

その夜、ラバウル花吹山に近い海岸にある東飛行場の宿舎では、「瑞鶴」艦爆隊の下士官グループが一人一本宛の配給ビールでささやかな壮行会をやっていた。歌が出て賑やかにやっていたところへ、高橋隊長のところへ行っていた伝令の宮耐吉飛行兵長が、

「艦爆隊は明朝〇二三〇起床、〇四四五搭乗員整列、ブインで給油後、一、二中隊とも編制どおりガ島在泊中の敵艦船を爆撃する」

という指令を伝えた。

一同は、わーっと湧き返り、宴席を片づけて、板の間に毛布を敷いただけの堅い床に身を横たえた。

翌朝二時半、「総員起こし」の令で起きる。水越兵曹は、下着から靴下まで用意して来た新品に着換えた。母から贈られたお守りを首から吊るし、その上に絹のマフラーを巻いた。飛行場へ出ると、整備員が二百五十キロ爆弾をとりつけている。

定刻、午前四時四十五分、搭乗員整列、五時過ぎ、「瑞鶴」艦爆隊は粛々として南に向かった。

第一中隊長高橋大尉、第二小隊長米田中尉、第二中隊長平原政雄大尉（66期）、偵察員水越上飛曹。平原大尉と私は鹿屋航空隊で一緒に艦爆の急降下訓練を行なった仲である。広島一中出身、長身紅顔の熱血漢で、通称ヘーゲル、六十六期の名物男でもあった。

飛行すること二時間、予定どおりブインに降りて給油する。ここは、ガ島攻撃からラバウ

ルに帰る機の不時着基地にもなっており、壊れた機がごろごろしていて生々しい。正しく第一線である。

「水越班長、しばらくです」

と呼びとめられてふり向くと、横空で降爆を指導した工藤一飛曹である。

「今は五八二空です。今日はこのアイモで、先行する『瑞鶴』隊の活躍ぶりを撮影してあげますよ。しっかり当てて下さい」

とにこにこしている。

「おい、そいつは有難いが、慣れないものに熱中してグラ公に喰われないよう、旋回機銃のことも忘れるなよ」

「大丈夫です。もう練習生直後のような新前ではありませんから」

工藤はぽんと胸を叩いた。陽に灼けて逞しくなっている。五八二空はブインから連日のガ島空襲で消耗が激しいというから、工藤も相当鍛えられ度胸もすわって来たことであろう。

二人が話し合っている間に整備員がガソリンを補給する。先行した百式陸偵の報告が入った。それによると、大輸送船団がルンガ沖とツラギ湾方面に在泊中であるという。

「よし、やるぞ！」

若手搭乗員が緊張する。

「おい、そんなに堅くなるな。タマを当てたらラバウルに帰って、昨夜、残したビールを呑もうではないか」

水越兵曹がそういうと、若者の唇から白い歯がこぼれた。

ブイン出発は午前十時十五分、敵上空着は午後一時近くの予定であった。

この日、私（海軍中尉であった）は「飛鷹」艦爆隊の第二中隊第二小隊長機を操縦して攻撃に参加した。隊長は池内利三大尉（65期）、第二中隊長は栗原一弥中尉（67期）であった。「飛鷹」隊はバラレ島で燃料を補給し、「瑞鶴」「隼鷹」隊の後方に占位した。「隼鷹」艦爆隊長は「瑞鶴」にいた津田大尉で、「飛鷹」戦闘機隊長はかつて「瑞鶴」で珊瑚海海戦に参加した岡嶋清熊大尉、「隼鷹」戦闘機分隊長は真珠湾以来の重松康弘大尉であった。

ブインを離陸した「瑞鶴」隊は高橋大尉の一中隊、平原大尉（偵察員水越兵曹）の二中隊という順序で南東に向かう。上空では蒼空の中に零戦が同行しているのが見える。

第二中隊は第一中隊を右前方に見る位置で続行する。高度三千に達すると試射を行なうことにした。

「分隊長、試射をやります」

中隊長は隊内の平時任務では分隊長で、人事教育をあずかる。

「おう」

平原中隊長は悠然と答える。水越は八機の列機に合図して試射を行なわせた。
ド、ド、ド、ド……。
空に向けて発射された七・七ミリ旋回機銃の曳痕弾が赤い尾を曳いて消えてゆく。

「おい、機銃の調子はどうだ？」

「はい、良好です」

「よし、後ろから来た奴は墜とせ」

ヘーゲル中隊長はぶすりという。この大尉は平素から決して無駄な口をきかない。そこで、水越はむっつり右門からとって〝右門大尉〟という仇名を進呈した。

二番機操縦員の田中一飛曹が水越の顔を見てにやりと笑い、左手で旋回機銃を撃つ真似をしてみせる。水越の旋回機銃は全弾曳痕弾なので、試射のときも華やかなのだ。

これには水越の独自の考えがあった。九九式艦爆の旋回機銃はなかなか当たらない。後方から襲って来た敵は瞬時にして左右の側面に去ってゆく。所詮、当たらぬものなら山田のかかしのような脅しであるから、全弾紅色の曳痕弾でアイスキャンデーの放列で敵を脅した方がよいというのが水越の考えなのである。

むろん機銃弾には通常弾もあって、グラマンのエンジンを破るには通常弾がよいのだが、七・七ミリでは少々無理である。うまく風防に当たれば、曳痕弾でも操縦士を倒すことはできる。そこで全弾を曳痕弾にするべく兵器員に頼んだのである。

艦爆隊はコロンバンガラ、ニュージョージアと島の上を飛びながら高度を四千から五千に上げて行った。

午前十一時五十分。ブイン発進後一時間半。もう敵戦闘機の行動半径内である。酸素マスクをつけて、旋回銃の点検を行なう。

耳もとのレシーバーが鳴り出す。先行の偵察機が高度六百まで下がり、危険を冒して風向風速を打電しているのだ。艦爆の投下高度は四百であるから、そのあたりの風の具合が必要なのである。高橋隊長機から、偵察機宛に・——・（了解符）を打電した。敵戦闘機を警戒しながら一時間ほどゆく間に、高度は六千から八千に上げられた。

ところが、このとき艦爆隊の行く手を遮るものが現われた。高度一万二千に及ぶ積乱雲がガ島上空にあり、大手を拡げる巨人のように立ちはだかっているのである。

艦爆隊からは、手前のエスペランス岬は見えるが、肝心のルンガ沖は雲の向こうである。

このため高橋隊長は、雲の左側を迂回しルンガ沖をやるとみせかけて、ツラギの艦船を叩く方法をとることになった。

この頃、上空にはグラマン・ワイルドキャット戦闘機数十機が待ちかまえ、納富大尉の指揮する零戦隊と激しい空中戦を展開し始めた。下からもどんどん上がって来た。後方にいた私の機は下からエンジンを撃ち抜かれ、北東方のサンタイサベル島セントジョージ岬沖九キロの地点に不時着水した。

この日、高橋隊長機の後方にいた米田の話によると、私の機は三〇度くらいの角度で海中に突入したので、てっきり戦死したものと考えたという。胴体に白線一本を巻いていた小隊長機なので、ラバウル帰投後豊田機とわかり、豊田は戦死したと報告したと彼は戦後語っている。このため私は戦死認定となり、岐阜県の郷里には墓が建てられた。

このときの水越兵曹の動きに話を戻そう。

ツラギ沖に接近するとき、「瑞鶴」艦爆隊の高度は八千に上がっていた。水越は酸素マスクが機銃操作に邪魔だと考え、ゴムパイプをじかに口の中にくわえることにした。酸素がひいやりと喉の奥に快い。

「分隊長、前方で空戦をやっていますか」

「空戦は見えないが船団は見えるぞ」

右門大尉の声にも緊張感が感じられる。このとき、グラマン隊は後方の五八二空や「飛鷹」隊にかかって来た。私の機がやられたのはこの頃である。

船団がエンジンの前方に見えると、高橋隊長は、

「トツレ二（突撃隊形作レ第二法）」

を下令した。第二法というのは前に述べた一列横隊の扇形同時攻撃である。以前の一機ずつ順番に降下する方法は第一法と言った。

隊長機は、この打電とともに大きくバンクを振った。

「分隊長、左へ展開、発動です」

「おうい」

右門中隊長は一中隊の展開を妨げないように二中隊を左後方百メートルに下げた。後席の水越は風防から指二本を出して二、三小隊長に示す。「攻撃第二法」という意味である。各小隊長は飛行手袋の掌をあげて了解を示す。

「二、三小隊攻撃第二法了解！」

平原中隊長は機を大きくバンクさせる。右方にいた三小隊は翼の下をくぐって左方へ回る。

二中隊の九機は、一中隊の左方に雁行する形で一列横隊になった。

――これで第二法展開よし。後は、降下を待つばかりだ……。

ほっとした水越が、前方を俯瞰すると、大小四十隻の輸送船が白波を蹴立てて走り回っている。日本機急襲とみて、錨を切って逃走を計っているのであろう。

――もうすぐ突撃だ……。

そのとき、水越は肝心のことを想い出した。操縦員との計器の整合である。

「分隊長！　高度計を合わせます。高度五千、気速百五十（ノット）」

「了解、高度五千、気速百五十」

ヘーゲル大尉が太い声で答えたとき、上空で零戦隊と空戦をやっていた多数のグラマンのうち、網の目をかいくぐった数機が上空から高橋隊の方に突入してゆくのが見えた。

「ト、ト、ト、ト（ト連送＝全軍突撃セヨ）」

待ちに待った合図である。

高橋隊はグラマン隊に反撃しながら急降下に入る。平原隊もこれにならい、一列横隊同時攻撃に入る。

そのとき、ずんぐりした虻のようなグラマン一機が平原機の右方を通って高橋隊の三小隊の方に降下してゆくのが見えた。

――この野郎……。

引き金を引くと、自慢の曳痕弾がとび出してゆく。エンジンを撃っても貫通できないから、操縦員を倒さなければならない。赤い火の束が同行するグラマンの胴体に突き刺さった。脇腹から撃てるのが旋回機銃のよいところである。

突然、グラマンが機首を上げたかと思うと左翼ががたりと落ち、すーっと降下を始めた。火を発していないところを見ると、パイロットに当たったのである。右前方をゆくグラマンの風防が内側から赤く染まっている。

「グラマン一機撃墜！　後から来る敵機なし！」

水越は大声で伝声管に怒鳴った。怨み重なるグラマンを艦爆が墜としたとなると意気はあがらざるを得ない。

「よくやった。後を見張れ」

ヘーゲル大尉は輸送船に照準を定めながらそう答える。高度二千。機速は二百五十ノットに及んでいる。ややオーバーだ。引き起こしが難しい。

「抵抗板出せ！」

両翼下から抵抗板がせせり出して、機速が二百ノットに落ちる。

「高度千五百、千……」

降下角度は六二度、やや深目だが理想的な急降下だ。

「七百、五百、よーい、撃て！」

高度四百で平原大尉はレバーを引いて二百五十キロ弾を投下した。ショックとともに機はいったん浮き上がるが、続いて引き起こしによる急激なG（重力倍加）がやって来る。地上の六倍のGがかかるのだ。体が機に押しつけられる。ようやく頭が上がったとき、機は海面を這うように走っている。ふり返ってみると、一万トン近い大型輸送船の中部にカッと黄色い火花が散ってすぐに白煙をふき出した。徹甲弾であるから中甲板以下で爆発したのであろう。

「分隊長、命中！」

「うむ」

またもとの右門分隊長に返った平原は、黙々と機を操縦する。

そのとき、右方を火の玉のような一機が海中に突っ込んだ。尾翼に白線一本、小隊長機だ。

「分隊長、小隊長機一機自爆！」

「うむ」

平原はスティックを引いて、前方の駆逐艦の艦尾を乗り越える。駆逐艦の機銃員が銃座で足を踏んばりながらこちらを横目で追っている。そこへ水越は赤い曳痕弾の束を送ってやった。米兵が肩をすくめ、驚いたような顔をしてこちらを見た。

平原はまたスティックを引いて、緑のフロリダ島を越えて島の北東の集合地点に向かう。しかし、列機はなかなか集まって来ない。しばらく待った後、平原機は単機帰投することにして高度五百で北西に向かった。

水越は風防から入る風が生温いのに気づいて、飛行服のポケットからタオルを出して顎の下の汗をぬぐった。

この日、私の機は入道雲の手前でグラマン数機にとりつかれ、下方からエンジンを撃ち抜かれ、サンタイサベル島の近くに不時着し、一週間漂流の後、私と偵察員は捕虜になった。

戦史によれば、このときの戦果は大型輸送船二、中型輸送船六、巡洋艦一、駆逐艦一撃沈。被害は戦闘機十二機、艦爆九機となっている。

宇垣の『戦藻録』では、被害は戦闘機十二機、艦爆十八機とした後、次の二句がのせられている。

ソロモンにつとめはたして花散りぬ
常夏の花の上ゆく山桜

このとき、高橋隊は例の如く一列横隊の扇形同時攻撃を行なったが、低空で避退するときP38戦闘機三機の追撃を受けた。こちらの三機の機銃で敵一機を集中攻撃する方法で無事脱出することを得たが、後続する五八二空の艦爆隊には三機以上の被害が出た模様である。このとき、高橋の親友であった五八二空艦爆隊長高畑辰雄大尉（64期）も戦死している。高畑大尉は関少佐とともに私の宇佐空時代の教官であった。

水越兵曹の記録によると、平原機のブイン帰着は午後三時十五分である。

「瑞鶴」艦爆隊の未帰還は三機で、水越が目撃した白線一本の小隊長機は、第二中隊第三小隊長の清水飛曹長と水越の同年兵福井上飛曹であった。二人ともシナ事変以来のベテランである。「瑞鶴」艦爆隊では大石上飛曹を入れて三人が同年兵で、三羽烏といわれたが、その一羽が海中に消えたのである。

昨夜、明朝の出撃の報をもたらした宮耐吉兵長も、宮崎兵長、田中兵長、南本二飛曹らとともに戦死者の仲間入りをしてしまった。これらはみな三番機である。グラマンは編隊の後方から喰いついて来る。一番機を狙って降下すると、列機から腹の下を撃たれるからであろう。

この日のX攻撃は、「フロリダ沖海戦」と名づけられた。

い号作戦は続行される。

第二回目はY2攻撃で四月十一日。

参加機数は一航戦「瑞鶴」「瑞鳳」の零戦四十二、二航戦「隼鷹」「飛鷹」の零戦三十、計七十二機。艦爆、「瑞鶴」十四、「飛鷹」八の計二十二機。総計九十四機で、総指揮官は高橋大尉で、目標はニューギニア東端に近いオロ湾とハーベー湾の在泊艦船である。

午前八時、ラバウルの東飛行場で搭乗員整列。

「今回の攻撃は、母艦飛行機隊だけの攻撃となった。我々は、い号作戦のために母艦をはなれてラバウルに進出した。機動部隊の名を恥ずかしめぬよう一発必中の爆撃をもって奮戦してもらいたい」

高橋の力強い訓示とともに、午前九時、まず零戦隊が砂塵を蹴立てて発進した。

離陸後南西に向かう平原機に、先行する偵察機からの無電が入った。

「オロ湾付近に敵輸送船三、護衛駆逐艦一航行中」

これを聞いたヘーゲル大尉は、

「少ねえなあ」

と不満そうである。

「全部沈めましょう。フオン湾の仇討ちです」

この春三月三日、ニューギニア東岸のラエに陸兵を輸送中であった総計八隻のわが船団は、ラエ東方フオン湾付近で、百機以上の敵機の猛爆を受け、輸送船全部と護衛駆逐艦の「荒潮」「朝潮」「白雪」「時津風」の四隻が沈むという大打撃を受けた。これが、い号作戦の誘因の一つにもなっていたのである。

発進してから三十分ほどたった頃、高橋隊長機はエンジンの不調を訴えた。このままではオロ湾までとても持ちそうにない。

「われ、発動機不調、引き返す」

こう打電して高橋機はラバウルに引き返した。

ここで艦爆隊に少し混乱が起きた。

「瑞鶴」隊第一中隊では、先任になった米田中尉の機が先頭になった。しかし、第二中隊長機の平原大尉が「瑞鶴」隊の指揮をとる義務があるので、ぐんぐん前に出て来る。

そのとき、高橋機から電報が打たれた。

「『飛鷹』艦爆隊長全攻撃隊の指揮をとられたし」

「飛鷹」艦爆隊長の池内大尉は六十五期であるから全攻撃隊の指揮をとる権限がある。しかし、このとき「飛鷹」隊は五十マイル後方にいたので、とても間に合わない。

池内大尉は逆に、

「『瑞鶴』第二中隊長攻撃の指揮をとられたし」

と打電して来た。

これで平原大尉が先頭に立ってオロ湾に突入することになった。

午前十一時、高度五千。例によって機銃の試射、酸素マスクのテストを行なう。このあたり断雲が多く、雲の下すれすれに飛んでゆく。やがて前方に四隻の輸送船団が見えて来た。健気にもジグザグ運動をして爆撃を避けようとしている。

「よし、いったん追い越してから反転して攻撃する」

ヘーゲル大尉がぶすっとそういう。

「了解!」

列機に手先信号を送る。このまま突入すると引き起こしたときはニューギニアのジャングルの上で、具合が悪い。風向きも考えて、いったん西方に出て東向きに突入しようという中隊長の判断である。

やがて船団の上を越してニューギニアの白い海岸が眼下に見えるところで、平原中隊は反転した。

「トツレ二（突撃隊形第二法作レ）」

又しても横隊一斉攻撃である。十四機の「瑞鶴」隊は横に並んで「ト連送」でいっせいに突入しようとしたとき、双胴体のＰ38が数機無気味な姿を現わした。このあたりはポートモレスビーから飛来するＰ38の縄張りらしい。艦爆隊は旋回機銃で応戦しながら急降下に入る。敵は二中隊を見送って後続の米田の率いる第一中隊の方にとりついた。後方の一機が黒煙を吐いて降下してゆく。

平原機は急降下を続け、高度三百五十で爆弾を投下した。引き起こしの後、水越が後方を見ていると大型輸送船の前部に一発と舷側に一発六十キロ弾が当たり、黒煙と水柱を上げた。

「命中！　ブリッジ左側！」

しかし、このときまた低空で待っていたＰ38数機が艦爆を捉え、一機が火を吐いて海中に突入した。

午前十一時四十分、爆撃終了。平原大尉は残機を集めて帰途に着いた。輸送船は四隻とも沈めたが、獲物が少ないわりにはこちらの被害が大きいようである。

この攻撃で第一中隊長代理の米田機は投弾後被弾した。

「分隊士、オイル（潤滑液）が洩れとりますわ。こいつは基地まで帰れんかも知れんですぞ」

操縦員の畠山尚上飛曹がいう。第二次ソロモン海戦以来の馴染みである。

「おい、行くところまで行け」

しかし、機速は百ノットそこそこである。

「分隊士、ガスマタへ着けますが、間に合わんかも知れません。そのときは覚悟して下さい」

エンジンは益々不調のようである。ガスマタは、ラバウルの西方百五十キロのところにある不時着基地である。しかし、そこまで行けぬときは、海上に不時着、へたをすると鱶の餌である。

「おう、いいぞ。畠山兵曹、駄目なときはいっしょに死のうぜ」

米田は覚悟を決めた。海上に不時着して助かるパーセンテージは三十パーセントくらいであろうか。

しかし、左前方の島影が徐々に近より、やっとガスマタ基地にすべりこんだ。髯もじゃの整備員がエンジンを見てくれる。

「『瑞鶴』の士官、今日はくたばりそこなったですな」

口は荒いが応急修理の腕は確かである。この日の夕方、米田機はやっとラバウルに辿りついた。驚いたことに彼は早くも未帰還にされており、高橋隊長は米田の顔を見ると、手をとって喜んだ。

この日も、「瑞鶴」艦爆隊は三機が帰って来なかった。なかでも山中隆三二飛曹と重近勇一飛曹のペアは南太平洋以来の高橋小隊の三番機であったので、高橋大尉は日没後遅くまで飛行場に立って南の空をみつめていた。

い号作戦はなおも続く。

三回目は翌十二日で、長駆豪州北端のポートダーウィン飛行場を襲い、制空隊、零戦五十五、第一次攻撃隊直掩戦闘機三十七、陸攻十八、第二次攻撃隊、戦闘機三十二、陸攻二十六と、計零戦百二十四機、陸攻四十四機の大型攻撃でモレスビーの滑走路を蜂の巣のようにし、格納庫など十一ヵ所に大爆発火災を生ぜしめた。

第四回目は十四日で、この日はニューギニア東端のミルネ湾に終結している艦船を叩くため二隊を派遣した。

母艦部隊は零戦七十五、艦爆（二航戦）二十三で、基地部隊は零戦五十四、陸攻四十四である。戦果は大型輸送船六、中型十、小型三、巡洋艦一、駆逐艦二撃沈である。

南太平洋海戦以来またしても部下を失った高橋は、隊員とともに椰子の木を伐って、卒塔婆を作り、戦死者六人の名前を全員で一字画ずつ刻み、近くにある火山花吹山の火口までかつぎあげ、砂の中に建てて冥福を祈った。

三百五十機が参加して六十一機を失い、い号作戦は終わった。

高橋の率いる艦爆隊は納富の戦闘機隊とともに、十八日午前九時、ラバウル東飛行場をたってトラックに帰った。そしてこの日が日本海軍にとって宿命的な日であったことを、彼は知らねばならなかった。

この日午前六時、山本五十六はラバウルの丘の上にある官邸山の宿舎を出た。バラレ、ブイン方面視察の日である。

間もなく陸攻二機が西飛行場を離陸、南に向かった。一番機には山本、福崎副官、高田艦隊軍医長、樋端航空参謀、二番機には宇垣、北村艦隊主計長、今中参謀、室井参謀、海野気象長が乗った。護衛は零戦六機であった。

周知のとおり、アメリカの暗号解読機関マジックはこの山本の前線視察を解読し、ガ島基地からミッチェル少佐がＰ38十八機をもって迎撃すべく待ち伏せしていた。二機が途中で引き返し、十六機がブーゲンビル島南西海面で二機の陸攻を襲った。

二番機にいた宇垣は、機長から「七時四十五分バラレ着の予定」という紙片を見せられて時計を見ると七時半であった。一番機がジャングルすれすれに降りたので彼も敵襲を知った。『戦藻録』には敵戦闘機は二十四機であったとしてある。零戦との間に空中戦が始まったが黒煙を吐いた一番機はブーゲンビル島のジャングルに落ちてしまう。二番機も機銃をふるって応戦したが、ついに海中に墜落、宇垣は右手首を折る重傷のすえ海岸に泳ぎついた。一番機の乗員は山本以下全員戦死で、二番機の方も宇垣と北村艦隊主計長と主操縦員の三人が生き残っただけである。

開戦一年五ヵ月にして、ＧＦは首脳を失ってしまったのである。宇垣も治療後、第一戦隊司令官として再起するのは十九年二月のことである。五十一期のヘッドで優秀な飛行科士官として嘱望されていた樋端久利夫中佐、同じく五十四期で海大優等生組の航空乙参謀室井捨治少佐を失ったことも、今後の航空作戦指導のうえで痛手であった。

山本の後任には、二期後輩の古賀峯一大将（34期、横鎮長官）が任命され、四月二十五日、トラック島にあったGF旗艦「武蔵」に着任した（旗艦は二月、「大和」から「武蔵」に代わっていた）。この人も悲劇の長官で、翌年三月、彼の殉職とともに日本海軍は転石のように坂を降ってゆくことになる。

トラックの春島基地に着陸した高橋ら「瑞鶴」搭乗員は間もなく山本長官の戦死を知って声もなくうなだれた。南太平洋につぐい号作戦で彼らは米軍の手の内を知っている。勇敢で粘り強く、しかも飛行機生産力はわれを上回っている。手強い敵である。このときにあたって最も信頼していた山本長官を失って日本海軍は果たしてどこへ行くのか。

久方ぶりに「瑞鶴」の私室に帰った高橋は、ベッドの上で瞑目すると好きな土井晩翠の「星落秋風五丈原」の詩を口ずさんだ。

祁山悲秋の風更けて
陣雲暗し五丈原
零露の文は繁くして
草枯れ馬は肥ゆれども
蜀軍の旗光無く
鼓角の音も今しづか。

＊　＊　＊

丞相病篤かりき。

高橋の瞼の裏に一つの想い出が甦った。ラバウルに進出して作戦研究会のとき山本長官がちらりと顔を出した。その後で高橋は宿舎の出口で長官の一行と出くわした。攻撃隊出発のとき見送りに来たことがあるので、山本は高橋の顔を知っていた。彼は副官の福崎昇中佐を顧みると、

「おい、副官、隊長にあれをやれよ」

と言った。間もなく、隊の飛行指揮所に届けられたのはスコッチウイスキーであった。

――親しみ易い長官だったのにもういないのか……。

部下を失ったと同じくらい長官の死は、彼にとって悲しかった。

ラバウルをめざす連合軍の反攻とともにソロモンの戦闘は激化したが、昭和十八年は空母対空母の対決はなくして十一月を迎えることになった。アメリカはエンタープライズも修理中であるし、新造のエセックスクラスもまだ数がそろわないので、この夏は空母の動きは目立たなかった。日本側も「翔鶴」が修理中であるし、ほかの「瑞鶴」「隼鷹」「飛鷹」も敵の空母が出て来ない以上は、前線に出して危険にさらさないのがGF司令部の方針であった。

話をトラックに戻して、「瑞鶴」隊がトラックの春島基地に戻ると、間もなく補充要員が次々に転入して来た。

今までの搭乗員は、転入者が来る度に気を揉んだ。従来のペアをはずして新前の搭乗員と組まされるおそれがある。操縦員にとっては、急降下のとき若い偵察員が高度計を読み違え

ると、引き起こしが遅れて海面にとびこんでしまう。洋上で空母を攻撃して帰投するとき航法が狂っておれば、母艦が発見できず海上で泳ぐことになる。

偵察員にとっても悩みは同じである。新前操縦員が着艦のとき艦尾にぶつけると海中に転落するか、まずくゆくと機と運命を共にしてしまう。

飛行隊では飛行隊士の中尉が隊長と相談してペアを組むのであるが、訓練のため新旧の搭乗員を組ませることが多い。それで古参搭乗員は警戒するわけである。

幸いに水越は従来どおり、むっつり右門こと平原大尉と組まされることになりほっとした。ところが新しい搭乗員リストに二人の中尉が入っているのを見て、下士官搭乗員は騒ぎ出した。この始関巍（しぜき）、荻荘一郎という二人の中尉さんが操縦か偵察かということで、訓練の様子が違って来るのである。

たとえば雨の日、操縦員の方は視界不良のため飛行訓練取り止め、休養となるが、偵察員の方は若い張り切った分隊士であると、室内で卓上通信訓練、暗号訓練、図上演習などやって〝伎倆向上〟を計ることが多い。若い搭乗員には必要であるが、古参下士官にとっては、実戦がうまくゆけばよいので、机上の訓練はもう沢山という場合が多い。操縦員の方は雑誌を読んだり、菓子を食いながら囲碁将棋を楽しんでいるのに、偵察員の方は別室でトトンツーということになる。

こうなると甲板下士官兼自称情報係の櫟（いちき）（戦後、一木と改姓）兵曹の出番である（水越は十一志、櫟は十二志、南太平洋までいた堀は十三志である）。

いつも愉快な櫟が〝偵察〟から、がっかりして帰って来た。

「おい、二人とも偵察員だぜ。どうもお堅いようだ」

これには古参下士官たちは、がっくり来てしまった。

二人の偵察士官は、ともに六十九期生で、この一月、飛行学生を修了して艦隊に配属されたところで、前年十一月一日、中尉進級。始関中尉は空母「飛鷹」乗り組みで、私と一緒にい号作戦に参加し生き残った。府立六中出身、スマートできびきびした青年、荻荘中尉は一ノ関中出身、がっしりした体格であった。同期生で「飛鷹」には矢板康二(艦爆)、関谷丈雄(艦戦)などの士官が乗り組んで来たが、着艦訓練がすんでいないので、佐伯からトラックに移動するとき、洋上で訓練をやることになった。普通は定着訓練といって飛行場に白布で母艦の形を造り、ここに数十回着地する訓練をやってから空母で実施するのであるが、その余裕もないというのでいきなり本番である。

これには隊長の池内大尉(艦爆)、岡嶋大尉(艦戦)も心配していたが、六十九期の若手士官たちは、最初から立派に着艦してその伎倆を示し、古参下士官から、

「士官というものは、やる気になればやれるものですね」

と感嘆の声を浴びていた。

もっとも二人とも運動神経が抜群で、矢板君などは水泳、柔道などスポーツ万能という人物であった。

また始関中尉にも想い出がある。やはり「飛鷹」がトラックに移動するとき、何回か洋上

航法を行なった。三角航法といって、単機で洋上に百五十マイル出て、六〇度右に変針して百五十マイル、また六〇度右に変針して母艦に帰って来るのである。そんなことはわけはないではないかという勿れ。海上には風が吹いていてつねに変わるし、母艦も移動する（実戦の場合は敵襲を避けるのでかなり移動するのが普通である）。高度三千くらいで帰投するのであるが、断雲もあるし、余程正確に航法をやらないと母艦の位置を失してしまうことがある。トラックへ移動中は対潜警戒のため無線は一切封止である。母艦が見えなくとも「艦位知ラセ」などと無電を発することは許されない。航法というものは予想以上に厳しいものである。しかし、始関中尉は第一回から立派に責任を果たして、どんぴしゃり空母に帰って来た。

これには私の後席に乗っていた祖川上飛曹も、

「士官は飛行学生のとき、どういう訓練を受けているんですか？　我々は兵士のときから何年も実施部隊で訓練を重ねて、上飛曹になると、やっと小隊長機の偵察員として列機を率いて洋上に出る自信がつくんですがねえ」

と感心していた。（註、この始関中尉も豪快なる荻荘中尉も、年末のろ号作戦〈ブーゲンビル沖海戦〉ではともに戦死してしまうのが惜しまれる）

「瑞鶴」は五月三日、トラックを発し、八日、大分沖に入って休養した。

五月十一日、米軍がアリューシャン列島のアッツ島に上陸して来ると、二十一日、「瑞鶴」は横須賀から、さらに木更津沖に移動を命令された。木更津沖には「大和」「武蔵」のほか、トラックから呼び戻された二航戦（隼鷹、飛鷹）も勢ぞろいし、北方作戦のため補給を行なった。この際、アッツ周辺に集まったトーマス・キンケード少将の第五十一機動部隊（空母一、戦艦三、駆逐艦七）ほかの艦隊を叩きのめして、山本長官の仇討ちをして気勢をあげようというのである。

折柄、アリューシャンは濃霧のシーズンであった。一旦、発艦した飛行隊が帰投できない可能性が強い。そこで機動部隊では特殊な方法を考案した。

帰投した飛行機隊が霧の上方で旋回している間に、母艦の方は高角砲弾を霧よりも高く撃ち上げる。この炸裂の煙を見て飛行機は霧の下に降りて着艦するという方法である。

しかし、五月二十九日、山崎大佐のアッツ島守備隊が玉砕すると、この作戦は中止された。酒巻宗孝少将指揮の二航戦は再びトラックに帰り、「瑞鶴」は呉に戻った。飛行隊は鹿屋にあがって猛訓練ととり組むことになった。新搭乗員の着艦訓練、標的艦「摂津」及び「矢風」を使っての動的（動く標的）爆撃訓練などである。そして六月末には、薄暮時の動的訓練さえ実施可能というところまで伎倆は向上して来た。

一方、「瑞鶴」は六月十五日、呉のドックに入渠。そして二十日、野元艦長が練習連合航空総隊参謀長に転出、代わりに菊池朝三大佐（45期）が同参謀長から「瑞鶴」艦長になった。

六月三十日、米軍はニュージョージア島の南にあるレンドバ島にあがって来た。ラバウルにあった二航戦飛行隊はブインに進出して、第十一航艦と共同作戦を行なったが飛行機の損耗が甚だしい。

これに対応すべく「瑞鶴」は、「翔鶴」（十八年二月、修理完了）とともに、七月十五日、トラックに進出、飛行隊を春島、竹島にあげて訓練を行ない次期作戦に待機することとなった。

七月十六日、信望の厚かった隊長の高橋大尉が横須賀空隊長に転出、後任は比良国清大尉（65期）と決まった。

比良大尉は宇佐空時代の私の教官で、柔道四段の猛者で、兵学校時代は一号生徒であり、よく教えを受けた。鹿児島出身、色の浅黒い、小柄ではあるがファイティング・スピリットの塊のような艦爆乗りであった。

内地からの比良大尉の着任が遅れたので、高橋大尉の横空着任は八月一日となった。新隊長を迎えて「瑞鶴」艦爆隊は張り切ったが、一航戦飛行隊の出撃はなかなか発令されない。それはGF司令部の作戦方針が、またしてもい号作戦のように、飛行隊をラバウルに進出させようという意見と、いやそれは二航戦にまかせて、一航戦は敵の本格的な空母進攻に対して空母対空母の決戦時に出撃させようという意見に分かれていたからであろう。

春島基地で訓練に従事していた「瑞鶴」艦爆隊はむずむずしていた。日中は猛訓練であるが夜の時間をもてあます。

春島よいとこ一度はおいで
二度と来る奴はばかな奴

などと歌っていると酒がなくなって来る。

酒の入手は先任搭乗員すなわち水越の役目である。そして肴の係は敏腕な（?）甲板下士官櫟兵曹である。い号作戦までは畠山兵曹（米田中尉機の操縦員）が先任搭乗員であったが、彼が退艦したので水越にお鉢が回って来たのである。

水越は心ならずもヘーゲル大尉の部屋をノックして、酒一升、ビール半ダースくらい巻き上げていたが、月末ともなると士官の方も配給量が底をつく。

「水よ、もう泡も出ないぞ」

ヘーゲル大尉はつれない御託宣を下す。

しかし、それでひっこんでいてはトラック島の月見の宴が催されない。水越は士官従兵長のもとに駆けつけて、

「従兵長、二ダースばかり何とかならんかいのう」

と睨みを利かした。

「いやあ、もう平原分隊長の分も比良隊長の分も、みな搭乗員室の方に回っておりますけん!」

一整曹の従兵長は、なかなかいい返事をくれない。

「どれ、配給のノートを見せてみろ」

水越がひったくって帳面を繰ってみると、砲術長や航海長の配給分がまだ大分残っている。

「おい、この分を平原大尉の方に回しておけ。それをおれたちがもらってゆく」

「そんな勝手なことしたら航海長に叱られますがな」

「なに、本艦は当分動きやせん。航海が始まるまでに返せばええのやろう。それまで借りとく」

善行章二本（六年以上勤続）の凄みをきかせて、ついに一ダース分捕り、凱歌をあげて飛行科の居住区に引き揚げて来た。翌朝、一部始終をヘーゲル大尉に報告すると、

「よく呑む奴らだなあ」

と右門分隊長もしかめ面である。

「いいだろう。おれが航海長に謝っておくよ」

と比良大尉がとりなしてくれたので、やはり隊長は話せるとばかりに、三日ほどすると、また従兵長をおどかして一ダースせしめるというようなことが続いた。

比良大尉は色が浅黒く、坊主頭の上が少しとんがっていたので、隊員はこのエネルギッシュな隊長に〝どんぐり〟という仇名をつけた。

ところが、隊長はそんなことは知らない。

どんぐりころころどんぶりこ
お池にはまってさあ大変

などと一緒になって歌っている。

ところがある日、これが隊長の耳に入った。

「なに？　おれがどんぐりだ？　怪しからぬ仇名をつけやがる」

薩摩っぽうの隊長は憤慨した。ヘーゲル大尉と相談したどんぐり隊長は、ある夜半、大酒を呑むと突然、

「総員起こし！」

と怒号して搭乗員室にやって来た。

「なんだ、今頃……」

「何ごとが起きたというんだ？」

隊員は眠い眼をこすって見上げると、二人の大尉が赤い顔をして立っている。

「ああ、酔っ払いだ。ほっておけ」

水越は再び眠ろうとした。

すると頭の上から水が降って来た。

「これはいかん、浸水だ」

「いつ魚雷が命中したのだ？」

水越たちは、はね起きると飛行服を着にかかった。

「総員起こし！　搭乗員整列！」

どら声のする方を見ると、どんぐり隊長が消火用のホースを持って立っている。

「こら、おれにどんぐりという仇名をつけたのは、お前か、貴様か？」

隊長はホースの先で隊員を追いかける。ついに全員ずぶ濡れになったところで、

〽何ぞ恐れん我に
　鎌倉男児あり

と「元寇の歌」を歌ってどんぐり隊長とヘーゲル分隊長は引き揚げてしまった。察するに、搭乗員は前線に出ることもなく、意気があがらないので、この際〝活〟を入れてやろうという隊長たちの試みであったらしい。

ところが若手の搭乗員たちはそれではおさまらない。

「酒を呑んで騒ぐのはおれたちだけではない。今度は隊長にお返しをしようではないか」

というので、ある夜、搭乗員会の宴もたけなわな頃、

「さあ、次の出撃の前祝いだ。みこしをかつごう」

というので、比良隊長をかつぎ上げ騎馬戦の形で艦内を練り歩いた。それまではよいのだが、通路の隅にある防火用水の大きな樽に、どぶんと隊長を投げこんでしまった。

ところが酔いの回った隊長は、

「うーむ、よい気分だ。おーい、みんなこのお釈迦様にもっと甘露の水をかけてくれい」

とご機嫌であったので、隊員一同、どうも肝の太い隊長ではあると驚いたのであった。

すでに六月三十日、米軍はニュージョージア島の南にあるレンドバ島に上陸、二航戦飛行

隊はブインに進出し、十一航艦司令長官草鹿任一中将直率の五八二空らと協同して、連日ニュージョージア上空で死闘を繰り返している。

筆者の同期生牧野嘉末（かずえ）（七〇二空）、大野竹好（二五一空）、斎藤三郎（二五三空）、藤巻久明（「隼鷹」戦闘機分隊長）らは六月末から七月中旬にかけて、この方面の戦闘で戦死している。

一方、トラック環礁春島の一航戦には一向に呼び出しがかからない。四月のい号作戦にこりて、GF司令部も一航戦までソロモンに注ぎこむということはためらっていた。

エネルギーのやりどころがないというので、春島では猛訓練が続く。

七月末のある日、降爆（急降下爆撃）訓練のとき、事故が起きた。例の一斉同時降下をやったとき、一中隊の二小隊長機（米田中尉、大石忠敏上飛曹）の機の上に二番機がのしかかったのである。二番機の右脚と一番機のプロペラが接触し、右脚とプロペラがとんだ。二番機は片脚で春島基地に着陸し、大破したが搭乗員は無事だった。

一番機は大石兵曹がグライド（滑空）で飛行場から四キロの地点まで機をもって来たが、力尽きて海に不時着した。沈みゆく機から米田は這い出して来たが、重傷を負った大石は機とともに沈んだ。浅いところだったので、間もなく機は引き揚げられた。しかし、大石兵曹の姿はなかった。もがいて脱出したか、どこかへ流れ去ったのであろう。

「瑞鶴」では、しばらくぶりで慰霊祭が催された。水越たち艦爆隊員は、呑兵衛でマージャンが上手だったよき友、〝艦爆野郎〟大石兵曹の死を悼んだ。

不測の事故で一旦は緊張したが、ソロモンの戦況緊迫に引きかえ、トラックの一航戦には一向に出撃命令が下らない。熱帯の太陽の下で昼は訓練、夜は呑み会の毎日が続く。スコールが、さーっとやって来ては過ぎてゆくが、ときには、半日くらい入道雲が停滞して雨になることがある。前述のように、操縦員は休養であるが、偵察員は始関中尉が航法、荻荘中尉が通信を担当して図上演習ということになる。

古い偵察員は面白くないが、ベテランの武藤弥三飛曹長までが神妙に偏流や気速を加味して机上航法をやっているのでちょっとさぼりにくい。

しかし、どうにも眠くて仕方がない。そこで、水越は一計を案じた。彼が電文を送る番が回って来たときのことだ。

「ワレ、敵戦闘機ノ急襲ヲ受ケ、被弾、操縦員重傷、帰投不能ニツキ自爆ス、一四〇〇」

こう電鍵を叩くと、偵察員は勿論、荻荘中尉も受信紙に鉛筆を走らせている。打電を終わると、

「水越上飛曹戦死、失礼します」

用具を持ってさっさと室外に逃げ出した。

「この野郎!」

武藤飛曹長はそう叫び、荻荘中尉もあっけにとられて見送っている。後から文句も出なかったから脱出作戦の成功である。

しかし、スコールにもまた別の利用法があった。

基地のバラック兵舎の屋根に降った水は、雨樋から軒下の大きな水槽に導かれて貯蔵される。この水を朝の洗面に使うのだが、洗面の時間が終わると主計科が鍵をかけてしまう。それで入浴はおろか、洗濯もままならない。連日の猛訓練で汗臭くなったシャツを洗うこともできないのだ。先任搭乗員としては見捨てておけない。

ある日、水越は一計を案じて、長いホースの一端を軒下の水槽の中にさしこみ、こちらにオスタップ（洗濯桶）を用意して、ホースの一端を吸うとサイフォンの原理で天水が流れこんで来た。これで洗濯の悩みは解決した。つぎは兵士が何よりも楽しみにしている入浴である。

格納庫代用の整備班の大型テントにスコールの水が満々とたまる。石鹼を巻きこんだタオルを頰かぶりして、裏の方からテントの柱によじ登る。基地には口うるさい甲板士官などいないから平気である。テントのたるみにたまった水は温まって手頃な湯加減である。

「ああ、いい湯だ……」

第一のテントで石鹼を使って、ゆっくり汗を流す。眺むれば連合艦隊が居並び、その向こうには蒼い海とリーフが広がり、海の色が夕陽を浴びて金色に輝きそめている。

「絶景かな、絶景かな」

南禅寺山門の石川五右衛門を気どりたいところであるが、下方の整備科士官に聞こえるとうるさいので、仲間と顔を合わせて、眼で笑い合う。第二のテントで上がり湯を使い、シャツとパンツをひっかけて、また柱を降りる。

名づけて〝春島温泉〟。忙中閑あり、激戦の陰にいで湯ありという、しゃれた日もあったのである。

入浴はそれで解決したが、飯の問題もときには先任搭乗員のところに持ちこまれて来る。基地では問題がないが、たまに出撃準備その他で艦内に帰ると、借家住まいのようで割を喰うことがある。

ある日の昼、居住区で食事をしようとしてふと見ると、若い搭乗員の方の皿にお菜がのっていない。

「おい、食卓番、こちらのお菜はどうしたんだ?」

訊くと、食卓番長の中村五郎二飛曹が、

「申しわけありません。烹炊所(ほうすいじょ)の入り口で工作科の下士官に突きとばされて、煮魚の入った大皿を落としてしまったのです」

という。

「怪しからん奴だ。おれがあいさつしてやろう」

と言って、班長の一人が出かけたが、もう件の工作科の兵曹はいない。何にしても魚を分捕るのが先決である。このときの用意に主計科の同年兵の兵曹には、ふだんから酒が届けてある。

「副食十五名分頼みます。水越」

と書いた紙を若い兵士に持たせると、二人で大皿を運んで来た。アコウ鯛に似た魚がどっさりのっている。

さて、これで飯はすんだが、無事にすまないのは、工作科の生意気な下士官へのあいさつである。先任搭乗員の髯の手前何とかしなければならない。夕食時に中村兵曹を連れて工作科の前に出張っていると、件の下士官が出て来た。

「あいつです」

中村の合図で、水越は工作科の入り口に立ちはだかった。

「おい、邪魔だ」

向こうも一等工作兵曹である。班長クラスであろう。無言のまま、顎へ一発見舞うと、とびかかろうとするところへ、今度は下腹部へ一発喰らわした。相手は腹を押さえながら、

「何だ、この野郎！」

「おい、おれを、何だと思う。十二志で善行章二本なんだぞ」

と上眼づかいに睨む。しめた、と水越は思った。

「うむ、同じ二本でもこちらは十一志だ。今日の昼はよくも艦爆隊の副食をひっくり返してくれたな。これがそのお礼だ！」

脛に蹴りを一発かますと、相手はへなへなとくず折れてしまった。何といっても軍隊は飯の数である。

レンドバの戦況は我に非なりで、トラック島でも戦機は熟しつつあった。

内地から輸送用空母で運びこまれた零戦、九九艦爆、九七艦攻が竹島に陸揚げされる。こ

れを整備してラバウルへ送りこむ。二航戦は孤軍奮闘を続けていたが、八月三日、ついにニユージョージアのムンダ飛行場は米軍の手中に帰してしまった。

八月五日、「武蔵」を中心とする艦隊がトラックに入港、リーフの中の空気は、ぴりっと引き締まった。

しかし、敵はレンドバから、八月十五日にはベララベラ島に上陸して来た。

二十三日には、「大和」「長門」「扶桑」、重巡三の大部隊がトラックに入港することになった。春島の「瑞鶴」飛行隊は、大挙この艦隊を攻撃する航空戦教練が行なわれることとなり、飛行場を飛びたち三百マイル進出して、GFの主力に殺到した。

十分錬成のあとを示したところで出撃を待つが、なかなか敵の機動部隊は姿を現わさない。

一方、ソロモンの航空作戦を担当せしめられた、二航戦（隼鷹、飛鷹、龍鳳）の飛行隊は新司令官酒巻宗孝少将（41期、五月二十二日、角田中将と交替）指揮のもとにブインに進出して、連日健闘したが、敵の優勢のために飛行機の大半を失い、九月一日には二航戦司令部は、一時、二十六航戦に転任ということになった。

勢いに乗った米軍は、十月二十七日、ショートランドとブインの中間にあるモノ島に上陸を開始した。ショートランドは水上機及び駆逐艦などの基地で、モノ島を制せられると、ブイン基地も危険になるし、ラバウルも小型機の攻撃範囲に入ってしまう。

残念ながらラバウル基地の航空隊は、レンドバ方面の空戦で多くを失い、今回の北上を阻止するには微力である。

古賀大将のGF司令部（参謀長福留繁中将、首席参謀柳沢蔵之助大佐、航空参謀内藤雄中佐）は、またも空母の飛行機をラバウルに揚げることを考え、トラック島で結成していた一航戦（翔鶴、瑞鶴、瑞鳳）の飛行機に、十一月一日、南下を命じた。

「瑞鶴」隊は零戦二十四、艦爆十八、艦攻十八、艦偵三の計六十三機（「翔鶴」も同数、「瑞鳳」は二十六）をラバウルに進出せしめた。戦闘機隊長は納富大尉、艦爆は比良国清大尉、艦攻は宮尾暎大尉（62期）である。

こうして小沢中将直率のもとに、ろ号作戦が開始される。

十一月一日、ハルゼー麾下の第三海兵師団がブーゲンビル島中部西岸のタロキナ岬付近に上陸して来た。

古賀長官は第二艦隊司令長官栗田健男中将の率いる第四、七、八戦隊、第二水雷戦隊にラバウル進出を命じた。

第二艦隊主力がラバウルに到着した十一月五日、待ちかまえていたハルゼーはシャーマン少将指揮の第三十八機動部隊（空母プリンストン、サラトガ基幹）に急襲をかけさせた。戦爆九十七機の攻撃を受けて湾内の旗艦「愛宕」「高雄」「摩耶」「筑摩」「最上」らが直撃弾、至近弾によって損傷を受けて能力を半減した。

続いて十一日、シャーマン隊はさらにモンゴメリー少将の第五十三機動部隊（空母エセックス、バンカーヒル、インデペンデンス基幹）を加えて再度ラバウルを襲い、損傷のため湾内にとどまっていた二艦隊の重巡一、軽巡三、駆逐艦八を爆撃した。軽巡一、駆逐艦三が損傷を受け、駆逐艦一が沈められた。

もちろんラバウルにいた日本空軍は、黙ってこれを眺めていたわけではない。二日以降、この空母部隊基幹の大艦隊に連日のように攻撃をかけ、第六次ブーゲンビル沖海戦まで続行した。

一航戦飛行隊がトラックからラバウル（今度は山の上の西飛行場であった）に移動したのは十一月一日であるが、二日には、さっそく艦爆隊がタロキナ岬沖の敵輸送船を攻撃した。まず「瑞鶴」艦爆隊第一中隊八機が比良大尉に率いられて出撃した。平原大尉の第二中隊は待機である。

このとき、櫟栄市上等飛行兵曹は第一中隊の第三小隊に属して参加した。以下、彼の回想によって第一中隊の戦いぶりを伝えたい。

タロキナ岬沖で輸送船団を発見した艦爆隊は九機が一列横隊となって高度八千メートルから急降下し、多数の命中弾を与えたが、降下の途中からP38、F4Uコルセア戦闘機が喰い下がって来た。コルセアはグラマンF6Fヘルキャットとともに大戦後半の米海軍を代表する新型戦闘機で、十三ミリ機銃六梃はワイルドキャットと同じであるが、時速六百三十五キロはワイルドキャットより百二十キロ、ヘルキャットより四十キロ速く、零戦五二型よりも七十キロ速かった。この時期にはようやく空母にも積載され、肩をすくめた鷗型の翼は日本のパイロットたちにもお馴染みとなりつつあった。

このときの米戦闘機の攻撃は、投弾後、集合地点に来てからも激しく、艦爆は次々に火をふいて墜ちて行った。櫟兵曹はいち早く危険を察して、投弾後、東のブーゲンビル島東方に避退し、やがて北西に針路を変えた。ラバウルに向かって飛行中、P38二機が追って来たので海面すれすれの低空飛行に移ったところ、図体の大きなP38は海面に突っ込むことをおそれて射撃をせずに反転した。

なおも低空で飛んでいると、後方から「翔鶴」の艦爆一機が続行して来た。操縦員は若い中尉である。この中尉は六十八期の嶋田雅美で、十一月一日付で大尉に進級していたが、中尉の腕章で飛んでいた。嶋田機は偵察員が重傷なので、航法が難しい。しかし、強気な彼は櫟の機に随行しようとはしなかった。こちらへ来て二番機につけと手先信号でいって来るが、何を若いくせにいっとるか、というので櫟は単機ラバウルに帰投した。

彼は十二志（昭和十二年、入団の志願兵）で空母「龍驤」に乗り組み、シナ戦線で初陣を経験したベテランで、大村空では艦爆隊の名物男高橋赫一大尉（珊瑚海で戦死）の部下、佐伯空では江間保中尉のもと、「蒼龍」では和田鉄二郎飛行長、「飛龍」では津田俊夫中尉、十四空では高橋定大尉のもとで働いた歴戦の艦爆操縦員であった。

私が宇佐空にいた頃は、関少佐の艦爆隊におり、後で私の偵察員となる祖川兼輔兵曹と同じ下宿にいたという。

彼は十七年十月末、南太平洋海戦終了後、「瑞鶴」乗り組みを命じられ、翌年四月には高橋大尉のもとでい号作戦に参加している。つねに意気壮（さか）んな艦爆野郎の一人である。

彼が若い士官に違和感を抱く一つの原因は、「瑞鶴」の甲板士官との衝突であった。

鹿児島の志布志湾で「瑞鶴」に乗艦した彼は、二年ぶりの母艦勤務というので懐かしさを胸に抱きながら搭乗員寝室で寝起きすることになった。ところが若い少尉の甲板士官が搭乗員を目の仇にして痛めつける。

大体、「蒼龍」でも「飛龍」でも搭乗員は別格扱いで、両舷直と呼ばれる一般水兵の当直勤務や掃除、手入れなどにも出なくてよいことになっている。空母は移動と出撃のときに乗るだけで、本当の訓練は鹿屋、佐伯などの陸上基地でやるのであるからそれが当然であろう。したがって、水兵たちが甲板を洗っているときでも搭乗員は寝室で休養していることがある。若い少尉殿はこれが気に入らなかったらしい。ことごとに搭乗員の寝室に来ては文句をつける。軍紀風紀を取り締まるのが甲板士官の役目であるから止むを得まい。

強気の櫟兵曹は、毎回、この少尉と衝突した。これが原因で彼は若い士官とはそりが合わなくなっていたのである。

さて、出撃待機を仰せつかった平原大尉の第二中隊はどうなったのか。

午前十一時を回った頃、前線の見張所から、

「敵機約二百機ラバウルに向かう」

という情報が入った。

「いけねえ、これで第二中隊の出撃はお流れだぞ」

地上で待ちかまえていた水越兵曹らは地団駄を踏んだ。

戦闘機隊は砂塵を蹴立てて迎撃のため離陸してゆく。残念ながら艦爆隊は逃げの態勢であ

る。爆弾を降ろし、ガソリンを抜きとると、機をジャングルの奥の掩体壕に送りこむ。やがて、空襲警報、そしてタカタカタッタッターと「対空戦闘」のラッパがジャングルに鳴り渡る。搭乗員は指揮所に近い防空壕に入る。右門分隊長も唇をへの字に結んでいる。忍の一字である。

やがて湾内の艦船に対する爆撃が始まり、上空で空中戦が始まる。双発のB25一機が零戦の二十ミリを喰らって翼がふきとび、空中分解してジャングルの上に落ちてゆく。

敵が引き揚げてしばらくすると、第一中隊が帰って来た。敵の猛烈な対空砲火のために四機が未帰還である。

三十分ほどすると、一機がふらりふらりしながら帰って来た。操縦員が重傷らしい。前輪だけで着陸したがのめって前方に転覆してしまった。直ちに救急車が走る。重傷の操縦員は担架で治療所に運ばれる。元気そうに立ち上がった偵察員の村上一飛曹も右手首に十三ミリ弾を受けて手の甲が削がれ、指の骨が露出している。しかし、豪気の彼は悠然として救急車まで歩いた（彼は戦後、明治大学に入り、片腕のラグビー選手として有名になった）。

艦爆隊の成果は巡洋艦一隻大破にとどまったが、一航戦戦闘機隊は敵機撃墜百二十機を報じた。

これはこの春から使用され始めた三号爆弾による効果が大きい。基地の零戦や二五一空の夜間戦闘機月光に積まれた三号爆弾は、敵編隊の上方五十メートルで爆発すると、鉄片が飛散し、B25の三機編隊を一撃で墜とすというようなことが珍しくはなかった。

この日の戦死者は、一中隊二小隊長の田中吉次飛曹長、倉島三郎上飛曹、稲垣正実、灰田積、山本敏、荻尾隆の各二飛曹であったが、残る未帰還一機のペア下川部春雄、飯田良一両二飛曹は、一ヵ月間筏に乗って漂流した後、ブーゲンビル沖で味方潜水艦に発見された。下川部兵曹は海中に転落して死亡、飯田兵曹も救助されて間もなく死亡したので、そのライフジャケットが潜水艦によって「瑞鶴」の基地まで届けられた。

十一月三日、明治節、無傷で待ちかまえていた第二中隊は、午前八時、発進した。この日はモノ島の西百マイルに敵戦艦群が発見され、偵察機が触接中である。

ブーゲンビル島の緑のジャングルを左手に見ながら南下してゆく。二千メートルくらいと思われる山が続くが、そのなかから一条の瀧が落下しており、そのさらし木綿のような白さが眼にあざやかである。米軍が上陸したタロキナ岬も前下方に見える。

間もなく「敵見ユ」を打電しようと、水越は平原大尉機の後席で待っていたが、二時間も飛んだのに敵艦がいない。不審に思って触接中の偵察機に問い合わせてみると、

「敵ハモノ島ノ東百マイルニアリ」

という返事である。

何のことだ、朝の発見電は、西と東をとり違えていたのだ。発信員が悪いのか、受信者が受けそこなったのか。

とにかく、東へ向かおうとして、航法図板に位置を入れてみたが、今からではとても届きそうもない。

迷っていると、基地の三艦隊司令部から、

「攻撃ヲ止メ帰投セヨ」

という無電が入った。

——止むを得ぬ……。

反転帰投のコースに入ったが、腹の下に抱いた二百五十キロがもったいない。右前下方にタロキナ岬が見える。水越がヘーゲル大尉に進言して輸送船くらいはいるだろう、というので接近したが、小型舟艇が走り回っているだけである。仕方なく、橋頭堡を築いている米陸上部隊に二百五十キロのお見舞いである。さぞかし米海兵隊も驚いたであろう。

ところが、第一法で一機ずつ降下してゆく途中で、第三小隊の三番機が、黒煙を吐いて錐揉みに入った。

水越たちは知らなかったが、このとき高度四千メートルにあった雲の上では、直掩の零戦五十四機が、コルセアF4U機の大群と遭遇して死闘を演じていたのである。三番機はここからはずれて来たコルセアに喰われたらしい。この機のペアは小倉信一郎上飛曹と中村五郎二飛曹である。中村は前に出た烹炊所のお菜事件で、水越が工作兵曹を殴ることになるもとになった男で、水越にとっては可愛い後輩である。陸上攻撃のおかげで大切なペアを失ってしまった、と水越は後悔したが、

「いやあ、あのときタロキナ爆撃をやらずに直進していたら、もろにコルセアの大群につかまって、もっと被害が大きかったんだ。急降下したんで、期せずして被害を局限することに

なったんだよ」

と、ヘーゲル大尉がいつになく慰めてくれた。

続いて十一月五日、敵輸送船団攻撃の命を受けて、比良大尉の第一中隊は再び出撃した。このときは櫟兵曹にとっては畢生の激戦であった。相手が輸送船だというので、両翼に六十キロ一発ずつをつけて南東に向かったところ、ブーゲンビル島を東へ出はずれたあたりで、高度八千で敵戦闘機の大編隊に遭遇した。後から考えてみと、これは空母を中心とする敵主力部隊の直衛らしい。何にしても大群で納富大尉指揮の零戦隊が迎撃するが、その隙を縫って降って来る。

これは後方（こちらから見れば前方）に敵の主力がいるな、とみた比良大尉は「トツレ（突撃隊形作レ）」を命じ編隊を解散して、一列横隊の扇形同時攻撃隊形を作らせ、前進した。

果然、前方五キロほどのところに輪型陣が見え、その向こうに巡洋艦に囲まれた空母が大きなワラジのような形で東進しているではないか。

——いたぞ！

直ちに、「全員突撃セヨ」を下令したいところであるが少々距離が遠い。このままでは戦闘機による被害が増えるな、と比良隊長が考えていると、急に、さーっとヘルキャットやコルセアが、反転して散って行く。——おかしいな——と考えていると、これが高角砲による重層弾幕射撃の前ぶれであった。

これは高性能の高角砲による新しい射撃法で、まず高度一万メートルで第一弾幕が作られ、茶色の煙がそこここに浮く。その周辺では破片がとび散り落下して来る。

ついで第二弾幕がやや低く、第三弾幕は艦爆隊の前方やや下方で炸裂した。このようにして修正しながら、重層の弾幕によって飛行隊を捕捉しようというのである。

第四弾幕は、当然、艦爆隊に正中すると考えた比良は、高度を下げるように合図をした。ところがあたかも敵の大型巡洋艦が前下方に来ていたので、比良も考えを変えて、一部をこれに突入せしめることにした。

櫟は操縦桿を突っ込むとダイブに入った。これで第四弾幕はまぬがれたと考えたのだが、今度は下方の巡洋艦が空母の代わりに狙われてはかなわぬとみてとったのか、高角砲、四十ミリ、二十五ミリと猛烈に撃ち上げて来る。

降下してゆくにしたがって、大型巡洋艦と考えていたその船の艦橋が、いやに大きいのに櫟は気づいた。艦橋の周辺を機銃砲台が針鼠のようにとり巻いている。

――戦艦だ。しまった、二百五十キロをもって来るんだった、六十キロでははじき返されてしまう……。

櫟が唇を噛んだとき、右脚を棍棒で力一杯叩かれたようなショックがつき抜けた。高角砲弾の破片にやられたのだ。

高度四百で投弾して海面上三メートルの低空で避退する。前方に本物の巡洋艦が現われる。艦尾すれすれにこするようにしてすれ違ったので、機銃掃射はまぬがれた。目標が大きいので爆弾は二弾とも命中したが、周辺の人員を殺傷したにとどまったのではないか。

また一隻、巡洋艦が前方に現われたので、今度は面倒臭いとばかりに艦橋の前を飛び越えた。そんなに無理をすることはなかったのであるが、右脚が利かないのでフットバーを強く踏むことができないのである。それに気づいてふと見ると、風防の右側がひしゃげている。

——早く輪型陣を飛び越えねば……。

と焦りながら全速で低空飛行を続けるが、敵の機銃は執拗に追って来る。

ついに捕まったとみえて、ガン、ガン、ガンと空缶を連打するような音とともに二十五ミリ機銃弾が一発操縦席にとびこみ、計器盤が壊されてしまった。

右燃料タンクに直径二十センチほどの大きな穴があき、ガソリンが霧のように噴出する。オイル（潤滑液）も洩れているとみえて遮風板が黒く濡れて視界をさえぎる。布で拭ってもまた汚れて来る。いよいよこれでお陀仏かと思ったが、不思議に恐怖も不安感もなかった。とにかく、輪型陣を抜けなければ、とそればかりに気がはやる。

敵は戦艦の主砲をぶっ放したとみえて、そこここに三メートルくらいの水柱が立ち上がる。座席の底にはオイルとガソリンと右脚からの出血がたまり、刺激臭で喉が痛く、眼をあけているのが苦しい。風防の左側に顔を出して前方を見ながら操縦を続ける。

このようにして難行苦行のすえ、櫟はやっと輪型陣の上を飛び越えてラバウルに辿りついた。右脚には高角砲弾の破片二個が喰いこんでおり、かなりの出血があったが、治療の結果、どうにか操縦できる程度に回復した。（註、後に、彼が攻撃したのは、前年十一月十三日、「霧島」を砲撃した戦艦サウスダコタであることがわかった）

この五日は、前述のとおり、米艦載機の大空襲によって「愛宕」「高雄」ら巡洋艦七隻が損害をこうむった日であるが、夜は「瑞鶴」分隊長清宮鋼大尉（65期）の率いる艦攻十四機が敵の空母を雷撃し、二隻の撃沈を報告した。清宮大尉は戦死し、二階級特進した。

大本営は、空母二、巡洋艦二、駆逐艦二を撃沈したと公表し、これを第一次ブーゲンビル島沖航空戦と名づけた。内地では、久方ぶりに軍艦マーチが鳴り響いたが、米軍の損害は軽微で、一航戦は苦戦を続けた。

六日、松川陸郎大尉（「瑞鶴」艦攻）、モノ島付近索敵中戦死。

八日（第二次ブーゲンビル島沖航空戦）、一航戦艦爆隊はブーゲンビル島ムッピナ岬沖の敵輸送船団攻撃の命を受けて、午前七時、発進して南下することになった。

まだ暗いうちに山の上の宿舎を出るとき、水越は宿舎の隅に遺品の山ができているのを認めた。

「今日は、おれの私物もあの上に積み上げられるのか」

そう思いながらトラックで山の狭い道を揺られてゆく。

「翔鶴」二個中隊十六機、続いて「瑞鶴」どんぐり隊長の一中隊、ヘーゲル大尉の二中隊各五機、合計二十六機、これが一航戦艦爆隊の残存全兵力なのだ。

一中隊二小隊長機が平原機のすぐ前を行く。後席の荻荘中尉がこちらを見て微笑している。昨日、指揮所でシナ事変中の失敗談を話したが、それでも思い出しているのだろうか。

「瑞鶴」着任当時は、太った色白の青年であったが、半年の南洋生活で色が黒くなり、ラバウル給与のせいか体も引き締まって来たようだ。

水越は荻荘中尉に微笑を返しながら、雨の日によく通信の図演（図上演習）に引っぱり出されたときのことを想い出していたが、これが中尉の見収めになるとは気づいていなかった。

ブーゲンビル島西岸を二時間ほど飛ぶと、リーフの向こうに大輸送船団が見えた。タロキナ岬方面への補給の新手部隊である。

相手が輸送船団なので、一機一艦を狙わせようという、どんぐり隊長の攻撃法である。

平原機は駆逐艦を狙った。空母や戦艦がいないのならせめて駆逐艦でも、というヘーゲル大尉らしい考え方である。

「トツレ第一法」

高度四千から降下してゆく、盛んに撃って来るが、輪型陣に較べるとはるかにアイスキャンデーが少ない。右に左にジグザグ運動で回避するのへ高度三百で投弾したが、引き起こしてみると、惜しくも艦首右舷の至近弾である。しかし、艦尾の白波が減って艦速が落ちたところを見ると、ブリキ張りの駆逐艦の側鈑が破れ浸水したものらしい。

輸送船のマストが林立している中を縫って低空で回避する。どこからかコルセアが降って来て、零戦と空中戦に入る。こちらにもかかって来る。

一中隊の一機が火を吐いて海中に突入する。二小隊長機なら荻荘中尉の機だ。また一機、今度は二中隊二小隊の機である。横滑りしながら左翼から海中に突入する。

今度はこちらに来る。

「分隊長、左旋回！」

「おうい」

大きく旋回する機の胴体に体を押しつけられながら水越は七・七ミリで応戦する。グラマンのエンジンが一個の丸になり、串刺しにしたように黒い翼が見えて迫って来る。このままでは危ない。

「右旋回！」

手短かに叫ぶ。ぐぐっと機が右に切り返され、体が左側に押しつけられる。迫って来たグラマンが右翼を見せながら左前方に飛び去った。なおも高度零メートルで海面を這って、やっと敵の攻撃をまぬがれた。

この日の一航戦隊の戦果は、輸送船二、駆逐艦三撃沈と発表されたが、米軍の発表は、輸送船二、軽巡バーミンガム大破である。

「瑞鶴」隊は四機が未帰還となり、荻荘中尉の機もその中に入っていた。

同じ日、この付近では一航戦小野賢次大尉（翔鶴）指揮の艦攻九、基地の陸攻十二が攻撃を行ない、夜間雷撃によって戦艦四、巡洋艦三、駆逐艦四を撃沈したと報じた。これが第二次ブーゲンビル島沖航空戦で、またしても内地では軍艦マーチが奏された。この日、筆者の同期生長野一陽大尉（「翔鶴」艦攻）、松橋喜久雄大尉（同艦爆）も戦死している。

そしてこの日「瑞鶴」隊はかけがえのない戦闘機隊長納富大尉を失った。「祥鳳」戦闘機隊長以来、一年半、つねに前線にあって力戦した納富大尉はいつも磊落（らいらく）で部下の信頼を集めていたが、彼の戦死は、「瑞鶴」戦闘機隊員に暗い予感を感じさせた。

この当時の「瑞鶴」戦闘機隊は隊長納富大尉のもとに荒木茂大尉（67期）、関谷丈雄中尉と二人の分隊長がいた。そして、分隊士には後に撃墜王（公認十八機）として有名になる斎藤三朗飛曹長がいた。

八日の艦爆隊出撃時には、納富隊長をはじめ、荒木第二中隊長、関谷、斎藤小隊長が参加した。

艦爆隊が急降下する頃、付近にはF４Uコルセア、P38ライトニングなど約四十機が待ちかまえていた。納富隊長は下方から急上昇してきたP38四機に向かって行った。関谷の二小隊はこれを掩護しようとして右へ、斎藤の三小隊は左に回りこみ激しい空戦が始まった。P38は艦爆に一撃を加えると高速で降下しつつ避退してゆく。これを納富隊長の零戦が急降下で追う。突如、上方からF４U八機が降って来て、零戦隊はこれを迎えて空戦に入った。右下方で一機の零戦が火をふいて錐揉みに入るのを関谷は認めた。

――納富隊長がやられた……。

気落ちした関谷の機を、下方から急上昇して来たP38が狙った。一弾が左脚をかすめ下方から胴体を貫き右掌の指四本の付け根の肉を抉った。左腿に機の破片が突き刺さり、関谷は眉をしかめた。関谷は出血を感じながら追いすがるF４Uをかわし、辛うじてラバウルに帰投した。血が飛行靴の中で音をたてていた。

海軍病院に入院した関谷は、その夜、隊長機が未帰還になったのを聞き、やはりあのときの機が隊長だったのだと確信し、ベッドの中で合掌した。納富大尉の戦死はGF長官名で全軍に布告され、二階級特進して中佐に進級した。海軍戦闘機隊の名物男がついに南海に散ったのである。

続いて十日。艦攻九機がタロキナ岬沖の輸送船団を夜間雷撃し、駆逐艦一、輸送船二の撃沈を報じた。「瑞鶴」隊長宮尾大尉は討ち死にして中佐に特進した。

この日、「瑞鶴」艦爆隊は艦攻隊と協同すべく夜間攻撃の待機を命じられ、比良大尉、平原大尉、始関中尉の三機が待機していた。初めての夜間爆撃なので、水越も何とか戦果をあげたいと張り切っていたが、行動海面の雲が低いため、発進中止となった。

翌十一月十一日、敵大機動部隊がブーゲンビル沖に出現、というので、一航戦は艦爆、艦攻の残存全機をあげて出動した。この日は平原大尉が高熱を発したので、水越は腕を撫しながら基地に残ることになった。

しかし、この日の作戦に出ていたら水越も戦死するところであった。

小井出護之大尉（「翔鶴」＝この日、戦死）指揮の一航戦艦爆は二十三機、敵の戦闘機に追われながら空母二隻を大破せしめたが、帰って来たものは二艦併せてわずかに五機であった。檮原正幸大尉（瑞鶴）指揮の艦攻十四機は全機未帰還となった。「瑞鶴」隊は比良大尉が武運強く無事であったが、雨の日の航法で水越たちを悩ませた、まじめでスマートな始関中尉もついに帰らなかった。ベテラン偵察員の〝やあさん〟こと武藤弥三飛曹長も亡き数に入ってしまった。正に秋風落莫である。

そしてこの日、戦闘機隊では、納富隊長の仇をとるんだ、と眦を決していた荒木大尉も戦死し、同じ飛行場で納富隊長と談笑していた「瑞鶴」戦闘機隊長佐藤正夫大尉も戦死してしまった。

この頃になって水越は、ビールの箱がうらめしく感じられるようになった。主計科からは毎日三ダースのビールが運びこまれる。しかし、艦爆隊の生存者は十名といっても病院に入っている者もいるので、とても三ダースは呑み切れない。かつてトラックではあれだけ無理してビールをかき集めたのが、今度は眺めるだけというのでは嘘のようである。

十一月十三日付で、古賀長官は、ろ号作戦の打ち切りを下令した。

その前夜、明日はトラック島に引き揚げるので、激戦だったラバウルも今夜限りか、と水越たちがぱらぱらと毛布を並べて横になった頃、名残惜しいと思ったのか、空襲のサイレンが鳴った。しかし、誰一人として起きて防空壕にとびこむ者はいない。

逃げても死、とどまるも死——というような諦観が搭乗員たちの内に流れている。それだけブーゲンビル島沖航空戦は熾烈であったということができよう。

翌朝、トラック帰投のため水越が荷物をかついで飛行場に出てみると、愛機九九式艦爆二三二号は焼けて一塊のジュラルミンの屑となっていた。

「これではトラックに帰れんわい」

と水越が嘆いていると、ヘーゲル大尉がやって来て、

「使えない飛行機は、全部おいてゆく。飛行機のない者は『瑞鳳』でトラックへ帰るんだ」

と教えてくれたのでほっとした。

こうして「瑞鶴」艦爆隊は懐かしのトラックに帰ったが、艦攻隊はニューアイルランド島のカビエン基地に残って作戦続行、戦闘機隊の一部も納富大尉に代わる新しい隊長中川健二大尉（67期）が率いて、なおも米軍を迎撃することとなった。

残部は大山少尉と斎藤飛曹長に率いられてトラックに帰ったが、休養する間もなく、十一月二十六日、七機をもってマーシャルのルオット島に進出、十二月三日、タロア島に移動して米機動部隊の襲来に備え、五日、ルオット島に帰投時、米艦載機の襲撃を受け、四機を撃墜したが、指揮官大山少尉以下四機を失った。残った斎藤飛曹長以下三人のパイロットは被弾した零戦をルオット島において翌六日トラックに引き揚げた。この後、斎藤は徳島空に転じたが、フィリピンでは再び撃墜を数えている。

この間、小沢部隊の一航戦は、戦闘機四十三、艦爆三十八、艦攻三十四、偵察機六を失っている。総参加機数百七十三機に対して百二十一機の損失であるから七十パーセントの消耗率である。

「瑞鶴」艦爆隊の消耗も激しく、十三日、トラックに引き揚げたのは櫟兵曹の機を含めてわずかに三機であった。

「瑞鶴」隊員の胸は重かった。かつて珊瑚海でレキシントンを沈めヨークタウンを大破せしめ、南太平洋においてホーネットを沈めエンタープライズを大破せしめた「瑞鶴」艦爆隊の威力はどこへ行ったのか。大本営発表は、空母、戦艦併せて数隻の撃沈を国民に誇示しているが、今回は一隻の空母も戦艦も沈んではいないことは搭乗員が一番よく知っていた。
——味方は「翔鶴」「瑞鶴」をトラックにおいているので空母は無傷である。それなのに敵の空母を仕止めることができないとは。それほどまでに一航戦の伎倆は落ちてしまったのか……。

そうは思いたくなかった。何にしても敵の直衛戦闘機の数と対空砲火の凄まじさで、輪型陣を突破して空母まで肉薄できないのである。

頼みとする零戦も、新型のヘルキャットやコルセアには押されている。かつては零戦のベテランパイロットは、グラマン（ワイルドキャット）なら、一対三でも相手にしてみせる、と豪語していた。しかし、最近では、余程優秀な搭乗員でないと、ヘルキャットと対等以上にわたりあい、これを撃墜することは難しくなって来ていた。

加うるに相つぐ海空戦で古参の搭乗員は続々と戦死し、その補充は困難であった。春島基地で訓練に従事する「瑞鶴」搭乗員の首筋にも、うそ寒い風が吹き始めた。機動部隊にも落日がしのびよっていることを、彼らは悟らなければならなかった。

十二月六日、「瑞鶴」はトラックを出て、十二日、呉に入港した。

十二月二十三日、菊池艦長は新造の大型空母「大鳳」の艤装委員長として転出し、代わって貝塚武男大佐（46期）が「鳳翔」艦長から「瑞鶴」に乗艦して来た（十二月十八日付）。

二人の艦長には、それぞれに悲劇的な運命が待ちかまえていた。菊池艦長は、十九年六月のマリアナ沖海戦で「大鳳」を失い、貝塚艦長は、十月二十五日、「瑞鶴」と運命を共にすることになるのである。

　そして、苦難の年、昭和十九年が明けた。

「瑞鶴」艦爆隊は零戦隊とともにトラックで、艦攻隊はカビエンで正月を迎えた。むろん屠蘇も餅もなく、何となく歯切れの悪い感じの熱帯の正月であった。

　そして、隊員たちの悪い予感はあたった。

　二月六日、淡路島の洲本沖を出た「瑞鶴」は、十三日、シンガポールに入港し、二十日までここに在泊した。この頃になると、日本本土に備蓄してあった石油もようやく底をつき、ボルネオ、スマトラの石油に頼らねばならなくなり、機動部隊もシンガポール南方のリンガ泊地やボルネオ北方のタウイタウイ泊地利用を考えるようになって来ていた。ドックもシンガポールのセレター軍港を利用するようになってゆく。

　ＧＦ司令部は、二月十五日、六〇一空を新編して、従来一航戦に所属していた飛行機を吸収し、母艦と飛行隊を分離して訓練し、必要に応じて空母に配乗することとした。

　栄光ある「瑞鶴」「翔鶴」の飛行隊は、一応、母艦の指揮下をはなれて六〇一空という新しい皮袋に盛られることになった。

　待望の巨大空母「大鳳」（二万九千三百トン）は十八年四月、神戸川崎造船所で進水、この年十九年三月七日、やっと竣工に至る。「瑞鶴」の竣工以来、二年半ぶりの正規空母であるが、飛行機万能の時代に日本の造船界は何をしていたのか。

　伝えられるところによると、アメリカ海軍は真珠湾攻撃直後、空母の必要性を感じると直ちに東部海軍の全造船所に空母のキールを据えて造船を急いだという。その成果がブーゲンビル沖に登場した高速の正規空母エセックスクラスで、十九年春には九隻が竣工し、六月のマリアナ沖海戦への登場を待つようになるのである。物量の差とはいいながら「翔鶴」「瑞鶴」の第三次計画に引き続く第四次造艦計画が、わずか「大鳳」一隻であったというのは、大本営及び艦政本部、航空本部の発想に欠陥があったとしか思えない。

開戦当初、六隻の空母で真珠湾で成果をあげたので、これで十分と考えたのであろうか。一方では六万四千八百トンの「大和」型戦艦三番艦（一一〇号艦）を建造中で、太平洋戦争開始とともにこれの空母（信濃）改造が叫ばれながら決断が遅れ、ミッドウェーで虎の子四隻を失ってからやっと改造に踏み切るという有様であった。

六〇一空は渡洋爆撃で有名な陸攻隊長入佐俊家中佐（52期）を司令として、零戦八十一、彗星艦爆八十一、天山艦攻五十四、艦偵九を定数とし、三月十日には新編の一航戦に配属されることになった。

これが昭和十九年代の第一線空母決戦飛行隊といってよかろう。彗星、天山など新型が顔を出して来たのは心強いが、戦闘機は相も変わらず零戦で、ヘルキャットやコルセア、あるいは陸上機のP51ムスタング、P47サンダーボルトなどの新鋭機を量産しつつあるアメリカに較べると、今後の苦戦が思いやられるようだ。

さて、GF司令部が懸念していた米機動部隊のトラック強襲は二月十七日に行なわれるのであるが、このとき一航戦（翔鶴、瑞鶴）はシンガポールにあり、六〇一空も同地のセンバワン飛行場にあって訓練中で、難をまぬがれたのは不幸中の幸いであった。

二月十七日の情況を語る前に、南東太平洋の戦況を一望しておこう。

十八年末、米軍がブーゲンビル島に上陸し、ラバウルに迫ったのは既述のとおりであるが、十一月二十一日、米海兵師団はギルバート諸島のマキン、タラワに上陸、わが守備隊（第三特別根拠地隊、佐世保第七特別陸戦隊）の必死の抵抗も空しく、二十四日、玉砕が報じられた。

昭和十九年が明けると、ラバウルに対する空襲が激化して来た。一日百機、七日二百三十機、十四日百六十機、十七日二百六機、十八日百十機と息もつかせない。

これを迎撃したのが進藤三郎少佐（60期）の指揮する二航戦（隼鷹、飛鷹）戦闘機隊であった。

二航戦戦闘機隊は、前年十二月十日にトラックに入り、一月早々、飛行隊はカビエンに進出して、先に勇戦して引き揚げた一航戦に代わってラバウルの守りについていたものである。

しかし、敵のラバウルに対する攻撃が本格的になったとみたGF司令部は、またもや二航戦飛行隊のラバウル進出を命じた。

一月二十五日、二航戦飛行隊（零戦六十九、艦爆三十六、艦攻二十七、計百三十二機）は、ラバウルに飛んだ。指揮官は二航戦司令官城島高次少将（40期、前年九月一日、酒巻少将と交代）である。

この後、一月二十八、二十九日の両日艦載機の大空襲が続き、二航戦は一航戦に劣らぬ苦戦を続けたが、三十一日、敵は刃を返して北方のマーシャル群島を襲い、二月六日、米軍はクエゼリン、メジュロなどの環礁の占領を発表した。

古賀GF長官は、敵主力がやがて主要基地トラック島にやって来ると判断して、二月十日、旗艦「武蔵」を先頭に「長門」「扶桑」「愛宕」「鳥海」らのGF主力を率いてトラックを出て内地へ、一部はパラオに向かった。敵機動部隊来ると知りながら、われに空母がないため、GF主力は安住の地を求めて西へ北へと太平洋をさすらって歩くというみじめな有様となって来た。「隼鷹」「飛鷹」は一月初旬、修理のために内地に帰り、頼みとする飛行隊はラバウルにいる。

そして、二月十七日午前四時五十五分、トラックの大空襲が始まった。第一波から第九波まで延べ四百五十機が基地を焼き、飛行機の大部分を破壊した。

このとき来襲したのは、後にマリアナやフィリピン沖で小沢部隊と戦う、マーク・ミッチャーの第五十八機動部隊（大型空母五、小型空母四、戦艦七、重巡五、軽巡五、駆逐艦二十八、潜水艦十）である。

そしてミッチャーの上に立っているのが、ミッドウェーで第十六機動部隊（エンタープライズ、ホーネット）を率いて日本軍に苦杯をなめさせたレイモンド・A・スプルーアンスであった。彼はその後、ニミッツのもとで太平洋艦隊参謀長を勤め、十八年五月三十日、中将に昇進、同六月、第五艦隊司令長官となり、攻撃空母六、軽空母五、護送空母七、戦艦十二、巡洋艦十五、駆逐艦六十五など総計百七十八隻、飛行機三百五十六機を擁する陸、海、空、海兵隊を含む大部隊を指揮することになった。

彼の最初の仕事はギルバート諸島を攻撃することで、この間、ハルゼーの第三艦隊はブーゲンビル、ラバウルを攻撃することになっていた。

十九年に入ると彼の矛先はマーシャルに向けられ、そして二月十七日、日本軍の真珠湾といわれるトラックにやって来たのである。

スプルーアンスはこの年二月十日、大将に昇任しているから中将を八ヵ月あまりやっただけである。アメリカは任務に応じて進級させるが、スプルーアンスが五十七歳で海軍大将になったのは、他の五人の現役の大将に較べて一番若い年齢における進級であるといわれた。

（註、陸軍ではアイゼンハワーが前年二月、五十三歳で大将になっている）

スプルーアンスは大将昇進と同時に、その旗艦を従来の重巡インディアナポリスから新型戦艦ニュージャージーに代えた。そしてその日、彼はトラック空襲とエニウエトク環礁占領の命令を出したのである。

二月十七日に続いて、翌十八日、スプルーアンスは艦艇の撃滅を命じた。湾内にいた軽巡「那珂」をはじめ艦艇九、輸送船三十四が撃沈された。二日間の空襲で二百機以上が破壊され、一万三千トンの燃料が炎上した。

アメリカ側は二十五機を失っただけであったが、日本の雷撃機は夜間雷撃によって空母イントレピッドに魚雷一本を命中させ、大破孔を生じさせてメジュロ環礁に後退せしめたことによって一矢を報いた。

一方、ラバウルに対する米機の来襲はなおも衰えず、二月十八日、百八十四機、十九日百六十一機と飛来し、頼みとする二航戦飛行隊も五十機以下に減ってしまったので、古賀長官はついにラバウルの全航空兵力を撤収して、後方で補充のうえ艦隊決戦に備えしめることを下令した。

二月二十日、城島司令官以下二航戦の飛行隊はラバウルからトラックに引き揚げたが、往きの計百三十二機に較べて帰りは戦闘機三十七、艦爆四、艦攻五というわびしい有様であった。

これで、ろ号作戦は完全に終了したといえる。

# マリアナ沖海戦

栄光の空母「瑞鶴」の物語もようやく終わりに近づいた。

話を旧「瑞鶴」飛行隊に移そう。

トラックに戻った「瑞鶴」飛行隊のうち、艦爆隊は内地に帰って横須賀航空隊で新型彗星艦爆で訓練を再開することになった。

GFの意向は二月十五日で空母所属の飛行隊を空母から切りはなし、前述のように一航戦所属の飛行機で六〇一空を編成することにある。これはアメリカ方式と同じで、飛行隊は独立して基地で訓練し、海戦が生じるときは、必要に応じて第一機動艦隊司令部の指示する飛行機に乗って戦うのである。

これは従来、「翔鶴」「瑞鶴」の艦爆隊が進撃するとき、それぞれの戦闘機隊は自分の艦の艦爆を護衛し、他の艦の機には冷淡であるというような弊害があったので、飛行隊の大同団結を固めようというものらしい。

横空は日本海軍航空隊発祥の地であるが、また航空技術廠もあり、各種新型機の実験飛行も行なわれるのでベテランパイロットが雲の如くに集まるところである。

とくに有名なのは〝艦爆の神様〟といわれた江草隆繁少佐（58期）であった。江草は村田ブーツや関衛などと同期で、インド洋の重巡コーンウォール、ドーセットシャー撃沈に際しては、一、二航戦艦爆隊を率い、百パーセント近い驚異的な命中率を示した名指揮官である。「蒼龍」飛行隊長でミッドウェーの敗戦を経験した後、横空教官、同飛行隊長を経て五二一空飛行隊長に転出、新型双発長距離爆撃機銀河の訓練に励んでいた。江草の後に飛行隊長として入ったのが「瑞鶴」にいた高橋定大尉である。

新しく、六〇一空艦爆隊長に予定された比良大尉は、旧「瑞鶴」艦爆隊を横空に集めて彗星艦爆の訓練を始めた。一応の慣熟飛行を終わったところで鹿屋基地に移って本格的訓練に入った。

彗星はドイツの有名戦闘機メッサーシュミットが使っていたダイムラーベンツ発動機（液冷）の設計図をもらったというだけあって、全速で三百ノット近く出るので、九九式艦爆二二型より七十ノットほど速く、グラマン・ヘルキャットとの速度差も二十余ノットに過ぎないので、追いかけられても頑丈な機体を利しての急降下で脱出することが可能といわれていた。

ただし、日本軍が慣れていない液冷なので故障が多く、九九式と違って引っ込み脚なので、脚が出ないというトラブルも隊員を悩ませた。

やがてとんがり頭の彗星にもなれて、二月初旬、旧「瑞鶴」艦爆隊は六〇一空としてシンガポール・センバワン飛行場に移動することになった。燃料の関係で「翔鶴」「瑞鶴」もシンガポールに移動することになっていた。

飛行隊は二月七日、どんぐりの比良大尉に率いられて台湾経由シンガポールに移動することになったが、この途中、海南島付近で悪天候に遭遇し、雲の中で比良隊長機は自分の小隊の三番機に接触されて海上に墜落、殉職してしまった。このため、ベテランの佐久間一郎飛曹長、平山司一飛曹らをも失ってしまった。

シンガポールに着陸した水越は、事情を知ると平原大尉と顔を見合わせてがっくりと肩を落とした。

シンガポールで六〇一空に編入された。今度は大編隊制（一個大隊三個中隊）で、第一大隊長平原大尉、第二大隊長嶋田雅美大尉（十八年十一月一日、進級）が就任した。嶋田はブーゲンビル航空戦時、「翔鶴」乗り組みで櫟兵曹と並んで後ろにつけといった元気者である。

水越は総指揮官の後席には若すぎるというので、第二大隊第二中隊長村川弘中尉（70期、五月一日、大尉進級）の後席に乗ることになった。まだ若いががっしりした体格の青年士官である。第二中隊は二個大隊通算では第五中隊となり、村川中尉がトンちゃんという仇名であったので、〝トンちゃん中隊〟という仇名をつけられた。（註、村川中尉は翌二十年二月一日、硫黄島への特攻で空母ビスマークシーに体当たりし、大尉から中佐に特進している）

旧「瑞鶴」飛行隊がシンガポール基地で着々錬成に励んでいる間に、航空艦隊の編制が変わり、連合艦隊首脳部で大きな異変があった。
まず、航空艦隊を中心とする機動部隊は、十九年三月一日、第三艦隊を中心に拡張されて第一機動艦隊となった。司令長官は小沢中将が第三艦隊長官兼任で、新しく栗田健男中将の第二艦隊が下に入って来た。こちらには第一戦隊（大和、武蔵、長門）、第四戦隊（愛宕、高雄、摩耶、鳥海）、第三戦隊（金剛、榛名）、第七戦隊（熊野、鈴谷、利根、筑摩）、第五戦隊（妙高、羽黒）、第二水雷戦隊などが入っているので、今や連合艦隊の主力は小沢長官の手中に握られているといってもよい時代になって来た。それだけに責任は重大である。
第三艦隊の方も大分大きくなって、次のような編制になった。

一航戦「大鳳」「瑞鶴」「翔鶴」、六〇一空
二航戦「隼鷹」「飛鷹」「龍鳳」、六五二空
三航戦「千歳」「千代田」「瑞鳳」、六五三空
四航戦「伊勢」「日向」、六三四空（この戦隊はマリアナ沖海戦不参加）
十戦隊「阿賀野」、五個駆逐隊

空母に配属される航空隊の定数は次のとおりである。

六〇一空　艦偵九、艦戦八十一、艦爆八十一、艦攻五十四、計二百二十五機

六五二空　艦偵〇、艦戦八十一、艦爆三十六、艦攻二十七、計百四十四機
六五三空　艦偵〇、艦戦六十三、艦爆〇、艦攻十八、計八十一機
　　計　　艦偵九、艦戦二百二十五、艦爆百十七、艦攻九十九、計四百五十機

四百五十機の大飛行機隊と九隻の空母があれば、アメリカの大機動部隊とも十分対抗できるものとGF司令部では期待していた。当時、スプルーアンスの第五艦隊は次の七隻の制式空母を保有し、これに補助空母を加えれば、搭載機数は八百機を超えると考えられていた。ホーネット（＊）、ヨークタウン（＊）、バンカーヒル、ワスプ（＊）、エンタープライズ、レキシントン（＊）、エセックス（＊印は沈められたものの二世）

こうして機動部隊は陣容を立て直したが、三月三十一日、GF古賀長官が事故で殉職するという最悪の事態が勃発した。

パラオからダバオにGF司令部を移す途中、長官を乗せた二式大艇が悪天候のために墜落し、全員が殉職とみなされるに至ったのである。このとき二番機に乗っていた参謀長福留繁中将らの一行がセブ島付近に不時着水し、米将校の指揮するゲリラに捕らえられるという事件が起きたが、吉村昭氏『海軍乙事件』に詳しいのでここでは省略する。

古賀大将殉職のため、GFの指揮は一時、南西方面司令長官高須四郎中将（35期）が継承したが、四月三十日、豊田副武大将（33期）が正式にGF長官に発令された。

豊田は同期の豊田貞次郎（海軍次官、商工大臣）とともに〝両豊田〟と並び称される逸材

で、卒業成績は貞次郎のトップに対して二十六番と下回っていたが、海大は二年早く優等で卒業しており、貞次郎が呉海軍工廠長、航空本部長、艦政本部長と技術畑を歩いたのに対し、副武は軍令部第二班長、GF参謀長、第四艦隊長官と軍令系統の経歴が長い。シナ事変当時は軍務局長で米内、山本の下にいたが（後、井上成美と交替）陸軍が中央の意向を無視して戦線を拡大するので、「陸軍のマグソ奴が」と罵倒していた話は有名である。

教育家肌の古賀前長官に較べて、強気でやる気の長官を仰いで海軍は張り切った。

新任の豊田長官の考えは、中部太平洋において〝最終的艦隊の大決戦〟を行ない、雌雄を決することであった。

大本営もその考えで、軍令部総長嶋田繁太郎大将は、五月三日、「あ」号作戦発動を指示した。その目的は、「わが決戦兵力の大部分を集中して敵の主反攻正面に備え、一挙に敵艦隊を覆滅して敵の反攻企図を挫折せしむ」というものであった。

五月六日、「大鳳」「瑞鶴」「翔鶴」の一航戦はシンガポールに近いクンゴール沖で六〇一空の飛行機を収容、南方のリンガ泊地に終結して戦機を待っていた。

五月十五日、ボルネオ北東方のタウイタウイ泊地に移動、中部太平洋マリアナ方面に出現を予想されるスプルーアンスの第五艦隊に備えていた。タウイタウイはからゆきさんで知られるサンダカンとミンダナオの西端にあるホロ島の中間にある島で、この泊地からは油田のあるタラカン島が近かった。

一方、「隼鷹」を旗艦とする二航戦及び三航戦も、五月十一日、佐伯湾の泊地を出て、十六日タウイタウイで一航戦に合同した。同地にはすでに栗田中将の率いる第二艦隊が到着し、ここに連合艦隊はその全容をボルネオとフィリピンの中間にある椰子の葉陰に勢ぞろいしたのである。

しかし、待てど暮らせど敵は現われない。この頃、小沢艦隊の好敵手、スプルーアンスの第五艦隊は何をしていたのか。

スプルーアンスは、二月十七日、マーク・ミッチャーの第五十八機動部隊にトラック島基地を痛打させると、間もなくマーシャル群島南西のエニウエトク（ブラウン）環礁を占領した。

この後、米軍は次期作戦の方針を練ることとし、スプルーアンスは旗艦ニュージャージー（四十センチ砲九門搭載の新戦艦）に座乗して、マーシャル群島のクエゼリン及びメジュロ環礁にあって決戦の時期を待っていた。

三月上旬、ワシントンの総合参謀本部で作戦会議が開かれ、出席したニミッツ（中部太平洋）、マッカーサー（南西太平洋）の両指揮官に次の命令が下された。

一、ラバウル、カビエンの無力化（占領はしない）
二、ホーランジア（ニューギニア北西部）の占領（四月十五日の予定）
三、マヌス島（アドミラルティー諸島）の攻略
四、トラックの無力化、マリアナ、カロリン、パラオの支配

五、南マリアナ諸島の攻略（六月十五日）
六、パラオ攻略（九月十五日）
七、太平洋艦隊支援のミンダナオ占領（十一月十五日）
八、台湾占領（二十年二月十五日）
九、要すればルソン島占領（同二月十五日）

カイロ会談（十八年十一月二十二日）にもとづく日本打倒計画の作戦日程表によれば、マリアナ攻略は十月一日に予定されていたが、それが三ヵ月半繰り上がったのは、トラック空襲、マーシャル攻略などの結果、日本の基地航空隊の抵抗力が意外に弱いことが判明したためだといわれる。

ワシントンから真珠湾に帰って来たニミッツは、スプルーアンスを呼ぶと、マッカーサーのニューギニア攻撃に対する支援を兼ねてパラオを攻撃することを命じた。

スプルーアンスは、ミッチャーに命じて、第五十八機動部隊の空母十一、戦艦六、巡洋艦十三、駆逐艦四十八をもって三群のタスク・フォース（機動部隊）を作り、これをもってパラオを奇襲攻撃することを命じた。

ミッチャー隊のパラオ攻撃は三月三十日に予定されていたが、これ以前にニミッツはハルゼーに対してパラオの航空写真を撮ることを命じたので、日本側はその企図を察知し、二十八日には偵察機が輪型陣を発見したので、パラオ在泊の連合艦隊は避退した。三月三十、三十一日の両日、十一隻の空母はパラオを爆撃した。日本の連合艦隊司令部は三十日（日本の三十一日）夜、ダバオに向けて飛び立ち、このとき古賀長官は遭難している。

四月六日、スプルーアンスを乗せた旗艦ニュージャージーとミッチャーの第五十八機動部隊はメジュロ環礁に帰投した。

一週間後、ミッチャーの機動部隊は北西部ニューギニアにおいてマッカーサーを支援するために出港し、スプルーアンスは参謀長のムーア大佐とともにマリアナ攻略作戦のため重巡インディアナポリスに乗って真珠湾に向かった。

Dデー（サイパン上陸日）までには一ヵ月あったので、スプルーアンスは幕僚とともに休暇をとり、一年ぶりにカリフォルニアのモンロビアにある自宅に帰り妻子と会った。

休暇は終わり、五月二十六日、スプルーアンスはインディアナポリスに座乗して真珠湾を出港した。

翌二十七日、マッカーサー麾下の第一師団がニューギニア北西岸のビアク島に上陸し、ここに中部太平洋の決戦の火ぶたが切られた。

メジュロ環礁に入ったスプルーアンスは、マリアナ攻略の各指揮官を集めて打ち合わせを行なった。ミッチャーのほか、上陸軍総指揮官のラリー・ターナー海軍中将（第五十一合同進攻部隊）、H・スミス海兵中将（第五十五・一任務部隊）、T・ワトソン海兵少将（第二海兵師団）、H・シュミット海兵少将（第四海兵師団）、R・スミス陸軍少将（第二十七歩兵師団）が集まった。

六月六日、ヨーロッパの連合軍はアイゼンハワー指揮のもとにノルマンディーに上陸した。同日、スプルーアンスの率いる第五艦隊艦艇総勢七百七十五隻はマーシャル群島のメジュロ、エニウエトク環礁を出発してマリアナに向かった。六月十一、十二日の両日、第五十八機動部隊はサイパン、テニアン、ロタ、グアムを空襲し、日本機百二十機を撃破した。このため、中部太平洋の航空決戦のためテニアンに進出した角田覚治中将の第一航空艦隊は大打撃をこうむった。

――敵出現!

六月十三日、意を決した小沢中将はタウイタウイの第一機動艦隊（四航戦は不参加）に出撃を命じた。めざすはマリアナ群島西方で日本軍を攻撃中の第五艦隊である。

六月十三日夜、インディアナポリスに座乗していたスプルーアンスは、潜水艦の情報によって、日本の戦艦四、巡洋艦六がボルネオ北方のスールー海に進入しつつあることを知った。スプルーアンスは予定どおり、六月十五日、サイパン上陸を実施するとともに、オザワの日本艦隊を待ち受けることとし、決戦生起の日を六月十八日と考え、硫黄島攻撃に派遣してあった空母群二隊を決戦海面のサイパン島西方に呼び返した。

六月十八日午前五時、小沢艦隊はサイパンの西方七百マイルの海上を北北東に進みつつあった。

ミッチャーの機動部隊はその東北東四百マイルにあり、この午後三時には日本の索敵機は米空母を発見していたが、ミッチャー側はこの日、必死の努力にもかかわらず日本の空母を発見することができなかった。

夜半、スプルーアンスは、ニミッツの無線傍受部隊からの情報で、日本艦隊がミッチャー隊の西南西三百五十マイル付近にあることを知り、明朝、日本軍が攻撃して来ることを予想した。ミッチャーはこれに応じるため西進を主張したが、スプルーアンスはオザワの艦隊が迂回してサイパンの上陸地点に殺到することを防ぐため、一旦、東に変針することに決意した。

そして六月十九日、両軍は多数の索敵機を出して敵の位置を確かめ、刺し違えの方法で斬り結ぶことになった。

この日の第五十八機動部隊の空母兵力は次のとおりである。（＊は軽空母）

第一群　クラーク少将指揮　ホーネット、ヨークタウン、ベローウッド（＊）、バターン（＊）

第二群　モンゴメリー少将　バンカーヒル、ワスプ、モンテリー（＊）、キャボット（＊）

第三群　リーブス少将　エンタープライズ、レキシントン、プリンストン（＊）、サンハシント（＊）

第四群　ハリル少将　エセックス、ラングレー（＊）、カウペンス（＊）

アメリカは十五隻の空母に八百九十一機を積み、日本側は九隻で四百三十九機であった。

マリアナ沖海戦は二日にわたって行なわれるが、ここで六〇一空の搭乗員の動きを眺めておこう。

艦爆一、二中隊は「大鳳」、三、四中隊は「翔鶴」、五、六中隊は「瑞鶴」というように分乗している。

五中隊長村川大尉の後席である水越は、相も変わらず、「瑞鶴」に乗っている。

六月十八日、索敵機が敵機動部隊を発見し、いよいよ明日は決戦というので、夕刻、偵察員たちは航法図板を使って作図の予行練習を始めた。

「トンちゃん中隊集まれ」

というと、初陣の若年搭乗員が集まって来た。水越は偵察員の方法について説明する。この頃は艦内の給与がよいのか、彼も八十キロを超え、〝老トン〟と呼ばれていた。

この海戦での司令部の方針がアウトレインジ作戦であることは有名である。

「どうだ、明日は三百五十マイル一杯まで出るかも知れんぞ、しっかり航法をやれよ」

こういって不安そうな顔をしている若い兵士を激励する。

夕食後かなりたってから、艦爆は片翼に二百リットル入りの増槽をつけてゆくことになって忙しくなる。しかも、胴の下には五百キロを抱いてゆくのである。果たして三百五十マイル飛べるであろうか。

明くれば六月十九日、小沢司令部は午前三時半より三段索敵を行ない、午前六時四十分、早くも重巡「熊野」の水偵より敵空母発見の報が入り、続いて一航戦の索敵機も続続敵の輪型陣を発見報告して来た。敵はマリアナ西方に、上陸部隊を庇う形で北から南へ三群が並んでいる。（註、実際は四群でその中央西方、つまり日本軍の方に張り出した位置にインディアナポリスを中心とするリー中将の第七群がいた。この群の戦艦はワシントン、ノースカロライナ、アイオワ、ニュージャージー、サウスダコタ、アラバマの新型六隻である）

一航戦第一次攻撃隊の発進は午前七時四十五分である。敵までの距離は約三百マイルである。

水越たちは午前三時半起床、索敵機に乗る偵察員を見送った後、艦首中甲板にある「瑞鶴」神社に参拝した。

六時半過ぎ、索敵機からの敵発見電が続々搭乗員室にもたらされる。まだ敵までは三百マイル近くありそうである。

午前八時少し前、先頭の「大鳳」の戦闘機が発艦を始め、「翔鶴」「瑞鶴」もこれにならった。垂井明少佐（63期）指揮の一航戦攻撃隊は前記索敵の天山艦攻二機を含め、天山二十七、彗星五十三、零戦四十八、計百三十機である。

高度四千五百で東進中、前衛の戦艦、巡洋艦から撃たれる。味方討ちである。止むを得ず機を滑らせてかわす。

ところが、この回避をやっているうちに、第五中隊は第六中隊とも零戦隊とも別れてしまった。仕方なく彗星九機が裸で東へ向かう。

村川中隊が敵輪型陣を発見したのは午前十時四十分であるが、それからが大変であった。

レーダーでその接近を知ったミッチャーは四百五十機のヘルキャットやコルセアを上げて、日本機を迎撃した。米海戦史にいう〝マリアナの七面鳥撃ち〟が始まったのである。残念ながら日本の攻撃隊は次々に墜とされて行った。

この日の攻撃隊は、一航戦よりやや早く三航戦の中本道次郎大尉（65期）の率いる戦爆（戦闘爆撃機）四十三、天山七、零戦十四が発進、グラマンの奇襲をうけたが、空母一、巡洋艦一に命中弾を与え、わが方は戦爆三十一、零戦八、計四十一機を失った。

一航戦も天山二十四、彗星四十一、零戦三十一、計九十六機の大被害を受けている。

さて村川中隊である。敵戦闘機隊が飛行機雲を曳いてうんかの如く現われたので、村川大尉は、右にいた三小隊を二小隊の左側に移動させ、梯陣で応戦のかまえを示した。高度六千、酸素吸入開始、ひいやりと鼻の奥に快い。

まずグラマンF6Fヘルキャット六機のおでましである。後方から急速に接近すると、水越の小隊の三番機に一撃を浴びせる。三番機は急降下で射弾を避ける。次は水越の機に向かって来る。急降下したがなおもついて来る。

「右旋回！」

村川が横滑りしながら旋回して射弾をそらす。赤と黒のアイスキャンデーが左側をかすめてゆく。三番機が右についた、とみる間に又グラマンの影、三番機はよけそこなってついに火をふき、一回大きく宙返りすると後落し、ゆっくり降下してゆく。操縦員がやられたらしい。すでに、二、三小隊も、グラマンにとりつかれて回避に苦心している。

二機が右から接近して火箭を浴びせる。また横滑り、そして急降下。しかし、二機目に対しては一瞬遅かったのか、ガンガンと被弾し機体に響く。後頭部に熱風を感じた。小さな金属の破片があたりに舞う。一弾がかすめたらしい。機はまたも右へ横滑りで、体が左に押しつけられたままである。

「トンちゃん、大丈夫か⁉」

こうなると上官への敬語もくそもない。追いつめられた必死の叫びである。村川大尉も後頭部から血が出ている。

両翼にはそれぞれ数個の穴があいている。敵ながらなかなかの腕前である。眼がしかしかするので擦ってみると掌が紅く染まった。とにかく顔か頭に負傷しているらしい。

いつの間にか列機がいなくなってしまった。

幸いにグラマンも消えた。高度三千に上げて輪型陣と覚しき方向に進む。

——一機なりといえども一矢を酬いん……。

「トンちゃん、大丈夫ですか？　一発でも敵空母に当ててやりましょう」

「うむ、おれは大丈夫だ。やるぞ」

しかし、水越はあらためて偵察席を見回して驚いた。航法図板は焼かれ、爆撃管制器も照準器もない。空二号電信機、隊内用一号電話機もめちゃめちゃ、落ちていた航空時計も文字盤がない。

——畜生……。

むらむらと闘志がこみあげて来た。何としてもやってやるぞ、長い間海軍に奉公して来たのも、今日一日の一撃のためではないか。水越は両掌を組み合わせて祈った。しかし、機速は百ノットしか出ない。エンジンにも被弾したらしい。突然、

「おい、あれはなんだ?」

村川の指さす方向を見ると黒煙が上がっている。

敵の空母である。味方の一撃を喰らったらしい、速力も遅いようだ。

「中隊長、敵の空母です、やっつけましょう」

「よし!」

村川が高度を上げて敵の艦尾の方に回りこんだ。敵は気づかぬとみえて、対空砲火も撃ち上げて来ない。しかし、照準器がないから山カンによる投弾である。(註、九九式艦爆は操縦員が投下レバーを引いたが、彗星は後席でスイッチを押す)

四千から急降下に移る。機ががたがた震動するので、村川は少しスピードを落とした。

「高度二千、千、八百、六百、五百、用意、撃て!」

三百でスイッチを押し、投弾したが、残念ながら五百キロの行く先は艦首五メートルほどの至近弾である。この空母は、こちらが推測したよりも、ずっと速力が遅かったらしい。

残念無念ではあったが、グラマンに追撃されることもなく、無事午後一時半、味方輪型陣を発見、着艦した。

この日の一航戦の攻撃について、『公刊戦史』は「二百五十キロ通常爆弾一敵正規空母に

命中し火災を生ぜしむ。その他相当の戦果ありと思考せらるるも攻撃隊の帰還者なく戦果不明」と記している。

米軍の発表によると、第一波（三航戦）は一機が重巡ミネアポリスに至近弾を投下し、他の一機がサウスダコタに命中弾を与えた。第二波（一航戦）は五十マイル前方で戦闘機に阻止されて半減し、一機は旗艦インディアナポリスの舷側に激突してスプルーアンスの心胆を寒からしめ、数機が空母に殺到したが、バンカーヒルに火災を生ぜしめたにとどまった、となっている。第三波として二航戦が天山七、爆撃二十五、零戦十七を送ったが、空母部隊を発見せずに帰投している。

なお、引き続き、十時二十八分、一航戦は千馬良人大尉（69期）指揮のもとに第二次攻撃隊天山四、戦爆十、零戦四を派遣したが戦果は不明。

二航戦も第二次として阿部善次大尉（64期）の指揮する彗星九、零戦六、宮内安則大尉（66期）指揮の九九式艦爆二十七、零戦二十、天山三を派遣した。彗星隊は敵機動部隊を発見攻撃したが戦果不明である。

九九式の宮内隊長は戦後の回想で、索敵機の報告がマイルとキロが間違っていたため、敵を発見できず、燃料不足のため午後三時、グアムに着陸したが、その寸前、待っていた米戦闘機三十機と交戦、大きな被害を受けた、と語っている。（筆者への直話）

宮内氏は、

「アウトレインジ戦法は理論としてはよいかも知れぬが、実施は困難で戦果があげにくい。

やはりもう数歩踏みこんで、肉を斬らせて骨を斬るの殴りこみ方式の方が戦果があがったと思う」

と回想している。

第一日の攻撃は大きな戦果をあげ得なかったが、被害は大きかった。午前八時十分、第一機動艦隊の旗艦「大鳳」が米潜アルバコアの雷撃によって沈没したのである。命中魚雷は一本であるが、格納庫内に揮発油ガスが充満し、この爆発で大爆発を生じたものである。「翔鶴」も十一時二十分、米潜ガバアラの魚雷四本が命中し沈没した。

翌二十日も作戦は続行された。前日、「羽黒」に移っていた小沢司令部は飛行機の激減した艦隊を西北西に避退せしめつつ索敵を行ない、午後五時以降、天山八、彗星二を発進せしめたが、敵を発見することはできなかった。

十八日、索敵ミスから日本の空母を発見することのできなかった米機動部隊は、この日、百数十機を送り、午後五時半過ぎ、一航戦（「瑞鶴」のみ）に五十、二航戦に四十、遊撃部隊に二十、補給部隊に三十五が来襲、「飛鷹」は集中攻撃を受けて魚雷一本を受け誘爆を生じ、午後七時三十二分、沈没した。

一航戦護衛の「羽黒」に乗っていた福田幸弘少尉候補生（海経34期、海兵72期相当）は、その著『連合艦隊・サイパン・レイテ海戦記』に、この薄暮攻撃における「瑞鶴」の動きを次のように回想している。

「夕日が西の水平線に接し、東の空には淡い銀色の新月がかかって相対し、赤い斜陽に映えた茜色の雲が、空の半ば蔽った背景のもとで薄暮の対空戦闘は行なわれた。

雲が多く、日没は近いのに海面はまだ明るく、米機の攻撃は有利であったが、夕闇が迫ってくるため米機は攻撃体制を整える暇もなく突入して来た。その攻撃は急降下爆撃が主流で雷撃が少なかったため機動部隊の被害は少なかった。

輪型陣の各艦から撃ち上げる弾幕が暗くなってゆく大空一杯に黒褐色のインクをぶちまけたように拡がり、左後方はるかの二航戦のあたりで黒煙がいくつか上がっているのがのぞまれる。『羽黒』の属する一航戦では、敵機は輪型陣の中心『瑞鶴』めがけて突っ込んでゆく。至近弾の水柱が上がる。しかし、日が落ちて暗くなれば攻撃隊は去るに決まっているから、落日の一刻も早いことを祈っていた」

マリアナ沖海戦は終わり、空母三隻を失った機動部隊は、二十二日、沖縄の中城湾に入港した。折柄梅雨で、中城湾は細雨に降りこめられ、敗残の将兵の気持をさらに重くした。

二十二日、あ号作戦は中止となり、二十三日、中城湾を発した機動部隊は内地へ帰投することとなった。旗艦「大鳳」、真珠湾以来の僚艦「翔鶴」、故障が多く不運続きの「飛鷹」を失った「瑞鶴」は、六〇一空搭乗員も、機も激減し、淋しい帰投であった。

二十六日、柱島沖に入った「瑞鶴」は、六〇一空の搭乗員を基地にあげ、再建のために努力することになった。しかし、「瑞鶴」「隼鷹」「瑞鳳」を基幹とする機動部隊が往年の威容をとり戻すことができようとは誰も考えていなかった。横須賀の小海のドックでは、六万四千八百トンの「信濃」が空母に改造中であったが、進水は十月五日、竣工は年末と予想され、当面の米軍フィリピン進攻には間に合いそうになかった。

七月七日、「瑞鶴」は呉に回航、十五日から八月二日までドックに入った。出渠後は二十四日まで呉にいた。マリアナ沖で「瑞鶴」は艦橋後方に直撃弾一、至近弾六発を受け、乗組員にも被害があった。

『機動部隊』によれば、「瑞鶴」は二十日夕刻の攻撃で艦橋後方に直撃弾一、その他舷側に至近弾六を受けたとなっている。しかし、当時、艦爆整備員であった中野正上整曹の話によると、至近弾を受けたことは知っているが、直撃弾は記憶がない。また六〇一空の搭乗員は五十名ほどが戦死し、慰霊祭を行なったように思う、と語っている。

しかし、零戦整備分隊は被害箇所に近かったらしく、犠牲をだしている。栗村米一郎二整曹の回想では、二十日夕刻、零戦整備員は、応急要員として艦首士官室に近い「瑞鶴」神社付近に待機していた。

「敵艦載機六十機接近中」

「上空直衛機急げ！」

「敵艦載機来ます！」

の声に、防空指揮所にあった貝塚艦長は、

「撃ち方始め！」

を下令した。

防空指揮官金丸光中尉の射撃開始の号令一下、全艦の高角砲、機銃が火を吐く。万雷が一時に落ちるような轟音が艦を蔽う。敵は、ついにやって来た。急降下爆撃機が引き起こすキューンという金属音、至近弾による異様な風圧。格納庫の横に張り出した銃座では、機銃員が二十五ミリ三連装機銃を振り立てて猛射を続けている。銃身の焼ける匂い、床にはみるみるうちに薬莢の山が築かれる。

「右舷前部至近弾！」

この一弾で、銃座近くのポケットで待機していた零戦整備分隊先任下士官東兵曹及び栗村の同年兵三上兵曹、一期下の菅井義男兵長が戦死した。

「艦橋後部、直撃弾！」

この一弾は格納庫甲板を貫き、機関科にも死傷者を生ぜしめた。格納庫にも火災を生じ、栗村ら応急員は消火に忙しかった。

敵機が去り、日没近く、格納庫の火災も収まると、今日一日の戦闘は長かった、とほっとし、急に空腹を覚えてきた。

この後、三上兵曹らの遺品を整理し、沖縄へ行く海上で告別式が行なわれた。搭乗員戦死者の大部分は遺体がないが、整備員は遺体が残っているので水葬である。貝塚艦長以下総員、後部飛行甲板に整列。儀仗隊のラッパ「国の鎮め」吹奏、弔銃発射で、一人ずつ毛布にくるんで海中に葬った。高角砲の空薬莢をつけてあるので、遺体はゆっくり海底に沈んでゆく。どうしたはずみか、誰かの片方の靴だけが浮かび上がり、波間にゆられながら遠ざかってゆき、やがて一個の黒点となり、蒼い波に呑まれてしまう。栗村兵曹にとっては忘れられないシーンであった。

マリアナの敗戦が海軍部内に知られ始めた頃、江間保少佐は、北海道千歳の七〇一空飛行隊長の任にあった。

——「大鳳」「飛鷹」とともに「翔鶴」も沈んでしまったのか……。

江間は胸の中を凩(こがらし)が吹きぬけるような気持がした。

真珠湾以来ともに戦った「瑞鶴」の僚友「翔鶴」——幸運な「瑞鶴」に較べて、「翔鶴」はいつも被害担任艦であったが、ついにその運命もつき果てたのか。

珊瑚海に散った、艦爆の名隊長高橋赫一少佐をはじめ、「翔鶴」には多くの親しい戦友がいた。

南溟に沈んだ「翔鶴」とその乗組員のために、はるかに北の空から江間は祈らざるを得なかった。

# 「瑞鶴」永遠

「瑞鶴」の運命を決めた一本の魚雷が命中したとき（午前八時三十七分）、右舷中部の第五罐室にいた班長の西岡兵曹は、大きなボイラーも揺らぐかと思うような大きなショックとともに一斉に停電したことを記憶している。

——爆弾よりも大きいので魚雷かな……？

と思っていると、間もなく灯がついた。

戦闘中は両舷別々に応急電源で使用できるようになっている。また罐室はノズルから噴射する重油に点火して蒸気圧を上げるのが役目で噴燃（重油を燃焼させる）には電気は要らないので、沈没直前まで右舷の罐は使用可能で、したがって右舷二本の推進器も回転可能であった。

ただし、左舷に魚雷が命中してから罐室のある最下甲板には浸水が始まっていた。第五罐室でも床に張ってあるプレートから水がしみ出し、やがて膝を没し、腿を没するようになってゆく。

西岡兵曹は、いよいよ満水で室内におられなくなったときは、空気をとる風路から脱出するよう部下に教えてあった。垂直の長いラッタルを登ると天井にハッチがあるが、ハンドルが上から堅く締めてあって、艦に衝撃があったときはなかなかあかないということを彼は長い経験で知っていた。

ボイラーの内部では、まだ高熱の重油が燃えさかっている。蒸気圧も十分である。艦橋及び防空指揮所との連絡が右舷機関科指揮所からの電話でときどき入って来る。上部は応戦中であることが、艦底に近い罐室にもひしひしと感じられた。

一方、魚雷命中箇所に近い左舷後部機械室ではすでに浸水が始まっていた。第四発電機室はすでに満水となり、連絡が途絶えている。伝令の小山兵曹は浸水の激しいことを機関科指揮所の機関長に連絡しようとするが電源が切れているので電話がかからない。頼りは懐中電灯だけである。淡い光の中に同僚の影がおぼろに浮かんだ。

班長佐藤兵曹の命令で、左舷後部機械室に近い指揮所まで平瀬兵長が状況報告のために出発した。しかし、途中で迷ったのか一向に帰って来ない。

浸水が激しくなり、「瑞鶴」は今や右舷二軸航行により〝十二ノット可能〟という半分以下の航海能力に落ちていた。

「小山兵曹、指揮所へ行ってくれ」

懐中電灯の光がこちらに向き、佐藤班長は小山を連絡の伝令に指名した。

ここで飛行甲板の方に視線を移してみよう。

魚雷命中のショックで艦首の飛行甲板下で縦動照準器の伝令をやっていた今在家兵長は、突然、艦がとび上がったような気がした。次の瞬間、彼は瞼の中が真っ赤になり鉄の甲板に尻餅をついていた。後で左舷後部に魚雷命中と聞かされたが、とてもそんなに後方とは思えぬほど近くに感じられた。

このとき「瑞鶴」を攻撃したのは、ミッチャー中将の第五十八機動部隊のうちボーガン少将、シャーマン少将、デーヴィソン少将率いる第二、第三、第四群の一部で、「瑞鶴」に魚雷を命中させたのは、イントレピッド（第二群）かサンハシント（第四群）のいずれかの雷撃機であろうとなっている。

この第一次攻撃では「千歳」がシャーマン隊（エセックス、レキシントン）の集中攻撃を受け、十発以上の爆弾が命中したため、浸水と火災を生じ、左に大傾斜して午前九時三十七分沈没、艦長岸良幸大佐（47期）以下四百六十八名が艦と運命を共にした。

また「瑞鶴」と同様「瑞鳳」にもシャーマン隊のヘルダイバーが急降下爆撃を行ない、直撃弾二、至近弾六を受けたが、艦の傾斜が少なく全力発揮が可能であった。

前述のとおり、午前八時十五分、小沢長官は友軍全艦にあてて、「敵艦上機約八十機来襲……」という電報を打ったが、栗田長官の乗っている「大和」では受信していない。

小沢は、「千歳」沈没と同じ時刻、九時三十七分にも、豊田連合艦隊司令長官に次の電報を発信することにした。

「『瑞鶴』魚雷命中一、人力操舵中、『瑞鳳』爆弾一命中、『千歳』傾斜、速力十四ノット、ソノ他二十ノット付近航行差シ支エナシ、〇八三〇」

この電文を「瑞鶴」送信機故障のため、旗艦通信代行の「大淀」から発信せしめようとしたが、応急通信機によって発信が可能となり、結局、この電報が「瑞鶴」が発した最後の電報となった。そして、これも「伊勢」「大淀」では受信されたが、肝心の栗田艦隊及びGF司令部には到達しなかった。

第一次空襲が終わってから第二次空襲までは、約一時間の休止があった。「瑞鶴」はハルゼー艦隊を北へ誘致すべく黙々と北へ進みつつあった。

この頃、南方のサマール島東方海面では、敵仮設空母群を「大和」らの主砲で砲撃し、ガンビアベイを撃沈した栗田艦隊主力は、栗田長官の
「追撃中止、逐次集マレ、〇九一一」

の電命を受けていた。

「瑞鶴」への第二次空襲は、九時五十八分から約二十分間続けられた。艦爆十、艦攻八が前後からやって来たが、貝塚艦長は見事な操艦でこれをかわし切った。

艦首の第七機銃群にいた今在家兵長ら機銃員は、至近弾のため上空から降ってくる泥水で濡れ鼠となった。その泥水と迷彩が溶けたものとで床はずるずるになり、その中で山と積まれた二十五ミリ撃ち殻薬莢を処分し、床をモップで拭き、そして弾薬を運び、銃座は多忙で

あった。

一方、飛行甲板では、中野兵曹ら整備員は第一次空襲の後、負傷者を下部の戦時治療所（士官室、ガンルームなど）に運ぶ仕事に追われていたが、第二次空襲で再び飛行甲板に並べられた二十五ミリ単装機銃の弾薬運びにかかった。そして二発の至近弾の爆風によって、彼は艦橋下に叩きつけられた。気がついてみると、飛行甲板の単装機銃がふき払われたようになくなっていた。あの二人がかりでやっと吊り上げられる二十五ミリ機銃が、突然消えたのが、彼には不思議であった。

左舷後部機械室にいた小山兵曹は、班長の命令によって暗い艦内を懐中電灯の明かりを頼りにさまよっていた。平時なら自由に通行できる通路は全部隔壁のハッチがしまっており、下の丸いマンホールもしめられている。やっと指揮所の後部入り口に辿りついたがやはりあかない。ハンマーで叩いても返答がない。やっと前部入り口から入って機関科分隊長に機械室浸水などの状況を報告した。

その帰路、第二次空襲が始まり、上部からは砲声と爆音、そして至近弾の影響らしいものが聞こえて来る。艦の左傾斜は徐々にひどくなり、歩きにくくなり始めていた。

第二次空襲で「瑞鶴」に被害はなかったが、「千代田」は命中弾一発と至近弾多数を受け、火災を生じ大傾斜して十時十六分、航行を停止するに至った。

この間、「瑞鶴」司令部は、送信不能となったため「大淀」への旗艦変更を考え、九時四十四分「旗艦ヲ『大淀』ニ変更ス」と指示した。第二次空襲が終わった後「大淀」は「瑞鶴」に接近し、カッターを送った。十時五十一分、小沢長官以下、大林末雄参謀長、大前参謀ら司令部はカッターに乗って「大淀」に移った。

飛行甲板にいた中野たちはこれを見送った。

ふと見ると、カッター後部の艇指揮席には赤い毛布が敷いてあった。花見で酒を呑むときに縁台の上に敷く緋もうせんに似ている。

——何だ、もう司令部は行ってしまうのか……。

中野はそう思った。憤懣に近いものが胸の中にあった。なぜ花見のような赤いもうせんを敷くのかと彼は訝った。

陸上の自動車でも、あるいは礼装用に吊る剣の刀緒(さげお)も尉官は青、佐官は赤、将官は黄となっている。小沢中将が乗るのであるから、当然、黄色の毛布でなければならないが、「大淀」は軽巡であるから艦長用の赤い毛布しかなかったのではないか、と彼は考えた。

米軍の記録では、第二次空襲で小沢艦隊を襲ったのは、シャーマン隊とデーヴィソン隊の雷撃機十六、急降下爆撃機六及び戦闘機十四、計三十六機となっている。

「瑞鶴」には艦爆十機が突っ込んで来たとなっているが、これには銃撃に来たグラマン戦闘機が含まれているのではないか。

防空指揮所にいた見張り指揮官の第五分隊長高井大尉は、この銃撃で腹心の部下である見張長の大内功少尉を失った。見張り専門で叩き上げて来た大内少尉は、この日も来襲する敵機の早期発見のために声を張り上げて奮闘していたが、急降下する戦闘機が、タ、タ、タ、夕と六梃の十三ミリ機銃から赤い舌のような炎を吐き出し、キューンと金属性の響きを残して引き起こす直前、突然、うつぶせに倒れた。

「見張長！　しっかりせい！」

近くにいた高井は肩に手をかけて引き起こした。

しかし、胸に被弾したのか、即死とみえてもう何もいわない。唇だけが、まだ見張りの号令を発しているのか半ばひらいていたが、苦しみの様子もなくおだやかな大往生であった。

「見張長、御苦労！」

高井は双眼鏡を左手に持ち、右手で片手拝みにしてそう言うと、立ち上がって、再び見張りの指揮を続けた。親しい人の死はあっけなく、その運命は自分にも迫りつつあった。

近くにいた金丸中尉は、しばらくして、敵の空襲が途絶えると、朝からの様子を頭の中で反芻(はんすう)していた。マリアナ沖海戦でも機銃群指揮官をやらされた彼は、二十日夕刻、「瑞鶴」への米機の空襲を体験している。そのとき、米艦爆がかなりの低さまで突っ込んで来るのを見た彼は、今回はストップウォッチを持って防空指揮所にあがっていた。

敵のヘルダイバーが味方のアイスキャンデーの束を冒して降角六〇度で突っ込んで来る。この頃、敵の降爆法は一機ずつではなく、日本と同様、扇形同時攻撃で空母の回避を困難にさせていた。

ヘルダイバーはマリアナの黄昏の襲撃よりも低く突入して来た。腹の下に抱いた千ポンド（四百五十キロ）爆弾を放つと引き起こしてゆく。タマは「瑞鶴」の艦橋に向かって来るように見えるが命中はしない。タマが放たれてから舷側に白い水柱が上がるまで四秒から五秒である。マリアナのときは高度引き起こし四百くらいと聞いていたが、エンガノ沖ではもっと降下しているようだ。「瑞鶴」を飛行機搭載中の〝生きている〟空母とみて必殺の降爆を敢行しているのだと考えると、敵ながら健気であった。

この第一次空襲で被雷したとき、彼は一つのことに気づいた。魚雷は左舷後部に命中したので近くにいた噴進砲や機銃の砲員は、はね上げられ海上や飛行甲板に落ちた。

——やられたか……。

彼は双眼鏡で部下の最期を見守った。空中からばらばらと人体が降って来る。人間の顔やちぎれた腕が甲板の上に落ちると急激に紫色に変化してゆくのを彼は認めた。（註、後年、彼は戦争映画で兵士が甲板上で死ぬシーンを何度も見たが、彼が見たように死体の一部が紫色に変色してゆくような演出をした監督はいないようである）

第二次空襲で小康を得た「瑞鶴」に第三次空襲が行なわれたのは二時間半後のことである。高角砲、機銃は艦底の弾薬庫からの揚弾に追われ、戦時治療所は運ばれて来た負傷者の呻き声に満ちており、黒山常正軍医大尉、目良徳弥軍医大尉、古寺一郎軍医中尉、井上嘉六衛生中尉らは好永重一衛生兵曹、新田耕衛生兵長ら衛生科の部下を督励して治療に追われていた。

小沢艦隊の残りの三空母に止めを刺す第三次空襲は、午後一時六分に始まった。

「敵約百機、左一六〇度四〇〇（よんまるまる）（四十キロ）！」

レーダーからそういう報告が入る。

「対空戦闘！」

貝塚艦長の命令で「瑞鶴」は残った高角砲、機銃を振り立てた。

艦首の第七機銃群の伝令をやっていた今在家兵長は、電源故障のため防空指揮所からの「撃ち方始め！」などの指示を伝える縦動照準器が動かなくなったので、すぐ上の飛行甲板に上って防空指揮所の伝令と手旗信号で交信し、砲術長―第二分隊長（金丸中尉）と伝わって来る命令を受け、これを機銃甲板の機銃長に伝えた。

約百機の米攻撃隊は「瑞鶴」に対し、艦爆七十機、艦攻十機が上空五百〜二千メートルにある断雲を利用して各方向から攻撃を加えた。貝塚艦長は右舷二軸運転で出し得る最大の二十四ノットに増速し、これが最後と必死の回避運動を行なった。

しかし、まずヘルダイバー八機が左艦尾から、同五機が右艦首から同時に突っ込んで来たのと並行して、両舷から艦攻が雷撃を加え、右舷から急降下爆撃三回三十五機、雷撃三回十機、左舷降爆七回計四十五機、雷撃二回三機の集中攻撃を受け、満身創痍となった。

まず午後一時十五分、左舷前部、続いて右舷前部に魚雷が命中し、防空指揮所にいた貝塚艦長らもとび上がった。艦首にいた今在家たちは立っておられないほどの衝撃を受け、全滅した右舷前部第一機銃群の死体の一部が近くの海上に飛散し落下するのを茫然として眺めた。

続いて米機の魚雷は、右舷第三罐室外側に命中し、隣接した第五罐室の西岡班長らは床を蔽う水の上に叩きつけられた。

さらに左舷でも、第二、第四罐室、前部機械室、主舵機室に命中、後部機械室にいた佐藤班長や指揮所から戻っていた小山兵曹らは爆風に吹き倒されたようなショックを受けた。

両舷に受けた魚雷は右二本、左五本の計七本で、このため左六度であった傾斜は一挙に一四度と激化し、一時二十三分には二〇度となり、艦内は物につかまっても歩行が困難で、防空指揮所でも貝塚艦長らは、防壁につかまって身を支え、左舷の海面と高角砲の砲口が接近しているのを認めていた。

一方、飛行甲板後部にも四百五十キロ爆弾四発が直撃、ほかにも至近弾多数が舷側の兵士を殺傷した。

激しい浸水は今や下甲板をひたし、中甲板を蔽うようになっていた。消防主管はすべて破壊され火災の消火もままならない。

しかし、「瑞鶴」の対空砲火は最後まで炎を吐くことをやめなかった。左舷の高角砲、機銃は相つぐ魚雷による被害と二〇度の傾斜のため仰角一杯にかけても射撃は困難であったが、右舷後部の高角砲、機銃は退艦直前まで火箭を送っていた。

艦首にいた第七機銃群も、さほど傾斜の影響を受けることなく射撃を続けた。今在家兵長は、第二次空襲後の休止時間に機銃長が訓示した言葉を思い出しながらタマ運びを手伝った。機銃長はこう言ったのである。

「開戦当初のマレー沖海戦でプリンス・オブ・ウェールズの機銃は傾斜して沈んでゆく艦上から日本軍に向かって射撃を続けたという。我々はそれに負けてはならない。たとえ本艦の被害がいかに増大しようとも、我々は最後の最後まで持ち場をはなれず、射撃を続けるんだぞ、いいな」

この話は、今在家ら若い兵士に感銘を与えたが、今や、「瑞鶴」にも総員退去の時間が迫りつつあった。

午後一時二十五分、米機はようやく去ったが、浸水、火災はもはや手の施しようがなく、一時二十七分、傾斜は二一度に達した。

「よし、艦橋に行って来る」

貝塚艦長は艦長付航海士の都野隆司中尉（72期）を連れて艦橋に降りた。操舵の指揮をとっていた航海長矢野房雄中佐（55期）はコンパスの近くで艦長を迎えた。矢野航海長は愛媛県出身、八字髭をぴんと生やした、いかにも武人らしい士官であった。

「艦長いよいよですな」

「エンジンも舵もストップしたようだな」

「はあ、もう漂泊して沈むのを待つだけです」

二人の上官の淡々とした会話を、若い都野中尉は身のひきしまる思いで聞いていた。その底には暗黙のうちに男と男の誓いが刻まれていた。彼は艦長付航海士で、平時の航海中は艦橋にいて海図に航路を入れたりするのが仕事であるが、戦闘配置は防空指揮所で伝令の指揮など艦長の補佐に任ずることになっていた。

「よし、航海士、伝令を集めて『総員飛行甲板に上がれ』を伝えろ」

もはやスピーカーは使えないので、都野中尉は数人の伝令とともに艦内とくに下部の機関科に力を入れて、「総員退去」にあたる艦長の命令を伝えた。艦底から生き残りの兵士たちが消火と防水に疲れ切った表情で飛行甲板に上がって来た。

第五罐室班長の西岡兵曹も、左舷後部機械室の小山兵曹もその中に入っていた。

「皆こちらに集まれ！」

艦橋後部の発着艦指揮所に姿を現わした貝塚は、最後の訓示を与えた。

顔中煤にまみれた中野兵曹は、その訓示をたばこの箱に書きとめた。開戦以前から行をともにした「瑞鶴」とも、これが別れである。

「皆よく聞け。本艦の余命はあといくばくもない。皆よく戦ってくれた。本艦はすでに撃つべき弾丸(たま)も撃ち尽くした。エンジンも舵もストップしている。もう思い残すことはない。皆は最後の最後まで生き残り、祖国のために戦ってくれ。艦長は陛下より預った本艦と運命を共にする。ここに総員退艦を宣する」

艦長の訓示が終わると、伝令が、

「軍艦旗おろし方！」

と叫んだ。

軍艦旗は艦橋後部の信号マストに掲揚されてあり、戦闘旗の役目をも兼務していた。

エンガノ岬沖（東北東二百六十マイル）の海面に嚠喨(りゅうりょう)たる君が代のラッパの音が鳴り渡った。直衛の「若月」「初月」の二駆逐艦の艦上でも、将兵は不動の姿勢をとり敬礼した。

昭和十六年九月二十五日の竣工以来三年一ヵ月の間、日本機動部隊の中心戦力として十数度の海空戦に参加し、多くの戦績を残した名艦「瑞鶴」はいまその任務を終わり、栄光ある軍艦旗を降下しつつある。

艤装当時から乗艦、整備員としてつねに甲板上にいた中野兵曹、同じく罐の火入れ式から立ち合った西岡兵曹の両眼から熱いものがあふれ始めていた。どこからともなく、「万歳」の声が起こり、それが飛行甲板から海上に拡がって行った。

軍艦旗降下が終わると、乗員たちは海中にとびこみ始めた。すでに左舷への傾斜は二三度に達している。早くとびこまないと沈没時の渦にひきこまれる、とびこむときは傾斜した反対側からとびこめ、と長年の戦訓によってそう教えられ、隆起した右舷には応急員の張ったロープが何本も海面に垂らしてあったので、大部分の乗員はそのロープを伝って海上に降りた。

防空指揮所から艦橋に降りた金丸中尉は、高井大尉と航海長が争う声を聞いた。傾斜が激しいので二人ともコンパスにつかまっている。

「航海長、退艦して下さい。戦争はまだ続きます。仇をとる機会はあるのです」

しかし、髭の航海長は悠然として艦長の方を見た。

「私はもういい。本日の操艦の責任をとって艦長のお供をすることに決めたのだ」

「艦長！　どうか退艦して下さい」

高井は今度は貝塚艦長の方を向いた。

「高井分隊長、火をもっているかね」

艦長はカーキ色の第三種軍装の胸ポケットからたばこを出し、高井がすってさし出すマッチの火をつけ、うまそうに煙をくゆらした。

——艦長はもう覚悟を決めておられるのだ……。

高井はがくりと肩を落とした。

そのとき、艦長の近くに一期下の都野中尉が立っているのを金丸中尉は認めた。

「おい航海士……」

つい最近までガンルームにいた金丸は、都野にそう呼びかけた。

——都野もゆくつもりなのか……。

「二分隊長、私は艦長付です。艦長のお供を致します」

都野は冷静な口調でそう言った。生真面目な都野中尉はそう心に思い決めているようであった。

「おい、君たちは早くゆけ！」

矢野航海長の声に押されるように、高井と金丸は艦橋のラッタルを降りて飛行甲板に向かった。

「瑞鶴」が艦首を上にして艦尾から沈んで行ったのは、総員退去発令後わずか十六分後の午後二時十四分であった。

「瑞鶴」の左舷から海中にとびこんだ聴音室の田原兵曹は、一旦、沈没時の渦に巻きこまれて重油を呑まされたが、再び浮かび上がると、浮流している木材につかまり、近くに浮いていた最年少の高畑宗祥一水を呼んだ。

再び空襲が始まったのか、駆逐艦は遠ざかり、なかなか拾いに来てくれない。

——長い一日だった……。

波に揺られながら、彼は今日一日の聴音室の様子をふり返った。

第三次空襲で聴音室の騒音は絶頂に達した。

「左九〇度魚雷！」

「左八五度魚雷近づいて来る」

「右一二〇度魚雷！　本艦に向かう」

右も左も魚雷の槍ぶすまに囲まれたようである。

——果たしてうまく回避できるのか……？

田原の心配は杞憂ではなかった。

ぐわーん！

とハンマーで脳天を殴られたような衝撃——第一次のよりも大きいところをみると、命中箇所は左舷前部聴音室の近くらしい。続いて、さらに大きな衝撃で、田原は椅子からとび上がって床の上に落ちた。今度は右舷前部すぐ近くである。上部でドスン、ドスンと鈍い音が聞こえるのは爆弾の直撃らしい。

——一体「瑞鶴」は無事に、この危機を乗り越えることができるのか……。

「おい、高畑、元気を出せ！」

伝令員の高畑が床に倒れているのを見ると、田原は抱き起こしたが、どこにも怪我らしいものはない。ショックで倒れたのである。

椅子に戻って整相器のレシーバーをかぶったが、電源は切れていないとみえて感度は良好である。

さらに数回、同じようなショックで机にしがみついている間に、魚雷音が途絶えたが、その頃には艦の傾斜は一〇度を超していた。

伝令員の高畑一水が聴音室の外に出てみると、すぐ前の士官室が戦時治療所になっているので、今の雷爆撃の負傷者が運ばれて来る。毛布で包んだ戦死者は通路に積み重ねられてゆく。

——まるで巻き鮨の山だ……。

十四歳の高畑は眉をしかめたが、吐き気も催さなかったところをみると、いくらか戦いに慣れて来たらしい。

聴音の感度は良好であるが、もう敵は来ない。その代わりに舵故障で同じところを回っているらしいと考えていると、右舷の罐室にも浸水したとみえてエンジンストップ、推進器は両舷四本とも回転をやめ、「瑞鶴」は洋上で漂流を始めた。もういくら魚雷音に耳をすませても回避はできないな。そう考えていると、応急要員に出してあった池上兵長が、

「防毒面つけ、別罐に切り換え」

という号令を伝えて来た。

艦が沈下するにしたがって、艦底の悪性ガスが充満して来るのだ。急いで防毒面をつけ、艦橋とのテレトークのスイッチを入れたが、魚雷による震動のためかときどき作動がストップする。その度に真空管を押さえたり叩いたりするが思わしくない。

二時近い頃か、テレトークによる連絡がとれ、水測士石川少尉の声で、

「総員退艦だ、軍艦旗はもう降ろされたぞ。早く上がって来い」

と言って来た。

――いよいよ退艦か……。

四ヵ月間親しんだ戦闘配置ともお別れである。田原は名残惜しげに整相器の表をみつめた。

「掌水測長、先に上がって下さい」

先任者の水本兵曹長をうながしながら、田原はいったんハッチを押し上げて上甲板へ出た。最上甲板まで出ると、砲員が左舷から右舷に高角砲の弾薬を移動させているが、もう傾斜がひどくて右舷でも射撃は困難であろう。

田原は上部の様子を確かめると、再び聴音室に戻った。予備電源も断たれて真っ暗である。手探りで石川水測士から預った軍刀を探した。軍刀は後部の壁にあるハットラック（帽子掛け）に堅く縛りつけてある。何とかしてほどいて石川少尉に返そうと思うのだが、上方のハッチから池上兵長が、

「班長、早く上がって下さい。もうみんな海へとびこんでいますよ」

と声をかけるので軍刀はあきらめて、部下の貴重品袋を出すべくロッカーの抽き出しをあ

けたが、すでに内容は床の上に散乱している。

「班長！　急いで下さい」

再び上から池上が声をかける。

ついにあきらめて、闇に包まれている聴音室に最後の敬礼をすると外に出た。すでに傾斜は三〇度に近く、歩行は極めて困難である。上甲板へ登るラッタルの下には、士官室から這い出した負傷兵が折り重なっている。力が尽きたものであろう。可哀相だがどうすることもできない。上部ハッチからの薄明かりで見ると、ラッタルにも負傷兵がしがみついている。片腕を失い残った片腕で手摺にしがみついている者、両脚がなく腕だけで上ろうとする者……何とかして脱出しようとして執念でしがみついているのだが、傾斜によってラッタルが頭の上からのしかかる形になっているので、五体満足な田原でさえも体が宙にぶら下がるようで登るのが難しい。

やっと登ってゆくと、負傷兵の一人が左股に抱きついて来た。可哀相だがこのままでは共倒れである。

「後で引っ張りあげてやるから放せ！」

心を鬼にし、胸の中で詫びながらふり放して、やっと上甲板から飛行甲板に出た。すでに左舷の甲板には海面が迫り、俯角をかけた高角砲の砲口が水に漬かりかかっている。

「おーい、水測員はいるか⁉」

班長として部下の数を確かめようとしたが、答える者は少ない。

「班長！」

と言って最年少の高畑一水が抱きついて来た。

「しっかりしろ！　泳げるか高畑？」

「はい」

と答えたが、同時に悲鳴に近い声も聞こえた。母さーん、と言っているように聞こえる。無理もない。まだ十四歳の若さなのだ。この弟のような兵士だけは、何とかして助けてやりたいものだ。

「おれについて来るんだぞ。はぐれるんやないぞ」

そう言いながら見ると、高畑は第三種軍装をぬぎにかかっている。

「馬鹿もん、これから何時間泳ぐかわからないのだ。服を着ろ」

近くにいた鶴川兵曹が腹に巻いていた晒木綿を少しもらって、高畑の胴に巻かせて服を着させた。海中では腹が冷える。

軍靴も脚絆もつけたまま、近くの左舷前部から海中にとびこんだ。とびこむというよりも海面がデッキを洗っているので、湯ぶねにどぶんととびこむような感じである。

五十メートルほど先に応急防水用の材木が浮いているので泳ぎつく。ゆっくりと平泳ぎで泳ぐ。無理をするとバテ易い。漂流で助かる者はよく泳ぐ者ではなく、物につかまって、なるべく持久力を温存する者だということを聞いたことがある。

すぐ後から高畑が泳ぎついて、

「班長、菊の御紋章が……」

と言った。

ふり返ってみると、「瑞鶴」が沈みつつある。

艦首を高くもち上げ赤い塗料を塗った腹部を露出している。その先端にある菊の紋章が南海の午後の陽光を浴びて金色に輝いている。神々しい感じで何となく帝国海軍もこれでおしまいなのか、という気がする。真珠湾以来歴戦の名艦なのだ。

漂流の間に靴がぬげ、脚絆もほどけた。

駆逐艦が近づいてはまた去ってゆく。第四次空襲なのだ。「若月」と「初月」は応戦のため対空砲火を撃ち上げる。キラリ、キラリと翼をひるがえしてはヘルダイバーが駆逐艦の上から降ってゆく。

材木に抱きつきながら眺めていた高畑は、何となく夢幻のような美しさを感じていた。自分の艦はすでに沈み、友軍の戦いぶりを見上げていると、花火のように美しく見えるのである。

あたりには負傷兵が漂流している。力尽きて目の前で沈んでゆく者もいる。

「おい、高畑、あの丸太を集めろ」

田原は丸太を数本集めると、脚にまつわりついていた脚絆でしばり、筏を作り、その上に負傷兵を乗せた。

駆逐艦「初月」が近づいて来たが、またもや空襲である。海中に落ちた爆弾が水柱を上げると、その震動で尻の穴から腹の中まで水が突き抜けそうである。「初月」は、また遠ざかってゆく。

「ああ、また行ってしまう」

と筏の上の負傷兵がそう呟いたが、「初月」に救助されなかったのは彼らの僥倖であった。

（註、「初月」はこの後、水上戦闘で米艦隊の砲撃で撃沈され、救助された「瑞鶴」乗組員は全員艦と運命を共にした）

日没近い頃、「若月」（艦長、鈴木保厚中佐）が近よって来た。

「さあ、今度こそ大丈夫だぞ。元気を出して泳ぐんだ」

田原は負傷兵たちを激励し、筏を駆逐艦の方に押し進めた。

駆逐艦は舷側に何本もロープを垂らしている。まず負傷兵をこれにつかまらせる。自分でつかまる力のない者は、輪をつくってこの中に入れてやる。田原は水雷学校普通科練習生のとき、校内の水泳大会で平泳ぎで分隊代表に出たことがあるので、水面での持久力には自信がある。負傷兵や高畑たち若い兵士を上げると、自力でジャコップ（索梯子）に辿りつき、艦上の兵士の力を借りずに甲板上に上がった。ほっとしたが休んでいる暇はない。

ずぶ濡れの軍服をぬぐことは許されない。次々に泳ぎついて来る戦友に手をのべて引っ張り上げる。甲板に辿りつくと同時に、へたへたと倒れかかる者が多い。ここで気を抜くと死んでしまう。

「おい、元気を出せ！」

腰のあたりに一発喰らわせて活を入れると、やっと立ち上がって歩き出す。眠ってしまう者には頰にビンタを一発進呈すると眼をあく。

三十人くらい引き揚げた頃、上官の掌水測長水本兵曹長が上がって来た。昭和六年の志願兵水本兵曹長は長い経歴をもつ潜水艦乗りで、ミッドウェー海戦では田辺弥八艦長の伊号百六十八潜の水測手を勤め、空母ヨークタウンに止めを刺したときの功労者である。このときヨークタウンは七隻の駆逐艦が爆雷を投下し、対潜警戒中であったが、聴音低速潜航で肉薄し、雷撃によって駆逐艦マハンとヨークタウンを沈めたのである。

歴戦のベテランも田原よりは十歳近く年長で、長時間の漂流で疲労していた。

「掌水測長、元気を出して！」

こういうときは上官もなにもない。ぽんと背中を叩くと、

「おう、田原兵曹か」

元気が出たとみえてにやりと笑った。その唇元に藻の一片がへばりついていた。

田原は自分も疲れを覚え、早く兵員室に入って戦闘配食の握り飯にでもありつきたいと考えたが、漂流の「瑞鶴」乗員は一直線になってロープに向かって来る。田原は班長としての責任を意識した。歴戦の名艦「瑞鶴」の乗組員が、四時間くらいの漂流でへこたれて、甲板に上がるが早いか、ばたばたと河岸の鮪のように倒れては、艦の名誉にかかわるのだ。

そう考えているうちに、突然、スクリューがごーっと回り始めた。

「両舷前進原速！」

艦橋から艦長の声が聞こえる。

「救助作業一時中止」

の声がかかる。

またしても敵襲なのだ。しかも今度は飛行機ではなくて水上艦艇との夜戦なのだ。

——あれだけの漂流者を残して……。

田原は、戦友のことを気にしながら、兵員室に入り、駆逐艦の兵士から握り飯をもらった。気がついてみると、褌一丁である。

——おれの服はどこへ行ったのかなあ……。

そう考えながら握り飯にかぶりつくと、米粒の味が甘かった。


心ならずも艦長、航海長を艦橋に残した航海科分隊長の高井大尉は、後ろ髪をひかれながら飛行甲板に降りたが、そのために退艦が遅れた。

艦の傾斜は三〇度を超えている。高井は十七年十月十一日のソロモン方面サボ島沖海戦で、重巡「古鷹」に乗り組んでいて沈没漂流を味わった経験があるので、割合、落ち着いていた。沈没時には傾斜している反対側の舷から海中に入った方が渦に巻きこまれる率が少ないということを彼は知っていたので、右舷から入水することにした。しかし、海水はもう右舷のボートダビット（吊り上げ支柱）のところまで来ていた。左舷はすでに海水に没している。入水した高井は急いで本艦より遠ざかろうとして急ピッチのクロールで泳いだ。

しかし、早くも沈没時の渦が彼を捉えた。ぐんぐん水中に引きこまれてゆき水の層が厚くなってゆく。あたりは暗くなり水圧のため耳がじーんと鳴り痛みを訴えて来る。手で水を掻き、足で水を下方に蹴るが、しばらくは渦にひきこまれる降下が続いた。自分でも不思議なくらい息が続いた。まだ闇は続いている。もう駄目かと思ったとき、急に頭の上が明るくなり、ぽかりと海面に出た。

あたりは重油が層をなしており、「瑞鶴」の姿はなかった。南国の陽光が艦の部品や丸太、カッターの金具などを照らし、それが白ちゃけて見えた。

――艦長も、航海長も、都野中尉も、そして「瑞鶴」もみんな沈んでしまった……。

そう思うと、急に力が抜けて海中に沈みそうになった。

気をとり直した彼は、木材の一片にすがりついて漂流を始めた。「若月」か「初月」か駆逐艦が近づいて来て、百メートルほど遠くで漂流者を拾い始める。

――有難い、助かったぞ……。

と思ったが、爆音が聞こえると、駆逐艦はロープを垂らしたままエンジンをかけて応戦のために遠ざかってゆく。

そのような繰り返しが三回も続いたであろうか。高井の周辺にいた兵士たちは頭の数が少なくなって行った。助かった者もあるし、力尽きて水没した者もあるようだ。

四回目に、今度こそはと思った駆逐艦がまた空襲のため遠ざかって行った。「初月」であった（これに救助されたら高井も運命を共にするところであったが）。

日は西に傾き、立泳ぎをしていた彼は疲れを覚えながらも、すでに達観したような気持になって来た。航海科分隊長である彼は、太陽の移動によって「瑞鶴」沈没時からすでに四時間が経過していることを知っていた。沈没が午後二時とすればもう午後六時である。間もなく夜になるだろう。助からないかも知れない。そう考えたが不思議に焦りはなかった。

——あのときも長く泳いだなあ……。

夕照の中で彼はそう考えた。

海軍兵学校時代、夏の水泳訓練の締めくくりに遠泳がある。朝七時に海に入り、夕方の五時まで十時間かかって十マイルを泳ぐのである。岐阜県出身の彼は水泳は得意ではなかったが、一年生のとき六マイル、二年生八マイルと遠泳を繰り返すうちに体力もついて、三年生のときは十マイルを完泳することができた。

しかし、あのときは激しい訓練の最終行事である。その後「古鷹」沈没のときも四時間ほど泳いだが、あれからもう二年、その間水泳訓練もしていない。

——いつまで泳げるのだろう……。

彼がそう考えていたとき、人の呼ぶ声がしてわれに返った。もう水没の一歩手前まで来ていたのであろう。

近づいて来た駆逐艦は「若月」である。ロープを垂らしてくれたが両手に重油がついているし、しびれているので滑り、一度目は海中に落ちた。二度目も同じである。予想以上に体力の消耗が激しいようだ。

三度目、「若月」の乗員が縄とびのようにロープの両端をもち、その中間に体ごとすがりつくようにしてくれた。胸と両脇でロープに抱きつくと、やっと甲板まで吊り上げられた。士官室に入るように言われたが、しばらくは茫然として海面を眺めていた。

――艦長も「瑞鶴」も波の底に沈んでしまった……。

信じられないような気持であった。

高井と相前後して艦橋を去った金丸中尉は、やはり右舷から海中に入ったが少し早かったのか渦に巻きこまれることなく艦からはなれ、「瑞鶴」の最期を見届けた。

艦首を高くあげて水没するとき、機銃弾が誘爆するような音が聞こえた。ポーンポーンというようにもぼんぼんというようにも聞こえる。それが巨艦「瑞鶴」の最後の呟きのように聞こえた。

――何と言っているのだろう……？

金丸は泳ぎながら考えた。

――あんなにどの海戦でも頑張って来たのに、こんな囮作戦で沈められるのは残念だ――と不満を洩らしているのであろうか。

それともあの呟きは、理屈は問わず、名艦「瑞鶴」を弔う仏陀の読経の声なのであろうか。

――さもあらばあれ、「瑞鶴」よ眠れ……。

金丸は片手で「瑞鶴」の方を拝むと立泳ぎを始めた。

漂流三時間の後、彼は「若月」に救助されたが、若いだけにまだ元気であった。

甲板上には救助された「瑞鶴」の乗員がかなりの数に上っている。倒れている者もいれば、握り飯を食っている者もいる。

「対空戦闘！」

ラッパが鳴り渡って、再び「若月」は動き始める。

――本艦はまだ戦闘中である。「瑞鶴」の乗員がみっともない格好をさらしては栄光の歴史に傷がつく……。

そう考えた金丸は後部の十センチ高角砲の砲塔の上に登ると一場の訓示を行なった。

「みんなよく聞け！『瑞鶴』は沈んだが、まだ戦いは終わってはいない。本艦の戦いはこれからも続くのだ。我々は歴史ある『瑞鶴』乗員の誇りを忘れぬよう、疲れていても規律正しく行動し、だらだらした真似を見せるな。戦闘中の本艦乗員の邪魔にならぬよう、まとまって行動せよ。また戦闘によって本艦に欠員が生じたときは、適宜上官の指揮によって応援をせよ」

そういうと彼はこう叫んだ。

「みんなしっかりせい。おれたちは栄光ある『瑞鶴』の乗組員だぞ、わかったか！」

兵士たちはいっせいに、

「はーい！」

と答えた。

これで気合が入ったなと思った瞬間、彼は空腹を覚えた。と同時に、同期の石川杳平中尉が「若月」の水雷長をやっていることを思い出した。

艦橋へゆくと、石川は近くの魚雷指揮所にいた。

「おう、金丸か、大変だったな。おれの私室で休息してくれ」

石川がそういうと間もなく、

「合戦準備夜戦に備え！」

という号令がかかった。

あたりはもう暗い。

「若月」は追撃して来るアメリカの水上部隊に応戦しようというのである。

「魚雷戦用意！」

石川水雷長は凛とした声で命令した。中部甲板では四門の魚雷発射管がぐるぐる回り出す。

金丸はふと、この戦闘で石川が負傷しないかな、と考えた。そうすれば自分が水雷長になって米艦に魚雷をぶっぱなすことができる。しかし、敵は「若月」の方には来なかった。

艦橋に戻った金丸が眺めていると、遠くの方で閃光が走った。

「『初月』がやりあっているな……」

鈴木艦長が呻くように言った。はるかかなた水平線のあたりで閃光がほとばしり、その数が増えて行った。敵は大勢のようである。

「応援に行ってやりたいが、本艦の受けている指令は本隊（大淀、日向、伊勢）に合同せよということなんでな」

艦橋にいた士官の一人が呟くように言った。（註、この夜、「初月」はデュボーズ少将の率いる水上部隊〈重巡を含む十五隻〉を相手に孤軍奮闘して、午後八時半、沈没した）

金丸は艦橋で長い間、その様子を見ていた。

——海戦というものは遠くから眺めれば美しいものだ。しかし……。

飛び交う閃光が蛍のように尾を曳くのをみつめながら、彼はそう考えていた。

同じ頃、「若月」の後甲板で田原と中野は握り飯を食いながら海戦の遠景を見ていた。

「『初月』は、まだ戦っているな。しかし、おれたちは……」

「『瑞鶴』は沈んでしまった。しかし……」

二人の言う、しかしという言葉の中に「瑞鶴」の永遠の姿が残っているようであった。

豊田穣文学／戦記全集・第五巻　平成三年十二月刊

NF文庫

空母「瑞鶴」の生涯

二〇一五年十一月十三日　印刷
二〇一五年十一月十九日　発行

著　者　豊田　穣
発行者　高城直一

発行所　株式会社潮書房光人社
〒102-0073　東京都千代田区九段北一-九-十一
振替／〇〇一七〇-六-五四六九三
電話／〇三-三二六五-一八六四(代)
印刷所　慶昌堂印刷株式会社
製本所　東　京　美　術　紙　工

定価はカバーに表示してあります
乱丁・落丁のものはお取りかえ
致します。本文は中性紙を使用

ISBN978-4-7698-2916-4 C0195
http://www.kojinsha.co.jp

NF文庫

刊行のことば

第二次世界大戦の戦火が熄んで五〇年——その間、小社は夥しい数の戦争の記録を渉猟し、発掘し、常に公正なる立場を貫いて書誌とし、大方の絶讃を博して今日に及ぶが、その源は、散華された世代への熱き思い入れであり、同時に、その記録を誌して平和の礎とし、後世に伝えんとするにある。

小社の出版物は、戦記、伝記、文学、エッセイ、写真集、その他、すでに一、〇〇〇点を越え、加えて戦後五〇年になんなんとするを契機として、「光人社NF（ノンフィクション）文庫」を創刊して、読者諸賢の熱烈要望におこたえする次第である。人生のバイブルとして、心弱きときの活性の糧として、散華の世代からの感動の肉声に、あなたもぜひ、耳を傾けて下さい。